Mädchen mit rotem Auge

JOACHIM FRANK

Mädchen mit rotem Auge

Roman

OMNINO.

für Sandi und Christoph

Impressum

Bibliografische Informationen der Deutschen Nationalbibliothek
Die Deutsche Nationalbibliothek verzeichnet diese Publikation in der Deutschen Nationalbibliografie; detaillierte bibliografische Daten sind im Internet über http://dnb.d-nb.de abrufbar.
ISBN: 978-3-95894-329-2 (Print)

Lektorat: Maren Schönfeld

Coverabb: KI-generiert, canva.com

Am Friedrichshain 22 / 10407 Berlin / info@omnino-verlag.de
www.omnino-verlag.de

Teil 1

„Ja, hallo Anni, hier Jan-Peter Wild. Ich will, oder besser gesagt, wir wollen eine kleine Feier machen. Nichts Großes ...

Weswegen? Na, Sie wissen doch, dass Felix die Club-Meisterschaft im Tennis gewonnen hat ...

Nein, wir wollen nur meine engsten und natürlich ein paar von seinen Freunden einladen, soll gemütlich und familiär werden. Ist ja nichts Weltbewegendes, das man an die ganz große Glocke hängen müsste, aber es schadet seinem Ansehen sicher nicht, ihn mal in den Mittelpunkt zu stellen und hochleben zu lassen. Sonst hat er mir ja wenig Anlass dazu gegeben, leider." Während Anni antwortete, blickte Jan-Peter auf den goldenen, zu einem Kelch geformten Pokal, der in seiner billigen Hässlichkeit wie ein Aufschrei inmitten der maßgefertigten Möbel von kalter Eleganz wirkte. Eleonora hatte vor ihrer Heirat darauf bestanden, das ganze Haus von Hamburgs führender Firma für Interieur und Design völlig neu einrichten zu lassen. Sein Blick fiel auf Carmen da Câmaras ‚Segelboote im Hamburger Yachthafen, XIII'. Das und nur das hatte er gegen den erbitterten Widerstand seiner jetzigen Frau Eleonora von der alten Einrichtung retten können.

„Sie sagen es, Anni, die Kinder unserer lieben Freunde und Nachbarn sind wahrlich auch nicht durchweg Überflieger und Lichtgestalten ...

Was Felix damit anfangen kann? Ja, nichts eigentlich! Ist aber im Moment unwichtig ...

Ja, natürlich bin ich ein bisschen stolz auf meinen Sohn und freue mich für ihn, aber es hätte Anlässe gegeben, über die ich mich noch mehr …

Nein, nein, alles in einem kleinen, angemessenen Rahmen. Übernächstes Jahr, zu meinem Fünfzigsten gibt's dann den großen Bahnhof …

Genau! Mit allem Trallala, Sie wissen ja, wie ich das hasse." Sein Blick verharrte noch immer auf dem Bild, das ihn an die Zeit erinnerte, als er mit Margarete des Öfteren Richtung Elbmündung gesegelt war, die Westküste Dänemarks hoch, manchmal rüber nach Schweden. Mal wieder raus hier!, schoss es ihm durch den Kopf. Aber mit wem? Vielleicht mit …? Er unterdrückte den Gedanken sofort …

„Wird leider wegen der Geschäfte nicht anders gehen. Aber jetzt machen wir in gediegen und lauschig im kleinen Kreis …

Wann? Am nächsten Sonnabend …

Nein, natürlich nicht übermorgen! Mein Gott, wie lange leben Sie nun schon in Norddeutschland? Langsam müssten Sie wissen, dass hier immer der übernächste Sonnabend gemeint ist, wenn man ‚am nächsten Sonnabend' sagt …

Warum das so ist? Ja, was weiß ich denn!" Er lachte kurz auf und fuhr sich belustigt über die Halbglatze. Schaute an sich hinunter, über die Wölbung seines Bauches. Abnehmen müsste ich mal wieder. Fünf Kilo – mindestens!' dachte er …

„Also, damit keine Missverständnisse entstehen: Sonnabend, den 16. Oktober …

Wie viele Leute? Sie können Fragen stellen! Warten Sie mal, vielleicht 30 oder 40 … Richtig, das machen wir bei uns zu Hause …

Essen? Rufen Sie bei Louise an, die soll ein bisschen was vorbereiten und, ja, sagen wir, um 18 Uhr liefern …

Mit Personal? Äh, warten Sie mal …

Fein, wenn Sie das machen wollen. Mit Ihrer Tochter? …

Da haben Sie völlig recht, ist persönlicher, finde ich auch …

Ja, natürlich soll Louise das alles nach ihrem Geschmack zusammenstellen, besser geht's ja gar nicht. Anni, ich verlasse mich da ganz auf Sie …

Richtig, Fingerfood, so Kleinigkeiten, ist heute ja total angesagt. Oder schon wieder aus der Mode gekommen?" Er hasste Fingerfood. Immer schmierige Hände und das Geklecker! Wonach schmecken Shrimps denn schon? Ohne Soße: nach gar nichts! Austern wie salziges Wasser mit Zitrone! Alles Kokolores. Guschi hatte völlig recht: ‚Wenn das Zeug billig wäre, würd's keiner essen' …

„Ich bin ja mehr für Kartoffelsalat mit Würstchen oder 'ne schöne dicke Currywurst mit Pommes, wissen Sie ja …

Jaaaa! Ich denke an nichts anderes als an meinen Blutdruck, meinen Diabetes und an meine Plattfüße, Himmelherrgottnochmal! …

Ja, ja, Sie haben ja recht! Aber reicht es nicht, wenn mir damit meine Frau dauernd in den Ohren liegt? …

Ich weiß, ich weiß, Sie meinen es nur gut. Alle meinen es immer nur gut mit mir, alle, alle, alle …

Wissen Sie, Anni, von niemandem höre ich mir so gern Ermahnungen, Vorwürfe, gute Ratschläge und Belehrungen wegen meiner Gesundheit an wie von Ihnen. Und wissen Sie warum? …

Weil Sie die Einzige sind, die es wirklich gut mit mir meint! …

Doch, doch, doch, die lieben alle mein Geld. Mich lieben sie, weil ich es habe. Drauf sitze. Es nicht rausrücke. Nicht damit rumschmeiße wie mit Kamellen zum Karneval …

Und außerdem: Sie essen genauso gerne leckere, ganz und gar ungesunde Sachen wie ich, stimmt's? Und scheren sich einen feuchten Kehricht darum, was die andere sagen …

Eine Bitte habe ich noch, oder genauer gesagt, zwei Bitten: Sie müssen unbedingt diese unglaublichen Pflaumen im Speckmantel zu Louises gedrechseltem Hokuspokus beisteuern. Die sind nämlich unschlagbar! Und eine Schüssel mit dieser himmlischen Mohncrème! …

Natürlich mit dem Fruchtparfait! …

Und von beidem reservieren Sie für mich eine ordentliche Portion hinter den Kulissen, ja? …

Da könnte ich mich reinsetzen!" Er seufzte und rieb sich mit der freien Hand über die Halbglatze …

„Klappt das, Anni? …

Super! Du bist eine Perle! …

Meine Frau? …

Ja, äh, muss wohl sein …

Reden Sie bitte mit ihr, ja? …

Ach, wunderbar! Sie wissen am besten, wie man mit meiner Herzdame umgehen muss …

Ja, genauso wie immer! …

Und, ach, ja, beinahe hätte ich das vergessen: Am Ende des Buffets muss eine Wanne mit Currywürsten für meinen alten Freund Gustav Körber stehen …

Nein, die soll natürlich nicht Louise liefern! Die schmecken immer so, so, wie soll ich sagen – so gesund. Ich gebe

Ihnen noch die Adresse, von wo Sie die bestellen sollen. Da gibt's so einen Imbiss am Hauptbahnhof. Die haben eine Currywurst, die ist unschlagbar!"

In zehn Tagen also, da bleibt viel Zeit, dachte Anni. Vorher musste sie notgedrungen mit dem Hausdrachen reden. Nervig, aber unumgänglich, wenn sie jede Menge Ärger vermeiden wollte. Sie wusste um die Befindlichkeiten von Eleonora Wild, schließlich arbeitete sie lange genug hier im Haus. Da kennt man die Marotten der Herrschaften, deren Stärken und Schwächen und auch das Verhältnis der Eheleute zueinander – fast sogar ein bisschen zu gut. Anni wusste aus Erfahrung, wie sie ihre, oder genauer gesagt, die Wünsche von Jan-Peter Wild bei seiner zweiten Frau, der Chefin, durchsetzte: Immer das Gegenteil vom eigentlichen Ziel vorschlagen, nie der Frau nach dem Mund reden und am Ende immer ärgerlich, mürrisch und besiegt klingen. Am besten alles zusammen. Also durfte sie unter keinen Umständen fragen, was Eleonora Wild von Fingerfood halten würde.

In stiller Vorfreude lächelte Anni in sich hinein, wenn sie an das Gespräch mit der Dame des Hauses dachte: Waaas? Currywurst mit Pommes? Ich habe wohl nicht richtig gehört!!! …

Eisbein mit Sauerkraut? Anni, sind Sie nicht bei Trost? …

Kommen Sie mir nicht mit Käse-Igel und Toast Hawaii! …

Wir wollen uns doch nicht blamieren, immerhin kommen auch ein paar nicht ganz unwichtige Leute. Nein, etwas Leichtes, Kleines, Apartes …

Auf keinen Fall Käsehäppchen! Ich denke eher an, an, an, ja, sagen wir Fingerfood …

Nein, das können Sie nie und nimmer alles selber machen, wer soll denn dann den Haushalt führen? ...

Um Gottes Willen, auf keinen Fall die Dilettanten von diesem schrecklichen Partyservice! Mir wird noch jetzt ganz schlecht, wenn ich an die ordinären, ungenießbaren Häppchen denke auf der Geburtstagsfeier von dieser entsetzlichen Jutta Körber! Wir wollen uns doch nicht lächerlich machen! Rufen Sie in *Louises Landgasthof* an, und fragen Sie, ob die uns nicht ein hübsches Fingerfood zusammenstellen können ... Personal? ...

Meinen Sie wirklich, dass wir da Serviererinnen engagieren sollten? Wäre es nicht viel netter und persönlicher, wenn Sie und Ihre Tochter das machen würden?“

Als Anni ihr Handy aufklappte, um Eleonora Wild anzurufen, fiel ihr das japanische Sprichwort ein, in dem die Ehe als *Grab des Lebens* bezeichnet wird. Jan-Peter tat ihr leid, diese Frau war eine Strafe. Wofür eigentlich?

***

Sie kam zu spät. Nicht so viel, dass ihr Erscheinen Gefahr gelaufen wäre, vom Begrüßungsgeplauder anderer Gäste verschluckt zu werden. Sie kam immer so viel zu spät, dass sie sich eines Extras an Beachtung sicher sein konnte. Während die anderen in der anfänglichen Verlegenheit nach Themen suchend und Sekt nippend nebeneinanderstanden, um erste Belanglosigkeiten auszutauschen und sich gegenseitig mit schiefem Lächeln zu beäugen, wurde ihr Erscheinen zum willkommenen Anlass, sich voneinander ab- und sich ihr zuzuwenden.

Nein, sie knallte die Tür nicht wie Clawdia Chauchat in Thomas Manns *Zauberberg* hinter sich zu, wenn sie den Raum betrat, um die Aufmerksamkeit aller auf sich zu lenken. Dieser Effekt war verbraucht. Stattdessen leuchtete immer etwas Rotes in ihrem Haar; eine Schleife, Spange, auch mal ein blinkendes Lämpchen. Ihr Kopfschmuck bestand aus einem undefinierbaren, nestähnlichen Gebilde, das auf rätselhafte Weise zusammenhielt. Mancher Gast, wie etwa Fondsmanager Hohlfeldt, war sich nicht sicher, ob das überhaupt eine Frisur oder nicht eher ein Missgeschick, der letzte Schrei oder der letzte Scheiß war. Ähnlich kam ihm übrigens ihr gesamtes Outfit vor, das wie in Hast zusammengerafft wirkte, ganz so, als wäre es von einem erschrockenen plötzlichen Erinnern *Du musst ja los! Zu diesem blöden Fest!* diktiert worden. Heribert Hohlfeldt sah seine Frau Silvia mit fragendem Blick an, die jedoch seine Zweifel sofort zerstreute: „Ist sie nicht hinreißend, Heribert?“, und sich in der Hoffnung in die Nähe der Angekommenen drängte, von ihr vielleicht sogar mit einem Händedruck begrüßt zu werden. Auf eine Umarmung wagte sie gar nicht zu hoffen, denn dafür reichten ihre bisherigen Käufe bei weitem nicht aus.

Kaum angekommen, fiel die Künstlerin dem Gastgeber Jan-Peter Wild mit einer Leidenschaft um den Hals, als wäre dies ein Wiedersehen nach Jahren einer schicksalhaften Trennung. Ihr Busen wogte dem Begrüßungsopfer unter dem Gewirr von Bluse, Bändern, Tüchern, Ketten und Ringen mit einer Wucht entgegen, die den Zwangsbeglückten zu erdrücken drohte. Spätestens nachdem der sich aus Umklammerung, Textilien und Schmuck der Künstlerin nach Luft schnappend befreit hatte, stand sie im Mittelpunkt des gesamten Auditoriums. Das musste sich dagegen mit einem nachlässigen Winken, einem angedeuteten Kopfnicken oder völliger Ignoranz der Angekommenen begnügen, denn die Temperierung von Carmens Begrüßung wurde von Rang und Bedeutung des nicht, kaum oder eben noch wohlwollend Beachteten bestimmt. Es schien, als hinge der Grad von Carmens Zuneigung vor allem davon ab, ob jemand bereit war, sein Geld wenigstens gelegentlich, besser häufig und vor allem zukünftig erwartbar für den Erwerb ihrer Werke auszugeben.

Emanuel, seines Zeichens Cellist in einem leidlich erfolgreichen Kammerorchester, beugte sich nah zu seinem Freund Carlo, wodurch er noch tiefer in dessen ihn umgebende Wolke schweren, süßlichen Parfüms drang, und raunte ihm zu: „Dass sie so gar nicht darauf achtet! Unappetitlich finde ich das!" Als Carlo ihn fragend ansah, nickte er in die Richtung der Künstlerin und erklärte: „Ihre Hände! Ja, siehst du das denn nicht?"

Die waren tatsächlich nie ganz sauber. Nein, sie waren nicht schmutzig, nicht ungewaschen im üblichen Sinn, aber ein schwarzer Strich hier oder ein farbiger Klecks dort demonstrierte jedem, dass die Künstlerin wie gewaltsam aus einem Schaffensrausch gerissen worden sein musste, der ihr entweder keine Zeit für eine sorgsame Reinigung erlaubt hatte, oder ihr war – aus der Tiefe ihres kreativen Tuns aufgeschreckt – schlicht und ergreifend gar nicht die Idee gekommen, an eine derartige Banalität zu denken. Hätte sie jemand darauf angesprochen, wäre ihr das nicht etwa peinlich gewesen. Ganz im Gegenteil: Jeder hatte dankbar für ihr Kommen zu sein, schließlich gab es für eine Künstlerin wie sie Wichtigeres als beiläufige Eleganz oder aktuelle Mode. Sie trug die farbigen Kleckse mit der gleichen Selbstverständlichkeit zur Schau wie Carlo und Emanuel ihre identischen Fingerringe und Kettchen um die Handgelenke. „Findest du nicht auch", fragte Carlo seinen Freund, „dass ihr Auftritt etwas arg schrill geraten ist?"

„Wie meinst du das?"

„Nun, als sie sehr erfolgreich war, hatte sie sowas nicht nötig."

„Du meinst ...?"

Tatsächlich wurde hier und da gemunkelt, dass die Verkäufe von Carmens Bildern stagnierten, wenn nicht rückläufig waren.

Carlo fand Carmens exaltiertes Benehmen peinlich. Es schien ihm Ausdruck und Beweis ihres Niederganges zu sein, ein verzweifelter Versuch, das verblassende Interesse mit künstlichem Licht aufzuhellen. Als er Emanuel anschaute, zog der überrascht die Augenbrauen hoch und die Mundwinkel runter.

Alles bloß dummes Gerede? Neid? Gestreute Gerüchte, um Carmen zu schaden? Wer sich in den weiten Räumlichkeiten umsah, konnte nicht übersehen, dass es mehr war als

Achtung und Anerkennung, die die Künstlerin umfluteten, es waren Bewunderung, Zuneigung und Verehrung, die sie umgaben. So jedenfalls musste sie all die devoten Gesten, das respektvolle Zur-Seite-Weichen und die allüberall lächelnden Gesichter deuten, in die sie bestenfalls flüchtig sah. Wer die Künstlerin derart als Mittelpunkt in dieser Aura von Ruhm und Reichtum erlebte, konnte nicht ahnen, dass die so sehr Geschätzte wirklich ein Problem hatte, und zwar ein gravierendes: Sie konnte nämlich gar nicht malen. Obwohl, erstens war das kein Problem, weil sie ihre Bilder glänzend verkaufte, und zweitens konnte sie natürlich malen, aber eher dekorativ als innovativ. Spötter – von denen es neben Steuerberater Thorsten Voigt einige wenige gab – behaupteten, ihr wirkliches Können bestünde darin, ihren Kunden Bilder für die jeweiligen Räume in gewünschten Größen passend zu Möbeln, Tapeten und Lichtverhältnissen anzufertigen, um die Funktionalität spezifischer Räume durch Format, Komposition, Ausdruck, Farbigkeit und Motiv ihrer Kunstwerke zu optimieren. Ihre Bilder waren ideal, um dem opulenten Interieur von Vorstadtvillen einen – je nach Blickwinkel und Urteilsvermögen – kunstbehauchten beziehungsweise kunstseidenen Akzent zu verleihen. Mit leichter Hand schuf sie genauso gekonnt kulinarische Kompositionen für Speisezimmer wie Witwen tröstende Portraits ihrer verblichenen Ehemänner. Ihre schwül-erotischen Gemälde für Schlafzimmer aber galten in bestimmten Kreisen als ihre absolute Spezialität.

Die Malerin war erfolgreich. Ziemlich erfolgreich, wenn man die erzielten Preise ihrer Werke zugrunde legte. Zwar kaum über die Grenzen Hamburgs hinaus bekannt, zwar nicht gefeiert, ja nicht einmal gewürdigt von nationaler oder gar internationaler Fachpresse oder durch Ankäufe von Museen, aber sie verkaufte an ein ihr ergebenes Publikum, dem es offensichtlich egal war, dass es Kritiker gab, die hinter vorgehaltener Hand behaupteten, ihre Kunst enthielte weder Aussage noch Botschaft und von Inspiration oder Intuition sei sie bestenfalls dürftig erhellt.

Was machte das? Sie verkehrte, wenn auch nicht in den allerhöchsten, aber immerhin in turmhohen Kreisen dieser großen Stadt, in der Geld und Glück Synonyme zu sein schienen. Und wenn ihr am Rande auf Umwegen Kritisches zu Ohren kam, pflegte sie zu sagen: „Für mich ist es keine Kunst, eine Frikadelle an die Wand zu nageln und anschließend darüber zu philosophieren." Das Lachen der anderen gab ihr immer recht, und wenn sie fragte: „Wer will *das* denn bei sich zuhause haben?", war ihr allseitige Zustimmung gewiss. Ihre Bilder waren nicht hermetisch; sie enthielten keine unentschlüsselbaren Rätsel, keine unangenehmen Fragen oder Gesellschaftskritik. Sie waren verträumt, von Sinnlichkeit, Melancholie und Schönheit durchdrungen, von wohltuender Ruhe und gehauchter Erotik, oder sie erzählten von Meer, Strand und vorbeiziehenden Schiffen auf Fahrten in ferne Länder, die nahe dem Paradies gelegen sein mussten. Vor ihren Gemälden musste niemand ratlos nach Interpretationen suchen, hier reichten gedimmtes Licht, dezente Hintergrundmusik und ein gutes Glas Wein, um das Werk in einem stimmungsvollen Kontext zu erleben und zu genießen. Und darauf – nur darauf! – kam es an.

„Ich bin keine Künstlerin, ich male nur Bilder", lautete ihr selbstverliebtes, mit kokettem Augenaufschlag gewispertes Credo, wenn kunsttheoretische Diskussionen zu abstrakt und anspruchsvoll zu werden drohten. Und mit diesem charmanten wie geschickten Understatement nahm sie allen hochnäsigen Kritikern den Wind aus den Segeln. Das war allerdings nicht die ganze Wahrheit, denn wie gern wäre sie als bedeutende Künstlerin anerkannt worden, gerade von jenen, die in der Kunstwelt entschieden, was als wahre Kunst zu gelten hatte oder eben nur gefällig war. Gänzlich hatte sie den Traum noch nicht aufgegeben, nicht nur von einem ihr gewogenen Publikum geschätzt zu werden, sondern von der Fachwelt. Sie war der festen Überzeugung, dass Künstler, deren Bilder eine gewisse, von den allermeisten Betrachtern nicht verstehbare Abstraktion erreichten, entweder gehypt oder ignoriert wurden. Auf der anderen Seite schreckte nichts sie mehr ab als die Vorstellung, vereinsamt in irgendeiner Dachmansarde einer künstlerischen Inspiration nachzuhängen, die dem Rest der Welt vollkommen gleichgültig war. Darum konnte es nicht gehen, jedenfalls nicht ihr. Sie wollte gleichzeitig Anerkennung als Künstlerin bekommen und Geld mit ihrer Kunst verdienen. Nicht weil sie Geld brauchte, sondern weil Geld verdienen gleichbedeutend war mit Anerkennung und Erfolg. Weil ihr das wirklich wichtig war, verharrte sie in einer Ästhetik der renditegesteuerten Beliebigkeit, mit der sie den Kitsch- und Gefühlshaushalt ihrer Klientel befriedigte. Allerdings hatte sie sich entschlossen, etwas zu wagen: Ihre nächste Vernissage sollte Überraschungen enthalten. Nichts Revolutionäres oder Experimentelles, aber Neuerungen, die sie demnächst unter dem Titel *Tier- und Menschenpflanzen* in der *Galerie Palmberg* präsentieren wollte.

Sie schritt durch ein, wenn auch an diesem Tag, vergleichsweise schmales Spalier der Bewunderung auf Felix zu, der inmitten einiger gut gelaunter Tennisfreunde stand. Als Carmen sich mit ausgestreckten Armen und all ihrer wogenden Weiblichkeit auf ihn stürzte, wusste er auf die Schnelle nicht wohin mit seinem Sektglas, das er deshalb bei ihrer Umarmung von sich streckte, um nichts auf sie zu verkleckern. Von der Wucht ihrer Begrüßung total überrascht, stand er wie erhellt von tausend Scheinwerfern etwas unbeholfen im Lichtkegel der Aufmerksamkeit sämtlicher Gäste. Er kannte Carmen schon lange – sie war eine langjährige Freundin zuerst seiner Mutter gewesen, später auch seine geworden –, aber eine Umarmung dieser Intensität entsprach nicht ihren Gepflogenheiten, kaum ihrem Verhältnis zueinander und auch kaum dem Anlass. Was war los mit ihr?

„Felix! Wie schön dich zu sehen! Ich gratuliere von ganzem Herzen. Ein Tennischampion in unserer Familie – ich darf doch von Familie sprechen? – das ist eine riesige Freude!"

„Meine Liebe, du übertreibst mal wieder! Ich habe bloß diese Club-Meisterschaft ..." Der Rest seines Einwandes vernuschelte zwischen Carmens Lippen, Mundhöhle und Zunge, bevor ihr schmatzender Kuss seinen Mund versiegelte. Als sie von ihm abließ, rang Felix nach Luft. Carmens überwältigende Begrüßung hatte ihm beinahe den Atem geraubt.

„Ist völlig egal", trällerte sie mit kokettem Augenaufschlag, „ob Weltmeister, Europameister oder Jägermeister! Prost, auf dein Wohl, Champ!"

Hat sie zu viel getrunken oder was genommen?, fragte er sich. „Jedenfalls danke ich dir sehr, dass du dir die Zeit genommen hast, heute zu kommen. Du hast sicher noch unendlich viel für deine bevorstehende Vernissage zu tun", sagte er.

„Sicher. Aber ein Stündchen Abwechslung mit lieben Freunden muss sein, das macht den Kopf frei. Und natürlich verlasse ich mich auf dich und Freddy, was die Präsentation angeht."

War diese äußerst physische Begrüßung nur eine Laune von Carmen? Man sah sich vielsagend an und um. Über ihre sexuellen Vorlieben spekulierten viele der hier versammelten gern, aber Felix? Hatte man da etwas verpasst oder übersehen? Sie war mindestens zehn Jahre älter als er ... Die Damen hoben ihre Augenbrauen um Nuancen über kaum merklich geschürzten Lippen, die Herren lächelten mit schiefen Mündern, während Dr. Lücke seinen Freund, den Steuerberater Voigt, am Ellenbogen fasste und mit Blick auf dessen Brioni-Anzug fragte: „Feiner Zwirn. Ist der neu, Thorsten?"

„Muss Isabell ja nicht unbedingt wissen." Er legte den Zeigefinger über seine Lippen.

„Ja, aber ..."

„Die hat keinen Blick dafür, kümmert sich um Tierwohl und sowas." Auf dem Weg ins Nebenzimmer griffen sich beide nächste Gläser vom Tablett, das ihnen Yvonne, die Tochter von Haushälterin Anni, mit porzellanglattem Lächeln entgegenhielt.

„Ausgezeichnet, dieser Champagner, nicht wahr, mein lieber Thorsten", sagte Dr. Lücke und prostete dem Freund zu.

„Oh ja, von edlen Tropfen versteht unser Jan-Peter etwas, keine Frage."

„Er lässt sich immer von Louise beraten, was ja keine schlechte Idee ist."

„Nicht ganz billig, die gute Louise mit ihrem sogenannten *Landgasthof,* aber am nötigen Kleingeld fehlt es hier im Hause zum Glück ja nicht. Auch wegen dieser exzellenten Weine komme ich immer gerne zu seinen Feiern. Aber du willst sicher nicht mit mir über Getränke reden, Matthias, oder?"

„Nein, ganz richtig. Die Sache ist ein wenig delikat, wenn man so sagen kann."

Augenblicklich verwandelte sich die gelangweilte Grundstimmung des Steuerberaters in Neugier, denn *delikat* konnte nur auf erotische Abenteuer oder finanzielle Schwierigkeiten hindeuten, und für beides hatte er generell lebhaftes Interesse. Erwartungsvoll sah er seinen Freund an, der fragte: „Was hältst du von unserem guten Felix?"

„Ja, mein Gott – Felix ... Was soll mit dem sein? Hat gerade eine belanglose Club-Meisterschaft gewonnen, sieht gut aus, ist ein bisschen schwach im Denken, dafür ein netter Kerl. Worauf willst du hinaus?"

Wie alle nahmen auch die beiden Freunde den Sohn von Jan-Peter Wild in der Regel kaum wahr, obwohl er mit seiner Größe von fast zwei Metern nicht zu übersehen war. Dennoch schauten sie an ihm normalerweise wie an einer entbehrlichen Zimmerpflanze vorbei.

„Ich meine, hast du gesehen, wie stürmisch Carmen unseren guten Felix umarmt hat?"

„Ja, sicher! Aber die beiden sind, soviel ich weiß, seit Jahren gut befreundet."

„Na ja, was man so unter *befreundet* versteht ..."

„Aber Felix hat eine Freundin, diese kleine Dänin, wie heißt sie nochmal gleich ... Mathea, glaube ich. Außerdem: Carmen und Felix ... im Bett? Kann ich mir nicht vorstellen." Er verzog skeptisch das Gesicht. „Du?"

„Weiß man nie. Manch einer steht auf etwas ältere, füllige Damen. Beziehungsweise auf schlanke Jünglinge ... Wenn's denn passt ..."

„Interessant. Hast du etwas in diese Richtung läuten gehört?"

„Nicht direkt, aber jeder weiß, dass Felix bei ihr ein und aus geht."

„Nun ja. Carmen soll ja sexuell außerordentlich vielseitig sein, übrigens auch in Bezug auf die Geschlechter."

„Was du nicht sagst ..."

Dr. Lücke hielt seinem Freund das funkelnde Champagnerglas entgegen und fragte: „Weißt du, wie es mit Felix weitergeht?"

„Sexuell?" Beide kicherten.

„Beruflich natürlich." Der Zahnarzt schlug seinem Freund leicht auf die Schulter.

„Na ja, er arbeitet als Tennislehrer, hat sich in Freddys Galerie immer unentbehrlicher gemacht und genießt ansonsten auf Vaters Kosten das Leben."

„Lange habe ich gedacht, dass er offiziell bei Freddy in der Galerie einsteigt, weil er dort so lange jobbt und nicht mehr wegzudenken ist. Aber mittlerweile habe ich meine Zweifel."

„Richtig. Es soll Spannungen zwischen beiden gegeben haben, um es vorsichtig auszudrücken." Mit einem Kopfnicken deutete er an, dass beide besser ein paar Schritte in eine entlegene Ecke gehen sollten, um von niemandem gehört zu werden.

„Welcher Art?", fragte Thorsten Voigt.

„Isabell hat von Silvia gehört, dass Freddy, nun sagen wir, andere künstlerische Schwerpunkte als Felix setzen möchte. Und Felix soll andere ziemlich ausgefallene Ideen ins Spiel gebracht haben, mit denen Freddy ..."

„Ich habe wiederum von ganz anderer Seite gehört, dass Freddy statt Felix lieber eine hübsche Italienerin, die er kürzlich in Mailand kennengelernt hat, einstellen möchte."

„Würde ja dazu passen, was Felix mir neulich erzählt hat."
„Nämlich?"
„Dass er sich mit dem Gedanken trägt, selbst eine Galerie zu eröffnen."
„Mit neuen, eigenen Ideen? Hat er die denn wirklich?"
„Muss er wohl, aber dazu wollte er sich nicht näher äußern, als ich ihn danach fragte."
„Sieh mal einer an! Das wird ja richtig interessant mit unserem früher so langweiligen Felix: Die wundersame Verwandlung vom Westentaschen-Tennis-Crack zum Kunstexperten."
„Übrigens: Gehst du zu Carmens Vernissage?", fragte der Steuerberater.
„Muss ich wohl. Du weißt ja, meine Frau ist auch so eine kunstsinnige Allesversteherin."
„Ich helfe dir, Matthias! Ich komme mit, wir ertragen gemeinsam das Gepinselte und trinken hinterher einen guten Schluck zusammen."
Sie stießen schmunzelnd mit den Gläsern an und waren von dem Champagner höchst angetan, als ihnen die Gastgeberin, Eleonora Wild, Arm in Arm mit ihrer Freundin Gisela von Allenstein entgegenkam. Weil die ihren Namen einerseits total altmodisch und überhaupt schrecklich fand und andererseits ein Faible für alles Italienische hatte, nannte sie sich Gina. Das hatte außerdem den Vorteil, dass die ersten beiden Buchstaben beider Vornamen identisch waren, sodass sie grundsätzlich mit Gi Allenstein unterschreiben konnte, wenn nicht ausdrücklich verlangt wurde, mit vollem Vornamen zu unterzeichnen. Wehe, wenn jemand sie mit *Gisela* ansprach, dann hatte das monatelange Ignoranz zur Folge – wenn nicht Schlimmeres! Was aber durchaus nicht jede und erst recht nicht jeder als Strafe empfand,

sondern als bequeme Lösung, ihrem Gequassel wenigstens für eine gewisse Zeit zu entgehen. Allerdings war sie als freie Journalistin, die nicht nur für die Lokalzeitung schrieb, für all jene von Bedeutung, die in irgendeiner Weise mit der Öffentlichkeit zu tun hatten, und das waren die meisten als Vertreter ihrer Firmen, Praxen und Kanzleien. Dabei war Gina ein gutherziger Mensch, der von dem Impuls getrieben wurde, die Welt zu verbessern. Sie war von einem missionarischen Eifer besessen, der auch für ihre Freunde außerordentlich anstrengend werden konnte, weil sie alle und jeden ständig zu motivieren versuchte, Gutes zu tun. Ihr Steuerberater Thorsten Voigt hatte seinem Freund Dr. Matthias Lücke angesichts ihrer zwar absetzbaren, dennoch enormen und für diese Kreise ungewöhnlichen Spendenaufkommen sogar von pathologischer Hilfsbereitschaft gesprochen. Und, nun ja, sie war in einem Maße redselig, dass Dr. Lücke ihm gegenüber hinter vorgehaltener Hand eine verbale Inkontinenz diagnostiziert hatte, woraufhin er ihn – sozusagen als Mediziner und Biologen – gefragt hatte, ob uferlose Geschwätzigkeit ein genetisch bedingtes Erbgut sein könnte.

Jetzt war es für die Freunde zu spät, sich wie absichtslos in eine andere Richtung wegzudrehen, um den beiden Damen unauffällig ausweichen zu können. Blitzschnell erfasste der Arzt die ausweglose Situation, schaltete in einen moderaten Jubelmodus und streckte der Gastgeberin die ausgebreiteten Arme entgegen: „Meine allerliebste Eleonora, was für ein Fest! Und dieser Champagner – himmlisch! Aber ...“, hier stutzte er eine Sekunde lang, „lass dich mal anschauen ... Hinreißend dieses Kleid! Sensationell!“

„Ah, schön, dass es dir gefällt, Matthias. Ich war mir wirklich bis vorhin nicht sicher, ob mir dieses Grün steht, aber wenn *du* das sagst ...“

Gleichzeitig hatte Thorsten Voigt Gina umarmt und ihr mit stählernem Lächeln zwei Küsschen auf die Wangen gehaucht, was sie zum Anlass nahm, ihn zu fragen, warum er so lange nicht mehr im Golf-Club anzutreffen gewesen sei.

Man plauderte nach dem Ping-Pong-Prinzip hin und her, bevor Eleonora das Geplänkel beendete: „Ihr entschuldigt uns, ja? Aber ich muss jetzt unbedingt mit Gina etwas Wichtiges besprechen." Sie beugte sich zu beiden Herren und sagte halblaut: „Es geht um ihre neue Wohnzimmereinrichtung und ... um den Innenarchitekten, der sie berät." Die Frauen kicherten wie Teenager; Eleonora, weil sie sich selbst so witzig fand, Gina gequält, denn das hätte ja nun wirklich keiner wissen sollen, jedenfalls noch nicht! Aber der Steuerberater legte den Zeigefinger zum Zeichen totaler Verschwiegenheit über seine geschlossenen Lippen, und sein Freund lächelte weise wissend und mild.

Man ging in entgegengesetzte Richtungen auseinander, und als die Frauen außer Hörweite waren, bemerkte der Steuerberater: „Ich finde, um es zartfühlend auszudrücken, das Grün steht ihr nicht."

„Grässlich! Dieses Kleid hat so etwas von ..., ja, wie soll ich sagen, von einem Sack."

„Hast du diese Schnallen an den Schuhen gesehen?"

„Ist uns vielleicht entgangen, dass es jetzt Mode ist, rumzulaufen wie die dicken Frauen reicher Russen?"

„Aber dankbar müssen wir unserer Gastgeberin trotzdem sein, denn immerhin hat sie uns vor dem Gequassel unserer Wanderpredigerin der Weltbeglückung bewahrt."

„Recht hast du! Trinken wir auf Eleonora und auch auf Gina, denn im Grunde genommen ist sie ein lieber Kerl, finde ich."

„Wenn sie bloß begreifen würde, dass Schönheit nur auf den Gesichtern der Jugend lebt."

„Genau! Sie würde sich und vor allem uns einige Geschmacksverirrungen ersparen." Die beiden lachten, schnappten sich neue Champagnerschalen und verschwanden in der Menge.

Wer achtete auf Marcel? Klein, schmächtig, mit blassem, fadem Gesicht stand er abseits des Begrüßungsgeflirres und beobachtete mit einer Mischung aus Belustigung und Verachtung die ritualisierten Abläufe gestelzter Leichtigkeit. Was will der Schnösel hier? Uns die Laune verderben?, mochten sich die wenigen fragen, die ihn überhaupt eines Gedankens würdigten, wenn er ihren Gruß kaum erwiderte.

Mit einem Glas Mineralwasser in der Hand amüsierte Marcel dieses Schauspiel, das kein Drehbuch und keinen Regisseur verlangte. Ganz von allein entfaltete sich die Strahlkraft des perfekten Scheins als Prolog dieser Festlichkeit: Jeder-mag-jeden; sie an seiner Seite mit neuem Kleid, neuer Frisur, neuem Begleiter? Er an ihrer Seite gelangweilt oder stolz, als Eheopfer, Trophäenjäger oder Gentleman. Ist die nicht viel zu jung für ihn? Überall das Nette-Hohle, Gepflegt-Entbehrliche. Man trifft sich überschäumend wie nach Jahren sehnsuchtsschwerer Trennung. Mit funkelnden Augen wird jede und jeder umarmt, Küsschen links, Küsschen rechts, Schulterklopfen, die wohlbekannten Floskeln, als hörte man die zum ersten Mal. Die Damen haben alles investiert, um in nonchalanter Eleganz zu erstrahlen, die Herren schauen sich witzelnd und feixend in lässig-teurem Outfit nach hübscher Weiblichkeit und alkoholischen Getränken um. Cremige Höflichkeiten, fade Schmeicheleien, ein erster Drink zur

Begrüßung. Augenaufschläge, verstohlene Blicke auf Busen, Hintern und Dekolletees. Erwiderte Blicke schräg nach oben, die langsam vorbei und in tatsächliche oder in eine sehnsuchtsvoll schwere Leere gleiten. Ein verlegenes Lächeln, das sich mit einem Wort, einem Blick, einem erwiderten Lächeln entspannt, in Fröhlichkeit verschwemmt, verwässert, im Allgemeinen auflöst.

Die Frauen hören den Männern interessiert zu, solange noch nicht von Fußball, Politik, Geldanlagen und Berufen geredet wird. Sie wissen: Das kommt später, wenn die Herren unter sich sein wollen. Jetzt ist Schaulaufen, Showtime, Parade. Jeder Mann präsentiert den Typ, der er ist oder gerne wäre: lässig, cool, sportlich; was hätten Sie denn gern, meine Damen? Allerdings: Über den Charakter und die wahren Vermögensverhältnisse gibt das Outfit leider so gar keine Hinweise. Die Frauen beäugen einander wie Nattern (Sind die Schuhe der Gastgeberin vielleicht von Louboutin oder Balenciaga? Trägt Silvia ein Kleid von Versace? Warum diese Hose, diese Farben? Unmöglich!), geben sich amüsiert, gelangweilt oder interessiert und beschäftigen sich in Wahrheit ausschließlich mit einer einzigen Frage: Wie sehe ich aus? (Zu viel Haut? Zu bieder? Meine Haare, die Schuhe, das Make-up, der Schmuck! Passt alles? Werde ich gesehen, bin ich attraktiv, noch ...?)

Der Beginn auch dieser Party entschädigte Marcel für die mit Sicherheit folgende Tristesse, wenn sich nach dem Buffet unvermeidlich eine behäbige Langeweile ausbreitet, die die gesättigten Gäste mit den immer ähnlichen Small-Talk-Spiralen mal mehr, meistens weniger gekonnt zu vertreiben versuchen. Wo man früher tanzte, wird heutzutage räsoniert, getratscht, gewusst, besser gewusst, geblödelt. Ein Schwall von Gerede;

voller Gift, Anspielungen, Verrat, Verleumdung, Verlogenheit, auch Heiterkeit, Verbrüderung, ein Flirt hier, eine flüchtige, wie absichtslose Berührung dort, die Floskeln, Langeweile, Unbehaglichkeit, Wegwollen, der Blick zur Uhr.

Intensiv hatte Marcel sich Posen vor dem Spiegel daheim antrainiert, um auf andere arrogant und abweisend zu wirken. Auf Gesprächsversuche reagierte er derart einsilbig, dass selbst die Gutwilligsten schnellstmöglich nach Ausflüchten suchten, um sich aus der Gesellschaft des Sonderlings entfernen zu können. Statt den Blickkontakt mit nützlichen Herren oder hübschen Frauen zu suchen, schaute er wie angewidert an Gesichtern vorbei oder wandte sich demonstrativ ab, wenn ihn Leute nicht interessierten oder ein Gespräch langweilte. Und das war fast immer der Fall. Ihn ödete jede Party an, sobald der Zeitpunkt gekommen war, am Buffet die besten Häppchen zu ergattern, nicht neben X zu sitzen oder zu stehen, dafür aber neben Y. Dieses verkrampfte Bemühen um einigermaßen geistreiches, humoriges, schlagfertiges Parlieren! Andererseits die peinliche Schweigsamkeit, die gelangweilten Gesichter, die glasiger werdenden Blicke der Männer, deren Gelalle schließlich, die verbitterten, enttäuschten oder sehnsuchtsvollen Blicke unbeachteter Frauen in eine andere als die zu erwartende Zukunft.

Anfangs hatten ihn diese Jammergestalten amüsiert, später hatte er sie in seinen Gedichten zynisch-ironisch verarbeitet, aber seit sich die Motive verbraucht hatten, langweilte er sich bei den immer gleichen Abläufen solcher Feiern.

Nicht einmal die kulinarischen Köstlichkeiten konnten ihn verlocken. Seine schlanke, schmächtige Figur verriet, dass er das Essen für ein notwendiges Übel hielt, dessen Genuss ihm verborgen blieb. Und weil er Völlerei und Leibesfülle verachtete, hatte er seinen Teller demonstrativ mit Salaten und ein wenig Fisch eher dekoriert als beladen. Warum war er hergekommen? Vor allem wegen seiner Mutter, Barbara. Und die war hier, weil sie ihrem Mann einen Gefallen tun wollte.

Marcel nahm sich ein neues Glas Mineralwasser von Yvonnes Tablett, ohne sie eines Blickes zu würdigen, und hielt nach Barbara und Isabell Ausschau, der zweiten und letzten Person hier, in deren Nähe er sich wohl fühlte. Bestimmt saßen die beiden in einer entfernten Ecke zusammen, um ungestört über Kunst oder Literatur zu reden. Bloß nicht diesem Proleten Gustav Körber über den Weg laufen, der ihm bestimmt wieder seine Möbelpacker-Pranke wie eine Dampframme auf die Schulter schlagen würde, um deren Belastbarkeit zu testen. Auch hatte er nicht die geringste Lust, Ärzten, Steuerberatern, Managern oder Unternehmern Rede und Antwort zu stehen, wenn die ihn Interesse heuchelnd nach seinen neuesten literarischen Erfolgen fragten, während in ihren Augen Euro- und Dollar-Zeichen blitzten. Er wusste, dass sie ihn verachteten. Höchststrafe aber wäre es, wenn Silvia Hohlfeldt auf ihn zugesegelt käme, die sich anmaßte, ihn als „Kollegen" anzusprechen, seit sie ihre an Peinlichkeit nicht zu überbietenden literarischen Ergüsse in einem Druckkostenzuschussverlag veröffentlicht hatte.

Neben der großen Doppeltür, die zur Gartenterrasse führte, erblickte er ein kleines Tischchen mit zwei freien Stühlen; den idealen Platz, um sein spartanisches Abendmahl ungestört einzunehmen. Kaum hatte er von Lachs- und Forellenhäppchen gekostet, stand ein Mann mit öligen, nach hinten gekämmten Haaren in einem leicht verknitterten, cremefarbenen Anzug vor ihm und fragte, auf den Stuhl neben ihm deutend: „Gestatten, ist der Platz noch frei?"

Marcels von einer abweisenden Mimik begleitetes Kopfnicken schien der Fragesteller überhaupt nicht wahrzunehmen. Er setzte sich und ließ es sich schmecken. Beide kauten schweigend nebeneinander her, als Yvonne mit dem Tablett voller Getränke an ihren Tisch trat und fragte: „Darf es noch etwas zu trinken sein?“

„Danke, ich habe noch“, sagte Marcel, während sich sein Tischnachbar ein Glas Rotwein nahm und feststellte: „Sie gehören wohl zur Fraktion der Sportler.“

Marcel reagiert verwundert, denn er hatte nicht damit gerechnet, angesprochen zu werden: „Nein, wie kommen Sie darauf?“

„Künstler saufen meistens, Sportler seltener. Obwohl Sie eher wie ein Künstler aussehen. Oder täusche ich mich?“

„Nein, nein, Sie haben recht. Mit Sport habe ich nichts am Hut.“

„Also Künstler?“

Marcel fühlte sich geschmeichelt. Anfangs erzählte er nur andeutungsweise von seiner Lyrik, aber als sein Gesprächspartner nachfragte und wirklich interessiert schien, beschrieb er die Art seiner Gedichte genauer. Gerade wollte er seinen Gesprächspartner fragen, ob der sich schon lange für Lyrik interessiere, als dessen Handy einen schrecklichen Ton von sich gab. Er zog das Telefon aus seiner Jackentasche, blickte auf das Display, stand nach kurzem Zögern mit einer entschuldigenden Geste auf und gab Marcel seine Visitenkarte mit der Bemerkung: „Sollten Sie mal nach Wien kommen, schauen Sie gern in meiner Galerie vorbei. Ich würde mich freuen.“ Dann ging er weg.

Gustav Körber schaute sich nach Getränken um. „Hast du hier irgendwo gefüllte Gläser gesehen?“

Jutta spähte kuhäugig umher und entdeckte Yvonne, die mit ihrem Tablett mit diversen Getränken durch die Tür kam.

„Ah, da kommt ja der Saft des Lebens!" Gustav Körber strahlte, aber als er auf das Angebot blickte, sagte er enttäuscht: „Sach mal, 'n schönes kaltes Bier habt ihr nich'?"

Yvonne fragte kühl zurück: „Soll ich Ihnen eins holen, Herr Körber? Das mach ich liebend gern", wobei ihr Gesicht und Tonfall das genaue Gegenteil ausdrückte.

„Ach, das ist, glaub' ich, nicht nötig", grätschte Jutta dazwischen. Ihr war es peinlich, dass ihr Mann sich so gar nicht an die Gepflogenheiten der besseren Gesellschaft gewöhnen konnte. Seit sie zu Geld gekommen waren und in diesem noblen Stadtteil wohnten, hegte sie die Hoffnung, Zugang zu den besseren Kreisen zu finden, aber „Möbelpacker bleibt Möbelpacker" grölte ihr Mann bei jeder passenden und unpassenden Gelegenheit durch die Gegend, denn er war stolz auf seine Herkunft aus ganz kleinen Verhältnissen, seine Knochentour vom Packer zum Chef eines mittlerweile stattlichen Transportunternehmens, auf seinen Bentley, die Rolex und goldene Wasserhähne in seiner Villa. Er konnte mit einem Begriff wie *unauffälliger Konsum* nichts anfangen, interessierte sich weder für Gina von Allensteins Unterstützung von Vorschulinitiativen in Hinterindien noch für ihre Wasserprojekte in der Sahelzone. „Wozu habe ich denn das Geld, wenn ich's nicht ausgeben und zeigen kann?", lautete sein Wahlspruch. Wenn sich andere auf Partys wie dieser über Contemporary Art, Möbel im Bauhaus-Design, das Werk des letzten Literatur-Nobelpreisträgers oder neue Erkenntnisse in der Psychoanalyse unterhielten, sagte Gustav höchstens: „Prost, ich geh jetzt erstmal eine rauchen." Seine Frau sah ihn in solchen Momenten mit dem Gesichtsausdruck *Besser, der verschwindet und raucht, als wenn er seine blöden*

Bemerkungen macht hinterher. Sie verstand zwar auch nichts von dem, was da geredet wurde, aber sie hatte sich einen interessierten Gesichtsausdruck antrainiert und gelernt, an passenden Stellen „Ja, ja" oder „Finde ich auch" zu sagen. Außerdem war sie von einer mütterlichen Nettigkeit, die anfangs Verwirrung gestiftet, zwischendurch Mitleid erregt und letztlich Vertrauen geschaffen hatte. Gina hatte sich einige Male bei ihr ausgeweint und um Rat zu diversen Fragen des Lebens – das waren bei ihr immer Liebesangelegenheiten – gefragt. Im Gegenzug hatte sie ihr versprochen, ein gutes Wort bei Carmen einzulegen, wenn sie irgendwann eines ihrer Bilder erwerben wollte. Das war zwar Juttas Herzenswunsch, aber Gustav hatte abfällig gesagt, als sie ihm das gebeichtet hatte: „Meinetwegen. Aber das hängt dann über deinem Klo." Wenn Gustav von Carmens Bildern sprach – sprechen musste, weil seine Frau ihm wieder mal mit dem Wunsch in den Ohren lag, endlich eines von deren Bildern kaufen zu dürfen –, murmelte er nur etwas von *diesem Gepinsel.* Ohne es zu wissen, teilte er damit genau die Einschätzung von Carlo und Emanuel, mit denen Gustav Körber sonst absolut keine Gemeinsamkeit teilte. Er schwärmte für die Jagd und hätte sich am liebsten Geweihe, Stoßzähne von Elefanten und Felle von Raubkatzen überall in seine Villa gehängt.

Als Dr. Lücke sich näherte, errötete Jutta ein wenig. Wie hatte sie als Kind unter Zahnbehandlungen gelitten! Aber Dr. Lücke hatte ihr die Angst genommen. Seine schonende Art der Behandlung, die begleitenden Erklärungen, die sie nie verstand, der sanfte Tonfall und seine gleichermaßen männliche wie einfühlsame Persönlichkeit hatten ihre Panik, wenn wieder ein Termin beim Zahnarzt anstand, geradezu weggezaubert. Wie ein Teenager auf ein erstes Rendezvous bereitete sie sich jedes Mal mit größter Sorgfalt auf den

Pflichttermin vor. Saß die Frisur, war das richtige Parfüm (dezent, aber gut wahrnehmbar) gewählt, war sie geschmackvoll gekleidet (mit Chic, aber vor allem vorteilhaft, um die überzähligen Pfunde zu kaschieren)?

Automatisch langte Jutta auch jetzt in ihre Frisur, um irgendwelche Strähnen in eine vermeintlich vorteilhaftere Position zu drapieren. Allerdings war es egal, ob sie sich die Haare nach vorn oder hinten, nach links oder rechts zupfte und strich, sie rötlich blond, haselnussbraun oder pechschwarz färbte, weil jeder unweigerlich auf ihre Nase blickte, die wie ein umgekehrter Sektkorken in ihrem Gesicht steckte, hinter dem hübsche kleine Ohren und leuchtend blaue Augen fast wie unsichtbar verschwanden. Jeder, der Jutta begegnete, schaute auf diese Nase, die breit und fleischig ihr Durchschnittsgesicht ruinierte. Wie oft hatte sie über eine Operation nachgedacht, um diesen Makel zu beseitigen, aber Gustav antwortete immer, wenn sie ihm wieder mit diesem Anliegen in den Ohren lag: „Mich stört der Zinken nich. 'n Mann guckt bei 'ner Frau ganz woanders hin." Er lachte schallend und in gewisser Weise auch für Jutta befreiend. Allerdings nur kurzzeitig, bis sie sich bei nächster Gelegenheit wieder kritisch im Spiegel beäugte und ihr Nachdenken über einen chirurgischen Eingriff aufs Neue begann.

Dr. Lücke schritt mit offenen Armen auf sie zu, gab ihr Küsschen auf beide Wangen und sagte: „Prächtig sehen Sie aus, meine Liebe!" Er trat einen Schritt zurück und fuhr fort: „Und schlanker sind Sie geworden, stimmt's, liebe Frau Körber?"

Das war – neben ihrer Nase – Juttas zweiter neuralgischer Punkt. Gleichzeitig war der zur Vertrauensbasis zwischen ihnen geworden. Denn ihm, dem sportlich durchtrainierten, blendend aussehenden Mediziner, hatte sie sich einmal anvertraut und um Rat gefragt, wie sie wieder zu einer jugendlichen Figur gelangen könnte. Der Zahnarzt, auf eine gänzlich andere körperliche Region spezialisiert, hatte allgemeine Ernährungsweisheiten zum Besten gegeben, wie man sie in jeder Frauenzeitschrift findet („Mehr Obst und Gemüse, weniger Kohlenhydrate, meine Liebe"), und mit Allerweltsratschlägen zum Sporttreiben ergänzt („Nein? Kein Jogging oder Schwimmen? Wie wäre es mit Nordic Walking oder Yoga?"). Jutta ließ sich zu gern von seinen charmanten Relativierungen trösten: „Was heißt schon zu dick? Wissen Sie, im Mittelalter ... Ich für meinen Teil finde, dass es auf die Persönlichkeit ankommt, den Charakter ... Ganz unter uns: So ein oder zwei Kilo zu viel ... Und im Vertrauen: Ich persönlich finde ja Frauen mit, sagen wir mal, gelungenen Proportionen ..." Dabei war seine eigene Frau dünn wie eine Bohnenstange, aber vielleicht war genau das sein Problem.

„Ich? Dünner geworden? Nein, Dr. Lücke, damit schmeicheln Sie mir jedes Mal! Meine Waage behauptet jedenfalls das Gegenteil."

Gustav Körber platzte dazwischen: „Die und dünner geworden? Das wüsste ich aber!"

„Doch, doch, doch, Sie haben mit Sicherheit abgenommen, Frau Körber, das kann man gar nicht übersehen! Das liegt sicher am Sporttreiben."

„Sporttreiben? Aber ich habe in letzter Zeit bloß ein bisschen beim Aquajogging mitgemacht."

„Meistens sitzt sie auf dem Sofa und futtert Haribo."

„Guschi!" So nannte Jutta ihren Mann eigentlich nur, wenn sie unter sich waren.

„Der Waage sollte man nur eingeschränkt vertrauen: Muskeln sind nämlich schwerer als Fett, wussten Sie das?“, fragte der Arzt und guckte beide Eheleute abwechselnd an.

Steuerberater Voigt hatte schmunzelnd zugehört. Jetzt hob er zum Gruß sein Glas zuerst Jutta, dann Gustav entgegen und sagte zu ihm gewandt: „Gut, dass wir beide mit dem Gewicht kein Problem haben, was, Herr Körber!“

Das war angesichts der jugendlich schlanken Figur Thorsten Voigts und des über den Gürtel quellenden Bauches von Gustav Körber eine Frechheit, aber Gustav kapierte die Ironie sofort und konterte: „Alles bezahlt! Jedes Kilo ein Genuss!“ Er klopfte sich mit der flachen Hand auf die kürbisähnliche Rundung über seinem Hosenbund, strahlte in die Runde und sagte: „Wissen Sie, mein lieber Doktor, ich halt nichts von all dem Gerede; zu dick, zu dünn. Meine Mutter sagte immer: Irgendwann muss sich jede Frau entscheiden: Kuh oder Ziege. Ich bin eindeutig für Kuh. Sieht man ja an meiner Süßen, oder?“

„Guschi!!!“, entfuhr es Jutta derart laut, dass sich einige der Gäste erschreckt umsahen, aber Gustavs lautes, glucksendes Lachen signalisierte allen, dass niemand sich Sorgen zu machen brauchte.

„Wir alle lieben doch Frauen mit Charakter“, fügte er mit breitem Grinsen hinzu und beschrieb mit seinen großen Händen voluminöse Wölbungen vor seiner Brust.

Silvia Hohlfeldt war durch Juttas spitzen Schrei auf die kleine Gruppe aufmerksam geworden, und als sie zu ihrer Freundin aus der Aquajogging-Gruppe trat, fiel ihr sofort auf, dass die vier mit höchst unterschiedlichen Körperhaltungen und Gesichtsausdrücken beieinanderstanden: Jutta, in einem für ihre stämmigen Beine viel zu kurzen, pinkfarbenen Cocktailkleid, wirkte wie die Dekoration auf einer Torte. Die zusammengebissenen Zähne ließen ihre herunterhängenden Pausbäckchen noch ein bisschen runder erscheinen. Als sie Silvia erblickte, lockerte sich ihr verkniffener Gesichtsausdruck ein wenig. Dr. Lücke schmunzelte still vergnügt vor sich hin, während der Steuerberater aussah, als hätte man ihm soeben einen schlechten Witz erzählt. Gustav aber öffnete gleich seine Arme, als die vollschlanke Silvia näherkam, schwenkte ihr das Bierglas entgegen und rief: „Noch so eine Schönheit in unserer Mitte!"

„Ah, die Dichterin gibt uns die Ehre!", hieß Thorsten Voigt die Angekommene ebenfalls willkommen. Er wusste, dass ihr nichts mehr schmeichelte, als wenn sie auf ihre Literatur, ihr Schreiben angesprochen wurde.

„Vielen Dank für das Kompliment. Aber ich schreibe ebenso gern Kurzprosa, obwohl: Vielleicht veröffentliche ich demnächst einen Band mit Lyrik."

„Ist nicht wahr!", platzte Jutta dazwischen. „Aber du wolltest noch etwas ergänzen, Silvia."

„Ja, dass der Band eventuell mit Aquarellen einer wunderbaren Künstlerin, die ihr bestimmt alle kennt ..."

„Sag nicht Carmen!"

„Wird nicht verraten, ist alles erst im Werden, im Entstehen, es müssen noch diverse Details besprochen werden."

„Na, da wird das Nobelpreiskomitee im nächsten Jahr endlich mal kein Problem bei der Wahl haben", sagte der Steuerberater mit todernstem Gesicht.

Silvia ignorierte diese Unverschämtheit.

„Und? Was kommt danach? Woran arbeitest du im Moment?", wollte Jutta wissen.

„Ist noch nicht spruchreif …“

„Ach bitte!“

Die beiden Männer nickten den anderen beim Weggehen zu, hörten aber noch den Anfang von Silvias Antwort: „Vielleicht etwas Autobiographisches. Ich denke, ich habe da Einiges zu berichten. Aber Jutta, habe ich dir schon von meiner Idee erzählt, einen Kunstverein zu gründen?“

Ein paar Schritte entfernt fragte Dr. Lücke seinen Freund: „Hast du mal was von der gelesen?“

„Ja“, antwortete er mit wie von Schmerzen gequälter Miene.

„Und?“

„Unerträglich!“

„Wieso?“

„Der reinste Kitsch.“

„Was schreibt sie denn so?“

„Dämliche Geschichten, Rosamunde Pilcher für Bedürftige.“

„So schlimm?“

„Schlimmer!“

„Und jetzt etwas Autobiografisches, was das wohl wird.“

„Kann ich dir jetzt schon sagen: Eine als Roman getarnte halbbiographische Eigenbespiegelung. Und weißt du, was dabei herauskommt? Ich sag es dir: Eine weinerliche Selbstverwurstung, wie sie spät und matt von der Literatur erleuchtete Frauen in therapeutischen Gruppen schreiben.“

„Du weißt ja schwer Bescheid.“

„Meine Frau hat manchmal auch solche Anwandlungen.“

„Und dein Sohn!“

„Ich weiß, ich weiß! Ich bin gleich doppelt geschlagen!“, seufzte der Steuerberater.

„Man sagt aber, dass die Lyrik von Marcel …“

„Ich verstehe nicht viel von Literatur, aber der stille Ernst, mit dem der Junge seine Gedichte schreibt, imponiert mir. Und was Barbara angeht: Deren Texte kapiere ich zwar auch nicht, aber dass die Lichtjahre besser sind als das dilettantische Geschreibsel von Silvia, hat bisher jeder bestätigt, der einen kleinen Schimmer von Literatur hat. Apropos, wo sind unsere beiden Frauen geblieben?"

„Sicher sitzen sie irgendwo zusammen und reden über Kunst, oder sie schmieden Pläne, wie sie die Welt retten können." Dr. Lücke zuckte wie einer mit den Schultern, der jede Hoffnung auf Besserung verloren hat.

„Stimmt. Da hinten. Wollen wir zu ihnen gehen?"

„Lieber nicht, oder hast du Lust, über Literatur, Tierschutz, den Hunger auf der Welt oder ihre neueste Idee, diesen Kulturverein, zu reden?"

„Was für ein Kulturverein? Davon habe ich bisher nichts gehört."

„Isabell hat mir neulich davon erzählt. Was das genau werden soll, weiß ich auch nicht. Jedenfalls ein Verein, um die Kultur hier im Viertel zu fördern: kleine Konzerte, Lesungen, Ausstellungen."

„Ausstellungen? Als Konkurrenz zu Freddys Galerie? Das klingt spannend." Die Augen von Thorsten Voigt leuchteten.

„Nein, bestimmt nicht, eher mit Freddys Unterstützung."

„Ach, schade."

„Vielleicht in Zusammenarbeit mit Freddy, vielleicht auch in seiner Galerie. Wenn du Genaueres wissen willst: Da sitzen unsere beiden Kunstfeen."

„Nee, lass man gut sein. Für den Moment reicht mir das. Biegen wir lieber um die Ecke und holen uns noch ein Gläschen bei Yvönnchen."

Barbara und Isabell saßen an einem kleinen, abseitsstehenden Tisch beieinander und diskutierten die Frage, in welchem Maß die politische Meinung und Haltung eines Autors das literarische Ansehen seines Werkes beeinflusst beziehungsweise beeinflussen darf oder sogar muss. Nachdem sie an den Beispielen Knut Hamsun, Ezra Pound, Gottfried Benn, Hans Fallada und Erwin Strittmatter versucht hatten, das Literarische vom Politischen zu destillieren, waren sie über die Mitgliedschaft von Günter Grass in der Waffen-SS (Lüge, Verdrängung oder Scham?) bei der Frage gelandet, wie es sein konnte, dass die rassistische und explizit antisemitische Überzeugung des großen russischen Dichters Fjodor M. Dostojewski im Bewusstsein der literarischen Welt derart in Vergessenheit geraten konnte. Oder verdrängte auch die allzu gerne, wenn genügend Zeit verstrichen war und es ihre Idole betraf? Als Barbara auf die Frage von Isabell eingehen wollte, ob sich eine allzu unkritische Leserschaft durch Nicht-wissen-wollen schuldig machen könne, trat Marcel zu ihnen, um auf dem einzigen freien Stuhl am Tisch Platz zu nehmen, wobei er fragte: „Störe ich?"

Alle drei verband das Interesse für die Künste, insbesondere die Liebe zur Literatur. Isabell fotografierte außerdem gern, und auf ihren ausgedehnten Wanderungen zu Fuß oder zu Pferd, die sie meistens ohne ihren Mann machte, entstanden Fotos von elegischem Zauber, wie Marcel einmal befunden hatte. Obwohl die Resultate mehrfach Aufmerksamkeit und Interesse geweckt hatten, hatte sie eine Anfrage von Freddy, ob sie nicht irgendwann in seiner Galerie ausstellen wolle, mit der Begründung abgelehnt, dass die Qualität nicht gut genug sei, um in der Öffentlichkeit präsentiert zu werden. „Und außerdem: Warum sollte ich?", hatte sie vor einem halben Jahr auf ein entsprechendes Angebot des Galeristen gefragt, um gleich die Antwort selbst zu geben: „Ich will nichts verkaufen, ich will keine Ehre und auch keinen Ruhm, sondern höchstens das kritische Urteil eines Profis: Nicht um geheucheltes Lob zu hören, sondern um besser zu werden. Deswegen habe ich dir ja die Fotos gezeigt und dich gefragt, ob du jemanden kennst, an den ich mich mit meinem Anliegen wenden könnte."

„Hallo Marcel, wir diskutieren gerade die Frage ...", sagte Barbara, die in diesem Augenblick von der auf sie zu stürmenden Silvia Hohlfeldt unterbrochen wurde: „Meine Liebe, wie gut, dich zu treffen! Du weißt ja, dass ich seit Monaten an etwas Größerem schreibe, und da wollte ich dich fragen, nein, dich ganz herzlich bitten, ob du vielleicht in der nächsten Woche ein Stündchen Zeit für mich hättest. Ich habe da ein paar Fragen zu meinem Text. Ich meine, könnten wir sozusagen unter Kolleginnen vielleicht ..."

Allgemeines Entsetzen packte die drei, denn jeder wusste, dass Silvias Texte grauenhaft waren. Das heißt, jeder außer Silvia wusste das, jedenfalls jeder, der ein wenig Gespür für literarische Qualität besaß. Das aber wagte ihr niemand zu sagen, seit eine entsprechende, ganz zarte Andeutung von Barbara beinahe in einem Fiasko geendet wäre. Dabei war Silvia nett, umgänglich. Seit Neuestem trieb sie die Idee um, einen Kulturverein zu gründen, um künstlerische Projekte im Stadtviertel zu realisieren. Ziel sollte es vor allem sein, lokalen Künstlern eine Plattform zu bieten, ihnen Ausstellungen, Lesungen und Konzerte zu ermöglichen. Diese Initiative hatte ihr eine gewisse Anerkennung und Beachtung auch bei Barbara und Isabell verschafft. Allerdings fragten sich die beiden, ob Silvia dieses Projekt selbstlos plante, denn seit sie, durch welche unseligen Umstand auch immer, auf die Idee gekommen war, über eigenes schriftstellerisches Talent zu verfügen, schwelte der Verdacht, dass sie unter dem Deckmäntelchen von kulturbeflissener Wohltätigkeit handfeste Eigeninteressen verfolgte.

„A ..., aber sicher", stotterte Barbara. „Vielleicht schickst du mir das Exposee und eine Leseprobe per Mail zu, damit ich mir schon mal einen ersten Eindruck verschaffen kann." Zwar lag ihr nichts ferner, als sich mit Silvia Hohlfeldts Geschreibsel zu beschäftigen, aber für den Moment hatte sie sich Zeit verschafft.

„Ein Exposee? Das müsste ich erst noch schreiben, aber wir haben ja keine Eile", sagte Silvia etwas verunsichert in die Runde der sie Anlächelnden.

„Das ist die Höchststrafe", raunte Marcel Barbara zu, nachdem Silvia gegangen war. In seinem Blick lag wirkliches Mitleid. Silvia dagegen folgte eilig der Gastgeberin, die mit Gina von Allenstein Arm in Arm vorüberschwebte, mit der sie unbedingt Details wegen eines Interviews über ihr neues Buch besprechen musste, das Gina in einer bekannten Frauenzeitschrift zu platzieren versuchen sollte.

Barbara schaute die Freundin finster an. „Einer muss es ihr irgendwann sagen. Glaub mir, man würde ihr wirklich einen Gefallen tun."

„Was muss man ihr sagen?", fragte Isabell.

„Dass sie überhaupt nicht schreiben kann!"

Carmen war zu ihrem Galeristen Frederik von Palmberg geschlendert. Freddy, wie ihn seine Freunde nannten, hatte die Lässigkeit eines Geschäftsmannes, der wegen ererbten Reichtums wirkliche Arbeit – jedenfalls für nicht zu lange

Zeitintervalle – als sinnstiftende Betätigung empfand. Er hatte früh erkannt, dass die Einschätzung zeitgenössischer Kunst den eigenwilligsten Beurteilungen unterlag und in der Regel von marktrelevanten Einflüssen abhing. Wer konnte denn kompetent beurteilen, welches Bild warum und weshalb große Kunst und welches minderwertig war? In Bezug auf die alten Meister war das gut möglich gewesen, weil es dazu nachvollziehbare Kriterien gab, aber in Zeiten der kompletten Auflösung von Formen und Farben fehlten verlässliche Maßstäbe in der modernen Malerei, sofern die nicht sowieso gänzlich für erschöpft und beendet erklärt worden war. Performances, Videos und Objekte hatten längst jenes zwar vertraute, antiquierte Rechteck verdrängt, das über die Jahrhunderte als *das* Format der bildenden Kunst gegolten hatte. Was heute mit Stift, Pinsel oder dem Computer auf Papier oder sonstige Untergründe gemalt, gezeichnet, geritzt, geklebt oder sonst wie aufgetragen wurde, stellte auch Freddy häufig vor unlösbare Rätsel. Weil er sich nicht mit den Gurus der Branche messen wollte und konnte, hatte er sich in seiner Galerie auf, wie er sagte, verständliche Kunst beschränkt. Künstler, die er vertrat, mussten erkennbare Motive ästhetisch gestalten. Avantgardistische, experimentelle oder gesellschaftskritische Kunst war seiner Meinung nach etwas für die Documenta in Kassel, die Biennale in Venedig, das MoMa in New York oder andere Ausstellungen und Sammlungen, in denen moderne Kunst jenseits der für den gängigen Markt geltenden Kategorien gezeigt wurde. Werke von Gerhard Richter, Ai Weiwei, Georg Baselitz, Sol LeWitt oder Bruce Nauman wurden in den großen Auktionshäusern der Welt versteigert, die von Wolfgang Tillmans, Sigmar Polke, Damien Hirst, Jeff Koons, Piero Manzoni oder Philip Guston auf bedeutenden Kunstmessen verkauft, aber doch nicht in einer Stadtteilgalerie einer wenn auch betuchten deutschen Metropole wie Hamburg. Nein, hier waren Bilder gefragt, die sich farblich und motivisch in die moderne und dennoch gediegen gemütliche Innenarchitektur von Stadtvillen fügte. Kapitalismuskritik, apokalyptische oder dystopische Visionen, Mitleids- und Barmherzigkeitsallegorien zu Flüchtlingen, Minderheiten oder Kriegsopfern waren absolut ungeeignete Motive, unter denen niemand behaglich seinen Champagner oder Bordeaux genießen mochte.

Freddy wollte Anerkennung, Erfolg und vor allem: verkaufen. Am Geld war ihm zwar nicht viel gelegen, denn das hatte er durch diverse Erbschaften zur Genüge. Aber jeder Verkauf war ein persönlicher Triumph, der ihn in der Gesellschaft wichtiger machte. Er genoss seine Funktion als Mittler zwischen Kunst und Kommerz, er bewegte sich geschmeidig in beiden Welten; mal als geduldiger Zuhörer, mal als fachkundiger Ratgeber, mal als verschwiegener Freund, dem man Geheimnisse anvertrauen konnte. Freddy war wer geworden, und das hatten ihm nicht viele in seiner Jugend prophezeit. Vielleicht hatte er auch deshalb einen Softspot für Felix, weil der ihn an seine eigenen Probleme damals erinnerte: schwach in der Schule, Verachtung oder Mitleid von Lehrern und Mitschülern. Nur bei den Mädchen war er wegen seines guten Aussehens und weil er spendabel war beliebt gewesen. Auch da gab es Parallelen zu Felix.

Als ihm Carmen zum ersten Mal ihre Bilder zeigte, war er sofort begeistert gewesen. Ihm gefielen die effektvollen Konstellationen mit den diversen Motiven aus dem Bilderbogen des Lebens. Er folgte bereitwillig dem Urteil eines entfernt befreundeten Experten, der behauptet hatte, in Carmens Bildern eine kompositorische Spannung bei gleichzeitiger subtiler Zartheit in Farbgebung und Pinselduktus diagnostizieren zu können. Kein Protest, kein Aufbegehren lag in diesen Bildern, die sich nicht gegen das Schöne oder die Kontemplation wandten. Ganz im Gegenteil! Ihre Gemälde ermöglichten ein Sich-Hineinversetzen, ein Teilnehmen, ein Sich-Finden in einer Sphäre, einer Schnittstelle, wo Realität und Fiktion einander überlappten. Das hatte Freddy sich schriftlich geben lassen, immer wieder durchgelesen, schließlich verinnerlicht und zu seinem Credo gemacht.

Genau danach hatte er damals gesucht: Für ein breiteres Publikum zugängliche, von einem verstehbaren Inhalt getragene Kunst. Und sein Kalkül war aufgegangen. Für ihn und für Carmen.

Neben Freddy stand stocksteif Rigobert Derflinger, der Buchhalter der *Galerie Palmberg*, dem Carmen kurz zunickte, während sie ihren Galeristen wie üblich begrüßte: Küsschen links, Küsschen rechts, und Freddy ließ es sich nicht nehmen, seinen Star innig zu umarmen und auf die Stirn zu küssen. Aber er wirkte auf sie anders als sonst, auf eine fahrige Weise unkonzentriert.

„Schön, dass du auch gekommen bist“, sagte Carmen.

„Wieso? Ist doch eine Selbstverständlichkeit, wenn Felix zu Ehren gefeiert wird.“

„Es gibt da Gerüchte.“

„Was denn für Gerüchte?“

„Ich habe gehört, dass es zwischen dir und Felix Unstimmigkeiten gegeben haben soll.“

„Wir hatten Meinungsverschiedenheiten in künstlerischen Fragen, nichts Ernstes aus meiner Sicht.“

„Man fragt sich hier und da, ob unser lieber Felix bei dir bleibt oder ob er eigene Wege geht", bemerkte sie und schlürfte vom Champagner.

„Wer erzählt sowas?" Freddy wirkte eher amüsiert als neugierig.

Statt zu antworten, fragte sie: „Hat es Ärger zwischen euch gegeben?"

„Ärger? Nein! Unterschiedliche Auffassungen in künstlerischen Fragen und kaufmännischen Angelegenheiten, wie ich schon sagte."

„Man hört, dass es dir nicht gefällt, wie Felix immer – sagen wir – selbstbewusster und selbstständiger agiert."

„Wer sagt das?"

„Was die Leute so hier und da reden ... Stimmt also?"

„Was du mit *selbstbewusster* und *selbstständiger* beschreibst, kann man auch anders ausdrücken."

„Nämlich?"

„Kompetenzüberschreitung."

„Was meinst du damit?"

„Ich möchte nicht ins Detail gehen, aber wenn er Preise verhandelt, ohne mich zu fragen, wenn er Pressetermine ohne Absprache macht, wenn ..."

„Gute Preise?", fragte Carmen. Freddy zögerte einen Moment, bevor er einräumte: „Ja, schon, aber darauf kommt es nicht an!"

„*Nur* darauf kommt es an!"

Die beiden wurden unterbrochen, als Jan-Peter Wild wiederholt zwei leere Gläser aneinander klingen ließ. Weil die aus Bleikristall gefertigt waren, schallte und hallte ein tiefer, satter Ton bis in die hinteren Winkel des Parterres der weitläufigen Villa. Als sich die Gäste um ihn versammelt hatten, hob er zu seiner Begrüßungsrede an: „Ich danke euch, liebe Freunde, dass ihr unserer Einladung zu dieser kleinen Feier gefolgt seid. Wie ihr wisst, bin ich kein großer Redner, aber es ist mir ein wirkliches Anliegen, meiner Freude darüber Ausdruck zu verleihen, dass mein ... äh, unser lieber Felix die Clubmeisterschaft im Tennis gewonnen hat. Felix, willst du nicht selbst ein paar Worte zu deinem Triumph sagen?"

Auf eine Rede hätte der Angesprochene gern verzichtet, aber das musste nun sein. Er stellte sich an die Seite seines Vaters, hob das Glas und sagte: „Ist ja wirklich nichts Großes, diese Meisterschaft. Aber ich freue mich sehr, dass ihr gekommen seid, um mit mir – mit uns – ein bisschen zu feiern. Es ist schön, im Kreise seiner Freunde zu sein, auch wenn der Anlass nicht bedeutend ist. Aber ich habe eine kleine Überraschung, die ich euch nicht vorenthalten möchte. Paul, kommst du bitte mal zu mir?"

Aus dem Hintergrund löste sich ein bis dahin von allen kaum wahrgenommener Mann, den niemand kannte.

Der als Paul Bezeichnete schritt bedächtig mit überlegenem Lächeln ins Zentrum der Aufmerksamkeit. Sein cremefarbener, etwas verknitterter Anzug passte nicht in das extravagante Freizeitoutfit der anderen Herren, die mit Poloshirts und Jeans bekannter Edelmarken Lässigkeit jenseits vom Business demonstrierten. Pauls dunkelrote, seidenglänzende Krawatte auf rosafarbenem Hemdgrund veranlasste Emanuel, seinem Freund ins Ohr zu flüstern: „*Das* nenne ich einen mutigen Geschmack", worauf der ihn angewidert anschaute und sagte: „Das ist ein Frontalangriff auf meine Sehnerven."

„Wie Sie, sehr verehrte Damen und Herren, unschwer an meinem Dialekt hören können, stamme ich aus den südlicheren Gefilden unseres Sprachraums, aber ich möchte Sie nicht mit meinen biografischen Details langweilen. Nur so viel: Ich bin Galerist, und Felix wird, vorausgesetzt, wir können uns auf ein paar letzte kleine Details einigen", dabei wandte er sich mit einem Lächeln in Felix' Richtung, das nicht den geringsten Zweifel zuließ, und fuhr nach einer kurzen, bedeutungsschweren Pause fort: „Ja, Felix wird in dieser schönen Stadt eine Dependance meiner *Pigmente Galerie* übernehmen, deren Stammhaus in Wien ansässig ist. Wir werden sicher Gelegenheit haben, Sie über die programmatischen Schwerpunkte zu unterrichten. Der Tag hier und heute soll aber ganz und gar unserem guten Felix und seinem sportlichen Triumph gehören." Paul hob sein Glas, prostete dem Angesprochenen zu und ergänzte: „Meine herzlichsten Glückwünsche, lieber Freund. Und auf eine gute, vertrauensvolle Zusammenarbeit!"

Während ein zunächst zögerlicher, dann kräftiger Applaus das allgemeine Staunen auffing, fragten sich die Damen, ob Paul in seiner gesamten Erscheinung, mit diesem Anzug, der Farbkombination und seinen gegelten, nach hinten gekämmten Haaren als elegante oder eher als schmierige Erscheinung einzuordnen sei. Die Herren starrten abwechselnd auf Freddy und Felix, um auf deren Gesichtern aufschlussreiche Gemütsregungen abzulesen. Die Bombe war geplatzt! Felix raus aus der *Galerie Palmberg*! Und bald vielleicht sein Konkurrent!

Während der Applaus verebbte, trat der Hausherr zwischen seinen Sohn und Paul und kehrte dadurch zurück in den Mittelpunkt der Aufmerksamkeit. Er räusperte sich und nutzte das allgemeine Erstaunen, die spürbare Anspannung, zu einer die Stimmung auflockernden Ansage: „Ach ja, bevor ich das Wichtigste vergesse, meine Lieben: Ich habe ein paar

Kleinigkeiten von Louise kommen lassen. Die Gute hat mir versprochen", dabei zwinkerte er Gustav Körber zu, „dass heute ganz bestimmt alle satt werden. Also: Lasst es euch schmecken, das Buffet ist eröffnet."

Bevor die Gäste gekommen waren, hatte es sich Jan-Peter Wild nicht nehmen lassen, in aller Ruhe ausgiebig von den Leckereien aus *Louise's Landgasthof* zu naschen. „Ist überhaupt kein Genuss", hatte er zu Anni gesagt, „andauernd mit halbvollem Mund auf das blödsinnige Gerede der anderen eingehen zu müssen. Da probiere ich lieber bei Ihnen, ob diese Köstlichkeiten überhaupt für den menschlichen Genuss geeignet sind."

Jan-Peter Wild saß gern bei Anni in der Küche, und das hatte nicht ausschließlich kulinarische Gründe. Während seine Ehefrau Eleonora wegen der bevorstehenden Feier in hellster Aufregung durchs Haus rannte, um tausend und eine Nichtigkeit anzuordnen, zu korrigieren und zu organisieren, hatte es sich der Gastgeber am späten Nachmittag in der Küche bei einem Glas Chablis gemütlich gemacht. Mit verzückter Miene probierte er die mit Fisch, Fleisch, Gemüse, Obst und Käse gespickten Spieße, die er in verschiedene Dips stippte. Er kostete vom rosa Lammrücken mit getrockneten Tomaten, vom Rinderfilet mit Oliven, und vom gefüllten Vitello Tonato aß er eine stattliche Portion. Weder ließ er den marinierten Ziegenfrischkäse mit Kartoffelchips aus noch das Parmesan-Mousse mit Rucola. Er kostete von den Tempura-Karotten mit Ananas, den Sushi Rolls und nippte von diversen Süppchen. „Anni, du musst ... äh, Sie müssen unbedingt von diesem Matjestartar mit den gebackenen Garnelen probieren! Diese süßscharfe Sauce, einfach köstlich", schwärmte er, während die Haushälterin weiter Vorbereitungen für das Fest traf. Sie wusste, dass Jan-Peter Wild nicht nur die üppigen Delikatessen genoss, sondern gleichzeitig auch ihre sich ihm halb zu- und halb abgewandte, leicht nach vorn gebeugte Rückenansicht. „Rundungen, wie sie sein sollen", hatte er ihr einmal in einer schwachen Stunde nach einem Gläschen zu viel gestanden. Damals, nach dem Tod seiner ersten Frau, der fabelhaften Margarete, hatte sie ihn mütterlich getröstet, ihn umsorgt, bekocht und jeden Abend, bevor sie nach Hause ging, umarmt. Als diese Umarmungen seinerseits immer anschmiegsamer erwidert wurden, hatte sie jedoch gesagt: „Du weißt, dass ich verheiratet bin, und ich habe nicht vor, das zu ändern." Es war das erste Mal gewesen, dass sie ihn geduzt hatte, und seitdem glitten beide in besonderen Momenten verbal ins Vertrauliche, nämlich wenn sie spürten, dass es gut und richtig war. Lange hatte Jan-Peter auf eine gemeinsame Zukunft mit Anni gehofft, in der ein Wunder bestimmte Personen wegzaubern würde. Ausgesprochen hätte er das niemals, hin und wieder verschämt durchdacht und empfunden, wenn er in Vorstellungen und Tagträumen unterwegs war und erst recht, wenn er bei Anni in der Küche in Andeutungen, zarten Berührungen oder intimen Verkostungen Momenten seiner Fantasien nahekam. Aufgegeben hatte er seine Hoffnungen zwar nie, sich allerdings vor vier Jahren von der viel jüngeren Eleonora in eine Ehe manövrieren lassen, die seine Wünsche und Sehnsüchte kurzzeitig hatte betäuben und von Anni ablenken können.

Nachdem er das Buffet für eröffnet erklärt hatte, bahnte er sich seinen Weg gegen den Strom der zu den kulinarischen Köstlichkeiten Drängenden in Richtung Küche, wurde aber nach wenigen Schritten von Gustav Körber aufgehalten: „Sach mal, Jan-Peter, muss ich da wieder mit den Fingern so komische Hühnerteile in ungenießbar scharfe Saucen tunken und Suppe aus Schnapsgläsern trinken?“ Gustav brüllte vor Lachen. Der Angesprochene nahm ihn mit konspirativem Gesichtsausdruck zur Seite: „Pass mal auf, Guschi, ganz links am Buffet, gleich hinter dem Nachtisch, ist eine große Schüssel mit Kartoffelsalat, daneben liegen Frikadellen, und da steht auf einem Feuerchen ’ne große Schale mit klein geschnittener Currywurst. Habe ich extra für dich von unserem Wurstmaxen kommen lassen! Aber lass mir für später ’n bisschen was übrig.“ Den letzten Satz hatte er Gustav ins Ohr geflüstert, klopfte seinem Kumpel aus Kindheitstagen auf die Schulter und fügte hinzu: „Da hau’n wir noch mal rein, wenn die anderen weg sind, was!“

„Oder wollen wir beiden uns aus dem Staub machen, zu Erna und Alwin fahren und uns mal wieder so richtig einen hinter die Binde kippen?“

Erna und Alwin hießen die Wirtsleute ihrer Stammkneipe aus Jugendtagen. Die gab es natürlich längst nicht mehr, und Erna und Alwin waren seit Jahren im Säuferhimmel, aber eine Sekunde lang spürte Jan-Peter, wie gern er mit Gustav dorthin verschwunden wäre. Er klopfte ihm nochmals liebevoll auf die Schulter und drehte sich wortlos weg.

Beide stammten aus kleinen Verhältnissen, hatten zusammen die Schulbank gedrückt, bis Jan-Peter aufs Gymnasium kam. Gustav war eher schlau als intelligent gewesen, und seine Energien hatte er nicht für die Schule verschwendet, sondern auf allerlei Jobs konzentriert, mit denen er Geld verdienen konnte. Gemeinsam hatten die beiden den Konfirmandenunterricht ertragen und geschwänzt, Fußball in derselben Mannschaft gespielt und Mädchen angebaggert. Mit den Jahren hatten sich ihre Wege voneinander entfernt, ohne dass sie sich gänzlich aus den Augen verloren hätten. Während Jan-Peter ein Studium der Betriebswirtschaftslehre begonnen hatte, war Gustav nach seiner Lehre zum Speditionskaufmann in das kleine Möbeltransportunternehmen seines Onkels eingestiegen, das er nach dessen Tod übernahm. Sein Wahlspruch lautete schon damals: „Du musst nicht der Klügste von allen sein, aber der Schlauste unter den Dümmeren." Aus der „kleinen Klitsche", wie er die Firma seines Onkels genannt hatte, machte er ein respektables Unternehmen „mit ordentlichem Gewinn, und nur das zählt, oder?" Als man ihn zum Vorsitzenden des Landesverbandes der Möbelspediteure wählte, mussten auch repräsentative Aufgaben übernommen werden. Schnell war klar, dass dafür Rolex und Mercedes nicht ausreichten. Um Gäste empfangen zu können, suchten die Körbers eine Villa in einem der vornehmen Stadtteile, und als Gustav seinem Freund, der inzwischen im Aufsichtsrat einer Brauerei saß, davon erzählt hatte, konnte der ihm einen Tipp geben, sodass sie wieder Nachbarn wurden, denn ihre Häuser lagen keine fünfhundert Meter voneinander entfernt.

Auf dem Weg in die Küche verdrängte Jan-Peter Jugenderinnerungen mit Guschi Körber oder Currywurst mit Pommes frites, weil ihn Pflaumen im Speckmantel und himmlische Mohncreme lockten. Ihm war nach Sinnlichkeit in ihren vielfältigen Ausprägungen zumute. Wenn er Glück hatte, würde Anni da sein, ihm Gesellschaft leisten und ihm anschließend einen Cappuccino machen. Auch das konnte sie wie keine andere. Dazu vielleicht ein Schnäpschen. ... Er wusste, dass Eleonora ihn nicht vermissen würde, weil sie intensiv mit den Gästen, mit ihrem Aussehen, mit Small Talk, Gina von Allenstein, Klatsch und Tratsch beschäftigt war.

„Kennst du diesen, wie heißt der noch, Paul?“ Carmen war wie beiläufig mit ihrem Teller voll Fingerfood zu Freddy geschlendert, der missmutig an einem in Limettenbutter gegrillten Hummerschwanz nagte.

„Nee, nie gesehen, nie von dem gehört.“

„Gut sieht er ja aus.“

Freddy hätte sich fast verschluckt und sah sie entgeistert an, weil er ihre Ironie den Bruchteil einer Sekunde zu spät verstand.

„Und?“, fragte sie weiter.

„Ich hatte keine Ahnung. Felix hat mir vor einigen Tagen gesagt, dass er im neuen Jahr nicht bei mir weiterarbeitet, mehr nicht.“

„Und warum weiß ich davon nichts?“

„Ich habe nicht geglaubt, dass er Ernst macht. Wir hatten eine kleine ..., na, du weißt schon ... Ich dachte, der beruhigt sich wieder.“

„Und nun? Was ist mit meiner Vernissage. Macht Felix die Hängung, das Licht, das Drumherum?“

Freddy zuckte die Achseln: „Frag ihn. Deine Ausstellung soll ja erst Ende Oktober stattfinden. Zeit genug also.“

Carmen empörte sich: „Hör mal, mein Lieber, ich erfahre so nebenbei, dass Felix, der ...“

„Nun reg dich nicht auf. Entweder macht Felix das oder ein anderer. Ich habe entsprechende Ideen und Alternativen.“

„Das glaub ich ja nicht! Wir arbeiten seit Jahren zusammen: Du, Felix und ich, und jetzt, so kurz vor ...“ Weiter kam sie nicht, denn Gina von Allenstein war dazugekommen und fragte: „Störe ich?"

„Nein, ganz und gar nicht", antwortete Carmen, die unbedingt Ginas Pressearbeit brauchte.

„Und? Was sagt ihr dazu? Ganz neu kann das ja nicht gewesen sein, dass Felix nun nicht mehr ..."

„Pass mal auf, Gina, Felix war nicht das Herzstück meiner Galerie. Die Vernissage von Carmen findet wie geplant statt. Wir ziehen das ganz groß auf. Gib uns ein paar Tage Zeit, bis wir wissen, ob Felix die Ausstellung wie geplant vorbereitet und begleitet, okay?"

„Oh, ich merke, da gibt es Klärungsbedarf. Ruf mich an, Freddy, wenn es Neuigkeiten gibt."

Gustav hatte das Buffet geschickt umkurvt, um zu den von Jan-Peter angekündigten ganz speziellen Wurst- und Kartoffelkreationen zu gelangen, die sonst scheinbar niemanden interessierten. Er fand ein ruhiges Plätzchen unweit des Edelstahl-Speisenwärmers, aus dem ihn der liebliche Geruch von Currywurst entgegenfächelte. Breitbeinig stand er an der Fensterbank, auf der er sein Bier abgestellt hatte, kaute, linste verschmitzt aus seinen Schweinsäuglein und genoss es, dass Jutta ihm nicht wegen Diabetes, Übergewicht, Blutdruck und so weiter in den Ohren liegen konnte, weil sie mit irgendwelchen Schnepfen irgendwo über irgendeinen Unsinn redete. Diese Soße! Während er sich genüsslich Schale für Schale der in mundgerechte Stücke geschnittenen Wurst schmecken ließ, beobachtete er amüsiert, wie spindeldürre, in die Jahre gekommene Damen, deren Gesichter denen von dehydrierten Echsen glichen, mit ekelverzerrten Mienen an ihm vorbei defilierten und sich über den „Wurstmatsch" oder „den

Tiefpunkt menschlicher Kulinarik“ echauffierten, wenn sie angewidert die Baille mit Gustavs Lieblingsspeise erblickten. Ihre männlichen Begleiter dagegen schielten verschämt-sehnsuchtsvoll und begehrlich auf Gustavs Delikatessen: Hatte der das gut! Sie mussten Salat, Hummerschwänze, Kaviarparfaits, Gambas in Knusperteig und ähnlichen Blödsinn essen, bevor sie sich heimlich, zum Beispiel wenn ihre Frauen auf der Toilette waren, an die Wursttheke schleichen konnten. Während Gustav sich die vierte Portion Wurststückchen auf seinen Teller löffelte, gesellte sich ein etwas schwammiger Mann mit Hornbrille zu ihm.

„Endlich einer mit intakten Geschmacksnerven“, begrüßte Gustav seinen neuen Nachbarn, dessen Gesichtszüge sich augenblicklich lockerten. „Gestatten, Derflinger. Sie bevorzugen auch ...?“

„Körber, angenehm! Langen Sie zu, schmeckt köstlich, und Konkurrenz für uns beide ist weit und breit nicht in Sicht.“ Beide kauten wortlos vor sich hin, bis Gustav mit von Wurst, Frikadellen, Pommes frites und Kartoffelsalat vollgeschlagenem Bauch seinem Nebenmann „Weiter guten Appetit“ wünschte und auf den Tisch für Desserts zusteuerte, wo er seinen absoluten Nachtisch-Favoriten entdeckte, der nur unter den erlesenen Köstlichkeiten gelandet war, weil Jan-Peter Wild die Vorlieben seines alten Freundes bestens kannte. Zunächst aber musste Gustav Körber sich hinter Thorsten Voigt und Dr. Lücke einreihen, die, statt endlich ihre Teller zu beladen, über eine Begrifflichkeit philosophierten.

„Wieso heißt das Zeug eigentlich Götterspeise?“, fragte der Anwalt seinen Freund und zeigte mit der Gabel auf die mit giftgrünem Gelee randvolle Kristallschale, dem Objekt von Gustav Körbers Begierde.

„Weiß ich auch nicht, es schmeckt jedenfalls schaurig", sagte der Arzt und rümpfte die Nase.

„Passt überhaupt nicht in diese ansonsten exzellente Auswahl, finde ich."

„Man hört ja, dass der Hausherr an diversen, eben auch kulinarischen Geschmacksverirrungen leiden soll ... Übrigens kenne ich diesen Nachtisch unter dem Begriff Wackelpeter, was es meiner Meinung nach viel besser trifft."

„Komisch", sinnierte der Anwalt und begann endlich, sich von der weißen und der dunkelbraunen Mousse au Chocolat zu nehmen, „zwei derart unterschiedliche Begriffe für ein und dieselbe Sache: Götterspeise und Wackelpeter, wie soll das zusammenpassen?"

Gustav, der dicht hinter den beiden stand und das Gespräch zwangsläufig mitgehört hatte, antwortete ungefragt, während er sich eine mächtige Portion von dem grünen Glibber in die größte verfügbare Schüssel schaufelte: „Das passt sogar hervorragend, ein Volltreffer ist das! Sie müssten mal die Möpse meiner Süßen sehen!"

***

Wie verträumte Girlanden stiegen kleine, zartmilchige Schleier aus seiner Teetasse auf und fächelten Felix feines Earl-Grey-Aroma entgegen, als er sich wie jeden Morgen an seinen winzigen Küchentisch setzte, um zu frühstücken. Er hatte alle Zeit der Welt.

Obwohl er gestern Abend Anlass, Mittelpunkt und Hauptperson gewesen war, hatte er das Fest als einer der Ersten verlassen. Seinem Triumph war nichts hinzuzufügen gewesen. Längst hatte er gelernt, dass man rechtzeitig gehen musste. Immer. Überall. Das Kunststück bestand im Herausfinden des richtigen Moments. Ab einem gewissen Zeitpunkt, wenn man mit allen wichtigen Leute wenigstens ein paar Minütchen flüchtig geplaudert hat, wenn die Gäste sich nach dem Buffet um halbwegs originellen Small Talk bemühen oder ihren Interessen folgend nach Gesprächspartnern Ausschau halten, wenn gelangweilte Ehefrauen nach Aufmerksamkeit heischen, wenn sich bestimmte Leute gezielt suchen oder noch gezielter aus dem Weg gehen, wenn der Alkoholpegel einiger genauso wie die Nüchternheit anderer die Aussicht auf witzige, wenigstens vordergründig geistreiche oder gar substantielle Gespräche mehr und mehr schwinden lässt, ist es Zeit zu gehen. Es sei denn, das Treffen von diesem oder jenem könnte von Nutzen sein. Felix hatte – geschult auf unzähligen Partys, Vernissagen, Jubiläen, Geburtstags- und sonstigen Feiern – gelernt, wie man durch Abwesenheit nicht vergessen, sondern unentbehrlich wird. Durch seinen Coup gestern Abend hatte er für jede Menge Gesprächsstoff gesorgt. Um die Wirkung zu intensivieren, war es förderlich, sich allen Nachfragen zu entziehen und ins Kraut schießenden Spekulationen Tür und Tor zu öffnen. So wurde man wichtig. Er war geblieben, solange das Buffet vorübergehend zum

Mittelpunkt aller Begehrlichkeiten geworden war. Aber als sich die Gesättigten wieder an ihn, den Anlass dieser Feier, erinnerten, hatte er sich aus dem Staub gemacht. Schließlich war es nicht alltäglich, dass jemand – Simsalabim! – vom belächelten Tennis-Vereins-Champion zum verrätselten Geschäftspartner einer unbekannten Größe und damit zum Konkurrenten des im Viertel wichtigsten Galeristen mutierte. Genau das war der ersehnte dramatische Stoff für abendfüllende Vermutungen, Verdächtigungen, Prognosen und gut oder bös gemeinte Prophezeiungen.

Als die Ersten sich ihm auffällig unauffällig näherten, hatte er seinen Vater zur Seite genommen, ihm etwas von frühen Terminen am nächsten Morgen erzählt und sich aus dem Haus geschlichen.

Bestens gelaunt war er die wenigen hundert Meter zu seinem Apartment geschlendert und hatte sich das Kopfschütteln und Unverständnis vorgestellt, wenn man von seinem frühen Abgang erfahren würde. Der Sohn des Gastgebers schon weg, die Hauptperson bereits zu Bett gegangen! Wie fand man denn das? Er hatte sich ins Fäustchen gelacht, sich in seinen Relaxsessel fallen lassen und ein großes Glas Cognac eingeschenkt. „Prost, mein lieber Felix", hatte er zu sich selbst gesagt, „die werden sich noch wundern."

***

Felix ignorierte das Summen seines Handys, weil er nicht gestört werden wollte. Außerdem: Es konnte nur jemand völlig Unwichtiges auf die absurde Idee kommen, ihn jetzt, am Morgen nach seinem Coup, derart früh anzurufen. Oder war das vielleicht Mathea, die wissen wollte, wie es gelaufen war? Höchst unwahrscheinlich, weil sie um diese Zeit mit Sicherheit wichtige Beratergespräche mit Kunden ihrer Bank zu führen hatte. Er schaute aufs Display: Sie war es nicht.

Er kannte Mathea noch nicht lange. Umso lieber hätte er ihr mit seinem Auftritt, mit seiner Wichtigkeit in der zwar nicht großen, aber respektabel besetzten Runde am gestrigen Abend imponiert. Aber sie war in Kopenhagen unabkömmlich gewesen, weil sie lange vereinbarte Termine wahrnehmen musste. Schade, aber vielleicht war es auch besser so.

Mathea! Er hatte sie zum ersten Mal beim Warten auf das Boarding auf dem Flughafen von Kopenhagen-Kastrup getroffen. Sie hatte ihm gegenübergesessen und auf ihrem Laptop herumgetippt. Felix hatte dagegen nichts Wichtiges zu tun gehabt und ihr absichtslos zugeschaut. Dabei war ihm ausgerechnet Gustav Körber eingefallen, der alle Menschen in zwei Kategorien einteilte: Eierköpfe und Mondgesichter. Aber Mathea passte weder in die eine noch in die andere Kategorie, weil ihr Gesicht einem runden Rechteck glich. Natürlich ein geometrischer Unsinn, aber anatomisch kam diese Beschreibung durchaus der Wahrheit nahe. Sie war Dänin, wie sich später bestätigen sollte. Ihm gefiel ihre blonde Kurzhaarfrisur mit ein paar Strähnchen, ihre blasse Haut, der etwas breite Mund mit den schmalen Lippen, ihre kurze, gerade Nase. Als sie telefonierte, zeigte sich eine tadellose Zahnreihe.

Zufällig saß sie im Flugzeug direkt neben ihm. Als die Stewardess mit dem Trolley an ihrer Reihe hielt, um Sandwiches anzubieten, und bedauernd sagte: „Ich habe nur noch Hühnchen", verzog Mathea angewidert das Gesicht und winkte ab. Aber Felix reagierte blitzschnell: „Wenn Sie nichts dagegen haben, nehme ich beide", und fragte seine verdutzte Sitznachbarin: „Sind Sie Öko?"

„Was dagegen?"

„Nein, im Gegenteil, so habe ich ja zwei Brötchen. Aber darf ich Sie, sozusagen als Ersatz, heute Abend in ein erstklassiges vegetarisches Restaurant in Hamburg einladen, oder reisen Sie weiter?"

Kannte er die Nummer auf dem Display? Nachdem gestern die Bombe geplatzt war, dass er nicht mehr bei Freddy arbeiten, sondern sozusagen dessen Konkurrent werden würde, wollte er mit niemandem reden. Einerseits war ihm die Sache mit Paul unangenehm, weil die Arbeit bei Freddy ihm geholfen hatte, praktische Erfahrungen zu sammeln und Kontakte zu knüpfen. Andererseits glaubte er, in den letzten Monaten immer häufiger Freddys Geringschätzung, seine Missgunst gespürt zu haben. Zwischen ihnen war ein Klima entstanden, das auf Felix wie ein schwüler Sommertag lastete. Je erfolgreicher seine Mitarbeit in der Galerie geworden war, desto mieser fühlte er sich von Freddy behandelt. Allmählich war in ihm der Wunsch gereift, etwas Neues anzufangen, und der Zufall hatte drei Monate zuvor geholfen, als er Paul an einem sonnigen Tag im April zum ersten Mal begegnet war.

Der untersetzte Mann in etwas nachlässiger Kleidung hatte die Galerie betreten, um sich „ein wenig umzusehen." Weil nichts los gewesen war, hatte Felix die Zeit genutzt, sich erste Überlegungen für Carmens Vernissage im Oktober zu machen. Bis dahin hatte er nur wenige ihrer neuen Bilder gekannt, aber es würde wohl das Übliche sein. Um eine Konzeption zu entwerfen, musste er die Bilder unbedingt demnächst begutachten. Als er sein Handy zur Hand nahm, um mit ihr einen Termin zu vereinbaren, tauchte Paul auf.

Wie jeder Besucher war der umhergeschlendert und hatte Fragen zu den ausgestellten Künstlern gestellt. Bei einer angebotenen Tasse Kaffee erzählte Paul wie beiläufig, dass er unter anderem in Wien ebenfalls eine Galerie betreibe und nach einem Partner im Norden suche, um zu kooperieren. Ob er ihm dabei helfen könne, hatte er Felix plötzlich direkt gefragt, und der hatte nach kurzer Bedenkzeit vorgeschlagen, das besser an einem anderen Ort zu besprechen. Man hatte sich für den nächsten Vormittag zu einem Spaziergang im Stadtpark verabredet. Der lag weit entfernt von diesem Stadtteil, sodass es unwahrscheinlich war, jemanden aus dem Freundes- oder Bekanntenkreis dort zu treffen.

Felix hatte seine Chance gewittert: War das vielleicht sein ganz persönliches Tor zum wirklichen Einstieg in die Welt des Kunsthandels? Immer so weiter jobben als Tennislehrer? Sicher nicht! Da hatte er viel größere Lust, etwas im Umfeld von Kunst und Galerien zu machen. Aber was? Hier und da hatte es Andeutungen von Händlern und Galeristen gegeben: Man könne sich vorstellen ... vielleicht für eine Ausstellung oder Messe ... oder dieses oder jenes und so weiter. Nichts Konkretes. Auch Freddy hatte nie den Bereich des Ungefähren und den der Andeutungen verlassen, wenn es um Felix' Zukunft gegangen war, und der hatte mit der Zeit immer weniger Gefallen daran gefunden, in Freddys Abhängigkeit – quasi in lebenslanger Dankbarkeit – bestenfalls als Juniorpartner ein berufliches Schattendasein zu führen. Hoffnung hatte er anfangs durchaus gehegt, eines Tages als Partner in die *Galerie Palmberg* einzusteigen, aber mittlerweile hatte er eigene künstlerische und geschäftliche Vorstellungen entwickelt. Seit Längerem hatten sich Freddy und Felix voneinander entfernt, ohne dass sie darüber gesprochen hätten. Felix spürte, dass eine Trennung unausweichlich sein würde, um seinen eigenen Weg zu gehen.

Dieser Paul war ein eigenartiger Typ. Sollte er sich auf den einlassen? Felix hatte dessen Erscheinung als sonderbar empfunden, obgleich er wusste, dass sich in der Welt der Kunst alle denkbaren und undenkbaren Persönlichkeiten, Typen und Charaktere tummelten. Paul aber entsprach keiner der gängigen Kategorien; streng genommen sah er mit seinem leicht verknitterten Anzug, der verrutschten Krawatte und den öligen Haaren nicht wie ein Kunsthändler oder Galerist, sondern wie ein Gebrauchtwagenhändler oder Versicherungsvertreter aus. Seine Art zu sprechen war langsam und sanft, klang bayerisch oder österreichisch – Felix konnte das nicht genau unterscheiden –, möglicherweise mit einem winzigen slawischen Akzent unterlegt. Er lächelte fast immer und hatte eine schlaffe, in sich gesunkene Körperhaltung, geradezu der Gegenentwurf zum jungdynamischen Alleskönner, der fitnessgestählt außer Smoothies nichts zu benötigen scheint, um mindestens achtzehn Stunden am Tag maximale Leistungen zu erbringen. Dass man solche Erscheinungen besser nicht unterschätzt, hatte Felix im Laufe der Zeit gelernt. Deshalb hatte er sich nach dem Profil und den Prinzipien von dessen Wiener *Pigmente Galerie* erkundigt.

Paul hatte geantwortet, dass er sich auf den Handel mit Bildern der klassischen Moderne spezialisiert habe, aber er leiste sich auch den Luxus, nebenbei immer ein paar ausgewählte, vielversprechende Talente auszustellen und zu vertreten. „Damit ist kaum etwas zu verdienen, das mache ich aus Liebe zur Kunst und zu den Künstlern. Wenn nicht Leute wie ich, wer dann?", hatte er gesagt, ohne auf seine Frage eine Antwort zu erwarten. „Ich vertrete ein paar Künstler aus Mitleid, weil sie nett sind oder weil mir ihre Bilder gefallen. Aber ein gutes Geschäft ist das nicht, im Gegenteil! Geld verdiene ich mit anderen Werken, bevorzugt der klassischen Moderne, eher aus der zweiten Reihe. Ich kaufe auf Auktionen und von mir gut bekannten Händlern im In- und Ausland. Ich weiß, wo für welche Gemälde ein Markt ist, mein Kapital sind mein Fachwissen und meine internationalen Kontakte", erläuterte er und ergänzte: „Aber die wichtigste Währung im Kunsthandel ist das Vertrauen." Felix wusste natürlich, was er damit meinte, denn in einem von Fälschungen unterwanderten Markt kam es auf Verlässlichkeit, auf Glaubwürdigkeit, auf das Wort des Kenners und Fachmannes an, wenn ein potentieller Interessent zum Käufer gemacht werden sollte.

Bei der zweiten Tasse Kaffee hatte sein Gast gesagt: „Lieber Freund, nennen Sie mich Paul. Mein Familienname ist sowieso zu kompliziert", und als Felix nach dessen Handynummer für den Fall, dass etwas im Vorfeld der morgigen Verabredung dazwischenkommen würde, fragte, hatte sein Gegenüber gelächelt: „Ich werde ganz sicher kommen und Sie, Felix, bestimmt auch."

***

Der nächste Tag war kein so schöner wie der vergangene gewesen. Eben typisch April, dachte Felix und schaute auf seine Uhr: Er war viel zu früh dran.

Nachdem er seinen Wagen abgestellt hatte, schlenderte er zunächst ziellos durch die weite Anlage des Stadtparks, bis er an dessen Rand zum verabredeten Treffpunkt gelangte, dem Pinguin-Brunnen, der sich inmitten einer Gruppe gewaltiger Blutbuchen befand. Wie unter der Kuppel einer Kathedrale, aus der mattes Licht scheint, plätscherte das Wasser einer kleinen Fontäne in ein Bassin, das von sechs knapp einen Meter kleinen Pinguinen umringt wurde, die auf einem achteckigen Beckenrand aus Beton standen.

Diesen Ort hatte er früher gern gewählt, um die eine oder andere seiner ersten Freundinnen zu treffen, denn der hatte einen eigenen, romantischen Zauber: Der verspielte Brunnen, die gewaltigen, ihn beschirmenden Bäume und das hohe Buschwerk drum herum schufen eine Abgeschiedenheit wie die eines Separees inmitten des riesigen öffentlichen Parks. Ein idealer Ausgangspunkt für erste Liebeleien war das gewesen. Damals hatte ihn die Pinguin-Skulptur nur am Rande interessiert, aber jetzt nutzte er die Gelegenheit, um die Figurengruppe genauer zu betrachten.

Schon immer hatten ihn in Parks stehende Skulpturen begeistert; weniger wegen deren künstlerischem Wert – den er früher nicht einzuschätzen gewusst hätte –, sondern wegen dieser spezifischen Symbiose, mit der eine Plastik durch die sie umgebenden Pflanzen mit Grün-, Braun- und Grautönen gefärbt und farblich eingepasst wird, wie sie Zeit, Wind und Wetter altern lassen – gerade so, als befinde sie sich auf dem Weg, organisch zu werden, um mit den Pflanzen zu verwachsen, um mit den Bäumen, Blumen und Gräsern ihrer Nachbarschaft im Zyklus der Jahreszeiten zu erblühen und zu verwelken, eins zu werden mit der Natur.

Aus allen möglichen Blickwinkeln schaute er beim mehrmaligen Umrunden des Brunnens auf die bronzenen Pinguine, die sonderbar einzeln wirkten – geradezu individuell vereinzelt. Wie sich deren Köpfe reckten, neigten, senkten, streckten, wie sie selbstvergessen einander zu- und abgewandt auf der Balustrade hockten: ein erstarrter und zugleich bewegter Moment, ergänzend belebt vom Wasserspiel in ihrer Mitte. Ihre Aufmerksamkeit gilt nur ihnen selbst und vielleicht dem sie umgebenden Park, nicht aber dem Betrachter. Bei näherem Hinschauen stellte Felix überrascht fest, dass die Körper nicht detailgetreu, sondern grob und glatt, sogar ein wenig plump gefertigt waren. Aber deren Körperhaltungen waren derart wesenstypisch getroffen, dass er ihre Bewegungen zu spüren glaubte. Gar nicht satt sehen konnte er sich, weil sich bei jedem Schritt um den Brunnen herum neue Facetten einer bewegten Ruhe eröffneten, die dieses Ensemble ausstrahlte.

Um auszuruhen, setzte er sich auf eine Bank. Für Momente brachen Sonnenstrahlen aus dem kreisförmigen Ausschnitt des grauen Himmels, den die Kronen der Blutbuchen umrahmten, und matter Glanz reflektierte von Brunnen, Pinguinen und Pflanzen. Im Hintergrund links leuchtete das Rosarot des Rosengartens. Das Wasser des Brunnens plätscherte wie immerwährend und übertönte wohlwollend den schwachen Straßenlärm aus der Ferne – ganz so, als sollten letzte Störungen der Außenwelt von dieser Idylle ferngehalten werden. Silberkerzen und Prachtspiere, Farne und Funkien, Waldmeister und Schaublatt ragten aus dem

Meer von Grün und zogen einen sanft bewegten Vorhang über Teile des Brunnens.

Entspannt lehnte er sich zurück, schaute in die Richtung des Rosengartens, als ihm plötzlich jemand von hinten auf die Schulter tippte: „August Gaul, 1869 bis 1921, die Figurengruppe schuf er um etwa 1913. Was wir sehen, ist aber leider kein Original, sondern nur eine Kopie."

Blitzartig war Felix herumgefahren und sah in Pauls lächelndes Gesicht. Der kam, während er diese Erklärung abgab, langsam um die Bank herum und setzte sich neben ihn.

„Sie haben mir einen schönen Schrecken eingejagt, Paul! Begrüßen Sie die Leute immer so von hinten am frühen Morgen?"

„Oh, tut mir leid, lieber Freund, aber ich wollte Ihr versonnenes Betrachten nicht stören."

Felix hatte sich sofort wieder gefangen und fragte: „Wieso *leider* nur eine Kopie?"

„Nun ja, der Zauber eines Originals wohnt einer Kopie niemals inne." Paul begleitete sein Urteil mit einer wegwerfenden Handbewegung.

„Wirklich nicht? Solange ich nicht gewusst habe, dass das eine Kopie ist, galt der Figurengruppe meine ganze Bewunderung."

„Und jetzt?"

„Würde ich gern das Original sehen, am liebsten berühren."

„Eben. Die Kopie ist plötzlich nur noch die Kopie, fast wertlos, der Zauber verflogen. Obwohl es dieselbe Skulptur ist wie vor einer Minute. Und genau davon leben wir."

Felix schaute Paul fragend an, der erläuterte: „Unser Geschäft ist das Wissen, manchmal die Überzeugung und gelegentlich der Glaube, dass wir den Kunden Originale verkaufen. Sie wollen ein Bild von der Hand des Meisters, nicht eines Kopisten oder gar eines Fälschers. Obwohl die manchmal sogar die besseren Maler sind. Aber das spielt überhaupt keine Rolle. Ein Kunde, der einen Matisse haben will, muss einen marktangemessenen Preis zahlen, für den er verlangt und erwartet, dass es sich um ein Original handelt. Für die Echtheit bürgt der Verkäufer. Das ist in der Regel ein Händler oder ein Auktionshaus, seltener eine Privatperson oder ein Künstler selber." Paul machte eine kleine Pause, bevor er ergänzte: „Der Preis definiert sich wie überall durch Angebot und Nachfrage, aber wem sage ich das? Und natürlich verlangt der Käufer ein Original, jedenfalls fast immer. Ausnahmen gibt es natürlich."

Beide Männer saßen nebeneinander und blickten in Richtung des Pinguin-Brunnens. Felix fragte sich, was Paul ihm mitteilen wollte, denn das alles war ihm nicht neu. War das erst die Ouvertüre, ein Vorgeplänkel oder bereits Teil des Kerns ihres Gespräches, in dem es immerhin um eine Zusammenarbeit gehen sollte? Felix entschloss sich, alles auf eine Karte zu setzen und in die Offensive zu gehen, denn bevor er sich auf eine geschäftliche Vereinbarung mit Paul einließ, wollte er wissen, woran er war: „Sie handeln also auch mit Kopien und Fälschungen?"

Paul lachte auf. „Ja, natürlich!", und als Felix ihn entsetzt ansah, erklärte er: „Erstens: Man kann praktisch nie mit hundertprozentiger Sicherheit wissen, ob es sich um ein Original handelt. Selbstverständlich gibt es Methoden, das festzustellen. Außerdem Werkverzeichnisse, Ausstellungs- und Auktionskataloge, Expertisen und so weiter. Aber unterhalb der Ebene zweifelsfrei verifizierter Kunstwerke tut sich eine ganze Welt auf. Warum? Es gibt besessene Sammler, die sich das Original nicht leisten können, weil ihnen die Mittel fehlen oder weil das Werk nicht zu kaufen ist. Die gelungene Nachbildung kann so als Surrogat des Originals dienen. Andere wollen Eindruck machen, können sich aber zum Beispiel für ihr Büro keinen echten, sagen wir Schmidt-Rottluff oder Kokoschka leisten. Weil sie ihre Geschäftspartner beeindrucken wollen oder müssen, bestellen sie eine erstklassige Kopie oder ein Gemälde in der Art von diesem oder jenem Künstler, das natürlich nur einen Bruchteil kostet. Selbstverständlich ohne Signatur, gern mit kleinen Abweichungen; anderes Format, leicht veränderte Farbgebung, ein Baum mehr, eine Sonnenblume weniger. Oder denken Sie an ehemals Reiche, die aus welchem Grund auch immer Kunstwerke verkaufen müssen, und trotzdem ihren Matisse nach wie vor im Wohnzimmer hängen haben wollen. Scheidungen, Firmenpleiten, Spielsucht; es gibt so viele Gründe, weshalb Leute ihre Kunstwerke verkaufen müssen, aber den Schein aufrechterhalten wollen. Dementsprechend ist die Nachfrage nach und somit der Markt für Bilder, die – sagen wir es vorsichtig –, dem Original nahekommen, größer, als man glauben mag! Es ist nichts Anrüchiges, solange man nicht so tut und behauptet, es wäre ein Original von Schmidt-Rottluff oder von wem auch immer. Fälschungen bieten wir nicht an. Aber der Markt ist gleichermaßen voller Begehrlichkeiten wie voller nicht zweifelsfreier Objekte. Das wissen Sie ja selbst! Da bleibt viel Raum für Vermutungen, Zuschreibungen und Expertisen."

„Und Sie legen nicht die größte Sorgfalt an den Tag, um Eindeutigkeit zu erreichen", schlussfolgerte Felix, der sich auf eine empörte Antwort gefasst machte. Ihm war das egal, denn er hatte soeben beschlossen, keinesfalls in die Geschäfte Pauls einzusteigen.

Aber Paul sagte mit milder Stimme: „Im Gegenteil, lieber Freund. Wir bemühen uns um allergrößte Seriosität! Kennen Sie das Bonmot von den annähernd 3.000 Werken, die Camille Corot geschaffen hat, und von denen sich allein 5.000 in den USA befinden sollen?"

Felix sah ihn entgeistert an. „Sie meinen …?"

„Ach, mein lieber Felix, ich meine gar nichts. Sehen Sie, da gibt es Wünsche und Begehrlichkeiten, da gibt es nicht nur die Blue-Chip-Kunst, sondern es gibt auch Bilder von nicht gänzlich zweifelsfreier Herkunft. Es gibt Experten, die das beurteilen, es gibt Spekulationen und Hoffnungen. Und es gibt einen Markt für das alles. Ich bin bloß ein Vermittler, ein Lieferant, ich erfülle Wünsche und Träume. Und da gibt es viel Geld, das angelegt werden will. Sehr viel Geld."

Aus dem Gespräch war ein Kontakt geworden, nachdem Paul klargestellt hatte: „Ich verkaufe, was verlangt wird: Originale nach bestem Wissen und Gewissen, Kopien als Kopien, Bilder im Stile von als Bilder im Stile von." Pläne waren gereift, des Öfteren war Felix nach Wien geflogen, um sich mit Paul zu treffen und sich dessen Galerie anzusehen. Weitere Kontakte bestanden unter anderem zu Galerien in Zürich und Paris. Eine Dependance gab es in München, und bei den Besuchen dort gewann Felix die Überzeugung, durch eine Zusammenarbeit mit Paul in eine ganz andere Liga aufzusteigen. Wenig später besprachen beide Details für eine Niederlassung in Hamburg, die Felix leiten sollte. Ein Schwerpunkt sollte darin bestehen, die von Paul vertretenen österreichischen Künstler im Norden zu präsentieren.

„Warum ausgerechnet Hamburg? Die Stadt hat nicht den Ruf, eine Kunstmetropole zu sein", hatte Felix gesagt, nachdem er seine Unterschrift unter den Vertrag gesetzt hatte.

„Tor zur Welt, Tor in den Norden Europas, nach Skandinavien. Prost, auf eine gute, lange, vertrauensvolle Zusammenarbeit, lieber Freund", antwortete Paul, hob das mit Dom Pérignon gefüllte Glas und stieß mit Felix an, der sagte: „Eine Frage habe ich noch: Wie sind Sie ausgerechnet auf mich gekommen?"

„Instinkt", und als Felix vergeblich auf eine nähere Erklärung wartete, schüttelte Paul ganz leicht den Kopf und reichte Felix das nun auch von ihm unterschriebene Vertrags-Exemplar. „Noch ein bisschen Schampus, mein lieber Felix?"

***

Das Cognacglas stand noch auf dem Wohnzimmertisch, wo er am Vorabend stillvergnügt und allein seinen Erfolg ausgekostet hatte. Felix schenkte sich einen Cognac ein. Den gönnte er sich gewöhnlich höchstens nach einem guten Essen oder zu besonderen Anlässen wie dem gestern, nicht wie jetzt am späten Vormittag. Aber wenn nicht heute, wann dann? Einen Tag nach dem großen Fest, *seinem* Fest! Aber den gestrigen Tag, die Party ihm zu Ehren, empfand er als Befreiung von Abhängigkeiten und Geringschätzung. Natürlich hatte er die mildmitleidigen Blicke der Gäste wahrgenommen: Andere feierten Examen oder Firmengründungen, dem lieben Felix zu Ehren musste diese dämliche Vereinsmeisterschaft im Tennis herhalten, weil es sonst ja nix bei ihm zu feiern gab. Vor dem Hintergrund seines Wissens um eine Zukunft in ganz anderem Format, in der Vorfreude auf die Ankündigung seines beruflichen Wechsels, hatte er die Herablassung der anderen stillvergnügt genossen. Die sollten sich noch wundern! In Zukunft brauchte er weder die Fürsprache seines Vaters noch die von Freddy oder Carmen, um wohl gelitten zu werden oder Jobs zu bekommen. Welch ein Triumph, als er Paul mit der sensationellen Neuigkeit aus dem Hut gezaubert hatte, dass der ihn zum Leiter einer zu gründenden Dependance seiner Galerie machen wollte, deren Haupthaus sich in Wien befand. Dieser Coup hatte ihn auf den Rang eines Gleichberechtigten mit all den Ärzten, Steuerberatern, Händlern, Bänkern, Künstlern und was sie sonst so waren, darstellten oder sein wollten, gehievt.

Felix schwenkte das große, bauchige Glas, damit sich der Duft des Cognacs entfalten konnte. Er hielt die Nase dicht über den gläsernen Krater zwischen seinen Händen und sog den leichten, warmen Duft ein, der scharfmild nach würzigen Hölzern roch. Er nahm einen kleinen Schluck, ließ die Flüssigkeit im Mundraum spielen und konzentrierte sich auf die Vielfalt der sich entwickelnden Aromen, bevor er eine kleine Menge schluckte. Herrlich diese sanfte Schärfe, dieser allmählich schwindende Nachklang. Er hielt das Glas gegen das Licht und blickte auf das satte Braun, das, vom Kreisen seiner Hand bewegt, leicht hin und her schwappte. Je nachdem, wie man das Glas hielt, gaukelten dessen Dicke und Schliff eine größere als tatsächlich vorhandene Menge vor. „Betrüger" hatte Gustav Körber solche verdickten Glasböden einmal nach einem vorzüglichen Essen in einem noblen Restaurant genannt und erklärt: „Machen die gern, um den Gästen was vorzugaukeln." Felix musste bei der Erinnerung daran lächeln, nahm einen nächsten Schluck auf dem Weg in eine moderate, wohlig-warme Betäubung. Cognac vom Feinsten! Ein Geschenk von seinem Patenonkel Guschi Körber damals zum Abitur. Seit Jahren aufbewahrt für einen ganz besonderen Moment. „Einer zum Alleinesaufen", hatte Gustav ihm damals ins Ohr geflüstert, und heute war genau der richtige Tag dafür.

Felix legte eine CD in den Player. Er war kein Musikkenner, konnte keine Noten lesen, spielte kein Instrument und bekannte sich offen zu seinem simplen Musikgeschmack: meistens Pop, gelegentlich gängige Klassik, Belcanto, selten – in blauen Stunden – Jazz. Er legte Chet Baker auf. Jeder Ton ein Träumen in ferne Welten und ins eigene Innere zugleich.

In Abständen nippte Felix weitere Schlückchen, die wie kleine Erfüllungen von sanften Versprechungen wirkten: Ein Meer von Zartheit und Wärme, ein Nebel aus Geschmack und Musik, ergänzt von einem Gefühl wohliger Genugtuung ließen ihn zufrieden in seinem Sessel sitzen: Ich hab's geschafft! Gustav hat recht: Den großen Triumph feiert man am besten allein, ganz allein, für sich. Frei nach dem Motto: Mitleid kriegst du geschenkt, Neid musst du dir erwerben. Noch so ein Lieblingsspruch von Gustav. Es konnte ihm egal sein, wer wie über ihn dachte und redete. Jetzt brach eine neue Zeit an, in der aus dem lieben Felix *der* Felix werden würde.

Leicht angetrunken dachte er an Carmen, seine alte – ja, was eigentlich? – Freundin? Natürlich hilfreich auf seinem Weg, aber auch lästig. Damals als Ratgeberin seiner Mutter bei seinen Problemen in der Schule ihr Tipp, Kunstgeschichte zu studieren, ihre Vermittlung in Freddys Galerie. Abhängigkeiten! Schuldgefühle! Ewige Dankbarkeit? Schluss damit! Sie war zu einer Wand geworden, die eingerissen werden musste.

Das schroffe Klingeln des Telefons zerstörte sein Grübeln. Carmen? Freddy? Paul? Mathea? Er beschloss, nicht auf das Display zu schauen. Es war ihm vielleicht zum ersten Mal in seinem Leben egal, wer ihn anrief, wer was von ihm wollte. Chet Baker spielte, und er wollte mit ihm und seinem Triumph in der cognacseligen Umnebelung mit sich allein bleiben.

Warum musste er gerade jetzt, im Moment des stillen Genießens, an den Tod seiner Mutter vor elf Jahren denken? Wie ein sekundenschneller Film durchströmte ihn alles, was er von ihr wusste, was er von ihr erinnerte, was ihn mit ihr verband, was er ihr verdankte. Nach ihrem Tod hatte er mit dem Vater allein in dem zu großen Haus gewohnt. Haushälterin Anni hatte ihm zwar nie ein vollständiger mütterlicher Ersatz sein können, aber durch sie waren an den fünf Tagen der Woche, an denen sie den Haushalt führte, Lebhaftigkeit, Fürsorge und weibliche Wärme verblieben. Sie verwandelte das Haus in ein

Zuhause, und es war nicht zu übersehen, dass sein Vater ein Auge auf Anni geworfen hatte, noch bevor eine angemessene Zeit des Trauerns verstrichen war. Das Krebsleiden seiner Mutter hatte über Jahre eine Atmosphäre geschaffen, die anfangs von Hoffen, dann von immer größerer Sorge, schließlich von Leid und dem zu erwartenden Tod geprägt gewesen war. Als seine Mutter starb, war von Erlösung im doppelten Wortsinn die Rede: Die Erlösung der Sterbenden von einem immer unerträglicher gewordenen Leiden, die Erlösung von Vater und Sohn von der Last, so gar keine Freuden des Lebens ohne schlechtes Gewissen genießen zu dürfen.

Anni passt zu meinem Vater, hatte Felix gedacht, aber die war verheiratet, wenn auch dem Anschein nach nicht glücklich. Anni schwieg dazu und sprach höchstens von ihrer Tochter Yvonne, wenn es um Familiäres ging. Eines Tages hatte sein Vater Eleonora kennengelernt. „Leider", wie Felix laut vor sich hinsagte, obwohl es – das gab er zu – weit schlimmer hätte kommen können. Er beschloss, in den nächsten Tagen endlich einmal wieder das Grab seiner Mutter zu besuchen.

Der Cognac funkelte in dem geschliffenen Glas, das Felix nachdenklich gegen das Tageslicht hielt. Damals war er Carmens Rat gefolgt und hatte mit dem Studium der Kunstgeschichte begonnen. Das interessierte ihn zwar nicht wirklich, aber irgendetwas musste er ja machen. *Kunstgeschichte* klang gut, das konnte sich hören lassen, und sein Vater war erleichtert, dass sein Sohn überhaupt etwas Vorzeigbares in Angriff nehmen wollte. Sogar von Nutzen wurden ihm die Kenntnisse aus den ersten drei Semestern, als Freddy eine Aushilfe für die Sommerzeit gesucht hatte, und weil er sich mit seiner charmanten, umgänglichen Art bestens in die Aura der Galerie eingefügt hatte, war er schnell über den Status einer Aushilfe hinausgelangt. Bald gehörte er zum Team, war zum festen Bestandteil der Galerie geworden. Freddy war zwangsläufig viel unterwegs. Er reiste zu Kunstmessen, besuchte Vernissagen und Events, um Leute zu treffen und Kontakte zu pflegen. Gelegentlich schaute er in den Ateliers jener Künstler vorbei, die er vertrat oder gern vertreten wollte. Zwar hatte er mit Rigobert Derflinger einen höchst verlässlichen Kompagnon, der so gut wie immer in der Galerie anwesend war, aber mit der Kunst an sich nichts im Sinn hatte. Er war Buchhalter, wirkte lieber unauffällig im Hintergrund, kümmerte sich um die finanziellen und organisatorischen Angelegenheiten. Da war es nützlich, einen Platzhalter wie Felix in der Galerie zu wissen, der – optisch höchst präsentabel, im Small Talk gewandt und geübt – potentielle Kunden (vor allem Kundinnen!), Presseleute oder andere Interessenten eloquent aufs Angenehmste empfing, beriet, vertröstete oder bediente. Wenn beispielsweise Gina von Allenstein beim Blick durchs Schaufenster den langweiligen Rigobert erspähte, huschte sie lieber unbemerkt vorbei. Sah sie dagegen Felix auf dem roten Ledersofa oder hinter dem gläsernen Schreibtisch sitzen, schaute sie liebend gern auf ein Käffchen herein, um sich von ihm über die aktuellen Pläne der Galerie, Trends, die nächste Vernissage oder über Neuigkeiten im Viertel zu informieren. Wichtiger war es ihr jedoch, gezielt Informationen, Gerüchte und Vermutungen bei Felix zu platzieren, weil sie verlässlich darauf zählen konnte, dass die in Umlauf gebracht werden würden.

Die beiden setzten sich üblicherweise in die extra für solche Zwecke gemütlich eingerichtete Ecke, hörten im Hintergrund dezent klassische Musik oder verträumte Jazz-Balladen und parlierten munter miteinander. Gina war immer auf der Suche nach Storys für die diversen Blätter, für die sie als freie Mitarbeiterin schrieb, und für die Galerie war es äußerst vorteilhaft, regelmäßig nicht nur im Lokalteil der Stadtteilausgabe der einzig verbliebenen, ernst zu nehmenden Tageszeitung der Stadt erwähnt zu werden, sondern auch in angesehenen Journalen für Mode, für Innenarchitektur, Design oder Lifestyle. Felix wusste stets etwas Aufregendes zu berichten, denn „Freddy`s Bistro", wie der gemütliche Treffpunkt von Freunden der Galerie genannt wurde, war zum Anlaufpunkt so vieler im Viertel geworden. Erschöpft vom morgendlichen Einkauf, gequält von Zahnarzt Dr. Lücke („Dabei ist er ein so sanfter Mensch!"), frisch frisiert („Hat Ingolf das nicht wieder wunderbar gemacht?"), von der Massage („Tinas Hände sind zart und hart zugleich, eine Wohltat!") oder gestählt aus dem Fitness-Studio schaute man auf ein Bier, eine Rhabarber-Schorle, ein perfekt temperiertes Glas Weiß- oder Rotwein aus dem extra von Freddy angeschafften Weinkühlschrank vorbei. Man ließ sich auf das Sofa aus rotem Leder oder einen der schwarzen Sessel sinken und erholte sich, von Zimmerpalmen umrahmt.

Natürlich durfte das Finanzielle nicht zu kurz kommen. Das hatte Freddy seinem Adepten nicht beibringen müssen, denn der verfügte zwar über keinen ausgeprägten Geschäftssinn, aber über ein unbestechliches Gefühl für Gerechtigkeit, das er bald mit den Interessen der Galerie zur Übereinstimmung brachte: Wer hier sein Gläschen Wein oder einen Espresso trank, wer zum Freundeskreis dazugehören wollte, der musste beizeiten auch geben, das heißt in diesem Fall kaufen. Sanft, spielerisch, unaufdringlich, elegant, fast ein bisschen mediterran, aber mit unübersehbarer Deutlichkeit vermittelte Felix diese Botschaft denjenigen, die die Galerie häufiger besuchten. Seine Klaviatur von Sanktionen hielt ein breites Spektrum für all jene parat, die nicht wenigstens hin und wieder Bilder erwarben, Projekte sponserten oder sonstige geldwerte Leistungen anboten oder zur Verfügung stellten. Bald wusste jeder, wie konsequent Felix übersehen, ignorieren, nicht einladen oder Bemerkungen in den Kreislauf von Klatsch und Tratsch lancieren konnte, um Versäumtes anzumahnen.

Mit einem Glas Prosecco in der Hand ließ sich nicht nur über das Wetter trefflich plaudern, sondern man konnte ebenso das diverse *Hastduauchschongehört?* austauschen oder über kunstästhetische Fragen fachsimpeln. Felix wurde immer häufiger zum gesuchten Gesprächspartner, weil er im Handumdrehen seinen Standpunkt an einem frisch hereingekommenen Exponat erläutern konnte, das ihm in seiner thematischen Aktualität, seiner Zeitenthobenheit oder seiner beinahe spirituellen Ausstrahlung außerordentlich geeignet erschien, um einen kommenden Trend anzudeuten. Da wurde Neugierde entfacht, schlummerndes Interesse gekitzelt, Begehrlichkeit geweckt. Er gewann zunehmend an Bedeutung, denn nichts schätzt ein Ratsuchender mehr als das Urteil einer fachlich verlässlichen Autorität.

Es geschah, was Felix nie für möglich gehalten hatte: Er begann, sich für die Inhalte seines Studiums zu interessieren, das bisher nebenher geplätschert war. Auch jetzt hatte er keinesfalls die Absicht, einen Abschluss zu machen. Aber es war nützlich, etwas über Kunstgeschichte zu wissen und Relevantes und Genaueres über die Geschäfte im Kunsthandel zu erfahren. Es brachte ihm zunehmend Spaß, seine wachsende Fachkompetenz mit Aspekten der Verkaufspsychologie zu kombinieren. Wer kauft warum was? Das war in diesem Metier die alles entscheidende Frage. Kein Mensch braucht Designerklamotten, Luxusautos, Juwelen oder Kunstwerke, aber so gut wie jeder will sie haben. Um jedoch das Sinnlose zu verkaufen, bedarf es eines spezifischen Geschicks. Voraussetzung: Das nötige Kleingeld und eine Kaufabsicht sind vorhanden. Dann kann das Spiel der Eitelkeiten, von Schmeicheleien rund um Begehrlichkeiten, der Tanz ums Goldene Kalb beginnen. Nirgends war es so schwierig wie in der modernen Kunst, Qualität zu definieren, weil alles von subjektiven Kriterien, den Preisen und Mechanismen des Marktes, den Expertisen von Fachleuten abhing. Das war die große Bühne der Milliardäre und der Multimillionäre und hier, in der *Galerie Palmberg*, immerhin die der Millionäre. So viel hatte Felix mittlerweile begriffen.

Freddys Galerie war eine bestenfalls mittlere Bühne, eher dritte als zweite Liga: Hier wurde gefällige Kunst Leuten angeboten, die in stattlichen Villen lebten und ein Häuschen auf dem Land oder eine Wohnung an der See hatten; biederes Publikum mit solidem Vermögen. Jeder von denen konnte ein potentieller Käufer sein und wollte individuell behandelt werden. Felix wusste längst: Die Kunst des Verkaufens besteht darin, blitzschnell zu erfassen, wie der Schlüssel zum Erfolg passen könnte, wo der Eingang in die Brieftasche war, der Türöffner: War es die Eitelkeit, das Gequengel der Ehefrau, das besondere Geschenk für die Geliebte? Gustav Körber hatte ihm früher einmal sein ganz persönliches Erfolgsrezept verraten: „Immer dran denken: In jedem Zug sitzt ein Doofer, der dir abkauft, was du loswerden willst. Den musst du finden, auf den musst du warten können, und wenn du den am Haken hast, musst du die richtigen zwei oder drei Sätze sagen."

Felix hatte es nicht mehr nötig, sich allein auf seine perfekten Manieren und seinen Charme zu verlassen, um Erfolg zu haben. Er hatte mit der Zeit gelernt, wie heiße Luft in klingende Münze zu verwandeln war. Geschmeidig und virtuos spielte er auf der Klaviatur zwischen Small Talk, Schmeicheleien, alltäglichen Belanglosigkeiten, geheuchelter Empathie, Fachlichem und Geschäftlichem, stellte elegant Verbindungen her, um letztlich beim Eigentlichen zu landen, nämlich dem Angebot der Galerie. Das beeindruckte. Und er fand einen zweiten Schlüssel zum Erfolg, nämlich die Erkenntnis, dass die potentielle Klientel weitgehend aus Dilettanten und Ahnungslosen bestand. Man redete über Kunst, weil man partiell zu Kreisen gehören wollte, in denen Kunst gekauft und besessen wurde, in denen man über Kunstmessen und -auktionen nicht bloß sprach, sondern auch zu ihnen reiste. Geschmack war das eine, ein Wert etwas anderes. Kennerschaft ließ sich auf diesem Gebiet schwerlich nachweisen, es sei denn, man war Dozent oder Professor an einer entsprechenden Hochschule. Oder Fachjournalist, Galerist, Gutachter eines renommierten Instituts oder selbst Künstler; aber eben ein von Fachkreisen und dem Markt anerkannter. Felix wurde immer klarer, wie die Ränder ineinander verschwammen, wie klein die Zahl der wirklichen Kenner war, wie virtuos Trends – und damit Markt und Preise – beeinflusst und gemacht wurden. Ziemlich viele, ziemlich verschiedene Leute drehten mit unterschiedlichen Interessen, Erwartungen und Zielen an stattlichen Rädern, um Erfolg zu haben. Da spielten Banken und Versicherungen, Geschäftsleute aus der ganzen Welt und aus allen Branchen ebenso eine Rolle wie Manager von Auktionshäusern, Messebetreiber und steinreiche Privatiers. Es war eine Welt voller dubioser Einflüsse auf Objekte, deren materieller Wert gegen Null tendierte, deren Preise nicht unwesentlich von der medialen Wahrnehmung bestimmt wurden und nach oben kaum Grenzen kannten. Und in Felix wuchs die Überzeugung, in diesem bizarren Geflecht ein komfortables Plätzchen zu finden, wenn er sich den Status eines Kenners, eines verlässlichen Beraters und – ja, auch – eines diskreten Maklers und vertrauenswürdigen Händlers erwarb. Fast unbemerkt war er auf diesem Weg bereits ein gutes Stück vorangekommen, und als er die Straße des Erfolges wie von einem Nebel befreit klar vor sich zu sehen glaubte, überlegte er, welcher Schritt folgen könnte, denn die Galerie von Freddy Palmberg lag zwar in einem der wohlhabendsten Viertel Hamburgs, dennoch war sie provinziell. Felix war davon überzeugt: Dies hier war gewiss ein respektabler Anfang, aber noch lange nicht das Ende seines Weges.

Als er das Cognacglas abstellte, stand sein Entschluss fest: Er wollte klar Schiff machen, das hieß: Mit Freddy sprechen, wie sie ihre Zusammenarbeit vernünftig zu Ende bringen konnten, denn ganz nach Gustav Körbers Motto „Man sieht sich immer zweimal im Leben“ lag ihm nichts daran, mit Freddy im Streit auseinanderzugehen. Und da war noch Carmens Vernissage im Oktober. Bei ihr stand er im Wort und bei Freddy in gewisser Weise auch.

***

Sollte er sich ärgern? Über Felix, diesen undankbaren Verräter? Hinter seinem Rücken hatte der die Chuzpe gehabt … Was wäre der denn ohne ihn? Tennislehrer, sonst nichts! Eher bemitleidet als bewundert. Wenn man es mit Ende zwanzig nicht weitergebracht hatte, war man ein Versager! Ohne ihn, Freddy, wäre Felix keinen Zentimeter in die Welt der Kunst eingedrungen. Das heißt, na ja, der hatte ein Studium der Kunstgeschichte angefangen. Aber nur, weil ihm nichts Besseres eingefallen war. Genauso gut hätte er Denkmalpflege oder Prähistorische Archäologie studieren können. Dem war es ausschließlich auf den Status als Student angekommen, um etwas Akzeptables darzustellen, jedenfalls für eine gewisse Zeit. Auf Inhalte, auf Bildung und Erkenntnisgewinn kam es dem überhaupt nicht an.

Allerdings, das konstatierte Freddy: Felix war im Laufe der Zeit immer nützlicher für die Galerie geworden, weil er Geschmack bei der Hängung von Bildern bewies, einen Blick für Proportionen, Farben und Formen besaß, vor allem aber, weil er über ein unbestechliches Urteil in sämtlichen Fragen von Licht und Beleuchtung verfügte. Der wusste sofort, wo welches Bild am besten zur Geltung kam, in welche Umgebung es gehängt werden musste, wie viel von welcher Art Licht es benötigte. Der hatte ein natürliches Gespür dafür, Bildern durch optimale Beleuchtung einen Resonanzraum zu geben.

Trotz der Quasi-Kündigung von Felix gestern hatte Freddy keine richtig schlechte Laune, denn war das nicht die Chance für eine tiefgreifende Veränderung, der Galerie ein neues Profil zu geben, Impulse zu setzen, frische Ideen zu entwickeln, andere Künstler zu präsentieren?

Er dachte nach. Sollte er den Empörten spielen, den Verratenen und menschlich tief Enttäuschten, wenn Felix wie verabredet nachher kommen würde? Oder sollte er auf Goodwill machen, dessen Verdienste hervorheben und ihm ganz sportlich viel Erfolg für die Zukunft wünschen? Im Guten auseinandergehen, spätere Kooperationsmöglichkeiten nicht ausgeschlossen? Wer war dieser Paul, war da eventuell auch für ihn etwas drin? Schmuse- oder Konfrontationskurs? Was war nützlicher für ihn, für seine Galerie?

Zunächst war zu klären, ob Felix zu seinem Wort stand und Carmens Ausstellung kuratieren würde. Überhaupt Carmen. Ja, er hatte eine Zeitlang gut mit ihren Bildern verdient, sie war zum Star seiner Galerie avanciert, aber ihr Stern war im Sinken begriffen. Immer dieselben Sujets, die gleiche Farbpalette, es fehlte etwas Neues, Aufregendes, Überraschendes. Vielleicht bahnte sich eine elegante Lösung an, wenn Felix sie sozusagen übernehmen würde. Quatsch, dachte Freddy, der dürfte auch froh sein, sie los zu sein. Oder?

Freddy war mit seinen Überlegungen keinen Schritt weitergekommen, als Rigobert Derflinger wie immer auf die Minute pünktlich um acht Uhr zur Tür hereinkam und staunte: „Du schon hier?“

Freddy saß mit einem Kaffeebecher in der Hand in einem der schwarzen Sessel und wirkte nachdenklich. Normalerweise zelebrierte Rigobert sein einsames, immer gleiches Frühstück, bevor sonst jemand in die Galerie kam: Ein Apfel, zwei belegte Brötchen vom Bäcker um die Ecke und dazu einen Cappuccino aus der Kaffeemaschine. Nichts konnte er weniger ertragen, als in seiner alltäglichen Routine gestört zu werden.

Rigobert wohnte in einem gutbürgerlichen, biederen Stadtteil außerhalb der City. Jeden Morgen fuhr er mit der U-Bahn zur Arbeit, wo er in eine Welt eintauchte, die er nicht verstand, die ihn nicht interessierte und die er mittlerweile verachtete. Das sagte er niemandem, weil das Gehalt stimmte und weil der Job ihm genügend Zeit für seine Leidenschaft ließ: Zierfische. Die hatten zwar auch viel mit optischen Reizen zu tun, aber auf eine, wie er meinte, natürlich-ästhetische Art, weit entfernt von jener künstlerisch-künstlichen, die in der Galerie angeboten wurde. Das gestand er kopfschüttelnd befreundeten Zierfisch-Enthusiasten vom Verein *Wasserflöhe*, wenn er, was selten genug vorkam, auf den wöchentlichen Treffen von seinem beruflichen Umfeld erzählte. Als Junggeselle lebte er inmitten zahlreicher Süß- und Meerwasseraquarien, für die er Tausende ausgegeben hatte. Welche Frau hätte akzeptiert, dass er für Raritäten außerhalb des Standardrepertoires gelegentlich Hunderte auf den Tisch legte? Sicher, da gab es auch weibliche Mitglieder in seinem Verein, aber Zierfische als ehestiftendes Motiv kam sogar ihm absurd vor, und darüber hinaus gehende Reize hatte er bei den zur Auswahl stehenden Damen bislang nicht ausmachen können. Dann besser alleine frühstücken!

In Freddys Galerie war er ein Fremdkörper, weil er betuschtem Papier oder bepinselten Leinwänden, wie er sich ausdrückte, nicht das Geringste abgewinnen konnte. Ihn interessierte auch nicht, ob Steuerberater Voigt in seinem Jaguar E-Type, Baujahr 62, mit dem *Oldtimer Owners Club* eine Selbstfahrertour lieber in die Champagne oder ins Elsass machen sollte, und es war ihm vollkommen gleichgültig, ob sich ausgerechnet Gina von Allenstein dazu entschließen würde, an einem Schweigeseminar teilzunehmen. Dass man ihm für gewöhnlich weniger Beachtung schenkte als den Zimmerpalmen, hatte ihn nur so lange gekränkt, bis er das in der Galerie verkehrende Publikum als Konzentrat menschlicher

Unerheblichkeit klassifiziert hatte. Er, Rigobert Derflinger, war ausschließlich für das Organisatorische zuständig: Buchführung, Transporte, Erstellung von Rechnungen, notwendige Einkäufe und Anschaffungen. Im hinteren Bereich der Galerie hatte er ein kleines Büro zwar ohne Tageslicht, aber mit zwei Aquarien, in die er allemal lieber schaute als auf das, was andere als Kunst bezeichneten.

„Du hast ja mitbekommen, dass Felix uns verlässt", sagte Freddy, „und jetzt überlege ich, wie ich damit umgehen soll."

„Ja, schade. Aber ich denke, da sollte sich über kurz oder lang ein adäquater Ersatz finden lassen", antworten der Buchhalter unaufgeregt. Zwar hatte er Felix anfangs für die Inkarnation eines völlig verblödeten Snobismus gehalten, aber mit der Zeit hatten beide zu einer friedlichen Koexistenz gefunden, weil Felix ihm nie in seine Belange hineingeredet und ihn immer respektvoll behandelt hatte. Und als Felix auf seine eigene Art allmählich immer mehr zum Geschäftserfolg der Galerie beitrug, war er in Rigobert Derflingers Achtung weiter gestiegen. Zwar begriff er nicht, wie jemand, der ganz offensichtlich keinen Schimmer von Kunst hatte, derart erfolgreich Gemälde verkaufen konnte, aber Felix tat es, und mit den Jahren hatte Rigobert Derflinger es sowieso aufgegeben, irgendetwas hier nach den Maßstäben seiner Logik verstehen zu wollen.

Freddy schaute erwartungsvoll zu seinem Angestellten. Der stellte den Aktenkoffer und die Tüte mit den beiden Brötchen auf dem Tisch ab, zog sich einen Cappuccino aus der Kaffeemaschine und sagte endlich: „Schade, eigentlich. Und was wird mit Carmens Ausstellung?"

***

Der Kaffee musste jetzt fertig sein. Carmen holte die Zeitung aus dem Briefkasten und ging in die Küche, um zu frühstücken. Es war halb elf, die richtige Zeit, um die eigenen Gedanken zu sortieren. Schau mal an, unser lieber, kleiner, netter, glatter, ein bisschen einfältiger Felix!, dachte sie. Und jetzt will das Vögelchen flügge werden und fliegen lernen.

Niemals hätte sie es für möglich gehalten, dass sie einmal darauf hoffen würde, von Felix beruflich – nein, nicht zu profitieren, das wäre viel zu hart ausgedrückt –, aber, nun ja, mit ihm zu kooperieren. Wie oft hatte sich damals seine Mutter ihr gegenüber sorgenvoll über ihren Sohn geäußert, wie oft hatte sie Trost gespendet, Optimismus verbreitet, wenn wieder neue Hürden auf dessen holprigem Weg durch die Schule zu überwinden gewesen waren.

Margarete hatte sie bei einer Wohltätigkeitsveranstaltung kennengelernt. Die hatte den dritten Preis einer Tombola gewonnen, ausgerechnet ein Hafenbild von Carmen, der damals, wie es in der Ankündigung hieß, *hoffnungsvollen Nachwuchskünstlerin*. Bis heute erinnerte sie sich voller Ärger und Zorn an diese Demütigung. Ihr Bild – der dritte Preis! Eine Frechheit! –, aber aus dem flüchtigen Kennenlernen bei dieser Charity-Veranstaltung war eine wertvolle Freundschaft entstanden. Margarete sah blendend aus, war schlank und von dezenter Eleganz. Nie wollte sie im Vordergrund oder im Mittelpunkt stehen, sie tat scheinbar nichts dafür, um wahrgenommen zu werden, aber ihre ganze Erscheinung war in jeder Gesellschaft unübersehbar. Und das lag nicht an ihrer Größe von fast 1,80 Metern. Sie war nett und höflich zu jedem, missfiel ihr etwas, hob sie leicht eine ihrer weit geschwungenen Augenbrauen und sagte höchstens: „Ach ja?“ Alle wussten, dass sie ihrem Mann in jeder Hinsicht haushoch überlegen war. Warum sie ihn geheiratet hatte, verstand keiner. Geld konnte es nicht gewesen sein, davon besaß sie selbst mehr als genug. Als Carmen viel später an einem sommerwarmen Abend – beschwingt und ermutigt durch ein drittes Glas gut gekühlten Weißwein – all ihren Mut zusammengefasst hatte, um nach dem Grund von deren Ehe zu fragen, hatte die Antwort gelautet: „Er hat Fröhlichkeit und Leichtigkeit in mein Leben gebracht, damals.“

Jeder hatte Margarete Wild gemocht, aber sie blieb allen ein wenig fremd, wie nicht dazugehörend. Emanuel und Carlo nannten sie hinter vorgehaltener Hand „Gerda“, weil sie in ihr die Verkörperung von Thomas Buddenbrooks Ehefrau sahen; entrückt, künstlerisch, weltfremd. Ihre freundliche Unnahbarkeit gab Rätsel auf, ihre Schönheit schuf Respekt, Bewunderung und Distanz, und so mancher fragte sich, wie der biedere Jan-Peter zu solch einer Frau gekommen sein konnte.

Carmen goss sich Kaffee in die übergroße Tasse, die ihr eine befreundete Keramikerin geschenkt hatte, und gab ein Drittel Milch dazu. *Seelenwärmer* stand da an der Innenwand oberhalb des karamellbraunen Kaffeespiegels. Zum ersten Mal nahm sie diesen Begriff bewusst wahr, als sie ihre Hände um das Gefäß mit seiner bunten, von rotem Mohn durchwirkten Fantasielandschaft legte. Die Wärme tat gut, Duft und Geschmack des Milchkaffees ebenso. Ja, Margarete war eine wunderbare Frau gewesen, und Carmen war stolz, mit ihr freundschaftlich verbunden, beinahe befreundet gewesen zu sein. Automatisch hatte sie Felix’ holprige Schulkarriere und dessen Werdegang genau verfolgt. Unzählige Male hatte sie sich mit der Freundin über deren Sohn besprochen, deshalb wusste sie genauestens über alle Phasen seiner Entwicklung Bescheid.

Klar, Felix war stets nett und hilfsbereit gewesen, aber auch langweilig, beliebig, austauschbar. Jan-Peter Wild hatte entgegen der Empfehlung der Lehrer darauf bestanden, seinen Sohn aufs Gymnasium zu schicken, und seine Frau hatte nach langem Zögern nachgegeben. Aber schnell wurde deutlich, dass sein Weg zum Abitur ein weiter und steiniger, wenn nicht unmöglicher sein würde. Nicht etwa die übliche, vorübergehende Unwilligkeit pubertierender Jünglinge hatte bei ihm zu einer Leistungsverweigerung in der Schule geführt, auch war Felix gänzlich frei von politischen, pseudophilosophischen oder sonstigen absonderlichen Ideen geblieben, nicht einmal bedenklicher Alkoholkonsum oder Experimente mit Drogen hatten bei ihm ein Wachstum an Bildung und Wissen verhindert. Ganz im Gegenteil! Felix wollte liebend gern Erfolg in der Schule haben! Er gab sich jede Mühe, aber wo andere mathematische oder physikalische Formeln so selbstverständlich aufnahmen wie Bienen den Nektar aus Blüten sogen, hockte er vor einer Welt unlösbarer Rätsel, wenn von binomischen Gleichungen oder den Lehrsätzen der Herren Pythagoras und Euklid die Rede war. Vokabeln zu büffeln war dagegen eine Frage des Fleißes, ebenso das Lernen von geografischen Fakten oder von Zahlen historischer Ereignisse, und Felix erwarb in solchen Fächern mit Ausdauer und Beharrlichkeit ein für die schulischen Anforderungen allemal ausreichendes Grundwissen. Verhältnismäßig leicht fiel es ihm, Gedichte auswendig zu lernen, aber deren Sinn zu erfassen oder virtuos mit Möglichkeiten der Interpretation zu spielen, blieb ihm versagt. Demzufolge bestand sein Wissen nach Jahren enormer Mühen und Anstrengungen aus einer unzusammenhängenden, lückenhaften Sammlung von Fakten, die – ohne Bindung zueinander zu finden – wie Inseln in einem Meer von Ratlosigkeit schwammen.

Unendlich viele Nachhilfestunden waren vonnöten gewesen, bevor er nach einigen Schulwechseln und diversen Lernaufenthalten in den Ferien sein Abitur geschafft hatte, nicht ohne die wohlwollende Unterstützung seiner Lehrer, bei denen er ebenso beliebt war wie bei seinen Mitschülern. Immer beflissen und freundlich, stellte er nie eine pädagogische Herausforderung dar, sondern war mit seiner Hilfsbereitschaft eine Bereicherung jeder Klassengemeinschaft gewesen. Sein vorbildliches Sozialverhalten hatte Lern- und Leistungsdefizite zwar nicht tilgen können, aber in einem viel milderen Licht erscheinen lassen. Und eines Tages, als seine Eltern beinahe den Glauben an einen erfolgreichen gymnasialen Schulabschluss verloren hatten, war er plötzlich dem Geheimnis auf die Spur gekommen und hatte den Schlüssel zum Erfolg im bundesdeutschen Bildungssystem entdeckt, mit dem er die Tür zum Abitur mit einem bemerkenswerten Notenschnitt aufzuschließen vermochte, nämlich dem Schwadronieren. Felix hatte erkannt, dass sich in vielen Fächern – wenn es sich nicht gerade um Mathematik, Physik oder Informatik handelte – mit permanenter Beteiligung am Unterricht, mit einer Flut meist zwar entbehrlicher, in der Regel redundanter, gelegentlich wenigstens unterhaltsamer Redebeiträgen eine glänzende Mitarbeitsnote zusammensabbeln ließ, die dürftige schriftliche Darbietungen kompensierte. Mit dem Ende der Schulzeit stellte sich zwangsläufig die Frage, was mit seinen begrenzten Talenten und klaffenden Defiziten anzufangen wäre. Dass er exzellent Tennis spielen konnte, hatte ihm immerhin die Perspektive eröffnet, nebenbei als Tennislehrer zu arbeiten. Die C-Lizenz hatte er längst in der Tasche, und nach bestandenem Abitur war der Erwerb der B-Lizenz ein nächster logischer Schritt gewesen, mit dem er eine Entscheidung darüber, wie es mit ihm beruflich weitergehen sollte, elegant hinauszuzögern vermocht hatte.

Im Laufe der Jahre hatte Felix sich konsequent in sekundären Fähigkeiten fortgebildet, nachdem er erkannt hatte, worin das Geheimnis des Erfolges – jedenfalls für ihn – lag: Immer geschmackvoll, der Mode entsprechend, jedoch mit eigener Note gekleidet, zog er – gutaussehend, schlank, sportlich und aus wohlhabendem Elternhaus – das Interesse all jener Mädchen auf sich, deren primäre Fähigkeiten ebenfalls deutlich im Schatten ihres Aussehens und Outfits standen, und das waren viele. Weil er kommende Trends und die in naher Zukunft angesagten Marken zu ahnen schien, war er zu einem nicht nur gern gesehenen, sondern gesuchten Ratgeber modebewusster Damen und Herren geworden. Da er außerdem ein Auge für Chic und Qualität besaß, stilsicher war und famos über Nichtigkeiten plaudern konnte, schien eine Betätigung in der Modebranche nahe zu liegen. Bloß als was? Zwar hatte Felix als Kind immer gern gezeichnet, aber zum Designer fehlten ihm Fantasie, Kreativität und die nötige Extravaganz. Er hatte Freunde in der Szene, half zeitweilig in der Boutique eines Freundes aus, für den er auch hin und wieder nach Mailand oder Paris flog, um sich Kollektionen anzusehen und sie zu beurteilen. Außerdem hegte er ein zartes Interesse für die bildende Kunst; er ging gern in Ausstellungen und Museen, und eines Tages hatte Carmen vor Jahren bei einer gemeinsamen Tasse Kaffee mit

Felix und dessen Mutter plötzlich gefragt: „Warum studierst du nicht Kunstgeschichte?“

Oh ja, sie hatte ihre Verdienste bei Felix’ Werdegang gehabt. Immer wieder hatte sie Margarete oder Jan-Peter zugehört, wenn es um schulische Probleme und die Frage gegangen war, was aus dem Sohn werden sollte. Felix hatte das Studium zwar begonnen, aber nach wenigen, lückenhaft besuchten Semestern war sein schleppendes Interesse gänzlich zum Erliegen gekommen, und er hatte sich wieder seiner Laufbahn als Tennistrainer zugewandt. Das Studium lief formal nebenher, als er bei Freddy in der Galerie angefangen hatte. Felix genoss das Leben zwischen Tennis-Club, Universität, Boutique und nun auch Galerie. Überall wurde gefeiert, es gab hübsche Mädchen in Hülle und Fülle, er war beliebt und gefragt, verdiente zwar nicht viel Geld, aber das war egal, weil er durch die Erbschaft eines verstorbenen Onkels Besitzer eines Mietshauses mit acht Wohnungen geworden war. Dieses Haus lag in einem früheren Hamburger Arbeiterviertel, das nach dem 2. Weltkrieg lange vor sich hingedämmert hatte. Nachdem sich Studenten und Kreative wegen der günstigen Mieten angesiedelt hatten, war die Gegend nach und nach immer attraktiver für eine junge Generation von Start-up-Unternehmern und deren Gefolgschaft geworden. Parallel dazu tummelten sich Makler, Investoren und Bauunternehmer mit dem Ergebnis hier herum, dass sich – Simsalabim! – schlichte, billige Mietwohnungen wie von Zauberhand nach und nach in luxuriöse Eigentumswohnungen verwandelten. Felix war nicht geldgierig, aber im Handumdrehen verdoppelten sich seine Mieteinnahmen, und hätte er das ganze Haus verkauft, hätte er nie wieder einen Finger des Geldes wegen zu krümmen brauchen.

Wozu einen Studienabschluss machen? Er hatte Geld, ging verschiedenen Tätigkeiten nach, sofern sie ihm Spaß brachten, kannte tausend Leute, war bei den Frauen begehrt. Später würde er obendrein einen Haufen Geld erben, eine Hübsche oder Reiche heiraten und ein behagliches, ziemlich sinnfreies Luxusleben führen. So jedenfalls lautete die allgemeine Prognose, wenn über Felix gesprochen wurde, was allerdings nicht oft der Fall war.

Carmen rührte ein bisschen Zucker in den Kaffee und sinnierte: Was für eine unfassbare Wendung! Solch ein Aufstieg! Gern hätte sie mit Felix über das Geschehen auf dessen Feier gesprochen, vor allem musste sie wissen, ob er ihre Vernissage im Oktober in bewährter Weise kuratieren würde. Gestern noch hatte sie sich darüber geärgert, dass Felix sie nicht im Vorweg von seiner gravierenden beruflichen Veränderung unterrichtet hatte, die schließlich auch sie betraf. Und das bei ihrem langjährigen, vertrauensvollen Verhältnis! Allmählich war ihr Zorn, ihre Enttäuschung der Vermutung gewichen, dass Felix für diese Verschwiegenheit bestimmte Gründe gehabt haben musste, die nichts mit ihr zu tun hatten. Welcher Plan steckte dahinter? Felix als Leiter einer neuen Galerie! Sie musste mit ihm reden: über gestern, über Freddy, über diesen Paul. Ganz en passant könnte sie ausloten, ob sich mit seiner Veränderung auch für sie neue, interessante Perspektiven eröffneten. Sie war mit Freddy nicht unzufrieden; der verkaufte ihre Bilder nach wie vor recht ordentlich, wenn auch mit leicht sinkender Tendenz. Kein Wunder, denn sein Kundenradius war beschränkt. Was lag also näher, als sich nach neuen, ergänzenden Verkaufsmöglichkeiten umzuschauen, ohne die Zusammenarbeit mit ihm unbedingt zu beenden?

Warum nicht Kontakte zu Galerien in anderen Städten und Regionen knüpfen? Hatte Felix nicht davon gesprochen, dass dieser Paul – im Übrigen ein merkwürdiger, undurchsichtiger Typ, wie sie fand – Galerien in München, Zürich und Wien betrieb und darüber hinaus über gute Kontakte in Europa, wenn nicht weltweit verfügte? Wenn das stimmte, müsste Felix ihr das entsprechende Entree verschaffen können. Nicht dass er ihr etwas schuldig gewesen wäre, aber die besondere Beziehung zwischen ihr und dem Sohn ihrer mütterlichen Freundin Margarete legte es nahe, nicht nur ihre Freundschaft, sondern darüber hinaus die bestehenden beruflichen Interessen auszudehnen. Wo war das Problem? Ihre Ziele ergänzten sich kongenial, wie sie fand. Hatte Freddy nicht gesagt, dass Felix erst im neuen Jahr nicht mehr bei ihm arbeiten würde? Sie wollte es genau wissen, griff zum Handy und wählte Felix' Nummer. Als die Mailbox ansprang, drückte sie enttäuscht auf den roten Button. Sie mochte keine Voicemail hinterlassen. Was hätte sie sagen sollen? Nach seinem neuen Job bei diesem Paul fragen? Nein, nein, viel zu aufdringlich. Man muss warten können, sagte sie sich, sonst schwächt man seine Position. Außerdem war Felix am Zug. Der hatte versprochen, ihre Vernissage im Oktober federführend zu organisieren. Abwarten hieß das Gebot der Stunde. Nichts fiel ihr schwerer.

***

Als Felix die Galerie betrat, saß Freddy an dem gläsernen Schreibtisch und arbeitete an seinem Laptop. Nach kurzem Blickkontakt und angedeutetem Handzeichen zur Begrüßung schaute Freddy wieder auf den Bildschirm. Felix schlenderte zur Kaffeebar und drückte auf „Espresso". Ein sonderbares Schweigen füllte den Raum, als er sich mit dem Tässchen in der Hand auf den Drehsessel setzte, etwas Zucker in seinen Muntermacher rührte und wartete, dass Freddy sein scheinbar konzentriertes Arbeiten beenden oder unterbrechen würde.

„Einen Moment noch", sagte Freddy, aber es hatte Minuten gedauert, bis er erneut aufsah und hinüber zu Felix blickte. War das Freddys Taktik, um ihn zu verunsichern, oder dachte der noch darüber nach, wie er ihn behandeln sollte?, fragte Felix sich. Endlich stand Freddy auf, zog sich einen Latte macchiato aus der Maschine und setzte sich Felix gegenüber auf das rote Sofa. Er stellte die Tasse auf das kleine Tischchen und hob die Hände, als wollte er sagen: „Alles klar, alles kapiert, alles kein Problem."

Felix sagte in seine Geste hinein: „Weißt du, Freddy, ich wollte ...", aber Freddy unterbrach ihn sofort: „Pass auf Felix. Wir hatten eine gute Zeit, ich hätte mir gewünscht, dass du beizeiten mit mir gesprochen hättest, aber nun ist es, wie es ist. Über die Vergangenheit reden wir später, wenn das alles längst verjährt ist. Jetzt lass uns über das Notwendige reden, nämlich deinen Ausstieg hier. Du hast ja angedeutet, bis zum Jahresende mitzuarbeiten. Da wäre vor allem zu klären, ob du Carmens Ausstellung im Oktober weiter vorbereitest und begleitest."

„Ja, natürlich. Pass auf, Freddy, ich will das hier alles ganz sauber zu Ende bringen. Paul hat mir eine Chance geboten, die mir nie geahnte Perspektiven eröffnet. Zwischen uns passte es ja in letzter Zeit nicht mehr so richtig ..."

„Man hätte über alles reden können!", fiel Freddy ihm ins Wort.

Felix hob die Hände. „Schon gut, schon gut! Wollen wir über das, was gewesen ist, reden? Bringt uns beiden nichts. Die Würfel sind gefallen. Wenn du willst, bleibe ich bis Ende des Jahres, um einen sauberen Abschluss beziehungsweise die Übergabe an einen Nachfolger zu organisieren, und natürlich lasse ich unsere gute Carmen nicht im Stich."

Freddy nippte an seinem Kaffee. Sollte er den Hintergangenen spielen, den Verratenen? Sollte er Felix unter die Nase reiben, wie undankbar und unkollegial sein Verhalten war? Oder war es besser, die Dinge praktisch zu sehen? „Hast du dir ihre neuen Bilder angesehen?", fragte er schließlich.

„Ja, natürlich, aber nur ein paar Exponate. In etwa das Erwartbare: bekannte Motive, gefällig, ansprechend, berührend, schön in den Farben. Bestimmt ganz gut verkäuflich, wenn wir die Bilder geschickt präsentieren."

„Also das Übliche von unserer guten Carmen", sagte Freddy gelangweilt.

„Sie hat ihren Stil, ihr Publikum."

„Die Leute wollen mal etwas Neues, Überraschendes von ihr sehen."

Felix legte sich ins Zeug: „Sie hat Erfolg mit ihrem Stil und ihren Motiven. Wir inszenieren eine hübsche Ausstellung, Gina macht ein paar knallige Artikel in den Zeitungen, wir suchen einen enthusiastischen Laudator, dazu Prosecco und Schnittchen von ..."

„Ich denke darüber nach", unterbrach ihn Freddy unwirsch.

„Worüber denkst du nach? Ob du Carmens Ausstellung platzen lässt? Das ist nicht dein Ernst!“

„Ich denke im Moment über vieles nach.“

„Carmen ist eine alte Freundin, ein Zugpferd deiner Galerie, da können wir nicht ohne Weiteres ...“

„Hör mal, Felix“, wandte sich Freddy seinem Noch-Geschäftspartner zu, „die Zeiten haben sich geändert. Carmens Kunst verkauft sich nicht mehr wie von selbst. Neue Namen, neue Themen, neuer Stil, du verstehst.“

„Hast du mal mit ihr darüber gesprochen?“

„Nein. Es ist nicht leicht, unangenehme Wahrheiten ...“

„Willst du die Zusammenarbeit mit ihr beenden?“

„Ja. Nein! Ich weiß selber nicht, wie ich das händeln soll. Ich denke, wir spielen ein bisschen auf Zeit.“

„Findest du das fair?“

„Felix, ich bin auch Geschäftsmann! Der Wind dreht sich ständig, da kann ich nicht jahrelang die gleichen Bilder von Carmen ausstellen, bei aller Liebe! Das musst du verstehen.“ Freddy wirkte verzweifelt, aber Felix kannte ihn zu gut, um ihm das abzunehmen.

„Was machen wir also?“

„Schau dir ihre neuen Bilder genau an – alle! – und sag mir ehrlich, ob wir mit denen eine einigermaßen vielversprechende Vernissage auf die Beine stellen können.“

„Okay, ich habe verstanden: Der schwarze Peter liegt bei mir.“

***

Felix mochte die Bilder von Carmen, weil er in ihnen einen Grundton von sich, seinem Fühlen und Empfinden entdeckte. Durch von ihr gemalte Landschaften und Gärten wäre er gern spaziert. Er spürte in ihren Kompositionen eine seinem Lebensgefühl entsprechende Ästhetik der Nonchalance. Wo sich ihre Kritiker hinter vorgehaltener Hand über gemalte Banalitäten mokierten, sah Felix eine Empfindsamkeit, wie er sie beim Betrachten von Gemälden aus längst vergangener Zeit spürte. Er fühlte sich gemeint, angesprochen und verstanden; geradezu eingeladen, dem Dargestellten nachzuspüren, nachzufühlen, das in seinem Inneren sein Eigenleben entfaltete. Das geschah längst nicht bei allen ihrer Gemälde, aber bei ihren besten. Viel zu oft jedoch malte die Freundin nach dem Geschmack ihrer Käufer, und es entstanden Bilder, die man nach seiner Meinung besser nicht in der Galerie ausstellte. Als er Carmen gegenüber zum ersten Mal diesbezügliche Andeutungen gemacht hatte, hatte sie sich verteidigt. Später hatte sie versucht, seine Kritik umzusetzen, aber sie kannte ihre Schwächen recht gut. Irgendwann musste Felix kein Wort mehr sagen, weil seine minimale Mimik genügte, um ihre Bilder zu klassifizieren. Unausgesprochen wussten sie um ihr gegenseitiges Können, aber vor allem um die Grenzen ihres malerischen Talents und seines Urteilsvermögens, die sie mit den ihren Genres entsprechenden Mitteln verschleierten, vernebelten, mystifizierten, um einen Status zu erringen, der weit jenseits ihrer Fähigkeiten lag. Sie waren zu Hochseiltänzern geworden, die es sich abgewöhnt hatten, in die Tiefe zu schauen. Sie hatten sich an die Hand genommen und dadurch einen scheinbaren, trügerischen Halt gefunden. Unausgesprochen war ihnen bewusst, dass sie derart verklammert gemeinsam in die Tiefe stürzen konnten. Oder war jetzt der Zeitpunkt gekommen, an dem sich ihre Wege trennten?

Was Carmen ihm am Nachmittag zeigte, konnte ihn nicht begeistern. Ganz im Gegenteil: Der Kosmos ihrer Bilderwelten bewegte sich zwar wie immer zwischen Gegenständlichem, Semifigurativem und Abstraktem. Aber wenn ihn früher – jedenfalls in ihren besten Bildern – Landschaften von beinahe entrückter Schönheit, Anmut und Liebreiz berührt hatten oder wenn Paare in der Aura erotischer Möglichkeiten umeinanderkreisten, so zeigten diese neuen Bilder eine leicht durchschaubare Symbolik, die den Betrachter zu einer offensichtlichen Sinnvermutung zwangen. Allzu bemüht warb das Dargestellte um Anteilnahme und Ergriffenheit. Dieser Vordergründigkeit hatte Carmen versucht mit der Flucht in schöne Effekte zu begegnen, aber die Bilder blieben dekorativ, flach und eindimensional.

„Schön", sagte Felix lapidar.

„Machst du meine Ausstellung trotzdem?", fragte Carmen.

„Aber natürlich. Freddy werde ich erzählen, dass du eine atemberaubende Serie anzubieten hast. Und einen Titel habe ich auch."

„Nämlich?"

„*Lebenszeichen – Die Essenz der Dinge.*"

„Klingt nach Ende, finito bella musica, das war's. Bin ich schon so weit?"

Felix drehte sich ihr direkt zu, sah in ein zweifelndes Gesicht, wollte lachen und sagte ernst: „Ja! Das heißt: natürlich nein. Wie wäre es mit *Räume für Träume*?"

„Schon besser. Noch einen Kaffee?"

„Nein, vielen Dank, ich muss los. Du kannst dir denken, dass ich im Moment vieles zu erledigen habe.“

„Wegen meiner Vernissage oder wegen deines neuen Jobs?“

„Pass auf, Carmen, ich lasse dich nicht hängen. Deine Ausstellung bereite ich maximal vor, versprochen! Aber jetzt muss ich zum Flughafen. Paul erwartet mich heute Abend in Wien, um mich mit ein paar Leuten bekannt zu machen. Er unterhält ein vielschichtiges internationales Netzwerk, in das ich mich langsam einarbeiten muss. Ist eine andere Liga als Freddys Galerie, wie es scheint.“

Zu gern hätte Carmen haarklein Genaueres erfahren, wie Felix überhaupt zu diesem Job gekommen war, welche Aufgaben er in Pauls Galerie oder sogar Galerien zu übernehmen hatte, in welchen Dimensionen dieser Paul operierte und so weiter. Aber sie sagte nur: „Wenn's gut für dich läuft, vergiss mich nicht.“

Felix hatte schon die Türklinke in der Hand, als sie diesen Satz sagte. Langsam drehte er sich um und sah eine kleine, dickliche Carmen, die alle Körperspannung verloren hatte. Er nickte und ging.

***

Ein für norddeutsche Verhältnisse ungewöhnlich heißer, trockener Sommer hatte die Aufgeregtheit um alles Künstlerische verdrängt. Von Klimawandel war häufiger die Rede gewesen als je zuvor. Sogar Ignoranten wie Dr. Lücke und Gustav Körber – welch seltsame Allianz! – waren leise Zweifel gekommen, ob das alles noch im Rahmen der Normalität lag, aber vor allem stöhnte man über die Hitze, fuhr an die Nord- oder Ostsee, nach Travemünde, Amrum, Sylt, in die Berge oder in die große, weite Welt, um beim Baden abzukühlen, im Schatten zu entspannen, sich mit edlen Speisen und Getränken zu verwöhnen oder in fernen Ländern an der Exotik fremden Lebens zu nippen. Nun waren alle wieder daheim, gingen ihren Berufen und alltäglichen Verpflichtungen nach und erzählten, bevor der Alltag wieder seine klebrige Schwammigkeit annahm, von ihren sommerlichen Reisen.

Emanuel und Carlo hatten in Paris schicke neue Gardinen für Carlos Penthouse gekauft, die Gina von Allenstein bewundern sollte, wenn die beiden an diesem ersten Sonntag im September gute Freunde zum High Tea empfangen wollten.

Zu gern hätte Silvia Hohlfeldt von ihren Erkenntnissen berichtet, die sie bei einem Seminar für kreatives Schreiben am Gardasee gewonnen hatte. Aber als Zahnarzt Dr. Lücke begann, in ihrer Mundhöhle zu hantieren, um kariösen Zerfallserscheinungen entgegenzuwirken, musste sie zwangsläufig verstummen und sich stattdessen wehrlos Exotisches und Pikantes von seiner Reise nach Bora Bora und zu weiteren Südseeinseln in Französisch-Polynesien anhören. So, so, dachte sie, denn von Eleonora Wild hatte sie gehört, dass seine Frau Isabell zur gleichen Zeit an einer Pferde-Wanderung auf Island teilgenommen hatte. Leider ohne ihre Freundin Barbara, die sich letztendlich von ihrem Mann hatte überreden lassen, die

Oldtimer-Tour in die Champagne mitzumachen. Wie öde die gewesen war, hatte sie nicht bloß Isabell gegenüber beklagt, sondern auch Carmen, als sie diese zufällig beim Friseur getroffen hatte. Dort erzählte ihr Ingolf von der Kreuzfahrt der Wilds in die Karibik, allerdings ohne Felix, der sich in Wien auf seinen neuen Job vorbereiten musste. Jetzt, spätestens aber Mitte September erwartete sie ihn zurück, um mit ihm letzte Details für ihre Vernissage zu besprechen, denn Freddy hatte sich trotz seiner Bedenken entschlossen, die Ausstellung wie geplant durchzuziehen. Letzte Zweifel und Fragen daran hatten er und Felix in seinem Haus auf Sylt bei zwei Flaschen Chablis Schluck für Schluck mit immer verschleierterem Blick auf die Brandung der Nordsee ausgeräumt beziehungsweise weggetrunken, denn eigentlich waren sie doch alte Freunde.

***

Für Gustav Körber war es normal, manchmal allein zu frühstücken. Gewöhnlich musste er früh aufstehen, um in der Firma die Organisation wichtiger Transporte sicherzustellen, Ersatz für ausgefallene Fahrer oder Lkws zu besorgen. Trotzdem nahm er sich immer Zeit, um den Tag in Ruhe zu beginnen. Er stand so rechtzeitig auf, dass er ohne Hast seinen Kaffee trinken und drei gut mit Käse, Schinken oder Wurst und Marmelade belegte Scheiben Brot essen konnte.

Heute war so ein Tag. Die Ferien an der Ostsee waren keine zwei Wochen her, aber Gustav war schon wieder im Alltagsmodus. Als er die Küche betrat, traute er seinen Augen nicht: Der Kaffee dampfte bereits in seinem Becher, ein Korb mit Brötchen stand auf dem Tisch, daneben ein Platte mit Aufschnitt, dazu diverse Salate und Marmeladen. „Ja, habe ich denn heute Geburtstag?", fragte er, als Jutta mit strahlendem Gesicht durch die Tür schaute und sagte: „Ich wollte dir mal eine kleine Freude machen." Normalerweise stand sie erst gegen acht Uhr auf, und Gustav fand das auch völlig in Ordnung. Warum sollte sie nicht ausschlafen, wenn er so früh raus musste? Dass er hin und wieder auch ganz gern allein am Frühstückstisch saß, um in Ruhe den Sportteil der „Bild-Zeitung" zu lesen, statt sich ihr Geplapper anzuhören, brauchte sie ja nicht zu wissen.

„Einfach so?", fragte er.

„Einfach so!", sagte sie und setzte sich zu ihm an den Tisch.

Gustav war die Sache nicht geheuer. Jutta hatte immer Wünsche, die er blödsinnig fand, aber mit so einer Frühstücksüberraschung hatte sie noch nie versucht, ihn zu etwas zu überreden. Beim zweiten Brötchen fragte er sie direkt: „Worum geht's denn, mein Täubchen?"

Jutta bemühte sich um einen gleichmütigen Gesichtsausdruck, hielt das dick mit Kirschmarmelade bestrichene Mohnbrötchen zur Seite und sagte mit halbvollem Mund: „Och, ich dachte, dass wir mal wieder schön zusammen ausgehen sollten. In ein Konzert oder ins Theater, was meinst du?"

Gustav stutzte. „Um mich das zu fragen, bist du um halb sechs aufgestanden?"

„Nein, ich konnte nicht mehr schlafen, mir schwirrten allerhand Sachen durch den Kopf, und da dachte ich, dass ich dir besser Gesellschaft beim Frühstück leisten kann, als mich im Bett rumzudrücken. Also was meinst du?"

Gustav überlegte einen Augenblick, bevor er antwortete: „Können wir machen. Aber lieber zum Fußball! Wir gehen zum nächsten Heimspiel vom HSV."

„Och nö, die verlieren immer, wenn ich da bin."

„Oder zu St. Pauli."

„Da kriegt man keine Karten."

„Wie wär's mit 'nem schönen Boxkampf?"

„Ach Guschi, ich dachte da mehr an etwas Künstlerisches."

Gustav verlor allmählich seine gute Laune. Was wollte sie?

„Weißt du, Carmen hat bald ihre Ausstellung bei Freddy in der Galerie. Ich würde mich riesig freuen, wenn du mitkommen würdest."

„Ach, daher weht der Wind." Er biss ohne Begeisterung in sein Schinkenbrötchen und erinnerte sich mit Grauen an eine ähnliche Veranstaltung, auf der er sich wie im falschen Film vorgekommen war. „Kannst du da nicht alleine hingehen?", fragte er.

„Klar, natürlich, aber da wäre noch was." Nach einer bedeutungsschweren Pause fügte sie hinzu: „Ich möchte mir endlich eines von Carmens Bildern kaufen. Das wünsche ich mir zum Geburtstag oder zu Weihnachten. Aber es soll ja auch dir gefallen. Deshalb musst du mit."

Gustav hatte plötzlich keinen Appetit mehr. „Sag mal, kannst du dir nicht was anderes wünschen? Paar Klunker, 'ne Kreuzfahrt meinetwegen oder irgendwas für die Schönheit?"

„Nein", sagte Jutta resolut und zog den Bademantel fest über ihrem Busen zusammen. „Ich möchte ein Bild von Carmen, sonst gar nix."

***

Carmen schlug mit der Faust auf den Tisch und schrie: „Dieser Idiot!" Und zischte: „Was bildet der sich denn ein?" Und drohte: „Der wird sich wundern! Eine Frechheit! Der kann mich mal ..." Am liebsten wäre sie gleich zu ihm gefahren, um ihm eine zu scheuern, aber er hatte sie aus dem Auto angerufen.

Freddys Stimme hatte wie immer geklungen. Ganz so, als schaukle er in einer Hängematte im Schatten sanft vom Wind bewegter Palmen. Wie nebenbei hatte er gesagt, er sei auf der Fahrt nach Sylt, um Freunde zu treffen und ein paar Tage auszuspannen. Sie hatte noch amüsiert gefragt, wovon er sich denn erholen wollte und halb im Scherz hinzugefügt, er solle sich lieber ein bisschen intensiver um seine Galerie kümmern, neuen Schwung in den Laden bringen, um ihre Bilder besser zu verkaufen! Schon die letzte Ausstellung ihrer Bilder vor ein paar Monaten sei ja nicht der Hit gewesen. Freddys Schweigen hatte eine gefühlte Ewigkeit gedauert. Bei seinem endlich folgenden Satz war ihr von Halbsatz zu Halbsatz mehr und mehr Blut in den Kopf gestiegen, das in den Schläfen immer heftiger pochte. Was sagte er da gerade? Seine Galerie laufe gut, sehr gut sogar! Aber eben nicht ihre Bilder, deshalb rufe er sie ja als wahrer Freund an. „Glaub mir, Darling, es fällt mir nicht leicht, dir das zu sagen, aber du musst dir mal ein bisschen was anderes einfallen lassen. Deine üblichen Motive verkaufen sich nicht mehr so, so, wie soll ich sagen ... wie von selbst. Deine Fans haben das, was du malst, und es ist schwer, neue potentielle Kunden für deine Bilder zu finden. Der Markt ändert sich ständig, die Leute schauen sich nach Neuem um. Verstehe mich nicht falsch: Ich will dich nicht aus dem Programm nehmen. Ganz im Gegenteil! Du weißt, es ist mir eine große Ehre, dich vertreten zu dürfen. Aber du musst einsehen, dass ich als Galerist unter gewissen Zwängen stehe. Nichts ist schlimmer, als out zu sein. Wer meine Galerie betritt, muss drei Dinge haben: Neugier, Kaufbereitschaft und Geld. Deswegen muss ich ständig Anreize bieten, en vogue sein, Interesse wecken, Unerwartetes präsentieren: neue Künstler, neue Bilder, neue Stile, Trends. Die Kundschaft will erregt werden, sie verlangt das Besondere. Du glaubst nicht, wie anstrengend es ist, ständig etwas Spezielles, Aufregendes, Ausgefallenes bieten zu müssen. Bilder, nach denen die Leute verlangen, die sie haben wollen, haben müssen!"

So lange hatte Freddy noch nie geredet, ohne von Carmen unterbrochen zu werden. Sie fühlte sich, als hätte ihr jemand einen Eimer eiskaltes Wasser über den Kopf gegossen. Hätte sie vor einem Spiegel gesessen, hätte sie sehen können, wie ihre Gesichtsfarbe bei Freddys Gerede von normalrosa blitzschnell in puterrot wechselte, um schließlich einem fahlen Weiß zu weichen. „Willst du damit sagen, dass meine Bilder ... zu Ladenhütern geworden sind?", fragte sie, aber es klang wie eine Drohung.

„Schau, ich möchte gern, dass wir weiter gut und erfolgreich zusammenarbeiten, nichts anderes. Und deshalb mein Rat, nein, mein Wunsch! Meine dringende Bitte: Kreiere etwas Neues, etwas, was unverwechselbar dein Stil ist, aber eben neu, anders. Du hast deine Fans, deine Verehrer, deine Käufer, aber die wollen – wie soll ich sagen – von dir nicht nur fasziniert sein, sondern auch überrascht werden. Biete ihnen etwas, von dem sie sagen: Wunderbar! Unverwechselbar unsere Carmen! So hat sie noch nie gemalt! Hinreißend, himmlisch, das muss ich haben!"

Wie viele tausend Euro hatte der Kerl mit ihren Bildern verdient? Sich einen Namen gemacht – durch sie und ausschließlich durch sie! Weil er über die Jahre ihre Werke exklusiv verkaufen durfte, existierte diese Galerie überhaupt nur.

„Weißt du", hatte er als Gipfel der Unverschämtheit am Ende hinzugefügt, „ich habe allein im letzten Monat drei Bilder vom Theo Schall verkauft – und zu ausgezeichneten Preisen. Von dir dagegen das letzte vor – lasse mich raten, vor vier Monaten?"

Theo Schall! Den hatte sie entdeckt, ihn empfohlen, sich für ihn bei Freddy eingesetzt! Ein Nachwuchskünstler, der ihr nicht das Wasser reichen konnte, nicht gefährlich werden konnte, sonst hätte sie den doch nie protegiert! Weil dessen Stil programmatisch passte, aber eben auf einem niedrigeren Niveau, hatte sie die Bilder von Theo Schall als Angebot der Galerie für jene akzeptiert, die sich ihre, Carmen da Câmaras Bilder, nicht leisten konnten. Theo Schall sozusagen als Zweitligist, als Sonderangebot in Freddys Galerie für die weniger Betuchten. So damals ihr Kalkül. Und jetzt das! Carmen legte das Handy auf den Tisch und goss sich einen Whisky ein. Der erste Schluck brannte, der zweite tat ihr gut.

Beim dritten Glas flossen Tränen über ihre rundlichen Wangen. Sie schenkte nach, stand auf und ging mit dem Glas in der Hand zur Wendeltreppe, die das Wohnzimmer mit dem darüber gelegenen Atelier verband. Hatte Freddy doch ein bisschen recht? War ihre Kunst stehen geblieben, wiederholten sich Motive und Farbgebung? War sie langweilig geworden?

Sie ahnte nicht nur, sondern sie wusste seit langem, dass sie keine große, keine bedeutende Künstlerin war. Sie konnte in ihren Bildern Stimmungen einfangen, Gefühle auf Gesichtern spiegeln, Verborgenes ansprechen. Avantgardistisch war das nicht. Aber es war auch nie ihr Anspruch gewesen, die bildende Kunst voranzubringen, zu erneuern. Mochten sich andere mit der Frage herumschlagen, wohin zukünftige Entwicklungen gehen sollten, ihr genügte es, Bilder zu malen, die gefielen. Und das taten sie, weil die Betrachter darin ohne Akrobatik etwas von sich selbst erkennen konnten, etwas fanden, wiederfanden oder sogar neu entdeckten. Carmens Bilder trafen und berührten das Innere ihrer Betrachter, in denen eine Sehnsucht, ein Verlangen, eine Wunschvorstellung evoziert wurde. Die setzte sie in erkennbaren Sujets harmonisch koloriert auf eine Weise um, die an Bekanntes, Identifizierbares anknüpfte, um Andeutungen erweiterte und im Ergebnis immer eine Spur verrätselt blieb. So musste Kunst sein! *Ihre* Kunst. Und sie verkaufte gut. Jedenfalls bisher, und das war ihr mindestens ebenso wichtig wie die Anerkennung als Künstlerin an sich. Mindestens! Nicht wegen des Geldes, aber sie hatte schon zu viel vom süßen Gift Erfolg gekostet.

Carmen war es gewohnt, Geld zu haben. Aufgewachsen in einem wohlhabenden Elternhaus, wurde nie über den Preis für eine Anschaffung, eine Reise oder die Dinge des täglichen Bedarfs gesprochen, sondern nur über deren Qualität, Nützlichkeit oder Sinn. Carmens Taschengeld war reichlich bemessen gewesen, und als Studentin hatte sie über ein Budget verfügt, das dem einer Berufstätigen entsprach, weil ihr Vater der Meinung gewesen war, dass seine Tochter den Umgang mit Geld ausschließlich durch den Umgang mit Geld lernen konnte. Also gab er ihr mehr als nötig davon, ließ sie Aktien und Anleihen kaufen, nahm sie mit zu seinem Bankberater, um Anlagestrategien zu besprechen, und gewährte ihr Einblicke in sein Portfolio. *Über Geld muss man reden* lautete sein Motto, jedenfalls mit den eigenen Kindern.

Ein exzellenter Lebensstandard war ihr also von Kindesbeinen an selbstverständlich, weshalb ihr ein kausaler Zusammenhang zwischen Arbeit und Geld fremd blieb. Später als Kunststudentin empfand sie keine Spur von Mitleid mit jenen Hungerleidern, die sich querlegten, um magere Stipendien zu ergattern, damit sie ihre obskure Kunst betreiben konnten. Denn das war ihrer Meinung nach der verlässliche Weg in eine jämmerliche Existenz. Zwar mit netten Atelierfesten bei billigem Wein und mit vielen Zigaretten, aber immer in der Sorge, wie man sich ohne Brotberuf über Wasser halten konnte. Es sei denn, der Zufall ereignete sich, der absolute Glücksfall, der Sechser im Lotto in der Verlosung des tendenziell zu Absurditäten neigenden Kunstmarktes, der in verlässlicher Regelmäßigkeit immer neue Kaninchen – will sagen sensationelle, bisher unentdeckte Megatalente – aus dem Zylinder zauberte und der staunenden Kunstwelt präsentierte: Dann wurde wieder mit großem Tamtam medienwirksam eines dieser Nachtschattengewächse ins gleißende Licht der Öffentlichkeit gestellt, und einem betuchten Publikum wurde suggeriert, dass der schwarze Punkt auf schwarzem Hintergrund von einem dieser Junggenies der weit in die Zukunft ragende Gipfel des State of the Art sein werde. Nein und nochmals nein! Auf dieses Glücksspiel hatte Carmen sich nie einlassen wollen, ganz abgesehen davon, dass sich ihr Sinn, Qualität und Genialität der wenigsten experimentellen Kunstwerke des in der Szene Anerkannten, Beklatschten und Bejubelten erschloss, genauso wie dem allergrößten Teil des Publikums, das willig glaubte, brav applaudierte und vor allem zahlte.

Geld wert ist, was Geld bringt lautete zwar auch ihr Credo, dem sie kompromisslos folgte, aber eben auf eine alternative, verlässlichere Art. Sie war von der geschmacksbildenden Kraft des Geldes überzeugt, und weil sie über das Talent verfügte zu malen, was zum Geschmack des Geldes passte, verdiente sie viel und erfuhr darüber hinaus Anerkennung, ja Verehrung von einem – ihrem! – Publikum. Aber jetzt? Stand sie an einem Wendepunkt? Ging die Gleichung nicht mehr auf? Drohte der Absturz?

Carmen hastete zur Treppe, die hinauf zu ihrem Atelier führte.

Die Stufen knarrten zwar wie immer, aber seit Freddys Anruf hatte sich sonst für Carmen alles verändert. Sie betrat das Atelier in einer Stimmung, die ihr fremd war: Wut, Enttäuschung, Selbstzweifel und Angst vor dem Absturz lösten sich in unterschiedlich langen Intervallen ab. Die fertigen und halbfertigen Bilder lehnten oder hingen an den Wänden, auf der Staffelei stand ein vorgestern begonnener Sonnenaufgang über dem Meer, ihre Malutensilien lagen unaufgeräumt herum, die wenigen Pflanzen, das zerschlissene Sofa, die Bücherregale ... alles, alles wie jeden Tag, nun allerdings wie Artefakte einer Vergangenheit, die abgeschlossen hinter ihr lag. Seit Freddys Anruf kollabierte Carmens Welt, zerbrach ihr Ich, fiel sie permanent in einen Abgrund – tief und tiefer, mit rasender Geschwindigkeit, ohne aufzuschlagen.

Wie paralysiert stand sie minutenlang in der Mitte ihres Ateliers. Als sei sie hier fremd und zu Gast, begann sie zögerlich umherzugehen, ganz so, als habe sie Angst davor, etwas kaputt zu machen. Ihre Hände tasteten und strichen über Möbel, griffen nach Pinseln und Tuben, die sie wie nie gesehen anschaute. Vor einzelnen Bildern blieb sie stehen und betrachtete sie lange. Oh ja, das waren ihre Bilder. Sie mochte die Farben und Motive, den Duktus, die Textur. Diese Erkenntnis fing sie auf, gab ihr wieder etwas Halt. Und dennoch: Hatte Freddy nicht recht? Wenigstens ein wenig? Waren es nicht immer die gleichen, ständig wiederkehrenden Motive in ähnlichen Farbmustern und -kombinationen? Nett, hübsch, dekorativ, ja, aber ohne Inspiration; flach, leer, inhaltslos? Wie mechanisch ihr Malen geworden war! Seit längerem schuf sie nichts mehr aus einem Impuls heraus, sondern malte – bewusst oder unbewusst – nach den Wünschen ihrer Kundschaft. Keine Spur mehr von eigenem Wollen, keine Ideen, sondern gefällige Kulissen: beliebig, trivial, Klischees, Kitsch sogar? Plötzlich erinnerte sie sich überdeutlich an eine Begebenheit während einer ihrer früheren Vernissagen. Das geladene Publikum flanierte nach der Eröffnungsrede an ihren Bildern vorbei. Flankiert von Freunden, Bekannten, Kollegen und potentiellen Käufern schritt sie, akustisch umhüllt von Komplimenten und Schmeicheleien, in einer Aura von Respekt, Bewunderung und köstlichem Neid an der Hängung ihrer Bilder entlang, als sie jenen Gesprächsfetzen aufgeschnappt hatte, der ganz und gar nicht für ihre Ohren bestimmt gewesen war und der sie innerhalb einer Sekunde – gleichzeitig! – zur Weißglut gebracht hatte und ihr Blut in den Adern gefrieren ließ: „... kann man nicht mehr erwarten! Sie ist halt lediglich eine Opportunitätskünstlerin." Blitzschnell hatte sie sich umgedreht, um zu erfahren, wer diese Unverschämtheit zu wem gesagt hatte, aber der Sprecher war im Knäuel der Besucher nicht auszumachen gewesen. Und nun, als sie fast wie eine Schlafwandlerin durch ihr Atelier schlich, war dieser Begriff, den sie über Jahre in der hintersten

Schublade ihrer Erinnerungen vergraben hatte, wie von einer Sprungfeder zurück in ihr Bewusstsein geschnellt.

Carmen ließ sich aufs Sofa fallen. Sie hatte Whiskyflasche und Glas mitgenommen und schenkte erneut ein. Das war er also, der künstlerische Bankerott. The end of the game, finito bella musica! War alles umsonst gewesen? Sie trank einen viel zu großen Schluck, der ihre Magenschleimhäute schmerzhaft zusammenzog. Wie gut das tat! Wie in einem Zeitraffer erinnerte sie sich an die Stationen ihres künstlerischen Werdegangs, der jetzt sein Ende gefunden zu haben schien.

Aufgewachsen war sie in einer Stadt mittlerer Größe, deren ganzer Stolz die altehrwürdige Universität war. Die Studenten fluteten die mittelalterliche Innenstadt mit einem Ambiente von Jugend, Esprit und Intelligenz, von dem sich die älteren Bürger gern in ihrem Lebensgefühl verjüngen ließen. In der näheren Umgebung angesiedelte mittelständische Unternehmen sorgten für einen finanziellen Background, auf dem nicht nur ein prosperierender Immobilienmarkt, sondern auch eine ambitionierte Kunst- und Kulturszene gedeihen konnte, auf die man sich viel zugutehielt.

Die Schule hatte Carmen problemlos bis zum Abitur absolviert. Außer für den Kunstunterricht hatte sie keine ausgeprägten Vorlieben für ein bestimmtes Fach erkennen lassen, allerdings auch keine gravierenden Schwächen, die nicht mit ein wenig Fleiß sowie hier und da ein paar Nachhilfestunden in Mathematik, Physik oder Informatik hätten behoben werden können. Und was danach? Natürlich hätte sie eine kaufmännische Lehre machen und später ins Geschäft des Vaters einsteigen können. Aber erstens interessierten sie

Sack- und Beutelverschließmaschinen, die in dessen Firma produziert wurden, kein bisschen, und zweitens war seit der Geburt ihres Bruders Kai klar, dass der später die Firma übernehmen sollte. Mit dem verband sie herzlich wenig, sodass sie auf eine Zusammenarbeit, welcher Art auch immer, nicht die geringste Lust verspürte. Also etwas ganz anderes, studieren vielleicht, aber was? Oder eine Lehre machen? Mit welchem Berufsziel?

Sie zeichnete gern. Schön und gut. Was konnte man damit anfangen? *Irgendwas mit Medien* wollten alle machen, die nicht wussten, was sie machen sollten. Oder Modezeichnerin? Passte nicht zu ihr, weil sie erstens Mode kaum interessierte und zweitens ihre Figur so gar nicht in die Welt der Haute Couture passte. Carmen war nicht dick, aber erst recht nicht schlank, sie aß gern und hasste Sport. Das Ergebnis war eine Konfektionsgröße, die sie lieber für sich behielt. Die störte sie nicht wirklich. Wo andere Mädchen auf Teufel komm raus hungerten, naschte sie mit Leidenschaft. Nie zu viel! Sie liebte Marzipan, Nougat, Eiscreme und Rote Grütze. Weil sie aus Genuss schlemmte und nicht aus Frustration, konnte sie aufhören, wenn der Genuss sich erschöpfte. Deshalb beschrieb sie sich selbst als – und musste lachen, als sie diesen längst aus der Mode gekommenen Begriff zum ersten Mal hörte – vollschlank.

Ein Kunststudium? Hmm ... Sie hatte sich mit ihrem Vater besprochen, der gleich fragte: „Kann man denn damit etwas verdienen?"

„Du denkst immer nur ans Geld! Du hättest mich ja auch mal fragen können, ob mich das interessiert, ob ich Lust dazu habe."

„Also gut: Hast du ..."

„Lass gut sein!"

„Hast du schon mit deiner Mutter geredet?"

„Nein. Hab ich auch nicht vor."

Ihr Vater war zwar alles andere als begeistert gewesen, aber erleichtert, dass seine Tochter überhaupt eine Idee hatte. Sollte sie seinetwegen Kunst studieren, schadete ja nichts. Irgendein Job würde sich bestimmt finden lassen. Vielleicht heiratete Carmen auch vorher; also Haushalt, Kinder, das Übliche eben. Da brauchte er als Vater gar nicht viel zu reden, das würde sich schon fügen. Und seine Frau? Würde ein bisschen Theater machen von wegen *Kunst, was soll das denn werden? Was will sie denn damit anfangen?*, aber das würde nicht von Dauer sein, weil es sie kaum interessierte. Mutter und Tochter verband wenig, sodass ein unausgesprochen gegenseitig toleriertes Desinteresse zum Modus Vivendi ihrer Beziehung geworden war.

Von Anfang an hatten Carmen Zweifel geplagt, ob ihr Talent ausreichend wäre, um ein Leben als freie Künstlerin führen zu können. Für sie galt nicht wie für andere junge Mitstreiter der Maßstab, ob sie von ihrer Kunst leben konnte, denn angesichts ihres familiären und also finanziellen Hintergrundes spielte dieser Aspekt keine Rolle. Für sie und ihren Vater zählte, ob sie genügend Anerkennung und Ansehen in der Gesellschaft erwerben konnte, um vor sich und vor allem vor den anderen den Status der bildenden Künstlerin glaubhaft leben zu können.

Sie hatte eine Mappe mit Arbeiten an der Kunsthochschule in der von ihr favorisierten Großstadt eingereicht und wurde – für sie selbst eine Überraschung – angenommen. Anfangs begeisterte sie die von Kunst durchtränkte Atmosphäre des Gebäudes an sich, der freundlich-fachliche Umgang mit Kommilitonen, Dozenten und Professoren und vor allem die Ausschließlichkeit, mit der sie sich ihrer Kunst widmen konnte. Bald registrierte sie eine Fremdheit zu allen anderen, die sich in engen Studentenbuden mehr schlecht als recht einrichten mussten, während sie nach den Lehrveranstaltungen in einem Cabriolet zu ihrer Penthouse-Wohnung in einem der wohlhabendsten Stadtteile fuhr. *Armut sollte man nicht spielen, das ist respektlos*, war sie überzeugt und blieb meistens für sich. Nach wenigen Semestern ging sie auf Distanz zu den Inhalten des Studiums, weil sie andere Auffassungen vertrat als die gelehrten. Sie hatte eigene Vorstellung von ihrem künstlerischen Schaffen entwickelt, denen sie fern des akademischen Betriebes nachgehen wollte. Ihre ästhetischen Ideen belächelten andere als gestrig, überholt und veraltet. Sie dagegen empfand vieles von dem, was nun en vogue war, als Verhöhnung der Kunst an sich. Das passte ganz und gar nicht zusammen, und als sie den begehrten und ansehnlich dotierten Kunstpreis ihrer viel kleineren Heimatstadt für ihr Werk *Grotte mit Olm* gewann, brach sie ihr Studium kurzerhand ab, denn dadurch fühlte sie sich in ihrer Auffassung bestätigt und glaubte, dass ihr der Erfolg recht geben würde. Der Gewinn des Preises war zum für alle sichtbaren Zeugnis, zum Qualitätssiegel und Ritterschlag geworden, auch wenn dessen Renommee nur von regionaler Bedeutung war. Aber die Tageszeitung der Stadt hatte ausführlich berichtet, Interviews bei lokalen und regionalen Radio- und Fernsehsendern waren gefolgt, und in der Summe hatte sie dadurch vor ihrer Familie, vor sich und der Öffentlichkeit genau jene Quasi-Insignien erworben, die sie für den Rest ihres Lebens als Künstlerin legitimierten.

Das war wunderbar, aber sollte sie sich mit dem Erreichten zufriedengeben? Stellte sie der Ruhm der Provinz zufrieden? Hatte sie nicht mit dem Gewinn des Preises das Recht erworben, an eine größere Tür zu klopfen? Ihre Zweifel waren von einem stetig wachsenden Selbstvertrauen geschluckt worden. Nachdem sich die Euphorie gelegt hatte, entschied sie sich, einen nächsten Schritt, nämlich den in eine wirkliche Großstadt zu versuchen. Dort mussten Kontakte hergestellt, ausgebaut und gepflegt werden, wenn sie Erfolg in der dortigen, viel breiteren Öffentlichkeit habe wollte. Wie sollte das funktionieren?

Bei der Vernissage einer befreundeten Künstlerin hatte sie Freddy kennengelernt. Man stand wie üblich mit einem Glas Prosecco herum, begutachtete die Exponate mit echter oder geheuchelter Begeisterung, begrüßte alte und weniger alte Freunde, Bekannte und sonstige ... *Kennt der mich?* ... mit süßlicher Mimik ... *Küsschen hier, Küsschen da* ... und langweilte sich ansonsten, nachdem die launige Ansprache von Prof. Weißalles oder Dr. Weißnix für begrenzte Erhellung oder wohlwollendes Schmunzeln gesorgt hatte.

Freddy hatte, wie Carmen später erfuhr, an jenem Tag mittags zu viel und wohl auch das Falsche gegessen, nämlich seine heiß geliebte Linsensuppe. Im Laufe des Nachmittags hatte sich sein Völlegefühl zunächst in ein Grimmen, später ein Rumoren und zuletzt in einen Blähbauch verwandelt, der nach befreienden Eruptionen verlangte. Während der Eröffnungsrede hatte er sich deshalb still und heimlich in Richtung Toilette davongeschlichen. Weil die besetzt war, war er in seiner Not schnellen Schrittes in einen abseits gelegenen hinteren Raum der Galerie gehastet, um sich dort der quälenden Pression zu entledigen. Und genau in dem Moment seiner deutlich hörbaren Erleichterung betrat Carmen versehentlich den Raum, weil sie sich auf dem Weg von der Toilette zurück zur Festgesellschaft verlaufen hatte. Als Freddy sie erblickte, befürchtete er nicht nur, sondern er wusste, dass sie sein polyphones Hosentrompeten gehört hatte. Peinlich natürlich, aber Carmen rettete die Situation geistesgegenwärtig, weil sie sich augenblicklich an die pubertären Allüren ihres Bruders erinnerte, der es damals regelrecht darauf angelegt zu haben schien, sich in ihrer unmittelbaren Nähe seiner Blähungen zu entledigen. Spontan sagte sie also zu dem Fremden wie in Jugendtagen zu Kai: „Gesundheit."

Das gemeinsame Lachen befreite und wurde zum Beginn einer erfolgreichen Zusammenarbeit, die nun schon einige Jahre dauerte. Damals hatte Freddy kurz vorher seine Galerie eröffnet. Er verfügte über vielversprechende Kontakte und Verbindungen, und als er Carmen davon erzählte, bat sie ihn, sich ihre Bilder anzusehen. Man traf sich, Freddy begutachtete und urteilte: „Zur Documenta in Kassel, zur Biennale in Venedig zur Art Basel oder Art Miami wirst du es nicht schaffen, aber vielleicht bringe ich uns beide eines Tages zur Art Cologne oder zum Gallery Weekend nach Berlin." Auch das war einige Regale zu hoch gegriffen, aber seitdem stellte Carmen bei ihm aus, und für beide war die Rechnung bestens aufgegangen, denn ihre Bilder verkauften sich. Durch Freddy war Carmen mit der Hautevolee der Stadt bekannt geworden, in der sie sich den Ruf einer schillernden Persönlichkeit erwarb, der man Eigenarten, die im Rahmen gewisser Konventionen blieben, wohlwollend nachsah. Man empfand ihre Anwesenheit als Bereicherung bei Festlichkeiten und schmückte sich gern mit ihrer Gesellschaft, und wenigstens eines ihrer Werke gehörte bald so gut wie in jede Villa dieses Stadtteils, der zwar nicht wegen seiner dichten Population von Kunstkennern berühmt war, sondern durchweg von Wohlhabenden bis wirklich Reichen bewohnt wurde, die ihre Vermögen als Kaufleute, Firmeninhaber, Aufsichtsräte oder schlicht als Erben erworben hatten.

Hier wohnte auch Carmen in einem Penthouse nicht weit entfernt von der Villa der Wilds. Ein Freund hatte seinerzeit die Verbindung zu einer verwitweten Dame hergestellt, die sich einerseits zu jung und gesund gefühlt hatte, um in eine Seniorenresidenz zu ziehen, sich andererseits aber in ihrer seit dem Tod ihres Mannes zu großen Villa einsam fühlte. Carmen hatte ihre chice Penthouse-Wohnung zwar nur ungern aufgegeben, aber hier konnte sie das gesamte erste Stockwerk bewohnen. Und der Clou war das lichtdurchflutete Dachgeschoss, das sich aufgrund seiner verglasten Giebelfront und mehrerer Dachfenster hervorragend als Atelier eignete. Weil die Wohnung über einen separaten Eingang verfügte, kreuzten sich die Wege mit der Eigentümerin nicht zwangsläufig. Carmens diesbezügliche Bedenken hatten sich sowieso schnell zerstreut, denn Frau Völz – so hieß ihre Vermieterin – war eine intelligente, unterhaltsame und diskrete Person, mit der Carmen gern hin und wieder bei einer Tasse Kaffee plauderte. Außerdem verkehrte die Dame in Kreisen, in die man nicht so leicht gelangte, es sei denn durch Vermögen, Beziehungen oder Mitgliedschaften in bestimmten Vereinen und Clubs. Frau Völz verfügte über interessante Kontakte im Stadtteil, die vielleicht nützlich werden könnten, so damals ihre Überlegung, die sich erfüllen sollte.

Carmen schwankte leicht, goss sich trotzdem ein viertes Glas Whisky ein. Was sollte sie tun? Aufgeben? Die Malerei an den Nagel hängen? Freddy eine Riesenszene machen und zu einem anderen Galeristen wechseln? Selbst eine Galerie eröffnen? Was war das eigentliche Problem? Ihre Bilder oder deren Vermarktung? Angenommen Freddy hatte recht, welche Konsequenzen waren daraus zu ziehen? War es ihr möglich, etwas Neues zu malen, ihren Stil weiterzuentwickeln? Sie war mittlerweile zu betrunken, um das jetzt zu entscheiden, aber sie spürte, dass sowohl Wut als auch Resignation allmählich einer gewissen Kampfeslust gewichen waren. Zu viel hatte sie sich in all den Jahren erarbeitet, um aufzugeben. Das wäre ja gelacht! Das wollen wir doch mal sehen, dachte sie und schlürfte den Rest Whisky aus ihrem Glas.

Sie stolperte zur Wendeltreppe, um nach unten in den Wohnbereich zu gelangen. Aber der Schnaps hatte seine Wirkung nicht verfehlt, und als Carmen an der obersten Stufe stand, wurde ihr schwindelig. Sie torkelte zurück zu dem alten Sofa, auf dem sie sich lang ausstreckte. Überhaupt mal wieder im Atelier schlafen, dachte sie mit dem Geruch von Terpentin und Farben in der Nase. Back to the roots, vielleicht ist das der Schlüssel zu einem Neustart, sich wieder ganz auf das Elementare einlassen ..., war ihr letzter klarer Gedanke, bevor es in ihrem Kopf zu kreisen begann.

***

Am nächsten Morgen wurde Carmen gleich von zwei Katern geweckt: Der erste meldete sich als stechender Kopfschmerz, der zweite als ernüchternde Erinnerung. Sie wackelte zur Wendeltreppe, setzte beim Hinuntergehen vorsichtig Schritt vor Schritt, machte in der Küche Kaffee, begab sich ins Bad und schaute im Spiegel in ein Gesicht, das ihr fremd vorkam. Was ist denn schon passiert, Mädel?, fragte sie ihr Pendant. Nichts! Jedenfalls nichts von Bedeutung!, sagte sie sich ins Gesicht. Sollte Freddy reden, was er wollte! Sie hatte ihr Publikum, ihren Status, ihr Ansehen. Das machte ihr so schnell keiner kaputt, Freddy schon gar nicht!

Sie hatte keinen Appetit. Aspirin und Kaffee? Vielleicht ergab das ja den besonderen Kick, der ihr guttun würde. Aber die Zweifel kehrten zurück. Wie lange hatte Freddy keines ihrer Bilder mehr verkauft? Und warum nicht? Verdiente er vielleicht besser mit den Bildern anderer? Wo hingen ihre Sachen in seiner Galerie? Hinten? Im Dunklen? Oder beriet Freddy seine Kunden nach dem Motto *Ja, ja, unsere gute Carmen ... malt immer noch sehr schön, finde ich ja auch, aber schauen Sie mal hier: Theo Schall! Kennen Sie nicht? Sollten Sie aber! In spätestens zwei Jahren, wenn nicht früher, will jeder, und ich verspreche Ihnen, jeder!, Bilder von ihm haben. Schauen Sie selbst: diese Farben, dieser Ausdruck ... das ist ganz etwas anderes als bei unserer braven, verzeihen Sie den Ausdruck, etwas arg biederen Carmen ...* Wäre genau in diesem Augenblick Freddy ins Badezimmer getreten und hätte Carmen einen Revolver in der Hand gehalten, es hätte tragisch enden können. Aber Freddy lag wahrscheinlich in diesem Moment im Bett von irgend so einem Flittchen, und Carmen hatte keinen Revolver in der Hand, sondern einen mit kaltem Wasser getränkten

Waschlappen, den sie sich jetzt aufs Gesicht legte und tief ein- und ausatmete.

War sie aus der Mode gekommen? Es stimmte, dass sie lange nichts wirklich Neues gemacht hatte. Wozu auch? Die Sachen in ihrem alten, bewährten Stil liefen ja bestens. Aber eben nicht mehr. War das ihre Schuld? Oder Freddys? Hatte ein neuer Trend, eine neue Mode …?

Carmen überlegte, mit wem sie ihre Lage besprechen könnte. Vielleicht mit Theo Schall? Auf keinen Fall! Der würde Anteilnahme heucheln, Ratlosigkeit vorspielen und sie mit nichtssagenden Floskeln zu beschwichtigen versuchen. Auf nichts konnte sie besser verzichten als auf dessen verlogene Plattitüden, mit denen er unter Mühen seine klammheimliche Freude über ihren Absturz zu verbergen versuchen würde. Nein, diesen Triumph gönnte sie ihm auf keinen Fall. Zugegeben, anfangs waren beide gut miteinander ausgekommen. War ja kein Wunder, schließlich hatte sie ihn in Freddys Galerie untergebracht. Aber mit der Zeit, mit seinem wachsenden Erfolg, hatte Theo sich verändert. Er fragte sie nicht mehr um Rat, blieb nicht devot im Hintergrund, überließ ihr nicht wie selbstverständlich den Vortritt in allen künstlerischen Angelegenheiten, die die Galerie betrafen, seit sein Erfolg immer größer geworden war. Und nachdem ihr Eleonora Wild gesteckt hatte, dass Theo Schall in vertraulicher Runde abfällig über Carmens Malerei geredet, ja gespottet hatte, war sie auf Distanz zu ihm gegangen. Theo war längst zum Konkurrenten geworden, ihr freundschaftliches Verhältnis bestand zwar noch vordergründig, tatsächlich misstraute sie ihm inzwischen sogar. Die Natter, die sie an ihrem Busen gesäugt hatte, versuchte nun, sie wegzubeißen. Zwar hätte sie zu gern dessen wirkliche Einschätzung ihrer Arbeiten und seinen fachlichen Rat gehört, wie sie auf Freddys Unverschämtheit reagieren sollte, aber das war unter diesen Umständen ausgeschlossen. Wie gut kannte sie aus eigener Erfahrung Häme und Schadenfreude über die Misserfolge von Kollegen. Es gab nichts Schöneres! Nein, Theo war der Letzte, den sie um Rat fragen würde!

Und andere Künstler? Mit wem verband sie ein vertrauensvolles Verhältnis? Alles Individualisten, Einzelgänger, meistens Egoisten, nicht selten Egomanen. Man lobt einander überschwänglich, wenn man sich begegnet, aber hinter dem Rücken wird gelästert, verspottet und verachtet. Besser wäre da jemand aus einem anderen Fach, ein Musiker oder ein Literat. Vielleicht Emanuel oder sein Freund Carlo? Zweifellos gute Musiker, aber in puncto Malerei bevorzugten sie einen ganz anderen Stil. Jedenfalls hatte sie von den beiden nie etwas Positives über ihre Bilder gehört. Sie lebten in ihrer eigenen homophil-musikalischen Welt.

Oder sollte sie ganz direkt jene fragen, die bislang ihre Verehrer, Bewunderer und Käufer waren? Wie peinlich wäre das denn! Sollte sie etwa fragen: „Wann kaufen Sie mal wieder ein Bild von mir? Gefallen Ihnen meine Gemälde nicht mehr?“, oder: „Ich habe Sie lange nicht mehr in Freddys Galerie gesehen, hat das einen Grund?“ Es wäre würdelos und erniedrigend. Keine ehrliche Antwort war zu erwarten, kein ernst gemeinter Hinweis, kein Rat und kein Trost.

Aussichts- und sinnlos wäre es, die Herren aus Wirtschaft und Politik zu fragen. Bestenfalls würden die hilflos die Achseln zucken und sagen: „Aber meine liebe Carmen, fragen Sie lieber meine Frau.“

Ausgerechnet! Diese Schnepfen, die nichts anderes im Kopf hatten, als mit immer intensiverem Fitnesstraining, asketischer Ernährung, Yoga, Qi Gong, Kosmetik, Facelifting, Botox-Injektionen, Wellnesskuren, schicker Kleidung und so weiter der Illusion ewiger Jugend hinterherzuhecheln – natürlich vergeblich, aber dieses Eingeständnis war das Tabu, das sie wie Pech und Schwefel miteinander verband. Nein, die würden sich ihre Mäuler zerreißen und Carmens Offenbarungen als Kapitulation begreifen. Aber anders als bei Hunden, die sich zum Zeichen ihrer Aufgabe und Unterlegenheit auf den Rücken legen, würden diese welkenden Furien nicht von ihr ablassen, sondern es wäre ihnen ein Höchstgenuss, sie wie Wildhunde bei lebendigem Leib zu zerbeißen und zu vernichten. Alles falsche Schlangen!

Vielleicht einen Literaten fragen? Marcel fiel ihr ein. Der war Lyriker und ziemlich erfolglos. Das war bei Lyrikern normal, aber Marcel genoss Anerkennung in Kreisen, die mit den ihren nichts zu tun hatten. Er gehörte gewissermaßen zur personellen Staffage, weil ihn die Voigts als kleines Kind adoptiert hatten. Thorsten Voigt arbeitete als Steuerberater, und seine Mandanten rekrutierten sich aus den Kreisen dieses Stadtteils. Seine Kanzlei florierte außerordentlich, dennoch war er nie ein Mitglied des hiesigen innersten Zirkels geworden. Das verbot die Diskretion, die in seinem Beruf unabdingbare Voraussetzung war. Deshalb war er weder Mitglied im Golf-Club noch bei den Rotariern, sondern nur im *Oldtimer Owners Club*, dessen Treffen und Aktivitäten nicht lokal begrenzt stattfanden, sondern überall im Land und auch international. Seine Frau Barbara schrieb gelegentlich Gedichte und Kurzprosa, außerdem malte sie hin und wieder Aquarelle. Des Öfteren hatte sie Carmen um Einschätzungen und Rat gefragt, die deren zweifellos vorhandenes Talent erkannte und schätzte. Zwar hatte Barbara keinen Ehrgeiz, mit ihren Blättern an die Öffentlichkeit zu treten, wie sie Carmen gegenüber behauptet hatte. Aber vielleicht war das nichts anderes als eine Schutzbehauptung, weil sie sich vor dem Urteil des Publikums fürchtete.

Weil sie und ihr Mann keine eigenen Kinder haben konnten, hatten sie Marcel adoptiert; ein stilles, schüchternes Kind, das in der Schule mit Mathematik und Physik nichts anzufangen gewusst hatte und dessen Interessen sich ausschließlich auf Literatur und Philosophie konzentrierten. Diese Fächer studierte er nun, ohne dass damit eine erkennbare berufliche Perspektive verbunden war. Das machte den Eltern zwar Sorge, gleichzeitig waren sie stolz auf dessen erste kleinere Erfolge in der Welt der Literatur, die seinem Vater vollkommen verschlossen blieb, an der seine Mutter dagegen immer regeren Anteil nahm. Marcel also? Konnte er ihr einen Rat geben? Wie sollte sie ein Gespräch beginnen? Sie nahm sich vor, ihn in den nächsten Tagen anzurufen.

***

Woran liegt es, dass der Mensch sich mit zunehmendem Alter verstärkt mit seiner Kindheit beschäftigt? Je näher der Tod rückt, desto interessanter scheint der Anfang des eigenen Lebens zu werden, sollen Fragen beantwortet werden, die man jahrzehntelang nicht gestellt hat.

Woraus bestehen die Erinnerungen an die früheste Kindheit? Aus Bildern, Tönen, Gerüchen, Atmosphären, Szenen, Sequenzen, Berührungen, Empfindungen? Wahrscheinlich ist es eine Mischung aus allem, die zu einem Grundgefühl, einem Wertekanon, einer grundsätzlichen Einstellung gegenüber sich und anderen führt. Kaum einzuschätzen, wie sehr und auf welch vielfältige Weise das eigene Leben durch die ersten Eindrücke maßgeblich geprägt, womöglich unveränderbar bestimmt wird. Aber welches sind die ersten erinnerten Erlebnisse oder Impressionen und warum ausgerechnet diese?

Eine Ordnung, ein System ist nicht herzustellen, eine Reihenfolge nur in etwa mithilfe von Fotografien möglich. Nichts ist verlässlich von den frühesten Erinnerungen, und seit dem Tod seiner Eltern war nichts weiter zu erfragen oder zu überprüfen. Welche Momente waren es, die er für seine allerersten erinnerten Wahrnehmungen hielt? Er wusste keine Antwort, fragte sich aber, was seine am weitesten zurückliegende Erinnerung sein mochte.

Eventuell diese: Im Alter von ein oder maximal zwei Jahren lag er auf dem Teppich, und vor ihm fuhr auf einem Schienenkreis eine Lokomotive mit vielleicht drei Waggons unter dem Tannenbaum entlang. Er musste den Kopf auf den Teppich gelegt haben, denn den aus der Kurve auf sich zufahrenden Zug sah er vor sich, bevor der auf dem Schienenkreis an ihm vorbeiratterte. Oder war diese Erinnerung nur einem Foto geschuldet, das in etwa diese Szene darstellte, allerdings aus einer anderen Perspektive und natürlich auch ohne die Bewegung des Zuges? Erinnerung oder Phantasie? Farben tauchten vor seinem geistigen Auge auf, während das Foto schwarz-weiß war. War die Erinnerung an diese Farben verlässlich? Wohl nicht, eher ein Es-könnte-Sein: eine Stimmung in gedämpftem Licht. Was ihm blieb, war das Bewahren von einem glücklichen Moment, der so oder so ähnlich stattgefunden hatte, das bewies ja die Fotografie. War das einer jener ersten erinnerten glücklichen Momente seines Lebens? Andere Bilder zogen an seinem geistigen Auge vorbei: Große Bäume im Garten seiner Eltern, das Fahrrad des Vaters, sein Holzroller, Spielzeugautos, das Kinderzimmer, so vieles.

Gustav Körber stand auf und holte sich ein neues Bier aus dem Kühlschrank. Es war schön, sich an die Kindheit zu erinnern. Jutta besuchte eine Freundin, die er nicht ausstehen konnte. Er sah an solchen Abenden immer fern, am liebsten Sport oder einen Krimi. Aber heute schaute er auf das neue Bild, das seit ein paar Wochen über der Couch hing, und das hatte ihn in seine Kindheit entführt.

Er hatte sich von Jutta breitschlagen lassen, sie auf die Vernissage von Carmen zu begleiten. Und ja, er hatte ihr sogar versprochen, ein Bild zu kaufen, um es ihr zum Geburtstag zu schenken. Dann haste mal wieder einen gut, so sein Hintergedanke, zum Beispiel bei der Urlaubsplanung für das nächste Jahr.

Aus purer Langeweile war er schlecht gelaunt durch die Ausstellung geschlendert und hatte sich die Bilder zunächst flüchtig angeschaut. Aber die gefielen ihm, fesselten ihn! Immer interessierter betrachtete er vor allem die maritimen Motive. Als er vor diesem Bild stand, das ihn sofort an die wunderbaren Urlaube mit seinen Eltern an der Ostsee erinnerte, war er begeistert gewesen. Damals als Kind waren die Sommer immer warm gewesen, es hatte nichts Schöneres gegeben, als im Sand zu buddeln, im seichten Wasser der Ostsee zu plantschen, von Mutter gemachte Frikadellen und Kartoffelsalat im Strandkorb zu essen. Als Gustav vor diesem Bild stand, glaubte er das Meer riechen zu können und die Wellen plätschern zu hören. Auch das Duftgemisch aus diversen Süßigkeiten, Bratwurst, Frikadellen und was nicht noch, das ihm jeden Morgen von dem Kiosk verheißungsvoll entgegenfächelt war, an dem die Familie auf dem Weg zum Strand vorbeiging. Obwohl: Kann man Gerüche erinnern? Oder kann man sie nur wiedererkennen, wenn man ihnen begegnet?

Jetzt, hier im Sessel, mit seinem Bier in der Hand schaute er auf Carmens *Ostseesommer IV*, und es hätte nicht viel gefehlt … Warum hatte er nicht die ganze Serie gekauft? Jetzt waren bestimmt alle Bilder weg!

***

Marcel war beinahe sprachlos, als Carmen sich meldete, denn sie, eine erfolgreiche Malerin und dazu eine Frau, an deren etwas fülligen Formen sich die Geister zwar schieden, die jedoch durchaus Begehrlichkeiten weckten, hatte ihn bisher nur ein einziges Mal angerufen, und zwar, weil sie sich verwählt hatte. Es dauerte, bis er realisierte, wer da mit ihm sprach. Im Plauderton parlierte sie über dies und das, und selbst nach drei oder vier Minuten wusste er nicht, was sie von ihm wollte. Sie monologisierte über verschiedene Schaffensphasen, die jeder Künstler durchlebe, von den Höhen, Tiefen, ja Abgründen, die einander in unberechenbaren Intervallen von unterschiedlichster Dauer abwechselten, von Triumphen und Verrissen, von Höhenflügen und Höllenritten, die die Wege jedes Kreativen begleiteten, seine Persönlichkeit formten und seine schwankende Existenz begründeten und letztlich sein Leben bestimmten.

Was wollte sie? Sich ausweinen? Ausgerechnet bei ihm? Ratschläge geben? Hatte etwa seine Mutter sie beauftragt, ihn anzurufen? Marcel schwirrte der Kopf. Er konnte den Ausführungen Carmens kaum folgen, weil er keine Struktur, kein Ziel, keine Intention ausmachen konnte, bis Carmen endlich fragte: „Spricht man in der Literatur nicht von einer Schreibblockade, wenn nichts mehr geht? Was macht man dann?“

Marcel, halb narkotisiert von Carmens Tirade, musste sich erstmal sortieren. Was wollte sie von ihm wissen? Was man macht, wenn einem nichts einfällt? Ja, was macht man da? Er litt bisher nicht unter diesem Problem. Natürlich verlaufen Schaffensprozessen nie linear, aber eine Blockade? Er erinnerte sich an Gespräche mit anderen Autoren, in denen es um ähnliche Probleme gegangen war. Irgendwann schienen diese Blockaden von selbst zu verschwinden, und deshalb sagte er jetzt: „Warten."

„Warten? Was warten?"

„Einfach warten. Bis die Blockade weg ist. Irgendwann greifst du automatisch zu Stift beziehungsweise Pinsel und fängst an, weil du eine Idee hast, weil sich ein Problem gelöst hat, weil sich die Umstände geändert haben, weil du von irgendwoher einen Impuls empfangen hast."

In diesem Augenblick wusste Carmen, dass sie keine Malblockade hatte, denn bis gestern hatte sie eifrig an einem Sonnenuntergang über dem Meer gemalt. Ihr Problem war, dass sie keine Ideen mehr hatte, dass ihr nichts mehr einfiel, dass ihr die Inspiration für Neues fehlte, sie in Routine erstarrt war. Der Erfolg hatte sie schläfrig gemacht, benebelt, selbstgefällig. Seit langem – seit sie Erfolg hatte – spürte sie bloß den Interessen des Marktes nach, bediente Gewünschtes, malte ebenso routiniert wie uninspiriert. Freddys vernichtende Kritik hatte wie ein Eimer eiskaltes Wasser gewirkt, der ihr über den Kopf gegossen worden war, der Whisky hatte sie revitalisiert, und jetzt realisierte sie, dass sie entweder an einem End- oder Wendepunkt ihrer Karriere stand. Sie dankte Marcel: „Du hast mir sehr geholfen. Bitte versprich mir, niemandem von unserem Gespräch zu erzählen, ja?"

„Ist doch selbstverständlich."

Carmen überlegte blitzschnell: Sich mit Marcel mal zu treffen und sich auszutauschen, war bestimmt keine schlechte Idee. Mal in aller Ruhe aus einer ganz anderen Sicht über Fragen des künstlerischen Schaffens plaudern. Aber wo? Privat? Das könnte zu Missverständnissen führen. In der Öffentlichkeit? Und wenn Freunde oder Bekannte die beiden zusammen sehen würden? Warum eigentlich nicht? Auf die

Vermutung, dass er ein neuer Liebhaber von ihr sein könnte, dürfte kaum jemand kommen, denn er war zu jung, zu unscheinbar, in jeder Hinsicht nicht passend. Keine schlechte Idee also, sich mit ihm privat in der Öffentlichkeit zu zeigen, weil das – im Fall des Falles – für Neugier und Interesse sorgen könnte, was ihrem Image nützlich wäre. Also fragte sie: „Wollen wir uns nicht mal treffen, um über unsere Leben als Künstler zu reden, crossover sozusagen. Was meinst du?"

„Aber sehr gern!"

„Wir gehen zu *da Giovanni*, das Essen ist vorzüglich, und man kann in Ruhe plaudern. Einverstanden?"

***

Gina von Allenstein überlegte angestrengt, was sie schreiben sollte. Natürlich etwas Positives, das war sie Carmen schuldig. Aber die Bemerkungen, die sie im Anschluss an die Vernissage aufgeschnappt hatte, waren keineswegs von Begeisterung oder Bewunderung geprägt gewesen. Solange die Besucher sich in Carmens Hörweite aufgehalten hatten, waren die üblichen Lobhudeleien zu vernehmen gewesen: „Wunderbar, mein Liebe", „Carmen, mit diesen Bildern hast du dich selbst übertroffen", oder „Hinreißend, einfach zauberhaft!" Sobald sie jedoch in die hinteren Winkel der *Galerie Palmberg* gelauscht hatte, waren ihr Bemerkungen wie etwa die von Dr. Lücke zu Ohren gekommen, als der zu Thorsten Voigt sagte: „Schöne Bilder. Jedenfalls für alle, die Trost in infantilen heilen Welten suchen." Worauf der Angesprochene süffisant lächelnd von einer Portion Zusatzrührung durch bonbonhafte Farben und gepuderte Weltfluchten geredet hatte.

Es hatte auch Komplimente gegeben, aber eben von Leuten wie Jutta Körber, deren Lob man als Höchststrafe empfinden musste. Silvia Hohlfeldt hatte demonstrativ eine beleidigte Miene zur Schau getragen, weil Carmen ihren Wunsch abgelehnt hatte, einige ihrer Gedichte nach der Laudatio vorzulesen. Überhaupt Silvia! So langsam ging die ihr auf den Wecker. Bei der Durchsicht der Fotos vom gestrigen Abend war auf gefühlt achtzig Prozent deren breitflächiges, ewig grinsendes Gesicht – mal wie rein zufällig, mal dreist an die Seite von Carmen oder von anderen Lokalgrößen gedrängt – zu sehen. Und schon wieder hatte sie ihr mit ihrem neuen Buch in den Ohren gelegen, über das sie, Gina, ganz groß in allen möglichen Zeitungen und Zeitschriften berichten sollte. Gestern! Auf Carmens Vernissage! Kein Gespür hatte die für passende beziehungsweise absolut unpassende Momente, um ihre eigenen Interessen zu verfolgen. Dabei waren ihre Gedichte lächerlich schlecht, und deren Veröffentlichung kam einer Selbstentblödung bedrohlich nahe. Ob ihr das nicht irgendjemand mal sagen könnte? Und veröffentlicht werden sollte dieses Machwerk natürlich nicht in einem seriösen Verlag, sondern in einem, von dem sie bisher nie zuvor gehört hatte. Außerdem hatte Silvia bisher nichts für wenigstens eine der beiden gemeinnützigen Organisationen gespendet, deren Ziele Gina mit Enthusiasmus unterstützte.

Sie ärgerte sich maßlos, aber der Artikel über Carmens Vernissage musste heute fertig werden. Was sollte sie schreiben? Einerseits hatten ihr die heiteren Pastellfarben einiger Bilder durchaus gefallen, mit denen Carmen die flüchtige Lebendigkeit kleiner, schöner Momente erfasst hatte: Hier eine mediterrane Bucht unter blauem Himmel, dort der Blick über einen Strandkorb auf die seicht bewegte See oder Menschen, die in wehenden Gewändern unter lichtdurchfluteten Bäumen wie ziellos zu wandeln schienen. Alle Linien lösten sich auf und verschwanden in einem duftigen Farbennebel. Alles schön, alles ästhetisch, verträumt und elegant, aber hatten die Bilder nicht auch etwas Beliebiges, Dekoratives, sogar Tapetenhaftes? Einerseits nett anzusehen – ja natürlich! –, andererseits fehlte einem ohne diese Bilder nichts. War das aber nicht mit aller Kunst so: hübsch und gleichzeitig entbehrlich? Nein, über diese grundsätzliche Problematik wollte sie jetzt nicht vertieft nachdenken, sondern einen schmeichelhaften Artikel verfassen, den Carmen bestimmt verdiente. Also griff sie in die Tasten und schrieb von rätselhaft verträumten Gemälden, von bizarren Details, die erst beim zergliedernden Hinsehen auffielen, oder von

Brücken, die Carmen mit ihren Impressionen aus der Gegenwart ins Unsichtbare geschaffen habe.

Sie suchte ein Foto aus, auf dem Carmen von Freddy und Felix flankiert wurde. Den Kopf von Silvia retuschierte sie weg.

***

Giovanni breitete die Arme weit aus und strahlte Carmen an, als hätte Helene Fischer sein Restaurant mit ihrem Besuch beehrt. Küsschen links, Küsschen rechts und nochmal links. Seine Hände ruhten wie für die Ewigkeit auf Carmens Oberarmen, während er voller Entzücken ihr tief in die Augen schauend sagte: „Bella! Bellissima! Wie schön, dich wieder einmal begrüßen zu dürfen!" In seiner Begeisterung hatte der Padrone übersehen, dass jemand hinter Carmen stand. Erst als die sagte: „Buona notte, mein Lieber, wie ich mich freue", bemerkte er den schmächtigen jungen Mann, der verlegen hinter seiner großformatigen Begleiterin stand.

„Kennst du Marcel? Ein sehr talentierter Dichter", stellte sie ihren Begleiter vor. Ohne mit der Wimper zu zucken, musterte Giovanni das schmächtige Bürschchen für den Bruchteil einer Sekunde. Von Berufs wegen war Diskretion sein oberstes Gebot; er wollte nie wissen, wer sein Restaurant mit wem und warum besuchte. Ihn interessierte nur, ob jemand für das Geschäft wichtig sein könnte. Von wem wer begleitet wurde, war solange egal, bis aus diesen Niemands wiederkehrende Gäste wurden. Einen Status musste man sich bei Giovanni hart erarbeiten. Bevor er jemanden begrüßte wie Carmen, konnten Jahre vergehen, und es war keinesfalls nur von häufigen Besuchen seines Restaurants und von hohen Rechnungen abhängig, ob er sich den Namen eines Gastes merkte, sondern vom Potential, das in jemandem steckte, um sein Lokal attraktiver zu machen. Man besuchte *da Giovanni* auch wegen des Essens, vor allem jedoch, weil in dessen verwinkelten Räumlichkeiten die Atmosphäre knisterte. War das in der Nische dort nicht ...? Und mit wem? Hierher konnte man so gut wie jeden bedenkenlos einladen, weil die Kombination aus gehobener italienischer Kochkunst und einem Tisch, der – ganz nach Belieben – den Besuch vor den anderen Gästen verbarg, ihn erkennbar werden ließ oder gar zur Schau stellte, stimmte. Entscheidend war, welche Wertschätzung man beim Padrone genoss, das heißt, unter welchen Umständen der von wem welche Tischreservierung akzeptierte.

Carmen hatte sofort nach dem Telefonat gestern Giovanni per Handy angerufen, dessen Nummer nur wenige kannten, und um einen Tisch gebeten, an dem man ungestört reden konnte. Giovanni schritt würdevoll durch die Tiefe des Lokals, bevor er in einer hinteren Ecke stehenblieb und den beiden mit angedeutetem Kopfnicken einen Tisch zuwies, der durch Balustraden und Pflanzen abgetrennt wie ein Separee erschien.

Giovanni hatte beiden unaufgefordert ein Glas Prosecco bringen lassen, ihnen ein leichtes Menü mit zu den Gängen korrespondierenden Weinen empfohlen und ihnen im Flüsterton, als handele es sich um ein heimliches Rendezvous, einen bezaubernden Abend gewünscht. Carmen sah sich genötigt, einem Missverständnis vorzubeugen: „Wir sind hier ... geschäftlich, mein lieber Giovanni“, sagte sie, worauf der Wirt beiden viel- und gleichzeitig nichtssagend – das beherrschte er wie kein Zweiter – zuzwinkerte und verschwand.

Beim Klirren der Sektgläser stellte sie klar: „Du bist natürlich mein Gast! Reiche, berühmte Malerin lädt armes Dichtergenie zum Essen ein.“ Sie kicherte wie ein Teenager, und Marcel saß ihr verkrampft und irritiert gegenüber, weil er immer noch nicht wusste, was gespielt wurde.

Carmen überlegte hin und her, wie sie das Gespräch beginnen sollte. Das war sie nicht gewohnt, aber diese Situation und ihr derzeitiges Problem stellte sie vor eine neue Herausforderung. Sie überspielte ihre anfängliche Verlegenheit, indem sie Marcel für sein Kommen dankte, über das Wetter und andere Belanglosigkeiten redete, immer unterbrochen von großen Schlucken zunächst vom Prosecco und dann von dem inzwischen eingeschenkten Wein. Schneller als gedacht spürte sie die Wirkung des Alkohols, der half, endlich ihr Anliegen anzusprechen. Die Platte mit Antipasti war kaum angerührt, als sie Marcel fragte: „Wie arbeitest du eigentlich? Setzt du dich morgens an den Schreibtisch und wartest auf Einfälle? Oder liest du erst Zeitung, gehst deine Mails durch oder machst sonst was? Wie ist dein Tagesablauf? Wann und wie schreibst du an deinen Gedichten?"

Der Gefragte überlegte länger, bevor er antwortete: „In erster Linie bestimmt das Studium meinen Tagesablauf. Wenn möglich, halte ich mir den Vormittag frei, um zu schreiben, nachmittags kümmere ich mich um alles andere."

„Was meinst du mit *alles andere*?"

„Na ja, neben den alltäglichen Notwendigkeiten wie Seminare und Vorlesungen besuchen muss alles Organisatorische erledigt werden, was mit dem Schreiben zusammenhängt: Mails, telefonieren, Facebook, Instagram und so weiter. Aber das kennst du ja auch so oder so ähnlich."

„Klar, aber wenn du am Morgen am Schreibtisch sitzt, wartest du da auf Einfälle? Was machst du, wenn da nichts kommt!"

Marcel schaute sie verwundert an. „Nein, Einfälle hat man nicht jeden Tag zu einer bestimmten Uhrzeit, vorzugsweise morgens zwischen neun und elf, aber das weißt du ja selbst! Die Ideen kommen unvermittelt irgendwann, irgendwo, beim Spazierengehen, beim Sitzen auf einer Bank, sonst wo. Diese Ideen halte ich immer sofort fest, indem ich sie ins Dictaphone auf meinem iPhone spreche. Vormittags arbeite ich die aus, feile an anderen Texten, die nicht fertig sind. Ist das bei dir ganz anders?"

Carmen nahm sich von der Platte ein paar Champignons, Auberginen- und Zucchinischeiben. „Gibst du mir bitte das Brot rüber", bat sie ihren Tischnachbarn, der inzwischen gelöster wirkte. Carmen erkannte den Unterschied: Seit sie derart viele Aufträge bekommen hatte, war sie auf Intuitionen nicht angewiesen. Für Freddys Galerie malte sie Variationen von bestellten Gemälden, die sie als *Derivate* bezeichnete. Das hatte über die Jahre prächtig funktioniert, aber eben nicht mehr. „Ja", sagte sie, „ich möchte an den Punkt zurückkommen, an dem ich mir ganz ohne Verkaufsabsicht wieder etwas einfallen lasse. Etwas malen, was mir wichtig ist, mir am Herzen liegt oder mir einfach Spaß macht. Etwas ausprobieren, experimentieren."

„Tue es! Wo ist das Problem?"

„Leichter gesagt als getan. Ich glaube, ich muss Abstand gewinnen, eine Distanz schaffen zu meiner Routine."

„Warum machst du es nicht? Verreise mal, besuche Konzerte und Museen, unternimm Spaziergänge durch eine fremde Stadt, krieg den Kopf frei, triff andere Menschen."

Carmen fühlte sich allein durch den Gedanken an eine Auszeit wie befreit. Endlich mal aus dem immer gleichen Kreislauf herauskommen; das Atelier, die Galerie, die Leute eine Zeit lang hinter sich lassen. Sie prostete Marcel erleichtert zu: „Danke, mein Lieber. Eigentlich naheliegend, aber ohne dich wäre ich nicht drauf gekommen."

Beim Hauptgang – Marcel hatte ein Saltimbocca romana gewählt und Carmen Scampi alla busara – redeten beide über mögliche Ziele von Carmens schöpferischer Pause. Marcel schlug Paris, London, New York, Florenz und andere der üblichen Kulturmetropolen vor, aber Carmen wollte keinen Tourismus, sondern sie wollte auch Leute treffen, mit denen sie über Kunst reden konnte. Ein Seminar vielleicht oder einen Workshop, irgendwo an einem schönen Ort in den Bergen, an der See oder wo auch immer. „Weißt du, ich möchte mich mal mit neuen Leuten austauschen. Über Kunst reden, ohne eigene Absichten zu verfolgen. Es soll mal nicht ums Verkaufen, um Marktchancen, Öffentlichkeitsarbeit und so weiter gehen, sondern um das Eigentliche, nämlich um die Kunst."

„Da scheiden Freddy, Felix oder Theo Schall aus."

„Du sagst es."

„Vielleicht habe ich da eine Idee."

Carmen ließ die Gabel sinken, trank von ihrem Wein und sah Marcel erwartungsvoll an.

„Du warst doch Sonnabend bei der Feier von Felix und hast diesen komischen Typen gesehen, für den Felix hier in Hamburg die Dependance von dessen Galerie leiten soll?"

„Ja, und?"

„Ich saß zufällig beim Essen mit ihm an einem Tisch, wir unterhielten uns ein bisschen, und als er ging, gab er mir seine Visitenkarte."

„Du meinst ..."

„Wenn der eine Galerie betreibt, kennt er jede Menge Leute. Da müsste es ein Leichtes sein, diskret einen Kontakt zu jemandem herzustellen, den hier niemand kennt. Den könntest du mal fragen." Weil Carmen nichts sagte, fuhr Marcel fort: „Oder bitte Felix, die Verbindung zu Paul herzustellen. Der arbeitet doch demnächst für ihn."

Warum war ihr das Naheliegendste nicht eingefallen, fragte sich Carmen.

***

Die Räder des Flugzeugs setzen mit einem kurzen, harten Stoß auf. Während die Maschine nach dem kraftvollen Bremsvorgang ihrer Halteposition in langsamem Tempo zurollte, fragte sich Felix, ob dieser Besuch bei Paul in Wien sein Leben verändern oder eine Episode bleiben würde. Gewiss, er hatte Freddy gesagt, dass er zum Jahresende in der *Galerie Palmberg* aufhören würde, und Pauls Angebot war der Anlass für diese Kündigung gewesen. Vor allem hatte er den Wunsch gehabt, endlich aus dem ewigen Kreislauf rauszukommen und einen wie auch immer gearteten Schritt in eine Selbstständigkeit zu machen. Welche beruflichen Aufgaben ihn erwarteten, war in diversen Gesprächen mit seinem neuen Chef diffus geblieben, über sein Gehalt hatte Paul bisher nur vage Andeutungen gemacht und einen Vertrag hatte er ihm trotz Nachfrage nicht vorgelegt. Vor allem wollte Felix genau wissen, auf welche Bereiche sich seine geschäftlichen Tätigkeiten erstrecken sollten. Ja, er sei sowohl Galerist als auch Händler, hatte Paul ihm bei einem der Telefonate gesagt, aber was bedeutete das genau? Felix hatte bei Freddy bloß gelegentlich gejobbt, bestenfalls ein wenig von der Welt der Kunst genippt, und die wenigen Semester seines Studiums hatten ihn nur partiell interessiert. Klar war, dass Paul ihn nicht wegen seiner fachlichen Kompetenzen einstellen wollte, aber warum dann? Was zeichnete ihn aus? Warum gerade er? Außer Tennis konnte er nichts oder genauer gesagt: nichts richtig oder ganz. Er selbst sprach ironisch-kokett von „meiner umfassenden Halbbildung", wenn er gefragt wurde und untermauerte das gern: „Ich kann bei vielen Themen lange mitreden, ohne viel Ahnung von einer Sache zu haben." Warum das funktionierte, faszinierte ihn solange, bis er die Antwort herausfand: Die allermeisten Leute verfügten nicht einmal darüber: eine umfassende Halbbildung.

Als er Stunden später Paul in einem kleinen Beisl gegenübersaß, erläuterte der: „Sehen Sie, lieber Freund, es gibt die Welt der Kunst, und es gibt die Welt der Geschäfte. Was das für eine Galerie bedeutet, wissen Sie ja selbst. Aber ich bin auch und vor allem Händler, für den die Schnittstelle beider Welten von entscheidender Bedeutung ist. Diese Schnittstelle ist der Kunstmarkt. Dort dreht sich vieles, eigentlich alles ausschließlich um Geld, Gier, Investitionen, Geldwäsche, Anlage und Anlagebetrug. Oft sind die Grenzen zwischen seriösen und dubiosen Geschäftsinteressen schwer zu ziehen. Das ist die eine Hälfte des Marktes, wobei der Begriff ‚Hälfte' optimistisch gewählt ist. Die andere Hälfte der Käufer besteht aus Sammlern, die sich auch wieder – ganz grob gesprochen – in zwei Lager unterscheiden lassen. Da wären die Vertreter der Museen, die für ihre Häuser kaufen, um die Bestände zu ergänzen oder die Sammlungen mit besonderen Stücken zu schmücken. Hier spielen Etats, Mäzene, lokale, politische, historische und sonst wie gelagerte Aspekte und Interessen eine Rolle. Und es gibt die privaten Sammler. Deren Motive, Kunst zu kaufen, sind ebenfalls sehr vielschichtig. Einige wenige sind wirklich davon besessen, ganz bestimmte Kunstwerke besitzen zu wollen, ja zu müssen. Sie sind Opfer ihrer Leidenschaft, allerdings nicht immer finanziell in der Lage, ihre Sucht zu befriedigen. Für eine andere Gruppe – wir sprechen hier über wirklich reiche Leute – ist das Kaufen von Kunst zu einem wichtigen Bestandteil ihres gesellschaftlichen Lebens geworden, weil die Sinnsuche ihres Reichtums ein Ziel, einen Inhalt gefunden hat: Man fährt zu großen Auktionen oder Messen in aller Welt, logiert in Luxushotels, trifft seinesgleichen und versucht einander zu übertreffen. Der Triumph besteht im Überbieten, im Ausstechen der Konkurrenten.

Neid erzeugen ist auch wie eine Sucht. Nichts ist schöner als die Gratulation zum Erwerb eines Kunstwerks aus dem hassverzerrten Gesicht eines Konkurrenten entgegennehmen zu dürfen. Kein größerer Genuss, als mit huldvollem Lächeln und gespieltem Bedauern Trost zu spenden, um die Marter des Misserfolges zu steigern: ‚Aber Sie gestatten mir wenigstens, den Champagner auszugeben, ja?' Das ist der ganz große Jahrmarkt der Eitelkeiten, der Heuchelei und der Missgunst. Hier läuft das große Geschäft, das sich die oberen zehn Prozent der Galeristen, Auktionshäuser und Künstler fast komplett unter sich aufteilen. In der Liga spiele ich leider nicht."

„Sondern?" Felix hatte aufmerksam zugehört, denn das, worüber Paul referierte, hatte mit dem Publikum der Galerie von Freddy nichts zu tun. Natürlich kannte er die Namen der großen Messen und Auktionshäuser, natürlich war er beeindruckt von schwindelerregenden Summen, die für Werke bestimmter Künstler gezahlt wurden, aber diese Szene war weit entfernt von der real existierenden seines Viertels, obwohl auch in dem reiche Leute wohnten, jedenfalls reich im Vergleich zu Normalverdienern.

Paul sah ihn von der Seite an und antwortete: „Eher Bundesliga als Champions League, manchmal auch zweite Liga, um ehrlich zu sein."

„Auch nicht schlecht." Felix hob sein Glas und prostete Paul zu, der seine Geste erwiderte und mit sattem Lächeln antwortete: „Eben."

„Kann man davon leben?"

„Sehe ich notleidend aus?"

„Wie sind Sie zum Händler geworden?"

„Das ist eine lange Geschichte, mit der ich Sie nicht langweilen will, Felix. Also eine Kurzfassung: Ich habe die bildende Kunst schon immer geliebt, aber allzu schnell einsehen müssen, dass ich mir Bilder, die ich wirklich schätze, ja bewundere, niemals leisten kann. Als ich begann, mich für Contemporary Art zu interessieren, begriff ich schnell, dass sich objektive Maßstäbe immer weniger anlegen ließen, je moderner die Werke waren."

„Was hat das mit modern zu tun?"

„Nun, sehen Sie, solange man die Wirklichkeit als Maßstab hatte, war es nicht schwierig: je realistischer ein Bild, desto besser. Nehmen Sie alte Meister wie van Eyck, Rembrandt, Gerrit Dou: Werke von atemberaubendem, fast fotografischem Realismus. Hier wurde mit Farben, Licht und Schatten überaus filigran und perspektivisch derart perfekt modelliert, dass jeder sehen und leicht urteilen konnte: Näher an die Wirklichkeit kann Malerei nicht kommen. Aber diese Perfektion wurde bereits vor vierhundert Jahren erreicht. Und danach? Fing man Ende des 19. Jahrhunderts an zu abstrahieren. Und damit verlor sich der Maßstab der objektiven Vergleichbarkeit zwischen Bild und Realität."

„Was bedeutet das?"

„Stimmungen, Gefühle, Subjektivität. Das Innere darstellen. Auflösung der Wirklichkeit. Abstraktion. Heute gibt es einen Kanon von anerkannten Meistern der klassischen Moderne. Die Preise von deren Werken werden auf Auktionen bestätigt oder modifiziert und je nach Größe und Qualität in einem gewissen Preiskorridor gehandelt. Wenn sie echt sind!" Paul lachte.

„Wie meinen Sie das?"

„Lieber Freund! Moderne Kunst ist verhältnismäßig leicht zu fälschen, besonders die von Künstlern aus der zweiten Reihe. Materialien aus der ersten Hälfte des 20. Jahrhunderts sind nicht schwer zu besorgen, wenn man die Quellen kennt. Die Technik ist für einen Könner in vielen Fällen unkompliziert. Bilder der klassischen Moderne sind sehr gefragt, weil die Leute erkennen, mindestens erahnen, was abgebildet ist. Sie finden sich leicht in einer Stimmung oder Atmosphäre wieder; die Frau in luftigem Kleid auf einer Wiese, Menschen im Café, beim Picknick, in einem Ruderboot. Das Angebot an derartigen Bildern von namhaften Künstlern ist erfahrungsgemäß viel geringer als die Nachfrage. Da ist die Verlockung groß, das Angebot zu erweitern."

„Ist das nicht viel zu riskant?"

„Die meisten Fälschungen liegen im drei-, vier- und fünfstelligen Preisbereich, im Internet sogar im zweistelligen. Da wäre eine seriöse Expertise viel zu teuer. Der Käufer glaubt, dass das Bild echt ist, weil er es glauben will und weil es ihm ein Gefühl von Cleverness und Überlegenheit vermittelt, ein vermeintliches Schnäppchen gemacht zu haben. Und der Verkäufer ist nur am Geld interessiert. Erzählt dem potentiellen Käufer eine abenteuerliche Geschichte über den Werdegang des Bildes, die der allzu gern glaubt, weil er für wenig Geld und so weiter. Sie können sich nicht vorstellen, wie viele gutgläubige Trottel den größten Unsinn glauben, weil sie ihn glauben wollen."

„Schon klar, aber was ist mit der Kunst von heute?"

„Sehr schwierig, undurchschaubar. Namen werden gemacht, um den Markt zu bedienen. Wer beurteilt heute, ob etwas große Kunst oder großer Mist ist? Ein paar Gurus, denen der Markt in der Hoffnung glaubt, dass deren Urteil sich in der Zukunft bewahrheiten wird. Aber ob Bilder von Rothko, Polke, Richter in dreihundert Jahren für Millionen gehandelt werden, kann niemand wissen, weil ein objektiver Maßstab fehlt."

„Aber Sie haben ja gesagt, dass das nicht Ihre Liga ist.“

„Stimmt. Ich handle mit den Bildern von Künstlern, deren Kunst ich verstehe, beziehungsweise ich verlasse mich auf das Urteil von Experten, denen ich vertraue.“

„Auch spekulativ.“

„Ja, aber weit entfernt von Scharlatanerie. Ein Händler kauft das, was er glaubt wieder verkaufen zu können. Wie seriös er das macht, unterliegt seiner Ethik. Ob er die Geschichte eines Bildes wahrheitsgemäß überliefert oder erfindet, auch. Jedenfalls ist der Händler nicht nur das Bindeglied zwischen Maler und Käufer, sondern auch die Schnittstelle, in der sich wundersame Verwandlungen ereignen können.“

„Verstehe ich nicht, wie meinen Sie das?“, fragte Felix.

„Von den wenigsten Künstlern gibt es ein vollständiges Werkverzeichnis, Expertisen sind nicht immer seriös, die Provenienz vieler Werke ist lückenhaft, der 2. Weltkrieg hat zu kriminellen Besitzwechseln geführt, in der DDR gab es die Kunst- und Antiquitäten GmbH, die zur Devisenbeschaffung auf zweifelhaften Wegen erworbene oder konfiszierte Kunstwerke in den Westen verkaufte. Also einerseits jede Menge an Möglichkeiten, Herkunft und Besitzverhältnisse zu verschleiern oder in Vergessenheit geraten zu lassen.“

„Und andererseits?“

„Andererseits können so plötzlich Bilder auftauchen, von deren Existenz bisher niemand etwas wusste.“

„Und Sie als Händler? Ich meine, prüfen Sie, ob ein Werk echt ist? Sind Sie nicht dazu verpflichtet, wenn Sie ein Bild vermitteln?“

„Mein lieber Felix, als Händler verwirkliche ich Träume. Träume vom Besitzenwollen zum Beispiel.“

Felix schaute nachdenklich aus dem Fenster des kleinen, nach Art einer Bauernstube eingerichteten Restaurants, das eine behagliche, biedere Atmosphäre ausstrahlte. Nach einer Weile fragte er: „Warum ich? Ich habe von Kunst wenig Ahnung und verfüge über kein Netzwerk in der Szene. Was versprechen Sie sich von mir?"

„Sie sehen gut aus, können charmant plaudern, haben Manieren, ein gutes Auftreten, kurzum: Sie wecken Vertrauen."

„Und das genügt?"

„Neben dem Geld ist Vertrauen die einzige Währung, die in diesem Geschäft zählt. Und Ihnen vertraut man." Paul beugte sich zur Seite und hob einen schmalen Aktenkoffer vom Fußboden hoch, öffnete ihn, nahm einen Umschlag heraus und sagte: „Lieber Freund, hier habe ich einen Vertragsentwurf vorbereitet. Lesen Sie sich den später in Ruhe durch und kommen Sie morgen in mein Büro. Dort können wir letzte Details besprechen, wenn das nötig sein sollte."

Teil 2

Serge schlenderte in die Richtung seines Hotels, das, in einen Wald gebettet, am oberen Rand der Altstadt lag. Den beschwerlichen Anstieg verfluchte er jedes Mal. Seit er jedoch begonnen hatte, ihn als Bestandteil seines Fitness-Programms zu betrachten, ignorierte er das schmerzende Ziehen in seinem linken Knie, sein verschwitztes Hemd und den keuchenden Atem, weil ihn ein Gefühl satter Zufriedenheit erfüllte. Schließlich war er nicht nur hier, um richtig auszuspannen, sondern um wieder einigermaßen in Form zu kommen, sowohl figürlich als auch konditionell. Deshalb fasste er jede Anstrengung als willkommene Herausforderung auf und deren Bewältigung als stillen Triumph.

Über die Jahre hatte er sich in träger Bequemlichkeit eingerichtet, sodass Bewegungsarmut, ungesunde Ernährung, zu viel Alkohol und das Rauchen außer zu Kurzatmigkeit und Übergewicht auch zu einigen medizinischen Bedenklichkeiten geführt hatten, wie ihm von seinem Hausarzt mit sorgenvoller Miene bei der letzten Untersuchung konstatiert worden war.

„Da müssen wir etwas tun", hatte Doktor Wenz es vermieden, seinem Freund die Last für dessen zu verändernden Lebenswandel allein aufzubürden, aber natürlich lag es ausschließlich an Serge, Konsequenzen aus der Diagnose und der Angst einflößenden Prognose des Arztes zu ziehen: „Mein Lieber, wenn du so weitermachst ..."

„In meinem Beruf als Maler habe ich nicht die Zeit für gesunde Ernährung und umfängliche Fitness-Programme", hatte er um Nachsicht gebeten, worauf sein Arzt schulterzuckend erwidert hatte: „Also gut: Wenn du deinen Körper unbedingt mit Bewegungsarmut, Alkohol und Nikotin kreativ ruinieren willst ..."

Nachdenklich war er nach Hause gegangen, hatte sich nackt vor den mannshohen Wandspiegel gestellt und war erschüttert: Das also war aus ihm geworden: Eingefallene Schultern, Hängebauch, dünne Beine. Er straffte seinen Körper, spannte den Rest seiner Muskulatur, zog den Bauch ein, blickte seinem Spiegelbild in die Augen und befand: Da ist noch etwas zu machen. Mit meinen 49 Jahren bin ich zu jung, um dem körperlichen Verfall tatenlos zuzusehen und gleichgültig der Altersresignation entgegenzudämmern!

Ein erster Schritt sollte dieser Kuraufenthalt im tschechischen Marienbad sein. Ziele waren gesteckt: moderat Sport treiben, viel an der frischen Luft spazieren gehen, gesunde Ernährung, mäßig rauchen und wenig Alkohol, um ein paar Kilo zu verlieren, Blutdruck und Cholesterinspiegel zu senken und sich in seinem Körper wieder wohlzufühlen.

Bei der obligatorischen Eingangskonsultation seines zweiwöchigen Programms hatte die Ärztin ihm zum sofortigen Aufhören mit dem Rauchen geraten, aber das war ganz und gar ausgeschlossen, denn Zigarillos gehörten für ihn zum Leben dazu wie zum Zeichnen Stift und Papier und zum Malen Pinsel und Farben. Ansonsten befolgte er brav die von ihr verordneten medizinischen Anwendungen: Er ließ sich massieren oder von der Wärme der Moorpackungen durchdringen, tauchte in Perlbäder oder legte sich in ein trockenes Gasbad, eine besondere Kuriosität des hauseigenen

Therapieplanes. Jedes Mal belustigte ihn der raue Charme der mannweibartigen Pflegerin, wenn sie mit tiefer Stimme „Hose raus, Sack rein!“ befahl. Der Dragoner musste ein Relikt aus sozialistischen Zeiten sein, und Serge betrachtete die Frau amüsiert wie eine museale Attraktion ganz eigener Art. Folgsam stieg er in den müllbeutelähnlichen blauen Plastiksack, legte sich auf eine Art Rot-Kreuz-Liege und wartete, bis die Schwester zurückkehrte, um den Sack unter seinen Achseln mit einem Gurt festzuzurren. Sie steckte ein Gerät hinein, das ihn an eine Tankpistole erinnerte, und befüllte den Hohlraum mit *dem* Wundermittel, nämlich dem sogenannten Mariengas, das hier – und nur hier! – der Erde entströmt. Allmählich blähte sich der Sack, und Serge lag die folgenden zwanzig Minuten wie ein aufgepumpter Maikäfer auf dem Rücken und träumte von der prophezeiten Wirkung dieser Behandlung. Denn hier zweifelte niemand an deren Wirkung, nämlich der anregenden Durchblutung der unteren Extremitäten, die auch die Sexualfunktion stimulieren sollte.

Ob das wirklich etwas nützte? Er wusste es nicht, aber diese und alle anderen Anwendungen, gutes Essen in wohldosierten Mengen mit viel Fisch, Gemüse und Obst sowie die gediegene, einem Sanatorium ähnliche Atmosphäre des Hotels taten ihm spürbar gut. Er reduzierte seinen Alkoholkonsum deutlich, ging im hoteleigenen Bassin ein- oder zweimal täglich zum Schwimmen, und nach dem Abendessen entspannte er sich in der Sauna. Müdigkeit und Schlaf stellten sich nach diesem Programm wie von allein früh am Abend ein. Dieser Tagesrhythmus war ein ganz anderer als sein alltäglicher daheim. Ein paar Tage hatte es gedauert, bis er sich total entspannt in die abgeschiedene Welt des Kurbades hatte fallen lassen können. Jetzt fühlte er sich angekommen, hatte sich in Essenszeiten und Anwendungspläne gefügt und eine eigene Routine für den Ablauf des Tages entwickelt. Vormittags ließ er sich die Wohltaten diverser medizinischer Anwendungen angedeihen. Die Nachmittage standen zur freien Verfügung. Täglich gönnte er sich ein kurzes Nachmittagsschläfchen, bevor ein Spaziergang ins Zentrum der Stadt bescheidene Abwechslung bot. Vom Hotel führte der Weg bergab beinahe direkt zum großen Kurpark, der sich, im Stil eines Englischen Gartens angelegt, wie eine aus Sumpf zu Land gewordene Lagune in den Ort hineinzog. Kaum hatte er den Park erreicht, sah er das zentral gelegene kleine Café, in das er auf dem Rückweg regelmäßig einzukehren pflegte. Vor diesem Vergnügen musste allerdings eine weitere der freiwilligen Pflichten jedes Kurgastes gewissenhaft erfüllt werden. Zu diesem Zweck führte ihn sein Spaziergang zum Allerheiligsten des Kurbades, nämlich zu dem an die neobarocken Kolonnaden grenzenden, weißen Tempel im klassizistischen Stil, unter dessen großer Kuppel drei Brunnen heilbringendes Wasser entsprudelte. Wie von der Ärztin geraten, trank er dort die ihm empfohlene Menge aus der Kreuzquelle. Das Wasser schmeckte zwar in etwa so widerlich wie flüssiger Rost, aber es sollte gegen Gicht und für Magen, Darm, Leber und sonst was gut sein. Kann ja nicht schaden, dachte er, wenn er den salzigen, leicht modrigen Trunk aus seinem schnabeltassenförmigen Porzellangefäß sog. Diese speziellen Trinkbecher mit ihren kitschigen Motiven wurden vielerorts zum Kauf angeboten. Vergnügt hatte er ein besonders scheußliches Exemplar erstanden, weil er ein Faible für so etwas hatte. Später wollte er das Gefäß seiner Sammlung auserwählter Geschmacksverirrungen hinzufügen, die er auf Reisen als Souvenirs erstand. Hier im Pavillon gab es eigens Regale, wo die Becher deponiert werden konnten, um sie bei Bedarf zum Trinken aus Kreuz-, Rudolf- oder Waldquelle zu benutzen. Vor Diebstahl wurden sie von verdrießlich dreinblickenden Damen beschützt, die aussahen, als würden sie täglich eine Überdosis der Säuerlinge schlürfen.

Er ließ sich sein Gefäß aus dem Regal reichen, dessen vergoldeter, oben offener Griff gleichzeitig als eine Art Strohhalm fungierte. Mit belustigtem Entzücken schaute er auf das von einem ebenfalls goldenen Oval eingefasste Bildchen, einer Fêtes galantes, einem Motiv, wie es in der Zeit des Rokokos so beliebt gewesen war. Seines zeigte einen wertherähnlich gekleideten Jüngling in den Ruinen einer antiken Kulisse. Der lag einem Mädchen in einer Robe Volante mit tiefem Dekolleté zu Füßen, zu dem er begehrlich aufblickte, während sie sehnsuchtsvoll in die Ferne schaute. Welches Heilwasser die Ärztin den beiden wohl empfohlen hätte, überlegte er und füllte das Gefäß mit dem Wunderwasser aus der Kreuzquelle. Aber, überlegte er, befinde ich mich nicht auch gerade inmitten einer weltfernen Landschaftsidylle, in der ein kleines Liebesabenteuer allzu gut vorstellbar wäre? Er schaute nochmals auf das schmachtende Paar auf seinem Gefäß und musste an Winckelmanns Credo „Edle Einfalt, stille Größe" denken, obwohl bestenfalls die erste Hälfte des Zitats auf das Bildchen zutraf. Verliebtsein hat ganz vieles, überlegte er, aber Größe?

In diese Gedanken versunken, mischte er sich unter die anderen Heilwassertrinker. Die schritten bedächtig in dem einem Tempel nachempfundenen Gebäude umher, standen allein, zu zweit oder in kleinen Gruppen zusammen und ließen sich viel Zeit beim Wassertrinken aus den drei allen frei zur Verfügung stehenden Quellen. Alle vereinte ein ähnlicher Gesichtsausdruck, nämlich der von Hoffnung auf Heilung oder zumindest Linderung ihrer Leiden, Beschwerden und Krankheiten. Auch Serge wollte an die Heilkräfte der ihm verordneten Trinkkur glauben, ohne wirklich von deren Wirkung überzeugt zu sein. Eher belustigt schaute er den anderen bei ihren mit großem Ernst zelebrierten Schlucken zu und freute sich bereits auf Kaffee plus Becherovka oder ein Gläschen Wein, mit denen er anschließend den säuerlich-salzigen Geschmack des Wassers wegzuspülen gedachte. Dazu ein Zigarillo, ein wenig in die Sonne blinzeln, den vorüberziehenden Passanten zuschauen und über Gott und die Welt sinnieren, das tat ihm wirklich gut. Weil er sich nach seiner ersten Kurwoche nahezu tiefenentspannt fühlte, hatte er en passant wieder mit dem Zeichnen begonnen. War es ihm einerseits schwergefallen, sich gänzlich vom Malen und Zeichnen fernzuhalten, so hatte er andererseits in den letzten Tagen den Wunsch verspürt, die Impressionen des Ortes und seines Erlebens auf künstlerische Art und Weise festzuhalten. Verschiedene Ansichten der historischen Hotels, der berühmten Kolonnaden, der Dekanalkirche, vom Zentralpark und seinen Skulpturen waren wie beiläufig entstanden. Mehrfach hatten ihm Passanten zugesehen, wenn er mit gekonnt schnellen Strichen Ansichten skizzierte. Wenn die seine Zeichnungen nicht nur bewunderten, sondern kaufen wollten, hatte er jedes Mal den Kopf geschüttelt und kurz und knapp geantwortet: „Unverkäuflich“. Ließ jemand dennoch nicht locker und fragte nach dem Preis, sagte er freundlich, aber bestimmt: „3.000 Euro, aber nur heute. Morgen das Doppelte.“

Dabei war es nicht lange her, dass er liebend gern etwas verkauft hätte. Allerdings waren das keine hübschen kleinen Ansichten gewesen, sondern abstrakte Malereien, für die sich so gut wie nie Interessenten finden ließen. Als ihm immer klarer geworden war, vom Verkauf seiner Kunstwerke nicht leben zu können, hatte er alle möglichen Jobs angenommen, um sich über Wasser zu halten. Auf diese Weise finanzierte er jahrelang einen bescheidenen Lebensstil, in dem seine Malerei zu einer Freizeitbeschäftigung herabgesunken war. Bis sich völlig unerwartet jene Tür geöffnet hatte, die seine Situation komplett verändern sollte.

***

Jitka hatte keine Lust, den Herrn draußen zu bedienen, viel lieber kraulte sie weiter den kleinen Hund hinter seinen flauschigen Ohren, den ein älteres Paar in das kleine Café mitgebracht hatte. Sie liebte Hunde. Als die Chefin ihr ein zweites Mal zurief, sie solle sich endlich um den Herrn, der im Außenbereich saß, kümmern, schaute Jitka kurz hoch und sah durch die große Scheibe, dass jener Gast keinesfalls ungeduldig auf sie wartete, sondern genüsslich an einem Zigarillo sog und nach vorn gebeugt vielleicht in einer Zeitung las. Also blieben ein paar Sekunden Zeit, um sich dem Hündchen zu widmen, das ihr Streicheln sichtlich genoss.

Ein strenger Blick der Chefin veranlasste sie endlich, ihre Liebkosungen zu beenden. Widerwillig stand sie auf, strich die kleine weiße Schütze über der engen schwarzen Jeans glatt und ging vor die Tür, wo jetzt im Herbst nur die wenigen Gäste saßen, die rauchen wollten.

Jitka arbeitete erst seit Kurzem hier und wusste, dass sie sich keine Nachlässigkeiten leisten sollte. Diese Chance durfte sie nicht vermasseln. Seit die Chefin den Laden vor fünf Monaten übernommen hatte, lief das Geschäft. Sie hatte die Wände neu streichen lassen, modernes Mobiliar angeschafft, das Angebot an Speisen und Getränken auf die heutigen Bedürfnisse der Kurgäste zugeschnitten, um ein paar Spezialitäten ergänzt und junge, gutaussehende Frauen als Bedienung engagiert. Jitka hatte vorher nie in der Gastronomie gearbeitet, aber sie sprach ganz ordentlich Deutsch, und das war in diesem tschechischen Kurort mit langer, auch deutscher Tradition von Wichtigkeit. Seit dem Fall des Eisernen Vorhangs stellten die Deutschen die mit Abstand größte Gruppe unter den internationalen Gästen. Jitka war der Chefin dankbar für den Job, denn die hatte sie trotz mäßiger Zeugnisse und einiger Knicks in ihrer Biografie eingestellt.

Die junge Serviererin näherte sich dem vielleicht fünfzigjährigen Herrn mit den grau melierten Haaren, die er im Nacken zu einem Zöpfchen zusammengebunden trug. So etwas war in Marienbad ungewöhnlich, denn die allermeisten Kurgäste waren ältere und alte, bieder aussehende und praktisch gekleidete Herrschaften, die durch morgendliche Kuranwendungen und nachmittägliche Spaziergänge ihrer Gesundheit etwas Gutes tun wollten. Jener Gast, dem sie sich jetzt näherte, trug dagegen einen auffälligen, grau-weiß-braun karierten Mantel. So etwas hatte sie hier noch nie gesehen.

Der Mann las keineswegs in einer Zeitung, sondern zeichnete. Auf seinen übereinander geschlagenen Beinen lag ein Papierblock, auf den er mit einem Stift etwas skizzierte.

„Darf ich mal schauen?", fragte die Serviererin, anstatt nach den Wünschen des Gastes zu fragen.

Der Mann war tief in sein Tun versunken. Als er überrascht aufschaute, blickte er in das Lächeln einer Frau, die Ende zwanzig sein mochte. Deren eher breites Gesicht umrahmte volles schwarzes Haar, das ihr bis über die Schultern fiel. Wortlos hielt er ihr den Block hin, auf dem die Kolonnaden des Rudolfsbrunnens inmitten der weit geschwungenen Parkanlage zu sehen waren, in der auch das Café lag.

Jitka sah sich die Zeichnung genau an. „Könnte ich nie", sagte sie.

„Interessieren Sie sich für bildende Kunst?"

„Ja. Habe es sogar selbst mal versucht, war aber nix."

„Warum?"

„Mein Kunstlehrer in der Schule hatte mir gesagt, dass ich Talent hätte. Darüber habe ich mich gefreut. Später wollte ich es mir beweisen, mein sogenanntes Talent." Sie lachte kurz auf. „Also kaufte ich alles, was man dazu braucht, und fing an."

„Und?"

„Das Ergebnis war jämmerlich. Deprimierend." Weil er schwieg, erläuterte sie: „Ich begriff, dass ein bisschen Talent gar nichts ist. Höchstens die Voraussetzung. Dann muss man ganz hart arbeiten. Dazu hatte ich keine Lust." Während sie das sagte, schaute sie auf das Blatt mit seiner Zeichnung.

„Gefällt es Ihnen?", fragte der Gast.

„Toll! Sind Sie Maler?"

„Ja, kann man sagen. Ich mache manchmal Skizzen, aus denen später Bilder werden können. Zu meinem Vergnügen."

Sie sprachen deutsch miteinander, aber Jitka glaubte, einen slawischen Akzent herauszuhören. Tscheche war der Mann bestimmt nicht, hoffentlich nicht Russe!

„Haben Sie noch mehr Zeichnungen hier gemacht?"

Der Mann blätterte seinen Block flüchtig vor ihren Augen durch, und Jitka erkannte diverse Motive des Kurbades. „Die würde ich mir gern mal in Ruhe anschauen, aber jetzt habe ich keine Zeit, leider. Was möchten Sie haben?"

„Ein Glas trockenen Rotwein, bitte. Haben Sie einen Merlot?" Als er sie ansah, fiel ihm auf, dass eines ihrer dunkelbraunen Augen rot unterlaufen war. „Haben Sie sich verletzt?", fragte er.

„Sie meinen mein Auge? Nein, denkt jeder. Bin damit geboren. Haben wir nicht alle unsere kleinen Defekte?" Sie lachte und ging.

Eine Stunde später saß der Maler beim zweiten Glas Wein immer noch vor dem Café und zeichnete. Es war jetzt beinahe 17 Uhr, und nachdem sie beim vorletzten Gast kassiert hatte, zog Jitka sich eine Jacke über, ging hinaus und fragte den Mann mit dem Zeichenblock, ob sie sich auf eine Zigarette zu ihm setzen dürfe. Mit einer einladenden Armbewegung signalisierte der, ohne aufzusehen, sein Einverständnis. Sie setzte sich auf einen freien Stuhl an seinem Tisch, zündete sich die Zigarette an und schaute ihm zu, bis er den Stift aus der Hand legte. Er trank sein Glas aus, reichte ihr den Block und sagte: „Wenn Sie wollen ..."

Sie ließ sich Zeit beim Durchblättern und war fasziniert: „Super! Machen Sie das nur zum Vergnügen?"

„Manchmal."

„Also ist das Ihr Beruf?"

„Ja und nein."

„Verstehe ich nicht."

„Ist auch kompliziert."

„Kann man denn davon leben?"

Er sah sie lange an, als würde er seine Antwort überlegen: „Ja. Und auch wieder nein. Es kommt ganz darauf an."

„Verstehe ich wieder nicht. Worauf kommt es an?"

„Das ist eine lange Geschichte. Im Augenblick kann ich davon leben. Ganz gut sogar, sonst wäre ich nicht hier." Er lächelte verschmitzt.

„Malen Sie nur Landschaften?"

„Nein, alles. Landschaften, Gebäude, Tiere, Portraits, was Sie wollen."

„Würden Sie auch ... mich malen?" Sie sah ihn schelmisch und erwartungsvoll an.

Statt zu antworten, taxierte er ihr Gesicht und ihren Körper, bevor er sie mit sanfter Stimme aufforderte: „Stehen Sie mal auf."

Sie zögerte, ihr war unbehaglich zumute.

„Doch keine Lust?“

Verunsichert folgte sie seiner Aufforderung.

„Drehen Sie sich zur Seite. Gehen Sie ein paar Schritte.“

„Ich würde Sie natürlich bezahlen – wenn ich's mir leisten kann.“

Er ging nicht darauf ein. „Drehen Sie sich zur Seite.“

Sie folgte dieser und weiteren seiner Anweisungen, sich hierhin und dahin zu drehen, das Haar zusammenzubinden, sich zu setzen. Sie wurde lockerer, entspannte sich, es machte ihr Spaß, sich wie ein Model vor ihm zu bewegen.

„Jitka?!“ Entgeistert schaute die plötzlich im Türrahmen stehende Chefin auf ihre Angestellte, verschwand aber gleich wieder.

„Ist egal, die schmeißt mich sowieso bald raus“. Jitka zuckte mit den Achseln: „Und? “

„Na, Sie sind mir eine. Lassen sich für ein Bild rauswerfen. Da kann ich ja gar nicht Nein sagen. Heute aber nicht, weil ich mich am Abend mit einem Freund treffe. Aber morgen können wir darüber sprechen. Wann haben Sie frei?“

***

Hätte Serge eine Ausrede Jitka gegenüber erfinden sollen? Zwar traf die Bezeichnung Freund auf Paul kaum zu. Der war eher ein Geschäftspartner, obwohl das auch nicht stimmte. Vielmehr war er im Laufe der Jahre, die sie sich nun kannten, vieles für ihn gewesen: Helfer, Vermittler, Profiteur, Kurier, Partner und einiges mehr, jedoch keiner, dem er wie einem Freund wirklich Vertrauen entgegengebracht hätte. Serge hatte ihn in einer Zeit kennengelernt, in der er orientierungslos das so andere Leben in Westeuropa zu verstehen und sich darin zurechtzufinden versucht hatte. Ganz sicher wäre sein weiterer Lebensweg ohne Paul völlig anders verlaufen.

Paul hatte sich damals am Telefon nur mit Vornamen vorgestellt, und Serge hätte sich auch heute nicht an dessen Nachnamen spontan erinnern können. Vielleicht Novák oder Novotný? Aber das spielte für ihn und ihre Beziehung zueinander keine Rolle. Wenn Paul ihm einen anderen Familiennamen genannt hätte, wäre das auch egal gewesen, denn er war keineswegs davon überzeugt, dass der Name Paul stimmte.

Damals sagte Paul am Telefon in einem Akzent, den Serge nicht genau zuordnen konnte – vielleicht österreichisch, vielleicht bayerisch oder böhmisch –, er habe von einem Bekannten gehört, dass Serge ausgezeichnet malen könne. Nein, es gehe nicht um Wände, Türen und Fenster, sondern um Gemälde. Auf Serges Frage, was mit dem Malen von Gemälden gemeint sei, hatte Paul geantwortet: „Kopien".

„Fälschungen?"

„Nein, Kopien. Ich suche jemanden, der erstklassige Kopien von Gemälden alter Meister und der klassischen Moderne machen kann. Ich habe einen Freund, der auf Bestellung solche Bilder verkauft. Und der sucht Leute, die das können. Sehr gute Leute, Könner. Sind Sie so einer? Haben Sie Interesse?"

Tage später hatte Paul ihn besucht, um sich die Bilder von Serge anzusehen. Der zeigte ihm Kopien von Monet, van Gogh, Franz Marc, Vermeer, Turner, viele in originalen Formaten, aber ohne Signatur. Paul schaute sich jedes Bild genau an, prüfte Duktus und Textur. „Lieber Freund! Ich habe die Originale vor Augen, aber ohne direkten Vergleich ist es nicht leicht, mit Bestimmtheit zu sagen, dass das hier Kopien sind. Allerdings, ...", sagte er und drehte einen Renoir um.

„Genau. Jeder Experte würde sofort sehen, dass ich neue Materialien verwendet habe. Ich wollte ja nicht fälschen." Serge lächelte vielsagend.

Mit wachsendem Interesse betrachtete und prüfte Paul weitere Bilder, die an den Wänden lehnten. „Die Arbeiten sind hervorragend. Wir sollten darüber reden, ob sich daraus nicht etwas Lukratives für uns beide machen lässt."

Die beiden Männer waren in die kleine Küche von Serges Zwei-Zimmer-Wohnung gegangen, rauchten, tranken Bier, und beim zweiten Wodka waren sie beim Du.

„Ist Serge dein richtiger Name?", fragte Paul.

„Eigentlich Sergej, aber Serge klingt besser, finde ich. Jedenfalls hier im Westen."

„Wie bist du zur Malerei gekommen?", wollte Paul wissen, und Serge erzählte, dass er in Leningrad, wie es früher hieß, an der Kunsthochschule und an der Russischen Kunstakademie gelernt und studiert habe.

„Habt ihr da nicht diese schrecklichen Bilder von politischen Führern, Bauern, Arbeitern, Soldaten malen müssen?“, fragte Paul.

„Ja, das sollte am Ende das Resultat sein, aber während meines Studiums verbrachte ich unendlich viel Zeit in den Museen der Stadt und kopierte ständig die Bilder der alten Meister. Das war ein wesentlicher Bestandteil unserer künstlerischen Ausbildung. Ich lernte immer perfekter, wie sie zu arbeiten. Vor allem in der Eremitage verbrachte ich unzählige Stunden, um die Pinselstriche und Kompositionen von Genies wie Raffael, Rubens, Leonardo da Vinci oder Rembrandt zu studieren. Originale waren ja im Überfluss vorhanden. Ich konnte nach Herzenslust die italienische, spanische, flämische, holländische, französische oder deutsche Kunst bis hin zur Moderne studieren. Darüber hinaus beschäftigte ich mich mit den historischen Umständen, in denen die Maler gelebt und unter welchen Verhältnissen sie ihre Werke geschaffen hatten. Ich befasste mich mit der Biografie vieler Künstler und ihrer spezifischen Maltechnik, bis ich in der Lage war, deren Bilder ziemlich authentisch auf die Leinwand zu bringen.“

„Sehr interessant, lieber Freund. Aber warum? Welchen Sinn hatte das?“ Serge stand auf, um sich Zigarillos zu holen. Er kehrte zum Tisch zurück und hielt Paul die geöffnete Schachtel hin. Der lehnte dankend ab. Serge riss ein Streichholz an, hielt es an den Zigarillo und nahm einen Zug, bevor er antwortete: „Anfangs faszinierte es mich einfach nur. Ich wollte wissen, wie sie es gemacht haben. Durch die tägliche Praxis schulte ich meine handwerklichen Fähigkeiten, lernte die kompositorischen Prinzipien, die verschiedensten Techniken und verfeinerte mein ästhetisches Empfinden immer weiter. Mit dem erworbenen Können war es später ein Leichtes, Bilder zu produzieren, die den Maßgaben der Herren aus Politik und Verwaltung entsprachen. Nach dem Studium war schnell Schluss mit lustig gewesen. Als Maler in der Sowjetunion musste ich in Serie Bilder von Arbeitern, Bauern, Soldaten und Sportlern mit scharf geschnittenen Gesichtern malen, die mit stählernen Blicken in eine vom Sozialismus beherrschte und beglückte Welt blickten. Unsere politischen Führer mussten als weise oder milde lächelnde Lehrer wie zu vergötternde Überväter dargestellt werden, die in höhere Sphären entrückt zu sein schienen und denen das Volk dankbar sein musste, dass sie sich seiner überhaupt erbarmt hatten. Oder es musste die Mutter Heimat besungen werden: Szenen aus der Landwirtschaft mit kräftigen, vor immerwährendem Glück strahlende Bauern und Bäuerinnen und so weiter. Kunst als Propaganda, sonst nichts. Solange die Sowjetunion existierte, wurden nur Bilder akzeptiert, die den Normen des sogenannten sozialistischen Realismus entsprachen. Ich war nicht politisch, kein Dissident, nicht mal Oppositioneller. Politik war mir egal, solange ich mein bescheidenes Auskommen hatte. Der Westen? An den dachte ich hin und wieder, aber es war ja nicht im Entferntesten daran zu denken gewesen, dorthin zu kommen. Wie denn? Nein, ich hatte mich damit abgefunden, mein ganz kleines Leben in der riesigen Sowjetunion zu verdämmern. Das Materielle war mir egal, aber ich konnte es kaum aushalten, von der Welt der wirklichen Kunst komplett abgeschnitten zu sein. Zu gern hätte ich die Moderne studiert und mich selber als Künstler weiterentwickelt. Selbstverständlich habe ich versucht, eigene Bilder zu malen, einen Stil zu finden, Ideen zu verwirklichen. Aber wenn man so tief in das Studium der Alten eindringt, engt das auch ein, dann ist das ein gewaltiger Anspruch, der zum unerfüllbaren Maßstab werden kann. Mit der Zeit gewann ich die Überzeugung, in der Sowjetunion nie über das Stadium eines Epigonen hinausgelangen zu können. Es war in erster Linie nicht der Frust, ausnahmslos die verherrlichende Wiedergabe der Massen im Sinn der Kommunistischen Partei darstellen zu müssen, sondern letztlich war es Resignation, die Erkenntnis, künstlerisch in einem Sarg zu liegen, als Maler lebendig begraben zu sein." Serge drückte den Zigarillo aus und schenkte in beide Gläser Wodka nach.

„Du hattest dich im System eingerichtet."

„Was blieb mir anderes übrig? Ich war Einzelgänger, fast ohne Freunde. Ich malte, was man von mir verlangte, und konnte davon einigermaßen leben. Mir ging's wie den meisten." Beide Männer prosteten sich zu und leerten die mit Wodka gefüllten Gläser.

„Verstehe", sagte Paul, „lebendig begraben. Und wie kam es zur Wiederauferstehung?"

„Als der eiserne Vorhang fiel, änderte sich alles, denn als so genannter Russland-Deutscher konnte ich aussiedeln und landete in Hamburg. Endlich konnte ich meinem Interesse an der Moderne nachgehen. Schon immer hatte mich die Entwicklung der Malerei nach dem Realismus des 19. Jahrhunderts interessiert. In der Sowjetunion war davon wenig bis nichts zu sehen gewesen, und die paar Bildbände, die man unter der Hand bekommen konnte, waren ein schlechter, unzureichender Ersatz. Jetzt öffneten sich alle Türen zu den Museen der Welt! Ich wollte Cézanne studieren, die Impressionisten, Expressionisten, Kubisten, Surrealisten, die Abstrakten und wie die Richtungen alle heißen. Ich wollte die Moderne überhaupt mit eigenen Augen sehen und ihr Geheimnis verstehen, lernen, um mit meiner eigenen Malerei an sie anknüpfen zu können. Ich träumte von Reisen nach London, Paris, in die USA, aber das kostete viel Geld, das ich nicht hatte. Schnell lernte ich, wie teuer das Leben im Westen ist."

„Wie hast du dich über Wasser gehalten?"

„Zunächst gab es Geld vom Staat. Die Sprache konnte ich, weil bei uns zu Hause immer Deutsch gesprochen wurde. Allerdings war meines veraltet, und meine Aussprache war von einem russischen Akzent geprägt, ist sie ja bis heute. Bald lernte ich, meine Sprache anzupassen, jedenfalls meinen Wortschatz und die Grammatik. Ich hing herum, hatte keine Lust auf irgendeine Arbeit. Die Welt des Westens hatte mich zuerst befremdet, mit der Zeit benebelt, verführt und erschreckt, allmählich ermüdet und träge gemacht, weil es alles im Überfluss gab, der nichts kostete, solange das Geld vom Amt kam."

„Und die Kunst?" Paul gab sich empört. Serge stand erneut auf, wanderte auf und ab, während er erklärte: „Das versteht ihr im Westen vielleicht nicht. Plötzlich hatte ich jede Freiheit, aber es war schwer, mit der umzugehen. Ich musste mich um das Alltägliche kümmern, vor allem diese neue Welt begreifen. Irgendwann begann ich wieder mit dem Malen, wusste aber nicht, welche Ideen ich verfolgen sollte. Ich war haltlos geworden, auch künstlerisch. Also versuchte ich es zunächst wieder mit Kopien, um die zur Grundlage meiner eigenen Kunst zu machen, meine Vorbilder quasi zu zitieren, ihren Stil weiterzuentwickeln. Aber ich resignierte bald, weil ich feststellte, dass das nicht funktionierte. Ich fiel regelrecht in ein Loch, gab auf." Serge setzte sich wieder und öffnete zwei weiter Bierflaschen, schob eine zu Paul. Die beiden stießen an, tranken. Paul ließ sich Zeit, bevor er fragte: „Wie ging es weiter? Wovon lebst du heute?"

„Als die Ämter anfingen, Druck zu machen, musste ich mich nach Arbeit umsehen, aber als was? Als Anstreicher? Nie im Leben! Bis heute mach ich alles Mögliche und Unmögliche, aber von einer regelmäßigen Arbeit bin ich weit entfernt."

„Lieber Freund! Genau deswegen bin ich hier", sagte Paul mit Nachdruck und beugte sich Serge entgegen. „Ich habe dir ja schon am Telefon gesagt, dass ich jemanden suche, der erstklassige Kopien anfertigen kann."

„Wer will sowas denn haben?"

„Ach, da gibt es genug. Leute zum Beispiel, die Reichtum vortäuschen oder anderen imponieren wollen, Hochstapler, Angeber, Wichtigtuer, Spinner, Liebhaber ganz bestimmter Maler gibt es auch, die wissen, dass sie sich das Original niemals leisten könnten. Alles ganz legal, solange das Bild keine gefälschte Signatur trägt, ist ja klar."

„Und das wird gut bezahlt?"

„Hängt davon ab, was du unter *gut* verstehst. Und auch davon, wie gut du bist."

„Warte einen Augenblick. Ich muss mal eben zur Toilette."

Paul war überwältigt. Diese kleine Wohnung war eine Schatzkammer, aus der eine Goldgrube werden konnte, wenn man es richtig anfing. Unglaublich, welche Stile dieser Serge oder wie er tatsächlich heißen mochte, beherrschte! Hier lag und stand ein Kaleidoskop der Weltkunst in unglaublicher Qualität herum. Die Chance seines Lebens, wenn er es richtig anpackte.

Als Serge zurückkam, sagte Paul: „Ich könnte mir eine Zusammenarbeit mit dir vorstellen."

„Welcher Art?"

„Besprechen wir ein anderes Mal, okay? Heute trinken wir."

„Worauf?"

„Auf eine gute Zusammenarbeit."

„Das gefällt mir, und weißt du, warum?"

Paul sah ihn fragend an. „Na sag schon."

„Weil trinken mit Trinkspruch ist Kultur, trinken ohne Trinkspruch ist saufen."

„Ihr Russen seid doch alle ... Na sdorowje, Brüderchen."

„Na sdorowje. Trinken ist komprimiertes Leben, sagte mein Opa, bevor er vom Stuhl kippte. Komm mit, Paul, jetzt zeige ich dir meine Meisterstücke."

***

Als Serge verschwitzt sein Hotel erreichte, sah er auf die Uhr: Es blieb noch viel Zeit, bis er Paul an der Bar treffen sollte. Also gönnte er sich eine erfrischende Dusche und begab sich anschließend in den Speisesaal, der mit seiner hohen Decke, den enormen Lüstern, den Stuckaturen und dezent verzierten Säulen einen hochherrschaftlichen Rahmen schuf. Rot beschirmte Wandlampen sorgten für ein mildes, angenehmes Licht, und ein schwerer bordeauxroter Teppich dämpfte Schritte und Stimmen. Serge liebte diese Atmosphäre einer längst untergegangenen Epoche, die ihn an Paläste des zaristischen Russlands erinnerten und die hier in Marienbad geschmackvoll konserviert wurde und überall gegenwärtig zu sein schien.

Er hatte sich einen Einzeltisch für die Mahlzeiten reservieren lassen, weil er kein Interesse an irgendeiner Art von Konversation mit wem auch immer hatte. Während des Essens hing er lieber seinen Stimmungen nach, aber nachdem die ersten Tage ziemlich gedankenfrei verplätschert waren, begannen sich seine Gedanken wieder zu regen, einem Igel ähnlich, der sich allmählich zu bewegen beginnt, bevor er seinen Winterschlaf endgültig beendet.

Wie gut es ihm momentan ging! Nach Jahren der Erfolglosigkeit als Maler, nach diversen schlecht bezahlten Jobs hatte sich vor einem Jahr wie aus dem Nichts diese Chance geboten, die er nach einigem Zögern beherzt ergriffen hatte. Als er Paul eine Reihe seiner Kopien der Gemälde von Frans Hals, Rembrandt, El Greco und so weiter gezeigt hatte, war der aus dem Staunen nicht herausgekommen: „Das … hast … du … gemalt?“

Serge hatte lächelnd genickt.

„Kannst du auch, äh, sagen wir Monet, Schiele, Klimt?"

„Alles, was du willst: Renoir, van Gogh, Cézanne, alles und alle."

Paul schaute ihn lange an, ohne etwas zu sagen, spitzte den Mund.

„Gelernt ist gelernt. Aber es braucht Zeit für eine wirklich gute Kopie. Manchmal Wochen, hängt immer vom Künstler und dem jeweiligen Bild ab. Manche gehen schneller, andere brauchen viel Zeit. Und ich habe eine Vorliebe für die alten Flamen und Holländer."

„Mit denen ist leider nicht viel zu verdienen. Eher mit der Moderne. Aber die kannst du ja auch, sagst du."

„Die sind deutlich leichter herzustellen, aber ich mache nur Kopien von Malern, die mindestens 70 Jahre tot sind, klar? Ich will keine Schwierigkeiten haben. Und: Was ich mache, muss gut sein, sehr gut. So gut, dass *ich* mit dem Ergebnis zufrieden bin. Da habe ich meinen Ehrgeiz und meinen Stolz. Mittelmäßig können viele, erstklassig ganz wenige. Und dafür verlange ich einen anständigen Preis."

Zwei Stunden später hatten die beiden eine Abmachung getroffen, und seitdem fertigte Serge für seinen Partner Kopien auf Bestellung an, die er an Kunden über welche Kanäle auch immer verkaufte. Serge hatte darauf bestanden, die Bilder nie mit einer Signatur zu versehen; nicht mit seiner eigenen und erst recht nicht mit einer gefälschten. Auch war er nicht bereit, durch entsprechende Materialien und Tricks eine falsche Entstehungszeit vorzutäuschen. Ich kopiere, aber ich fälsche nicht, lautete sein unumstößlicher Grundsatz, und Paul hatte das akzeptiert, aber Serge traute Paul nicht gänzlich. Wer konnte denn wissen, was aus seinen Bildern wurde, ob sie nicht etwa einer „Nachbehandlung" unterzogen wurden. Nichts war einfacher, als eine Signatur hinzuzufügen. Und nicht selten ließ Paul die Materialien liefern, die Serge benutzen sollte. Er hatte beschlossen, nie nach dem Grund zu fragen.

Seither verband die beiden Männer eine gut funktionierende, verlässliche Geschäftsverbindung: Serge malte, was verlangt wurde, und weil die Qualität seiner Kopien sehr weit über dem üblichen Niveau lag, stieg die Nachfrage rasant. Längst hatte er sich über die marktüblichen Preise informiert, nie hatte er Paul gefragt, an wen und für welchen Betrag der seine Bilder weiterverkaufte. Paul hatte ein bisschen gejammert, als Serge mehr für seine Arbeiten verlangte, aber man war sich schnell einig geworden. Im Handumdrehen hatte sich seine Lebenssituation erheblich verbessert, sodass er eine alte, renovierungsbedürftige Kate nahe der Ostsee kaufen konnte, die am Rande eines von Wald gesäumten Dorfes lag. Im Parterre hatte er einen kleinen Wohnbereich schlicht und funktional eingerichtet und im ersten Stock ein Gästezimmer mit eigenem Bad ausgebaut. Den größten Teil des Gebäudes nahm sein Atelier in Anspruch.

Er pflegte einen behaglichen, sorgenfreien Lebensstil, in dem manchmal eine Frau an seiner Seite fehlte. Alle diesbezüglichen Versuche waren aus unterschiedlichen Gründen gescheitert. Kurz war in ihm der Gedanke aufgeflammt, mit Fälschungen à la Beltracchi ein Vermögen verdienen zu können. Aber das entsprach weder seiner Mentalität, noch hatte er die Nerven für ein derart aufreibendes kriminelles Unterfangen. Weil ihn Luxus nicht reizte, war er mit seiner materiellen Situation zufrieden, seine eigenen künstlerischen Ambitionen hatte er dagegen als gescheitert betrachtet und ad acta gelegt.

Im dritten Jahr der Zusammenarbeit mit Paul begann er, sich hin und wieder Reisen in die großen europäischen Metropolen zu leisten, in denen herausragende Werke der berühmtesten Maler der klassischen Moderne hingen. Zwar umfasste die Sammlung der Eremitage im damaligen Leningrad auch ein paar Werke von van Gogh, Monet, Cézanne und sogar eine stattliche Anzahl von Picassos, aber jetzt konnte er überall auf der Welt jede Menge an Meisterwerken aus allen Epochen und Schaffensphasen bewundern und vor allem studieren. Und er holte nach, was früher unmöglich gewesen war, nämlich das Reisen, wohin er immer wollte, ohne jemanden um Erlaubnis bitten zu müssen, ohne sich zu rechtfertigen. Wofür auch?

Für Paul hatte er zwei Auftragsarbeiten mit nach Marienbad genommen, einen Pissarro und einen Corot. Sonst wählten die beiden andere Transportmöglichkeiten, aber dieses Mal bot es sich an, dass Paul die Bilder auf der Durchreise mitnahm. Zwar musste der auf seinem Weg von Wien nach Hamburg deswegen einen Umweg in Kauf nehmen, aber er habe – so hatte er am Telefon gesagt – sowieso noch ein wichtiges Anliegen, das besser persönlich besprochen werden sollte. Serge war gespannt. Ein spezieller Auftrag? Eine generelle Veränderung ihrer Geschäftsbeziehung? Irgendwelche Probleme?

***

Nach dem Essen warf Serge einen Blick in die Bar. Es war noch ein wenig Zeit bis zum verabredeten Zeitpunkt, aber vielleicht war Paul bereits eingetroffen. Tatsächlich saß der mit übereinandergeschlagenen Beinen in einem breiten Sessel und tippte etwas auf seinem Handy, das er sofort zur Seite legte, als er Serge sah. Er stand auf und umarmte seinen Partner wie einen guten Freund. Paul hatte eine Flasche des besten verfügbaren Rotweins mit zwei Gläsern kommen lassen. Er wusste um Serges Vorliebe dafür, seit der im Westen lebte und kaum noch Wodka trank. Man plauderte über Belanglosigkeiten, bevor Paul fragte, ob Serge die beiden Bilder dabeihabe.

„Sicher. Ich habe sie in meinem Zimmer deponiert. Sie sind gut verpackt. Nachher kann ich sie dir durch einen Seiteneingang zum Wagen bringen." Ihre Geschäfte waren legal, aber sie waren sich einig, dass davon trotzdem niemand etwas wissen musste.

„Ausgezeichnet, lieber Freund! Den Rest der vereinbarten Summe habe ich dabei. Gebe ich dir nachher, okay?"

„Kein Problem. Aber du wolltest mir noch etwas Wichtiges sagen. Worum geht es?"

Paul schenkte sich nach. „Also", fing er zögernd an, „ich hätte da einen Auftrag der besonderen Art für dich."

„Du weißt, dass ich nicht ..."

„Nein, nein! Nicht, was du vermutest", fiel er Serge ins Wort, „der Fall ist sehr speziell gelagert."

Serge sah ihn skeptisch an.

„Es gibt da eine Künstlerin, die ein Freund von mir gut kennt. Die malt, nun sagen wir, mit überschaubarem Talent, aber sie ist einigermaßen erfolgreich."

„Das heißt, sie verkauft."

„Zwar nicht im ganz großen Stil und auch nicht in bedeutenden Galerien, aber sie hat ihr Publikum. Dem präsentiert sie sich als von der Fachwelt und vom Kunstmarkt verkanntes Genie. Sie behauptet nicht, ihrer Zeit voraus zu sein, sondern –, warte mal, ich habe es mir aufgeschrieben." Er zog einen kleinen Prospekt aus der Tasche und las vor: „‚Ich strebe nach einer Kunst, die im Zeitgeist wurzelt, ihm aber peripher verhaftet ist. Jedes Schönheitsideal ist Ergebnis eines gegenwärtigen Empfindens. Das berücksichtige ich in meinen Bildern, weil ich mein Publikum respektiere.'"

„Sie malt also Kitsch und schwadroniert darüber."

„Nein, das wäre zu hart ausgedrückt. Es ist kein Kitsch, sondern ..."

„Gefällig."

„In gewisser Weise ja, aber damit würde man ihr auch nicht gerecht werden. Ihre Bilder haben etwas, etwas, wie soll ich sagen? ... Eigenes, Spezielles."

„Also Dekoratives mit eigener Note. Nicht völlig talentfrei."

„Schon eher. Man kann ihre Bilder überall hinhängen. Das heißt, nicht jedes Bild überall, aber das passende Bild für Wohn- oder Schlafzimmer hat sie immer vorrätig, und wenn nicht, wird es gemalt."

„Verstehe. Also doch Kitsch."

„Du bist zu radikal, mein Lieber. Versuche mal, dich in die Käufer hinein zu versetzen, das machst du doch sonst auch."

„Nein, das mache ich gerade nicht! Wenn ich Gemälde großer Meister kopiere, versuche ich mich in *die* hineinzuversetzen, und zwar bis in den letzten Pinselstrich! Nie, wirklich nie denke ich an die Leute, die meine Kopien kaufen und was weiß ich mit denen machen."

„Ja, ja, ist klar, habe ich verstanden. Sagen wir es so: Ihre Bilder tragen dazu bei, eine beim Publikum gewünschte Stimmung zu intensivieren. Und das gelingt ihr auf eine künstlerische Art, die ankommt."

Serge hatte sich wieder beruhigt. Er ließ sich zurück in den Sessel fallen, nippte an seinem Rotwein und sagte: „Schön für sie. Wo ist das Problem, und was habe ich damit zu tun?"

Paul schenkte nach. Er hätte jetzt gern eine Zigarette geraucht, aber das war hier streng verboten. Also nahm er einen Schluck, ließ ihn in der Mundhöhle kreisen und trank ihn mit Behagen: „Kein schlechter Tropfen, finde ich."

„Na, ja, für hiesige Verhältnisse passabel."

„Also pass auf: Diese Künstlerin – nennen wir sie Carmen – sagte mir, sie habe eine Krise. So wie Schriftsteller eine Schreibblockade haben können, so hat sie sowas wie eine Malblockade."

„Das heißt, ihr fällt nichts mehr ein. Alle Motive verbraucht. Das Ende des Regenbogens. Und weiter?"

„Carmen hat da eine Idee, mit der sie ihre Fans und potentiellen Kunden weiter bedienen und beglücken könnte."

„Und die wäre?"

„Eine neue Schaffensperiode. Etwa so wie Picasso. Der hat ja auch zunächst in Paris Bilder im Stil von Toulouse-Lautrec gemalt, bevor die blaue Periode begann. Genau so steht Carmen jetzt auch an einem Wendepunkt ihres Schaffens, sozusagen am Beginn eines neuen künstlerischen Abschnitts."

„Na, wunderbar! Dann soll sie mal loslegen."

„Geht nicht."

„Und warum nicht?"

„Weil sie überhaupt keine Idee hat, wie diese Periode aussehen sollte."

„Noch mal: Was geht mich das an?" Serge begann sich zu langweilen.

„Lieber Freund! Hättest du nicht Lust, quasi für sie eine neue Schaffensperiode zu kreieren? Denk dran: Auch Picassos blaue Periode entstand nicht aus dem Nichts, sondern wurde von El Greco inspiriert. Das wirft ihm bis heute keiner vor. Warum auch? Schließlich hat jeder Künstler seine Vorbilder, an denen er sich wenigstens eine Zeitlang orientiert."

Serge lachte auf. „Du meinst, ich soll für diese Carmen eine künstlerische Idee aus dem Hut zaubern und eine ganze Serie in diesem noch zu findenden Stil malen?"

„So ungefähr."

„Spinnst du?"

Paul war keineswegs von Serges Reaktion überrascht. Zu ungewöhnlich war das Ansinnen, aber er hatte sich Argumente zurechtgelegt: „Über die Bezahlung müssen wir nicht sprechen, können es aber. Sei versichert, es würde sich für dich lohnen. Glaub mir, ich mache auch dir damit einen Gefallen."

„Das wird ja immer bizarrer! Du willst *mir* einen Gefallen tun, indem ich für eine drittklassige Malerin Bilder male, die sie als Ergebnis eigener Inspiration präsentieren kann? Das ist nicht dein Ernst!"

„Serge, machen wir uns nichts vor. Du hast mir selber mal gesagt, dass du deinen Ehrgeiz aufgegeben hast, als eigenständiger Künstler erfolgreich werden zu können, richtig? Du beherrschst die Techniken wie kaum jemand, aber dein eigenes Malen hat nie Anerkennung gefunden: Zu traditionell, zu abstrakt, zu wasweißich. Du bist zu alt für einen Markt, der nach frischen, jungen Künstlern giert. Niemand wartet auf irgendeine Innovation von dir, ganz einfach, weil dich keiner kennt. Um es kurz zu machen: Du hast als eigenständiger Maler keine Gegenwart und erst recht keine Zukunft, außer als Kopist. Und jetzt eröffnet sich dir die Chance, etwas Eigenes zu schaffen. Eine ganze Linie, eine Serie, ein Konzept; nenne es, wie du willst. Und das gut bezahlt, ohne jedes Risiko, nur eben nicht unter deinem Namen. Du bleibst inkognito, hinter dem Vorhang, unsichtbar. Ist das so schlecht?" Weil Paul spürte, dass Serges Widerstand um eine Winzigkeit aufzuweichen begann, legte er nach: „Wir erwarten von dir nichts Bombastisches, Heroisches, Nie-da-Gewesenes, vielleicht etwas Intimes, Nachdrückliches. Etwas, das Vergnügen macht oder Gefühle weckt, aber in einem Stil, der sich mit Carmens bisherigem Schaffen in Verbindung bringen lässt und dennoch darüber hinausgeht. Schlaf mal eine Nacht darüber. Und wie gesagt: Es würde sich lohnen, weil die Dame über Mittel verfügt, die nicht vom Verkauf ihrer Bilder abhängen."

Nach längerem Schweigen fragte Serge: „Und inhaltlich? Wie stellst du dir das vor? Ich meine, so mal eben lässt sich das Rad nicht neu erfinden. Erst recht nicht in der Kunst. Wie soll das funktionieren?"

„Keiner erwartet von dir, dass du die herkömmlichen Vorstellungen der Betrachter von Komposition, Schönheit und künstlerischer Subjektivität radikal auf den Kopf stellst. Im Gegenteil: Bediene die gängigen Sehgewohnheiten des Publikums. Vielleicht knüpfst du stilistisch an die frühe Moderne an. Ich denke an Bilder zwischen Abstraktion und Figuration, in denen erkennbare, identifizierbare Sujets verwendet werden, die gegenwärtige Themen auf zeitlose Art aufgreifen. Der Betrachter sollte gleichzeitig irritiert sein und verführt werden. Das soll ihn zum Entschlüsseln, Erkennen und Entdecken herausfordern. Aber in den Bildern sollte auch ein bisschen Rätselhaftes enthalten sein, das Sehnsüchte weckt und Raum für Fantasien lässt. Ideal wäre ein thematischer Zyklus, der Carmens Art zu malen modifiziert, erweitert, ja – sagen wir es ehrlich – ganz einfach verbessert."

***

War der Vorschlag nicht eine Überlegung wert? Als Serge sein Zimmer erreichte, hatte sich seine Empörung über das unmoralische Angebot abgeschwächt.

Bei der Übergabe der beiden Kopien auf dem nachtdunklen Parkplatz des Hotels hatte Paul ihm das Versprechen abgenommen, über die Idee wenigstens nachzudenken. „Lieber Freund, rufe mich an oder schicke mir eine Mail, wenn du nähere Informationen über Carmen und ihre Malerei haben willst."

„Einen Teufel werde ich tun", hatte Serge geantwortet, aber jetzt kreisten seine Gedanken unaufhörlich um diese kuriose Idee. Bot die nicht eine wunderbare Chance, etwas Eigenes zu kreieren? Sicher in Anlehnung an Carmens Malerei, allerdings als kreative Weiterentwicklung nach seinen Vorstellungen. Und das ohne jedes finanzielle Risiko, im Gegenteil! Hinter der Fassade einer limitierten, aber angesehenen Malerin eine künstlerische Vorstellung, eine eigene Idee zu konzipieren und auszuarbeiten, begann ihn zu locken. Das Spiel mit mehr als einem doppelten Boden war mal etwas ganz anderes als die übliche Routine. Er zog sich einen Mantel über und ging auf den Balkon, auf dem trotz der Jahreszeit noch Tisch und Stuhl standen. Wie es seine Gewohnheit war, hatte er immer ein paar Flaschen Rotwein auf Reisen im Gepäck. Er schenkte sich ein Glas ein, setzte sich in die kalte Abendluft und zündete einen Zigarillo an. Wahrhaft ein ereignisreicher Tag, dachte er. Über das sonderbare Geschäftsmodell wollte er eine Nacht schlafen, um mit klarem Kopf zu entscheiden. Er schaute in den Nachthimmel, dachte an die junge Serviererin, aber Pauls Idee ließ ihn nicht los, klang nach, arbeitete in ihm. Er stand auf, lehnte an der Balkonbrüstung und schaute ins Tal, in dem sich das Städtchen erstreckte. Nach einer

Weile nahm er sein Handy und tippte: „Schicke mir ein paar Bilder von ihr. Schreib auf, was du (und sie) von ihrer neuen Schaffensphase erwartest“, und sandte die Mail an Paul.

Er klappte sein Handy zu, schenkte sich ein zweites Glas ein, und seine Gedanken wechselten zu jener Frau, die er am Nachmittag kennengelernt hatte. Es war selten, dass ihn jemand für seine Kunst bewunderte. Wie auch? Er arbeitete in Abgeschiedenheit, seine Bilder wurden nie in Ausstellungen oder gar Museen gezeigt, er blieb als Künstler unsichtbar. Ihre Bewunderung hatte ihm geschmeichelt. Als sie sich über ihn gebeugt hatte, um die Zeichnung zu sehen, hatte ihre volle Brust seinen Oberarm gestreift, und er hatte den Duft ihrer Haare eingesogen. Bestimmt war sie zwanzig Jahre jünger als er. Viel belebender als Trinkkur, Gas- oder Perlbad, dachte er amüsiert. Für den nächsten Tag waren sie verabredet. Konnte aus dieser Begegnung nicht eine höchst willkommene Abwechslung seines Kuraufenthalts entstehen, eine Therapie der speziellen Art? Seine letzte Liebesbeziehung lag einige Zeit zurück.

Als er sich ein letztes Glas halb voll einschenkte, glitten seine Gedanken zurück zum Gespräch mit Paul. Ja, er war neugierig auf die Bilder dieser Malerin – wie hieß sie noch gleich? Karen? Maren? Carmen? Egal. War es möglich, aus denen etwas abzuleiten, zu entwickeln? Alles eine Schnapsidee? Ein Irrsinn? Jitka? Carmen? Er war hierhergekommen, um sich auszuruhen und körperlich auf Vordermann zu bringen, und nun diese Verwicklungen. Der Alkohol trug auch nicht dazu bei, seine Gedanken zu ordnen, aber er deckte alle Fragen vorübergehend mit wohltuender Müdigkeit zu.

***

Um nicht von seinem selbst auferlegten Fitnessplan abzuweichen, war Serge widerstrebend der Aufforderung seines Weckers gefolgt, um vor dem Frühstück zwanzig Minuten im leeren hoteleigenen Bassin zu schwimmen.

Er zog die schweren Vorhänge zur Seite und blickte in das herbstliche Gelbbraun des Waldes, das wie ein ausgerollter Teppich vor seinem Fenster lag und sich im Morgennebel verlor. Er öffnete die beiden Fensterflügel, reckte sich, gähnte und atmete die kühle Morgenluft tief wie sonst gelegentlich den Rauch eines Zigarillos ein. Wann hatte er je so gut geschlafen? Das schlossartige Hotel lag in morgendlicher Ruhe wie ein großes schlafendes Tier.

Die Gedanken des vorigen Abends ruhten in Serge, er verspürte zwar keine Lust, wieder an sie anzuknüpfen, aber diese neuen Perspektiven, die sich ihm gestern eröffnet hatten, verhießen reizvolle Herausforderungen. Die hatten ihm einerseits Schwung und Vitalität verliehen, andererseits durften sie als Anerkennung seines künstlerischen Könnens gelten. Plötzlich hatte sein in Routine erstarrtes und in Zurückgezogenheit dahintröpfelndes Leben ganz unerwartete Impulse erfahren.

Beim Frühstück checkte er seine Mails auf dem Handy. Paul hatte bereits geantwortet. Serge klickte sofort den Anhang an, um die Bilder von – ja, Carmen hieß sie, wie er Pauls Zeilen entnahm –, anzuschauen, aber das Display war zu klein, um sich ein Urteil zu bilden. Auf den ersten Blick war er überrascht, denn die Bilder waren bei weitem nicht so niveaulos, wie er befürchtet hatte. Auf seinem Zimmer wollte er sie am Nachmittag auf dem Laptop genauer betrachten, nachdem alle medizinischen Anwendungen erfolgt sein würden.

Er dachte erneut an Jitka. Die Frau war ungewöhnlich in ihrer Art, etwas phlegmatisch vielleicht. Oder eher gelassen? Gleichgültig? Sie wirkte auf ihn wie ohne Ehrgeiz, mit wenig zufrieden. Welche Ansprüche hatte sie? Was mochte, was verabscheute sie? Serviererin in diesem beliebigen Café, dahinter musste eine Geschichte stecken. Zweifellos sah sie gut aus, stach allein durch ihre Jugend aus dem Altersgrau der Kurgäste heraus. Ihr Körper war sicher durch die Arbeit im Café kräftig, nicht füllig, aber voll. Es schien ihr Spaß gemacht zu haben zu posieren. Ein Bild von ihr sollte er malen. Den Wunsch hatten viele, nichts Ungewöhnliches. Interessierte sie sich für ihn? Als Mann? Oder nur als Maler, als Exot, weil außergewöhnlich? Egal, er würde sie wieder treffen. Heute schon. Er schaltete sein Handy aus, ohne sich andere Mails angeschaut zu haben, stand auf und fand, dass all die anderen Leute heute im Speisesaal freundlicher, fröhlicher aussahen als sonst.

Auf seinem Anwendungsplan stand als erstes: Gasbad. Ausgerechnet! Er dachte an Jitka und musste schmunzeln. Die tiefenentspannende Wirkung des anschließenden Perlbades tat ihm gut. Beinahe wäre er am Ende der zwanzig Minuten eingeschlafen, aber davor bewahrte ihn die resolute Schwester, die ihn unsanft aus seinem Dämmern riss. Überhaupt schien man als weibliche Mitarbeiter den Typ Dragoner zu bevorzugen, wahrscheinlich, um das Interesse der männlichen Kurgäste nicht auf ganz andere als die medizinischen Anwendungen zu lenken. Waren diese Damen in unbestimmbarem Alter endgelagerte Überbleibsel aus sozialistischen Zeiten, in denen ein Gast eher als Bittsteller denn als König behandelt worden sein mochte?

Er zog seinen Bademantel an, dankte lächelnd in die grimmigen Gesichter des Personals und freute sich auf eine leichte Suppe und einen kleinen Salat zum Mittag, dazu Wasser und Wein: Das reinste Vergnügen war so ein Vormittag in einem Kurhotel, wenn man alles nicht zu ernst nahm.

Dass sie etwas konnte, sah Serge auf den ersten Blick, als er nach dem Mittagsschläfchen den Anhang von Pauls Mail öffnete. Aber ihren Bildern fehlte Tiefe, Sinn, Inhalt: Schmerz oder Liebe, Leid, Freude, Anklage, Protest, kurz: Erfahrungen, Empfindungen, gelebtes Leben. Sie malte hübsch, dekorativ, aber ohne thematische Inspiration. Ihr fehlte weniger ein neuer Stil, sondern Leidenschaft. Er fragte sich, ob Bilder so aussehen würden, wenn Jitka die gemalt hätte. Wie kam er auf diese Frage? Aber er wusste, dass ihre Bilder völlig anders wären. Voller, tiefer, schwerer, weil ..., weil ..., was? Vielleicht würde der Nachmittag ihn einer Antwort näherbringen. Jetzt schrieb er an Paul eine Mail mit der Frage, ob er ihm sagen könne, was man konkret von ihm erwarte.

***

Am späten Nachmittag schien die Sonne aus einem wolkenlosen Himmel. Serge saß wieder draußen vor jenem Café, in dem Jitka bediente. Als sie ihn bemerkte, winkte sie kurz, lächelte, und nachdem sie bei einem vorletzten Gast kassiert hatte, setzte sie sich mit einem Glas Wein zu ihm, zündete sich wortlos eine Zigarette an und nahm einen tiefen Zug. Serge sah von seinem Skizzenblock auf und fragte: „Feierabend?"

„Fast. Ich muss die Abrechnung machen, dann habe ich frei. Und? Malen Sie mich?"

„Malen? Das ist mit Pinsel und Farbe, wissen Sie, die habe ich natürlich nicht bei mir. Ich könnte Sie aber zeichnen."

„Klar, meinte ich ja auch."

„Jetzt? Hier?"

„Warum nicht?"

„Vielleicht gehen wir erst ein wenig spazieren, nachdem Sie alles erledigt haben."

„Warum nicht gleich? Ist noch schönes Licht. Wozu erst spazieren gehen?"

„Ich muss ein wenig von Ihnen wissen, sonst wird es kein gutes Portrait."

„Verstehe ich nicht."

„Wenn ich wirklich Sie zeichnen soll, muss ich etwas von Ihnen wissen. Sonst können Sie sich auch im Spiegel betrachten oder sich fotografieren lassen."

„Gibt es da einen Unterschied?" Statt zu antworten, fragte er: „Warum wollen Sie, dass ich Sie zeichne?"

„Ist etwas Besonderes. Wer hat das schon, ein gemaltes Bild von sich?"

„Gezeichnet."

„Also gut: gezeichnet. Sie sind vielleicht ein Pedant!" Sie wirkte ein bisschen genervt.

„Als Maler muss man das sein."

„Ich dachte, Künstler sind vor allem kreativ, also – wie soll ich mich ausdrücken? – antibürgerlich, nämlich auf sympathische Art ein wenig unsortiert, ungenau, unordentlich, das Gegenteil von pedantisch."

„Beides. Was Ihnen vielleicht unordentlich erscheinen würde, ist nichts anderes als eine andere, von der Norm abweichende Ordnung. Kreativität und Genauigkeit sind überhaupt keine Gegensätze. Sie gehören auf eine bestimmte Art zusammen, aber zurück zu Ihnen. Was erwarten Sie, wenn ich Sie male?"

„Ich weiß nicht, wie ich's ausdrücken soll. Vielleicht: Nicht wie ich mich selber sehe, sondern wie ich gesehen werde. Von einem Künstler gesehen werde, von Ihnen."

„Dann muss ich erst recht ein bisschen von Ihnen wissen."

Serge fand es befremdlich, nah und zugleich auf Distanz neben Jitka herzugehen. Als hätte sie seinen Gedanken erraten, hängte sich bei ihm ein. Der erste Körperkontakt. Er spürte den Stoff ihrer Jacke, ihre Bewegungen, den Rhythmus ihrer Schritte, ihre Wärme. Sie lehnte sich ein wenig in seine Seite und schaute geradeaus, sagte aber nichts. Als sie auf dem Weg in Richtung Kolonnaden den kleinen hölzernen Pavillon der Alexandra-Quelle passierten, fragte Serge: „Gefällt der Ihnen?"

Jitka war verblüfft: „Wer, der Pavillon? Ehrlich gesagt habe ich mir über den nie Gedanken gemacht." Sie blieb stehen und betrachtete das unscheinbare Oktagon mit seinen schlanken Säulen und den dezent verspielten Verzierungen. „Ganz hübsch, ja, er passt hierher. Warum fragen Sie? Ist das schon Teil des Verhörs, um meine Seele zu ergründen?" Sie lachte.

„Ja!“

„Sie sind der Experte, nicht ich! Also: Ist das nun Kunst oder Kitsch?“

„Kitsch, Kunst, liegt alles im Auge des Betrachters. Einerseits. Andererseits ... mag ich Sie nicht mit theoretischen Überlegungen langweilen. Also: Gefällt es Ihnen?“

Jitka löste sich von ihrem Begleiter und ging um das kleine Gebäude herum, in dessen Mitte sich ein runder Brunnen befand. Sie kehrte zu Serge zurück und sagte: „Ja, er gefällt mir. Er beschützt, ohne zu verschließen. Er ist unauffällig und anmutig. Bescheiden schön, kann man das sagen?“

„Ein bisschen wie Sie selbst?“

„Vielleicht. Das wäre ein feines Kompliment.“

Beim Weitergehen fragte Jitka: „Also gut, was wollen Sie von mir wissen?“

„Nur das, was Sie über sich sagen wollen, damit ich wirklich Sie zeichne und nicht eine Pose von Ihnen. Sie können mir natürlich das Blaue vom Himmel erzählen, ich will und kann das nicht überprüfen. Aber Sie müssen sich entscheiden: Wollen Sie ein Bild von sich oder eine Illusion davon?“

„Auch reizvoll“, sagte sie.

„Wollen Sie das?“ Sie zögerte einen Augenblick, bevor sie ihren Kopf schüttelte.

„Fangen Sie an, wenn Sie mögen. Wo sind Sie geboren, zur Schule gegangen, warum arbeiten Sie hier im Café, was sind Sie für ein Typ, wer wären Sie gerne, wie steht es mit der Liebe und so weiter. Oder erzählen sie mir etwas völlig anderes: Eine Lebensgeschichte, an der nichts stimmt; frei erfunden, ein Wunschbild, eine Fiktion, ein Entwurf ihrer selbst, warum nicht? Ich will nicht Ihr Seelenleben freilegen, keine Sorge, sondern nur etwas über Sie erfahren oder von dem Bild, das Sie von sich haben; wenigstens so viel, dass ich keine Fremde zeichne."

„Und wenn ich Ihnen Märchen erzähle?"

„Erstens wäre es mir vollkommen egal. Und zweitens kommt so eine Gelegenheit vielleicht nie wieder für Sie, und da wäre es schade, wenn Sie mir Unsinn erzählen würden."

„Wie meinen Sie das?"

„Na ja, wenn ein richtig guter Maler, und das bin ich, ein Portrait von Ihnen anfertigen soll, kostet das ziemlich viel. Das lässt man nicht mal so nebenbei machen."

„Wie viel?"

„Wollen Sie über Geld reden?"

„Nein. Aber es würde mich interessieren."

„Ich male Sie umsonst."

Sie blieb stehen, drehte sich ihm zu und sagte: „Hören Sie, eines habe ich gelernt: Im Leben ist nichts umsonst. Gar nichts."

„Stimmt nicht. Dass wir hier zusammen spazieren gehen, miteinander reden, Betrachtungen anstellen: alles umsonst."

Sie überlegte einen Augenblick. „Das Wort *umsonst* hat zwei Bedeutungen: Einerseits, dass etwas nichts kostet, andererseits, dass etwas vergeblich im Sinne von erfolglos ist."

„Das ganze Leben ist umsonst, ein Nullsummenspiel, das ist keine Neuigkeit. Unser Spaziergang kostet nichts, ist aber nicht vergeblich, weil er Spaß bringt, unterhaltsam ist, anregend. Finde ich jedenfalls."

Jitka fragte: „Sie wollen mich also malen, weil Sie sich Spaß davon versprechen, stimmt's?"

„Ja."

„Und warum ohne Bezahlung? Denken Sie mal an mich. Ich würde mich zu irgendeiner Gegenleistung verpflichtet fühlen, die ich vielleicht nicht leisten mag."

„Verstehe. Sie befürchten, der Preis ist, dass ich mit Ihnen ..."

Sie sah ihm direkt in die Augen, aber ihr Blick verriet ihm nichts. Er nahm sanft ihren Arm, und während sie Seite an Seite weitergingen, erwiderte er: „Ach wissen Sie ... Ich bin zwar ein grauer, alter Wolf, aber ich bin auch ein Romantiker. Kein sexbesessenes Ungeheuer, eher ein barocker Mensch. Ich liebe das Volle, Sinnliche, den Genuss. Ich würde es genießen, Sie zu zeichnen, das wäre mein Lohn."

Jitka sah ihn von der Seite an, und er spürte ihre Zweifel an seinen Worten. Als er es schon nicht mehr erwartet hatte, begann sie zögerlich zu erzählen, dass sie in Prag geboren und dort zur Schule gegangen sei. Bald habe sie als Verkäuferin gearbeitet, später als Serviererin in einem Café. „Nichts Aufregendes. Ich bin nicht intelligent, habe kaum Ehrgeiz und keine besonderen Interessen. Im Vergleich zu anderen führe ich ein langweiliges Leben, aber mir gefällt's", sagte sie, blieb stehen und fügte nach einem kurzen Zögern hinzu: „Ist das schlimm?"

„Was?"

„Das ich bloß ein kleines Licht bin."

„Wer sagt das?"

„Ich selbst. Und andere auch."

„Entweder ist das jetzt ein Fishing for Compliments oder eine Lüge."

„Weder noch."

„Hören Sie zu: Ich bin kein Analytiker, kein Frauenversteher, kein Wasweißich. Ich bin Maler, und dazu ein ziemlich besonderer, vielleicht etwas verdrehter. Möglicherweise treffen wir uns genau in dem Punkt."

„In welchem Punkt?“

„Das wir beide etwas verdreht in die Welt geschraubt sind.“

Sie schwieg einen Moment, bevor sie sagte: „Nenne mich Jitka, das tun alle.“

„Jitka ... was für ein Name.“

„Wieso? Gefällt er dir, Verzeihung, Ihnen nicht?“

„Oh, ja, sehr sogar. Übrigens: Ich bin Serge. Jitka klingt so, so ... ja, wie klingt das? Wie ein Kind, das in einem Schwimmbad eine Rutsche hinunter ... Jit! ... und dann in einem Bogen durch die Luft saust ... ka! ..., bevor es vom weichen Wasser aufgefangen wird.“

Die Serviererin sah ihn von der Seite an und fragte: „Und wer bist du?“

„Ich bin ein so genannter Russland-Deutscher und lebe jetzt in der Nähe von Hamburg.“

„Russe also. Gibt’s hier viele als Kurgäste.“ Sie sah ihn kalt an.

„Verstehe. Ihr als Tschechen hasst die Russen. Aber keine Sorge. Eigentlich bin ich Deutsch-Balte. Meine Eltern gehörten zur deutschen Minderheit in Estland und wurden dann zwangsweise zu Staatsbürgern der Sowjetunion. Und ich mit ihnen. Ob in meinen Adern durch irgendwelche Vorfahren auch ein bisschen russisches Blut fließt, kann ich allerdings nicht ausschließen.“ Sie lächelte ihn wieder freundlich an und sagte: „Ich hatte mir schon überlegt, dir bei nächster Gelegenheit Gift in den Wein zu mischen.“

„Da habe ich ja nochmal Glück gehabt“, sagte er mit gespielter Erleichterung und fuhr fort: „Dass ich Maler bin, weißt du schon. Aber du willst ja nicht mich portraitieren, sondern umgekehrt. Was magst du?“

„Tiere. Hunde besonders. Bäume.“

„Und was magst du nicht?"

„Gewalt", und einen Moment später fügte sie hinzu, „jede Form von Gewalt."

Diese Antwort hing eine Weile zwischen ihnen wie eine Warnung. Serge schaute auf den Boden und fragte: „Warum bist du hier. Es ist ein Ort für Alte, Kranke und Gebrechliche."

„Ich habe einen Job bekommen, der mir gefällt. Es ist hier ruhig, keine Hektik, entfernt von, wie soll ich sagen, vom Heute, vom Puls der Zeit."

„Ist es nicht ein bisschen einsam?"

„Nein, nein, hier arbeiten viele in meinem Alter. Wir haben auch unsere Treffpunkte, Verabredungen, kleine Feiern. Aber ich bin auch gern allein. Dafür ist dieser Ort ideal."

„Und? Keinen Mann? Keinen Freund?"

„Viele und keinen."

Sie hatten die große Rasenfläche erreicht, die sich unterhalb des Goetheplatzes bis zu den Kolonnaden erstreckt.

„Wollen wir uns ein wenig ausruhen?", fragte Serge. Jitka setzte sich ans Ende einer Bank und Serge fast ans andere. Er betrachtete sie und sagte: „Ich weiß zwar kaum etwas von dir, aber für einen ersten Versuch könnte es reichen." Sie sah ihn an und nickte. Auf seine Anweisungen drehte sie Kopf und Oberkörper, und er begann, sie mit schnellen Strichen zu portraitieren. Nach einer Weile hielt er inne. Als sie das bemerkte, fragte sie: „Ist etwas?"

„Drehe dich bitte ein wenig zurück ... Ja, so ist gut. Du hast sehr verschiedene Gesichter, je nach Ansicht. Von dir könnte ich viele unterschiedliche Portraits zeichnen. Aber für heute ist es genug."

„Lass mich schauen."

Er hielt ihr das Blatt hin. Sie nahm es, schaute lange darauf und sagte gedehnt: „Ja, so kann man es sehen. Darf ich es behalten?"

„Ich möchte es etwas kolorieren, habe die Stifte aber im Hotel. Ich bringe dir das Blatt morgen ins Café."

Jitka zögerte einen Moment, bevor sie sagte: „Geschenkt will ich es nicht."

„Warum nicht?"

„Ich bleibe nicht gern etwas schuldig."

„Da bleibt keine Schuld. Im Gegenteil. Du hast mir eine Freude gemacht, weil ich dich habe zeichnen dürfen."

„Charmeur ..."

„Das musst du mir nicht glauben, solltest es aber. Es stimmt nämlich."

„Also gut. Ich lade dich als Dankeschön zu einem kleinen Essen ein."

„Nein, zu teuer."

„Bei mir zu Hause."

Weil Serge nichts sagte, fuhr sie fort: „Du bringst ein bisschen Wein mit, okay?"

„Gern. Den Wein und das kleine Portrait. Wann?"

„Morgen Abend. Sagen wir 19 Uhr."

Im Hotelzimmer ließ Serge sich aufs Bett fallen. Worauf hatte er sich da eingelassen? Auf nichts! Noch nichts. Oder?

***

Es bleibt nicht aus, wenn man sich berufsbedingt Jahre und Jahrzehnte mit einer Thematik, einem Fachgebiet oder einem Phänomen beschäftigt, dass der professionelle, hypersensibilisierte Blick auch im Privatleben nicht auszuschalten ist. Zahnärzte sollen beim Partygeplauder die Stellung der Zähne ihrer Gesprächspartner begutachten, bevor sie ihnen in die Augen schauen, Deutschlehrer in belanglosen Urlaubsgrüßen auf Postkarten Fehler in der Rechtschreibung mit einem imaginären Rotstift anstreichen, bevor sie den Inhalt wahrnehmen, und Serge taxierte die Physiognomie und Anatomie von Menschen, wenn sie seine Neugier geweckt hatten. Maßstab seines Interesses war nie die Frage nach der Malbarkeit. Nicht der perfekte Körper oder das einem bestimmten Schönheitsideal nahekommende Gesicht reizten ihn, sondern das Zusammenspiel – die Kongruenz oder Divergenz – zwischen Äußerem und Innerem. Sein künstlerischer Ehrgeiz galt dem Sichtbarmachen von Charakteren und Wesen, und seine Vorbilder waren Dürer und Rembrandt, in deren Portraits die Summe ganzer Leben sichtbar geworden war. Wenn ein Mensch ein Geheimnis zu bergen schien oder eine ungewöhnliche Ausstrahlung besaß, lockte es ihn, das Verborgene sichtbar werden zu lassen, wenigstens in Andeutungen, sozusagen als gemalte Hypothese.

Bis zur Verabredung war viel Zeit. Zwar war es umständlich, gleichzeitig die kleine Mappe mit dem Bild unter dem Arm, die Tüte mit zwei Flaschen Wein in der einen und den Blumenstrauß in der anderen Hand zu transportieren, aber trotzdem spazierte er zu früh los, um seine Gedanken zu ordnen. Er ging in Richtung Zentrum und schaute auf die Reihe mächtiger Hotels, die seinen Weg begleitete. Alle möglichen

Stilrichtungen waren vertreten: Das Spektrum reichte von Neobarock bis Neorenaissance und Neoklassik, aber es gab auch fantasievolle Stil-Kombinationen, die damalige Architekten oder Bauherren für schön gehalten haben mussten. Sahnetörtchen-Architektur, dachte Serge belustigt und wusste nicht, ob er diesen Mischmasch für einen Frevel halten sollte oder ob die Bedenkenlosigkeit nicht zu bewundern sei, mit der all das zusammengemixt worden war. Nichts für Puristen, sondern für Leute, die zwar keine Ahnung von Architektur, aber ein Faible für das protzend Dekorative besitzen. Grenzt zur Schau gestellter Reichtum nicht immer auch ein bisschen an Dummheit?, fragte er sich beim Betrachten der Fassaden mit ihren hochherrschaftlichen Entrees, die zum Betreten von Foyers unter geschliffenem Kristallleuchterglanz auf roten, schweren Teppichen einluden. Sicher kein Vergleich zu dem Empfang, der ihn gleich erwartete.

Er schaute auf seine Uhr; es war Zeit umzukehren und seine Schritte in die Richtung ihres Zuhauses zu lenken, das am anderen Ende des Ortes lag. Reizte Jitka ihn als Modell oder als Frau? Oder beides? Ihr Gesicht entsprach in keiner Weise dem Schönheitsideal der Sixtinischen Madonna mit ovalem Gesicht, kindlichem Mund, langer, gerader Nase und mandelförmigen Augen, über denen weitgeschwungene Augenbrauen mit einem dunkelbraunen Haaransatz korrespondierten, aber auch sie hatte einen sanften, manchmal fragenden Gesichtsausdruck. Ihm gefiel ihr verträumter Blick aus den dunklen, wie mit einem hauchdünnen Film bedeckten Augen, das Rot in dessen Weiß irritierte ihn nicht. Ihr versonnenes Lächeln, wenn er vom Malen erzählte. Sie war mittelgroß, weich und kräftig zugleich, mit fleischigen Händen und Fingern, zu denen keine zierlichen Ringe gepasst hätten. Wie waren ihre

Waden geformt, die Fesseln? Beim Servieren im Café hatte sie eine lange schwarze Hose getragen.

Schmeichelte ihm ihre Bewunderung, die wohl kaum seiner Männlichkeit, sondern ihm als Künstler galt? Und wenn schon. Ein kleines, amouröses Abenteuer vielleicht; ein Flirt, ein netter Abend war mindestens zu erwarten.

Allem Anschein nach war sie eine durchschnittliche junge Frau, Serviererin, nichts Besonderes. Und trotzdem: Ihre Spontaneität, Direktheit, ihr Interesse, ihre Begeisterung wirkten echt, unverfälscht. So etwas war selten.

Die Adresse lag nicht weit von ihrem Arbeitsplatz und von seinem Hotel entfernt. Die einst noblen Häuser standen nicht wie im Ortskern dicht an dicht, aber auch sie schmückten Türmchen, Gauben, Säulen, ausladende Balkone und Veranden mit Verzierungen jeder Art.

Sein Weg führte weg vom vordergründigen Glanz und hin zu dunkler Vorstadtatmosphäre. Der Zustand der meisten älteren Gebäude war in dieser Gegend nicht zum Besten bestellt: Wo einst der Reichtum ausgefranst war, wo um die Wende vom neunzehnten zum zwanzigsten Jahrhundert wahrscheinlich die nicht ganz so wohlhabenden Herrschaften und das besser bezahlte Personal zu Hause gewesen war, hatte später der Sozialismus tiefe Schneisen in die Zuckerbäckerkulissen von Geld und Illusion gefressen und mit derart schaurigen Zweckbauten befüllt, als ob die werktätige Bevölkerung keinen Mindestanspruch auf Ästhetik gehabt hätte. Hier hatten sich im Zeitalter der Kaiser und Könige Hoffnungen zerschlagen, weil die Besucherzahlen des Kurortes Grenzen gekannt hatten. Wer nach Marienbad reiste, wollte im Zentrum wohnen, nicht an dessen Rand, wo

Hoteliers und Gastronomen der zweiten Reihe Erwartungen hatten begraben müssen, weil ihre Spekulationen nicht aufgegangen waren.

Nach einer Viertelstunde Fußweg stand Serge vor einer von mattem Gelb einer Straßenlaterne beleuchteten Villa. Im oberen Stockwerk schien gedämpftes Licht aus zwei hohen Fenstern, sonst wirkte das Gebäude mit seinem seitlichen Turm und einem großen, oval geschwungenen Balkon an der Front wie verlassen. Herabhängende Regenrinnen, abblätternde Farbe und Risse in der Fassade waren selbst in der hereinbrechenden Dunkelheit nicht zu übersehen. Er schob die verrostete, quietschende Pforte nach innen, durchquerte einen verwilderten Vorgarten, stieg ein paar abgewetzte Stufen zur Eingangstür hoch und drückte, wie Jitka es ihm gesagt hatte, auf den obersten von vier Klingelknöpfen, alle ohne Namensschilder. Als ein zittriges Summen ertönte, öffnete er die Tür und trat in ein von einer nackten Glühbirne beleuchtetes Treppenhaus. Die ins erste Stockwerk führende Holztreppe knarrte bei jedem seiner Schritte eindringlich in der Stille. „Oben links", hatte Jitka gesagt. Auch hier kein Namensschild. Er klopfte an die halb geöffnete Tür.

„Komm rein", hörte er ihre Stimme aus einiger Entfernung. Beim Eintreten strömte ihm der Duft von gutem, herzhaftem Essen entgegen. Jitka schaute flüchtig um die Ecke. Sie rief: „Komme gleich, eine Sekunde." Er sah sich in dem schmalen, hohen Flur um: Diverse Paar Damenschuhe lagen umher, unter einer Wandgarderobe stapelte sich auf einer Kommode diverser Krimskrams, daneben hing ein riesiger Spiegel im barocken Goldrahmen. Jitka kam in ihrem wiegenden Gang aus der Küche, band ihre Schürze ab und sagte: „Oh, entschuldige, ich musste noch ein paar Kleinigkeiten erledigen. Ist es schon 19 Uhr?“

Serge stand immer noch mit den Blumen in der einen Hand, der Tüte mit zwei Flaschen Wein und einer kleinen Mappe in der anderen dort, wo er eingetreten war. „Ja, ich glaube ja, bin ich zu früh?“

„Ist dir kalt, willst du den Mantel anbehalten?“ Sie lachte.

„Ja, äh, nein, natürlich nicht.“ Er streckte ihr den Blumenstrauß entgegen: „Guten Abend, vielen Dank für die Einladung.“

„Willkommen in meinem Schloss“, erwiderte sie, machte eine ausladende Armbewegung und sagte: „Komm mit.“

Nachdem er seinen Mantel abgelegt hatte, folgte er ihr mit Tüte und Mappe in ein großes, hohes Wohnzimmer, offenbar dem Mittelpunkt ihrer im Turm des Hauses liegenden Wohnung.

„Ich habe noch einen Augenblick in der Küche zu tun. Setz dich, sieh dich um oder schenk uns schon mal ein Glas Wein ein.“

Er schaute im Wohnzimmer umher, das der runden, sechseckigen Form des Turms entsprach. Das Mobiliar passte eher zur schadhaften Bausubstanz der Villa als zu seiner jungen Bewohnerin: Auf einem schweren, dunklen Teppich standen zwei Sessel und ein Sofa aus braunem, abgewetztem Leder, das mit einer zerwühlten Decke und Kissen in hellen Farben bedeckt war. Im Halbdunkel an der linken Wand stand ein großer dunkelbrauner Schrank aus Eiche, gegenüber eine Vitrine im gleichen Stil, darauf Kandelaber, auf denen Putten an ausgestreckten Armen brennende Kerzen hielten. Alles wohl Originale aus der Gründerzeit, wie er vermutete, allerdings angestoßen, abgerieben und vom Gebrauch gezeichnet. Kein typisch weibliches Zimmer, zudem nachlässig aufgeräumt; ein düsteres, freundliches Durcheinander. Nichts Persönliches, sondern Stapel mit zur Seite geschobenen Büchern und Zeitschriften, um Platz für einen Esstisch zu schaffen. Der nahm, unter dem gedimmten Licht eines gewaltigen Lüsters aus kunstvoll geschliffenem Kristall, die Mitte des Zimmers ein. Gedeckt war der Tisch mit einem Porzellan-Service mit gewelltem Goldrand und zartem Floraldekor. Seitlich zu den Tellern lagen schwere alte Silberbestecke. Vervollständigt wurde das Ensemble von wuchtigen geschliffenen Gläsern. Serge liebte hochwertiges Porzellan. Er drehte einen Teller um und erkannte die Firmenmarke von *Fischer & Mieg, Pirkenhammer, Böhmen.* Wohl um 1900 gefertigt, wie er schätzte, also passend zum Mobiliar.

An den Wänden hingen mittelmäßige Ölgemälde unbedeutender Maler; ausschließlich Landschaften. Nirgends Fotografien, auf denen Menschen zu sehen waren. Der Raum war, soweit er das feststellen konnte, frei von persönlichen Gegenständen, die Rückschlüsse auf Vorlieben oder wenigstens den Geschmack ihrer Bewohnerin zugelassen hätten. Ihm fielen drei Blumensträuße auf, die in ihrer Kleinheit im Verhältnis zur Höhe des Raumes fast lächerlich wirkten. Dagegen fehlten Zimmerpflanzen. Er trat ans Fenster, schaute auf eine mäßig befahrene Ausfallstraße und war enttäuscht. Was hatte er erwartet? Wie ein potentieller Liebhaber empfangen zu werden? Jitka trug Jeans, darüber einen schwarzen Pullover, das volle Haar nachlässig nach oben gebunden, und ihre Füße steckten in Flip-Flops: Freizeitkleidung einer attraktiven, jungen Frau, die einen älteren Herrn empfängt, um mit ihm einen amüsanten Abend zu verplaudern. Es bestätigte sich, was er in einem Roman – wie hieß der noch gleich? – gelesen hatte: Irgendwann wird jeder Mann unsichtbar, dann schauen die Frauen durch einen hindurch wie durch Glas. Für Frauen galt das umgekehrt bestimmt in gleicher Weise. Im gleichen Alter? Früher? Warum? Bevor er über eine Antwort nachdenken konnte, kam Jitka mit einer chinesischen Cloisonné-Vase zurück, in der sein Blumenstrauß groß und fließend stand.

„Wunderschön", sagte er.

„Ich liebe Blumen."

„Ich meine auch die Vase. Ein schönes Stück, vielleicht Ende des neunzehnten Jahrhunderts."

„Du kennst dich aus?"

„Ja, ein bisschen. Mich hat nicht nur die Malerei der früheren Jahrhunderte beschäftigt, sondern auch ..."

„Gehört mir leider nicht", fiel sie ihm ins Wort und lachte: „Wie alles hier. Ich habe die Wohnung möbliert gemietet. Wahrscheinlich stammt alles aus der Zeit, als das Haus gebaut wurde. Hat einen eigenen Charme, finde ich. Wer hier nicht schon alles gewohnt haben mag ... Solche Vorstellungen faszinieren mich."

„Kann man so leben, in fremden Möbeln?"

„Hervorragend! Ich musste aber versprechen, alles pfleglich zu behandeln, dafür zahle ich eine vergleichsweise geringe Miete. Der Besitzer ist ein komischer Kauz. Das Haus hat irgendetwas mit Erinnerungen an seinen Vater oder Großvater zu tun." Sie schaute auf die Uhr. „Bin gleich zurück."

Sie brachte eine zum Service passende Platte, auf der Eier mit Sardellenfüllung angerichtet waren, und eine mit Gurkensalat gefüllte Schale im gleichen Dekor. Beides stellte sie auf den Tisch und sagte: „Brot kommt gleich, du kannst schon mal Platz nehmen."

Auch die Fußbecher für das Wasser und die beiden geschliffenen Römer für den Wein waren alt und wertvoll, wie Serge feststellte.

Als Jitka sich zu ihm an den Tisch setzte, sagte er: „Weil ich nicht wusste, welchen Wein du bevorzugst, habe ich einen Merlot und einen Chablis gekauft. Damit kann man nicht viel falsch machen, normalerweise. Jedenfalls nicht, wenn die nicht zu billig sind."

„Wunderbar! Ich habe keine Ahnung von Wein. Bei uns trinkt man Bier. Also, wenn du ..."

„Nein, nein, Wasser und Wein sind ausgezeichnet. Rot- oder Weißwein?"

Weil sie ihn fragend ansah, entschied er: „Zur Vorspeise passt der Chablis ganz gut, aber ich mache auch den Roten auf, dann kann der ein bisschen atmen."

„Atmen? Rotwein?"

„Sagt man so. Ein Rotwein, jedenfalls ein guter, braucht ein wenig Luft." Er schenkte ein, prostete ihr zu, bedankte sich für die Einladung und übergab ihr die kleine Mappe. Jitka band behutsam die Schleife auf, klappte die beiden Pappdeckel auseinander, nahm die Zeichnung vorsichtig in beide Hände und drehte sie ins Licht über dem Tisch. Endlich sagte sie: „Das ist zauberhaft! Nein, so schön bin ich nicht. Du hast gemogelt!"

„Kein bisschen!", und sie konnte seiner Miene nicht anmerken, ob er meinte, was er sagte. Sie kicherte wie ein Teenager. „Das ist sehr schmeichelhaft."

„Gefällt es dir?"

„Ein schöneres Geschenk hättest du mir nicht machen können, vielen Dank!"

Er sagte nichts, während sie weiter staunend das Bild betrachtete. „Wie kann man so malen? Woher hast du deine Inspirationen?“, fragte sie, ohne ihn anzusehen.

„Zeichnen, nicht malen“, korrigierte er.

„Mein Gott, bist du ein ...“

„Ich glaube, das hatten wir schon mal“, sagte er. Sie sah auf und schaute in sein spöttisches Gesicht. Gleichzeitig zuckte er die Achseln ein wenig, wie um auszudrücken, dass das seinem bescheidenen Können geschuldet sei.

Es schmeckte ihm ausgezeichnet. Beim Essen erzählte er ein wenig von seinem Werdegang, denn natürlich hatte sie wissen wollen, wie er zu seinem außergewöhnlichen Beruf gekommen sei, wie man sein Talent entdeckt habe, wie seine Karriere verlaufen, wie das Leben als Künstler überhaupt so sei. Beim Wort „Karriere“ musste er schmunzeln.

Serge gab bereitwillig Auskunft über sich. Als Kind habe er nicht gern mit anderen Kindern draußen herumgetobt oder sich drinnen mit Bausteinen und den anderen üblichen Spielsachen beschäftigt. Am liebsten sei er allein gewesen, habe voller Neugier in die großen Bücher seines Vaters mit den vielen farbigen Bildern geschaut. „Nachdem meine Eltern von Tartu in Estland nach Leningrad umgezogen waren“, sagte Serge, „arbeitete mein Vater als Aufseher in der Eremitage. So hieß die Stadt damals, heute ja wieder St. Petersburg. Seine Leidenschaft galt vor allem den Gemälden der alten Meister. An denen konnte er sich nicht satt sehen. Obwohl er dort an seinem Arbeitsplatz tagtäglich seine Lieblinge bewundern konnte, kaufte er mit Vorliebe Bildbände und Kataloge. Für sich, aber auch, um mich zu begeistern. Das gelang weit über seine Erwartungen hinaus: Zu seiner Freude vertiefte ich mich mehr und mehr in diese Kunstbände. Bald bat ich ihn, mich in die Eremitage mitzunehmen, um vor Ort die Meisterwerke mit eigenen Augen sehen zu können. Schon die Bilder in den Katalogen hatten mich begeistert. Du kannst dir denken, wie es mich sprachlos machte, als ich dort vor den so viel größeren, so wunderbaren Gemälden stand und sah, welch ganz andere Dimensionen das Betrachten bekommt, wenn man die Originale sieht. Diese Leidenschaft – und das war es bald – beunruhigte zwar meine Mutter, nicht aber meinen Vater, denn er war ja ebenso davon befallen. ‚Lass den Jungen', beschwichtigte er meine Mutter, ‚wer weiß, wozu das gut ist.' Stundenlang, jeden Tag, versuchte ich nun mit größter Gewissenhaftigkeit, geradezu mit Besessenheit und Beharrlichkeit, diese Bilder nachzumalen. Das heißt, zunächst zeichnete und kolorierte ich. Bald stellte mich das nicht mehr zufrieden. Ich wollte malen wie Rubens, Rembrandt, Raffael, Leonardo! Immer häufiger ging ich in die Eremitage, um dem Geheimnis auf die Spur zu kommen. Den Geheimnissen! Wie konnte es zum Beispiel Raffael gelingen, Vergeistigung und Harmonie des gemalten Menschen zur Vollendung zu bringen? Wie Rembrandt das Innerste eines Menschen sichtbar werden zu lassen? Welche Techniken entwickelten die Großen, wie lernten sie voneinander? Ich schaute und malte und schaute und malte. Längst hatte ich eine eigene kleine Staffelei. Die Eltern waren von meinem Können verblüfft, weil es mir schnell gelang, Ähnlichkeiten abzubilden. Mein Weg war vorgezeichnet, aber wohin der mich führen sollte, wusste keiner."

Jitka schaute auf die Uhr und sagte: „Ich unterbreche dich nicht gern, aber ich muss nochmal in die Küche, weil gleich das Hauptgericht fertig sein müsste, kann aber einen

Augenblick dauern. Wenn du rauchen willst, bitte auf dem Balkon. Ich mag keinen Rauch hier drinnen, okay?“

Serge betrat den einst hochherrschaftlichen, jetzt im Verfall begriffenen Balkon, den Jitka offenbar zum Rauchen nutzte, jedenfalls fand er Gartenstuhl und Tischchen, auf dem ein mit Kippen gefüllter Aschenbecher stand. Er trat an die rissige Balustrade und zündete sich einen Zigarillo an. Die Frau gab ihm Rätsel auf. Sie lebte in einem Museum, und es schien sie nicht zu stören, im Gegenteil. Unter ihm lag die Stadt, deren Geschichte wohlmöglich ebenso wechselhaft wie Jitkas Leben sein mochte. Hier, an der Peripherie des Kurbades, waren neben den Ruinen des untergegangenen Sozialismus Lücken entstanden oder gerissen worden, die nach dem Fall des Eisernen Vorhangs mit schmucklosen, funktionalen Neubauten und Einkaufszentren bebaut worden waren. Er rauchte und genoss diesen stillen Moment des Fürsichseins. Das Hier und Jetzt zählte, sonst nichts. Er wollte nichts hören von persönlichen Tragödien, und allem Anschein nach war Jitka auch nicht die Frau für mitleidheischende Melodramen. Er beschloss, sie für das zu nehmen, was sie vorgab zu sein: Eine Frau fast ohne Vergangenheit, ein beinahe unbeschriebenes Blatt, ohne Ehrgeiz und ohne Ziele. Dass sie das nicht war – nicht sein konnte! –, war ihm klar. Aber warum mehr wissen wollen? Er drückte den Zigarillo aus, kehrte ins Wohnzimmer zurück, bevor Jitka ihn gerufen hätte, und füllte die Gläser nach.

„Und was ist das?“, fragte Serge, als sie das Hauptgericht servierte.

„Falešná Svíčková, eine böhmische Spezialität!“

„Sicher völlig ohne Kalorien."

„Absolut!"

Das herbsauersüße Preiselbeer-Gelee ergänzte perfekt den Geschmack von zartem Schweinefleisch, sämigsahniger Soße und Knödeln. Serge probierte und war hingerissen: „Zum Wohl, auf die Meister-Köchin. Mit herzlichem Dank!"

Jitka prostete ihm zu, nippte aber nur von dem Wein.

„An der Tür steht kein Name, warum?", fragte Serge einige Bissen und Komplimente später.

„Ist nicht nötig. Ich wohne allein in dem großen Haus. Das gehört einer Erbengemeinschaft, die sich nicht einigen kann. Ich bin eine Übergangslösung. Die bin ich eigentlich immer."

Serge sah sie fragend an.

„Ach, ich will dich nicht mit Details langweilen. Ich war Ehefrau, Geliebte, Missverständnis, Zwischenlösung, Scheidungsgrund und was sonst noch. Irgendwann habe ich entschieden, das zu sein, was *ich* bin, und nicht, was andere aus mir machen oder in mir sehen." Sie aß mit einem so gleichmütigen Gesichtsausdruck weiter, als erzählte sie etwas völlig Belangloses.

„Und was ist das? Beziehungsweise wer ist das?"

„Genau auf diese Frage suche ich nach einer Antwort."

„Und wie?"

„Erster Schritt: Sich von allem befreien. Daher auch diese Wohnung ohne Erinnerungen an die Vergangenheit. Zweiter Schritt: Etwas tun, um zu leben, ohne denken zu müssen, also Serviererin. Dritter Schritt: Die freie Zeit nutzen, um mich selbst zu erfahren. Offen sein für Neues, für Menschen und Situationen. Nicht immer denken, du musst noch ..., du darfst nicht ..."

„Und? Erfolgreich?"

„Für den Moment, ja, sonst würden wir hier nicht sitzen. Aber reden wir von dir. Bist du ein berühmter Maler, finde ich dich im Internet? Ich weiß, dass du Serge heißt, aber wie weiter?“

Er lächelte. „Nein, berühmt bin ich nicht. Im Internet existiere ich nicht, jedenfalls nicht unter Serge ...“

„Also ist das nicht dein richtiger Name?“

„Ich heiße eigentlich Sergej. Aber das klingt so absolut russisch, Serge dagegen elegant und international. Und du? Heißt du wirklich Jitka?“

„Jitka, Lenka, Hanka: Ich war schon alle und viele andere.“ Sie lachte. „Auf wen wollen wir trinken?“

„Auf Jitka?“

„Ja, Jitka gefällt mir. Passt zu mir. Warum sollte man sich nicht den Namen geben, den man möchte?“

„Schöne Idee.“

„Und dein Nachname?“

„Suche dir einen aus.“

Sie lächelte, überlegte. „Dass du malen kannst, habe ich ja gesehen.“

„Zeichnen.“

„Bestimmt auch malen.“

„Das können viele.“

„Aber nicht so! Du musst berühmt sein, mindestens bekannt. Wenn ich dich bei Google eingebe, was finde ich da?“

„Kommt drauf an, was du eingibst.“

„Also was?“

Sie war bereits mit dem Essen fertig, als auch er Messer und Gabel auf den Teller legte und sagte: „Ich ziehe es vor, hier in Marienbad und bei dir Serge zu sein. Und du bist Jitka, okay? Wollen wir rauchen?“

Auf dem Balkon war es kühl und still. Ein paar vereinzelte Autos fuhren vorbei, ein Spaziergänger führte seinen Hund aus, in der Ferne hörte man eine Sirene, vielleicht von einem Krankenwagen. Serge schnippte die Asche von seinem Zigarillo, Jitka zog an ihrer Zigarette und fragte, nachdem sie eine Weile schweigend nebeneinandergestanden hatten: „Hast du auch Akte gemalt?"

„Ja, früher des Öfteren, meistens Auftragsarbeiten."

„Für wen? Wer will so etwas haben?"

„Unterschiedlich. Ein Mann will die Abbildung von seiner Frau oder Geliebten, aber eben als Gemälde, weil das etwas Besonderes ist. Oder eine Frau will die Schönheit ihrer Jugend als Kunstwerk verewigt wissen. Von einem Maler gemalt zu werden, das hat – wie soll ich sagen – den Status von etwas Bleibendem, Zeitlosem. Das Gemälde ist in den Augen der meisten Leute viel wertvoller als eine Fotografie, obwohl die natürlich ebenfalls künstlerisch und ästhetisch von hoher Qualität sein kann. Letztlich gibt es in beiden Metiers Könner und Dilettanten – wie überall –, und die Ergebnisse sind dementsprechend."

„Kann ich verstehen. Aber ich stelle es mir eigenartig vor, sich nackt malen oder fotografieren zu lassen."

„Ganz bestimmt war das früher für viele etwas Besonderes, Peinliches, sehr Schamhaftes. Heute, in Zeiten der flächendeckenden Pornographie durch das Internet, hat Nacktheit eine andere Wertigkeit."

„Wie meinst du das?"

„Nacktheit ist immer verfügbar. Jede Spielart der Sexualität ist mit ein paar Klicks anzuschauen. Damals, als ich jung war, ganz und gar undenkbar! Das hat sich radikal geändert. Nacktheit umgibt kein Geheimnis mehr, es sei denn ..." Er zögerte.

„Es sei denn was?"

„Es sei denn, es ist die Nacktheit von einer bekannten Person, also einer der Öffentlichkeit oder aus dem eigenen Freundes- oder Bekanntenkreis. Da gewinnt diese Nacktheit wieder ein spezielles, ein pikantes, ein voyeuristisches Interesse."

Sie dachte nach, nickte und sagte: „Stimmt! Aber warum ist das so?"

„Weil die Person, die Persönlichkeit in einer neuen Dimension erfahrbar, im wahrsten Wortsinn sichtbar wird. Da setzt die Scham ein. Die der Betrachter und die der Betrachteten. Es ist eine Entblößung, mit der eine unausgesprochene Grenze überschritten wird."

„Wie meinst du das?"

„Auch für mich ist es ein Unterschied, ob ich ein mir unbekanntes Modell male oder zum Beispiel ..."

„Mich?"

Er stutzte, zögerte, nickte schließlich und sagte: „Ja."

„Erzähl mal, wie das so zugeht!", forderte sie ihn auf, wartete seine Antwort aber nicht ab, sondern fuhr selber fort: „Die Frau kommt in dein Atelier, und du sagst: ‚Ziehen Sie sich mal aus', und die macht das einfach so?"

„Wenn es Professionelle sind, kann das in etwa so ablaufen."

„Professionelle?"

„Früher waren es oft Prostituierte oder Studentinnen, die auf diese Weise ein bisschen Geld dazuverdienen wollten. Heute sind die Motive vielfältiger."

„Nämlich?"

„Man findet sich schön, will sich zeigen, jemandem gefallen. Die Schamgrenzen sind gefallen, jedenfalls bei vielen."

„Und die anderen?"

„Sind unsicher, verlegen, meistens jedenfalls."

„Wer sind die Auftraggeber?"

„Ehemänner, Liebhaber, Gönner, Spinner, manchmal die Frauen selber, alle möglichen Leute."

Jitka drückte ihre Zigarette aus und sagte: „Muss spannend gewesen sein, diese Zeit, als Nacktheit noch viel mit Anstand, Sitte und Würde zu tun hatte."

„Vordergründig! Hinter den Kulissen dürfte es ähnlich wie heute zugegangen sein. Aber die Fassade musste makellos erscheinen. Ob es heute besser ist? Ich weiß es nicht. Auf jeden Fall ist etwas vom Zauber verloren gegangen, vom Geheimnis, vom erotischen Prickeln."

„Wie war das, wenn, sagen wir die Frau eines Bankiers zu dir kam, um sich als Akt malen zu lassen." Jitka sah ihn erwartungsvoll an.

„Dir scheint das Thema ja Spaß zu machen. Also gut: Wenn Frauen zum ersten Mal Modell sitzen, muss der Moment der ersten Nacktheit einfühlsam überbrückt werden. Ich sage zum Beispiel: ‚Liebe Frau XY, Sie können das Bad benutzen, wenn Sie mögen. Dort hängt auch ein Bademantel, den Sie überziehen können. Wenn Sie zurückgekommen sind, fangen wir an, okay?'"

„Wozu das? Bademantel anziehen, um ihn gleich wieder auszuziehen?" Sie lachte.

„Manchen ist das sich Ausziehen vor einem fremden Mann, und das bin ich ja in den meisten Fällen für sie, peinlich."

„Und weiter?"

„Allmählich entspannt sich die Situation. Sie sitzt, liegt oder steht. Ich frage, in welcher Pose sie gemalt werden möchte, mache Vorschläge, wir probieren verschiedene Varianten. Ich mustere sie eingehend, schließlich muss ich sie ja malen, frage, wie bestimmte Details aussehen sollen, ob ich zum Beispiel Muttermale weglassen, ob ich der Schöpfung an bestimmten Stellen etwas nachhelfen soll …“

„Und?“

„Die Reaktionen und Wünsche sind sehr unterschiedlich, aber durch unser Gespräch entspannt sich die Atmosphäre, ihre Nacktheit wird mehr und mehr zur Normalität, und ich beginne meine Arbeit. Nach einer gewissen Zeit wird es ihr ein bisschen langweilig, wir fangen an zu plaudern.“

„Immer?“

„Meistens.“

„Hast du viele Frauen und Mädchen als Akte gemalt?“, fragte sie.

„Ja.“ Als Serge seinen Zigarillo ausdrückte, sagte sie, ihm direkt in die Augen blickend: „Male mich.“

„Dich?“

„Ja, ein richtiges Bild.“

„Du meinst in Öl auf Leinwand?“

„Ja, wenn es nicht zu teuer ist.“

„Wann?“

„Jetzt.“

„Das geht nicht, weil ich überhaupt nichts hier habe, keine Farben, keine Pinsel, nichts. Zeichnen kann man immer und überall, dazu braucht man nicht mehr als einen Stift und Papier, aber ein Gemälde erfordert viel mehr. Das geht nicht so mal eben nebenbei.“

„Verstehe. Aber kannst du mich jetzt nicht zeichnen und daraus später ein richtiges Ölgemälde machen?“

„Ja, klar geht das. Aber jetzt?“

„Genau jetzt." Sie sah ihm fest in die Augen. Ihm war unbehaglich, er suchte nach einem Ausweg und fragte: „Hast du denn Papier und Stifte?"

„Sogar richtig schöne Bögen und diverse Stifte. Wenn du willst, auch einen Tuschkasten." Sie lachte. „Ich habe dir doch von meinem gescheiterten Versuch erzählt, ein bisschen zu malen oder besser gesagt zu zeichnen. Seitdem liegen die Sachen im Schrank."

Serge zögerte einen Moment, dann sagte er: „Okay. Wie soll das Bild in etwa aussehen? Was stellst du dir vor?"

Sie überlegte einen Augenblick, bevor sie sagte: „In einem Bildband habe ich mal eine Abbildung von einer schönen, jungen Frau gesehen, die auf einem Sofa liegt. Ganz entspannt schaut sie in ihrer Nacktheit dem Betrachter direkt in die Augen. Völlig unbefangen, fast wie ein Kind. Ihre Nacktheit wirkt – wie soll ich sagen – entwaffnend. Das Mädchen ist schutzlos den begierigen Blicken ihrer Betrachter ausgeliefert, und zugleich drückt ihre Haltung Stärke und Überlegenheit aus." Jitka trank einen Schluck Wein, bevor sie ergänzte: „Ich glaube, ich rede jetzt ziemlichen Unsinn."

„Ganz und gar nicht! Es könnte *Die nackte Maja* von Goya sein oder die *Olympia* von Edouard Manet. Das eine hängt im Prado von Madrid, das andere im Musée d'Orsay in Paris. Beide weltberühmt, und wer hat nicht alles versucht, diese Bilder zu interpretieren!"

„Also liege ich nicht ganz falsch?"

„Bestimmt nicht. Aber du willst mit mir über diese Bilder sicher keine kunstgeschichtliche Diskussion führen." Er schmunzelte.

„Wenn du mich so malen würdest, wäre das schön. Individuell, so, wie du mich siehst."

„Wie ich dich sehe?“

„Ja, du hast selber gesagt, dass du mich erst ein bisschen kennen lernen musstest, um keine Fremde zu malen. Ich bin gespannt! Aber ich warne dich: Ich möchte schön sein.“

„Keine Sorge, das ist das geringste Problem.“

Während Serge Papier und Stifte prüfte, stand Jitka einen Moment lang wie unentschlossen vor ihm. Er sah zu ihr hoch, als wollte er fragen, ob sie es sich vielleicht doch noch anders überlegt hätte. Sie lächelte, ging zum Sofa und sagte: „Ich glaube, das mit dem Bademantel können wir lassen.“ Sie zog den Pullover aus und legte ihn über einen Stuhl. „Sind Stifte und Papier okay?“

„Bestens!“ Das volle schwarze Haar fiel bis auf die Schulterblätter und bildete selbst in diesem Dämmerlicht einen starken Kontrast zu ihrer sehr weißen Haut. Knapp darunter, fast mittig, ein auffallender Leberfleck, aber der würde nicht zu sehen sein. Die Schultern etwas breiter als die Hüften. Eine schlanke Taille.

„Weil es bestimmt etwas dauern wird, möchte ich gern ein Glas Rotwein dabei trinken. Machst du das?“, fragte sie, knüpfte ihren schwarzen BH auf und streifte ihn ab.

„Ja, klar, gleich. Ich betrachte gerade deine Rückansicht. Vielleicht können wir die in weiteren Skizzen zur Geltung bringen.“

„Gefällt sie dir? Oder musst du schummeln?“ Sie lachte, schlüpfte aus den Flip-Flops, zog die Jeans und das schwarze Spitzenhöschen aus.

„Da sitzt alles, wie es soll.“ Ihr Po war tropfenförmig, voll und straff, die Waden kräftig. Kein Wunder bei ihrem Beruf, dachte er. Die Fesseln zwar etwas dick, aber insgesamt ein harmonisches Gesamtbild.

„Brauchen wir neue Gläser? Die findest du in der Vitrine." Sie drehte sich um.

„Nein, so gut ist der Merlot nicht, dass ein Rest-Tröpfchen Chablis ihn ruinieren würde." Ihre Brüste waren voll und fest, die Brustwarzen dunkel und nicht zu groß mit breiten Knospen. Das schwarze Schamhaar war bis auf einen Streifen rasiert. Ihre Beine kräftig, die Fußnägel dunkelrot lackiert.

Sie hatte ihr Glas mitgenommen und stellte es in Reichweite auf den Fußboden vor das Sofa, auf das sie sich legte, während er aufstand, um beiden Gläser zu füllen. Beim Einschenken sagte er: „Ich mache von dir ein paar Zeichnungen, später können wir entscheiden, woraus ein Ölgemälde werden soll, einverstanden?"

„Auf das Ergebnis bin ich wirklich neugierig!" Sie drehte sich, auf den Ellenbogen gestützt, auf die rechte Seite. Die ausgestellte Hüftrundung betonte Taillenmulde und einen Beckenrand von großem Schwung. Er bat sie, die linke Hand zwischen ihre Brüste zu platzieren, danach auf der Hüfte. „Ja, besser so." Sie winkelte das linke Bein nach oben ab, entblößte ihre Scham, legte die Hand auf das Knie und fragte: „Vielleicht so?"

Serge zeichnete. Immer wieder hob er den Kopf, blickte zu ihr, zeichnete weiter. Nachdem er einige Skizzen angefertigt hatte, fragte er, ob ihr kalt sei, oder ob sie eine Pause machen wolle.

„Nein, nein, kein Problem." Jitka fuhr sich mit der Hand durchs Haar und strich es zurück.

Serge nahm ein neues Blatt und sagte: „Okay. Ziehe ein Bein an. Ja, gut so. Umfasse dein Schienbein mit beiden Händen und drehe den Kopf zu mir. Lege deinen Kopf ein wenig zurück. Bleib so. Ja, prima."

Jitka fragte: „Erregt es dich, wenn du eine nackte Frau malst."

„Kommt auf die Frau an." Er versuchte sich auf das Zeichnen zu konzentrieren.

„Klar. Wenn sie alt und schlabberig ist ..." Sie lachte auf.

„Solche Frauen lassen sich nicht nackt malen."

„Worauf kommt es an?"

„Ob sie mein Typ ist. Ob sie Ausstrahlung hat. Manchmal kann man es nicht erklären, und manches sollte man auch nicht erklären wollen." Weil Jitka nichts sagte, fragte Serge: „Und jetzt willst du wissen, wie ich dich finde, ob in meiner Hose was passiert."

„Ja, das würde mich interessieren. Und beeinflusst es das Bild, das du malst?" Sie trank vom Rotwein.

„Es ist in jedem Fall ein Unterschied, ob ich mit einem Modell schlafen möchte, geschlafen habe oder ob es mich gleichgültig lässt."

„Das heißt, deine ganz persönliche Beziehung zum Modell geht in deine Malerei ein?"

„Ein berühmter Meister aus einem früheren Jahrhundert soll in etwa gesagt haben, dass der Maler nicht bloß malen soll, was er vor sich, sondern auch, was er in sich sieht und fühlt."

„Erkennt man das in den Bildern?"

„Ganz sicher. Zwar nicht jeder, aber ich sehe das. Bilde ich mir jedenfalls ein. Bei Picasso begann mit jeder neuen Frau in seinem Leben eine neue künstlerische Schaffensphase. Man sagt, seine Sexualität habe seine Kunst vorangetrieben. Aber es stellt sich die Frage, ob er mit seiner Malerei den Charakter, die Persönlichkeit seines Modells überhaupt zu erfassen versucht hat oder ob die jeweilige Frau nur als Inspiration diente, neue experimentelle Techniken zu erproben und anzuwenden.

Das wäre zwar respektlos gegenüber den Frauen gewesen, aber das Resultat wurde Kunst von absolutem Weltniveau."

„Und bei dir?"

„Ich bin nicht Picasso!"

„Wer ist das schon ... Also nochmal: Spiegeln deine Bilder dein Empfinden für das Modell?"

„Ja, aber es ist nicht immer für jeden sichtbar, und das ist auch gut so. Es hängt auch davon ab, ob ich mich verstelle."

„Verstehe ich nicht."

„Ich kann eine Frau erotisch malen. Nach ihrer Vorstellung von Erotik oder nach der ihres Mannes. Oder nach meiner. Wenn sie oder er mir sagt, wie ich sie malen soll, mache ich es nach ihren Vorstellungen. Wenn der Preis stimmt. Male ich sie nach meiner Idee, kann das Ergebnis vollkommen anders aussehen. Ihr oder ihm nicht gefallen. Vielleicht nimmt man mir das Bild nicht ab, und ich habe es umsonst gemalt." Er lachte und sah zu ihr hinüber.

„Und jetzt, hier, wie zeichnest du mich?", fragte sie.

„Du hast mir dein Wunschbild genannt; die nackte Maja von Goya. Ich habe dir ein paar Anweisungen gegeben, kleine Korrekturen."

„Das heißt ...?"

„Wenn ich male, denke ich zuerst als Maler, nicht als Mann, jedenfalls versuche ich es. Grundsätzlich stellt sich immer die Frage, was ich darstellen will oder soll: In diesem Fall eine schöne nackte, junge Frau, wie ich sie sehe und ein wenig kenne und wie ich annehme, dass sie sich sieht. Etwas dazwischen."

„Geht das denn?"

„In Maßen. Man kann und soll die Subjektivität nicht ausschalten, weder deine noch meine. Es ist ein immerwährender

Versuch, der immer scheitert. Aber auf dem Weg zum Ziel lassen sich kleine Fortschritte erreichen. Zweifellos spielt das Verhältnis zwischen Maler und Modell eine Rolle. Wie gut sie sich kennen, in welchem Stadium sich ihr Verhältnis befindet. Für Benvenuto Cellini zum Beispiel, der im 16. Jahrhundert lebte, war es geradezu zwangsläufig, mit seinen Modellen – übrigens männlichen wie weiblichen – Liebesverhältnisse einzugehen. Aber ich bin nicht Cellini!"

„Und jetzt, hier, konkret, zwischen uns?" Er sah sie vieldeutig an und antwortete: „Im Moment betrachte ich dich als Maler. Also: Zuerst bin ich deiner Idee, deiner Vorstellung gefolgt, jetzt mache ich eine Skizze. Was daraus wird, sehen wir später. Hast du bestimmte Vorstellungen vom Ergebnis in Bezug auf die Farbigkeit, den Grad der Abstraktion, den Stil?"

Jitka überlegte. Nach einer Weile sagte sie: „Keine Ahnung. Aber denke daran: Ich möchte schön aussehen."

***

Bläschen perlten und sprudelten um seinen Körper und schäumten die Oberfläche des wohlig warmen Wassers auf, das bis zu seiner Unterlippe in winzigen Wellen schwappte. Sanft gebettet ruhte sein Kopf in einer in den Rand der Wanne geformten Mulde. Hin und wieder plantschte er mit den Händen ein wenig oder pustete in das quirlende Wasser, um sich an dem Glucksen und Aufspritzen wie ein Kind zu erfreuen. Serge war gleichermaßen voller Übermut und von einer tiefen Zufriedenheit erfüllt. Nach all den heilversprechenden Anwendungen wie diesem Perlbad oder den Säuerlingen aus diversen Brunnen hatte sich ihm eine ganz besondere, in keinem Kurplan erwähnte, dafür umso wirksamere Quelle erschlossen, die auf ihre Weise seiner Gesundheit zugutekommen mochte, vor allem in ihm beinahe erloschen geglaubte Potenzen freigesetzt und Virilität gespendet hatte: Jitka.

Wie sehr hatte er ihre zartkräftigen Vitalisierungsbemühungen genossen und deren Erfolg kraftvoll nutzen können, bis auch sie zu ihrer lustvollen Erfüllung gelangt war. Er war stolz auf sich, so blöd dieses Wort auch in diesem Zusammenhang klang. Erleichterung traf es eher, gestand er sich ein. Auch Bestätigung. Zufriedenheit. Befriedigung. Jugend! Wenigstens ein bisschen davon, schon verloren geglaubt, verdämmert in Erinnerungen und Wunschvorstellungen. Und nun diese Frau: jung, üppig, schön, mit überbordendem Formen- und Bewegungsreichtum gesegnet. Sie hatte eine wie natürliche Balance zwischen Forderungen, Freigiebigkeit und Ansprüchen offenbart, mit der sie ihr Liebesspiel virtuos gelenkt hatte. Keine Anfängerin, zweifellos. War sie etwa eine …? Ihm kam ein schlimmer Verdacht. Erschrocken richtete er sich in der Wanne auf und sah wie plötzlich erwacht umher. Wenn schon … Sie hatte ihn sich aus diesem tiefen Brunnen satt trinken lassen, und es spielte rein gar keine Rolle, wer sie wirklich war, welche Vergangenheit sie hatte! In dieser ihn beruhigenden Gewissheit ließ er sich wieder bis zur Unterkante seiner Lippe ins Wasser gleiten, schloss die Augen und versuchte sich an Details ihres Körpers zu erinnern, bis sich erneut Zweifel in sein Bewusstsein drängten: Hatte er dieses unverhoffte Vergnügen seiner Kunst zu verdanken? Faszinierte er sie als Maler? Sein Aussehen konnte es wohl kaum sein, und sein Alter hätte sie abschrecken können, eher müssen. Oder stand sie auf ältere Männer? Ein Vaterkomplex vielleicht? Hatte sie sein Charme, seine Ausstrahlung angesprochen? Verband sie andere, bisher verschwiegene Absichten mit ihm? War er nichts anderes als eine passende Gelegenheit gewesen, ein One-Night-Stand? Warum nicht, und das wäre auch okay gewesen. Aber das Mädchen – nein, sie war kein Mädchen mehr, obwohl ihre Art viel Mädchenhaftes hatte – diese Frau gefiel ihm, sie beschäftigte ihn. War er verliebt? Wie früher, in jungen Jahren? Sicher nicht. Oder nicht ganz so, aber ein bisschen davon und dennoch anders. Es prickelte, vibrierte. Sie war rätselhaft, verrätselt, bezaubernd, obgleich sie durchschnittlich schien. Jedenfalls versuchte sie sich so darzustellen, eher sogar als unterdurchschnittlich: Serviererin in einem banalen Café, ohne Ehrgeiz, ohne nennenswerte Bildung, nahezu ohne Interessen. Trotzdem: Sie hatte etwas Geheimnisvolles, eine Aura, die ihn fesselte, über diesen Abend, diese Nacht hinaus. Dieser Körper! Voll und ausgeprägt. Straff und glatt. Weich und griffig. Sie roch gut, war kräftig und geschmeidig zugleich. Und dieses dicke schwarze Haar, die dunkelbraunen Augen, das linke rot unterlaufen! Er bekam eine Erektion, als er sich ihren Körper vorstellte, und gleich würde der Dragoner erscheinen!

Augenblicklich versuchte er, an etwas anderes zu denken: Schon auf dem Weg zurück ins Hotel am frühen Morgen hatte er sich gefragt, ob er zu viel von sich preisgegeben hatte. Es war nicht seine Art, lange Reden zu halten, aber das Mädchen schien an seiner Geschichte interessiert zu sein, hatte immer wieder nachgefragt. Der Spagat zwischen Wahrheit und Tarnung war ihm nicht schwergefallen, weil er es einerseits genoss, als Künstler bewundert zu werden, und andererseits Spaß daran fand, sein wirkliches Tun, nämlich das Kopieren, zu camouflieren. Er hatte auch ein wenig geflunkert und behauptet, unter einem Pseudonym – er nannte den Namen eines Freundes, der in Ost- und Südeuropa leidlich erfolgreich war –, zu malen; im Internet zwar leicht zu recherchieren, aber im Detail kaum zu überprüfen. Hatte er zu viel von sich erzählt, um Eindruck zu schinden? Oder war es ein verzeihlicher Reflex auf sein einsames Leben, eine Art Befreiung aus dauernder Verschwiegenheit, die sein schillerndes Berufsprofil erforderte? Er hatte ihre Bewunderung genossen; ihr Funkeln in den Augen, ihre Wärme und Herzlichkeit, ihre Bereitwilligkeit und Hingabe.

Wie sollte es weitergehen? War das wichtig? Ja und Nein. Und sie hatten sich für den heutigen Abend erneut verabredet.

Ein Wecker klingelte; das Zeichen für das Ende seines Perlbades. Zum Glück erschien der Dragoner nicht sofort. Schnell trocknete er sich ab, zog seinen Bademantel an, schlüpfte in die Latschen und schlenderte an die Bar des Foyers, um bei einem Espresso seine Gedanken besser ordnen zu können.

Ein Verhältnis mit Jitka über die Zeit seines Aufenthaltes hinaus? Wie sollte das funktionieren? Eine Fernbeziehung mit gelegentlichen gemeinsamen Wochenenden? Würde sie das wollen? Und wenn ja, wer könnte wen besuchen? Das kostete Zeit – und Geld. Er rührte Zucker in den Kaffee und dachte: Geld! Paul fiel ihm mit seinem fragwürdigen Angebot ein. Von Geld war konkret bisher nicht die Rede gewesen, aber hatte der nicht angedeutet, dass eine hübsche Summe zu verdienen wäre? Sicher genug, um häufiger Reisen zwischen Marienbad und seinem Zuhause an der Ostseeküste Norddeutschlands zu finanzieren.

Teil 3

Eleonora Wild hatte ganz andere Sorgen, als sich in der bald beginnenden Adventszeit mit der Gründung dieses Kulturvereins zu beschäftigen: Das Haus musste vorweihnachtlich geschmückt werden, mit den Besorgungen der Weihnachtsgeschenke war sie im Verzug, außerdem wollte sie sich vor den Festtagen unbedingt wenigstens zwei Kilogramm im Fitness-Studio abtrainieren, um eine getrübte Stimmung von Jan-Peter wegen ihres allzu disziplinierten Essverhaltens während der Feiertage zu vermeiden. Der liebte üppige Festessen – widerlich! Sollte er doch so viel und was immer er wollte in sich reinschaufeln! Aber warum sollte sie immer weiter essen, wenn der Hunger längst einem Sättigungsgefühl gewichen war, das ihr Mann kaum zu kennen schien?

„Es ist ja nicht nur das Essen, sondern das gemeinsame Erleben. Schmeckt viel besser, wenn man zusammen genießt", hatte er einmal bei einem Schlemmer-Menü in *Louise's Landgasthof*, seinem Lieblingsrestaurant, gesagt. Dort kochte die Chefin auf den Punkt so, wie Jan-Peter es liebte. Auf ihren Einwand, dass Genießen nichts mit Völlerei zu tun haben müsse, hatte er geantwortet: „Essen und Trinken haben für mich etwas Sinnliches. Für dich ist das nicht mal ein Genuss, sondern ein notwendiges Übel, mit dem du dir deine Figur zu ruinieren fürchtest."

Er hatte recht: Sie aß nicht gern. Und jetzt, mit ihren siebenunddreißig Jahren, legte sie vor allem Wert auf die richtige Ernährung, ein ausgewogenes Maß an sportlicher

Betätigung sowie seit Kurzem auf kosmetische Ergänzungen, um ihr gutes, jugendliches Aussehen zu konservieren. Sie hatte sich keine Illusionen gemacht: Jan-Peter hatte sie vor fast zehn Jahren nicht wegen ihrer Intelligenz geheiratet, sondern wegen ihres Aussehens, ihrer jugendlichen Frische und weil sie witzig und im richtigen Moment charmant, treuherzig, nachgiebig und gleichzeitig bestimmt gewesen war. So war das Spiel, sie war ja nicht blöd, schon damals nicht. Und ihr Einsatz hatte eine äußerst ansehnliche Rendite gebracht. Die hatte sie genutzt, um an seiner Seite ein anderes Selbstbewusstsein aufzubauen als das einer hübschen, aber unbedeutenden Zahnarzthelferin, die in der Praxis von Dr. Lücke für ein lächerliches Gehalt manch älteren Herren ein bisschen den Kopf verdreht hatte. Mit Ende zwanzig war es höchste Zeit gewesen, die neckischen Spielchen durch eine handfeste, grundierte Zukunftsperspektive zu ersetzen. Mit der Heirat hatten sich ihre pekuniären Verhältnisse grundlegend und dauerhaft verändert. Aber auch sie wurde nicht jünger. Das hatte ihr ausgerechnet dieser bescheuerte Gustav Körber lachend vor den Latz geknallt, als sie Jutta auf Felix' Feier von ihren Erfahrungen mit dieser ganz neuen, sensationellen Collagen-Trinkkur berichtet hatte. Mit seinem ordinären Bierglas in der Hand hatte er ihr zugeprostet und gesagt: „Ach, so bald schwinden Schönheit und Gestalt. Auf die ewige Jugend, meine Damen!" Wie konnte man mit so einem Proleten überhaupt befreundet, geschweige denn verheiratet sein! Aber Jan-Peter hatte darauf bestanden, die Körbers einzuladen, weil Gustav ein Jugendfreund von ihm war und außerdem der Patenonkel von Felix. Unbegreiflich, aber zu allem Überfluss verstanden sich die drei ausgezeichnet.

Sie schlenderte durch die Weite des Wohnzimmers, stellte sich ans Fenster mit dem millionenschweren Ausblick über die Elbe. Wie langweilig! Der Fluss interessierte sie nicht im Geringsten, nicht einmal die Kulisse aus Schiffen, Docks und Kränen. Aber darauf kam es überhaupt nicht an; es war auch nicht von Bedeutung, dass andauernd Flugzeuge Lärm verursachten. Nein, die Lage – hier! – war allein ausschlaggebend. Wer an diesem Fenster als Hausherrin stand, Freundinnen erwartete und keine anderen Sorgen hatte als die um einen zu gründenden Kulturverein, der hatte es geschafft. Ein Gefühl von tiefer Zufriedenheit, von Triumph erfüllte sie: Sie war Frau Wild, und es galt, ihren Status in der Gesellschaft substantiell zu legitimieren. Sollte ihr Mann doch hin und wieder mit der drallen Anni in der Küche schäkern und zu viel, zu fett und zu oft essen, sie würde ihren Platz an seiner Seite nicht bloß als Kleiderständer verbringen. Heute hatte sie zum Tee geladen, um endlich auf finale Fragen Antworten zu finden. Noch immer hatte der Verein keinen Namen, man brauchte einen Vorstand, es sollten Ziele formuliert und es musste eine Satzung aufgesetzt werden. Und am wichtigsten: Wer sollte überhaupt Mitglied werden beziehungsweise werden dürfen? Es galt, Entscheidungen zu treffen! Außerdem liebäugelte sie damit, zur Vorsitzenden gewählt zu werden. Was für ein Triumph wäre das! Sie betrat das Speisezimmer, in dem Anni das Teeservice hatte anrichten sollen, und war empört: „Anni!“, und gleich darauf nochmals: „Anni! Wo bleiben Sie denn?“

Die Gerufene betrat gemessenen Schrittes das Wohnzimmer und fragte gelassen: „Was gibt’s denn, Frau Wild?“

„Anni, was haben Sie denn da hingestellt! Doch nicht dieses fürchterliche chinesische Service! Ich habe Ihnen ausdrücklich gesagt, dass Sie das *Royal Copenhagen* mit dem floralen Dekor nehmen sollen!"

Hatte sie natürlich nicht. Hätte sie das *Royal Copenhagen* genommen, hätte es das gleiche Geschrei, allerdings mit umgekehrten Vorzeichen gegeben, das wusste Anni. „Aber gern. Dazu etwas Gebäck und später ein paar Schnittchen, ja? Und den Earl Grey serviere ich gegen halb fünf?"

„Anni, Sie wissen genau, dass ich Earl Grey nicht ausstehen kann! Nehmen Sie den Darjeeling First Flush, aber lassen Sie den auf keinen Fall länger als zweieinhalb Minuten ziehen!"

„Aber sehr gern! Dazu etwas Sherry, Portwein, Cognac?"

„Nein, meine Gäste kommen nicht her, um sich zu betrinken", antwortete Eleonora kalt und dachte: Irgendwann schmeiße ich sie raus, obwohl sie wusste, dass genau das außerhalb ihrer Macht stand.

***

„Aber Barbara, sind Damenkränzchen nicht lange aus der Mode?“, hatte Thorsten Voigt seine Frau gefragt, als die ihm von dem bevorstehenden Treffen erzählt hatte, zu dem – ob Zufall oder nicht? – ausschließlich Interessentinnen eingeladen worden waren. Das hatte sie soeben Freundin Isabell Lücke erzählt, die ihrerseits vor allem Barbara zuliebe mitgekommen war. Der Sache an sich stand sie eher skeptisch gegenüber. Die treibende Kraft war mittlerweile Gina von Allenstein, die zusammen mit der ursprünglichen Ideengeberin Silvia Hohlfeldt kurz darauf erschienen war.

Anni schenkte den Tee in zarte Tässchen, man knabberte an Plätzchen, und das Geplauder der fünf Damen kreiste wohl fast eine halbe Stunde angeregt bis amüsiert um periphere Themen des Vorhabens, bis es sich auf den Aspekt zentrierte, welche Künstlerinnen und Künstler man fördern beziehungsweise bitten wolle, unter Federführung des Vereins aufzutreten oder auszustellen. Vorgespräche von Gina hatten ergeben, dass Freddy die Räumlichkeiten seiner Galerie gelegentlich zur Verfügung stellen würde und dass Giovanni sich vorstellen konnte, in seinem Restaurant die eine oder andere Veranstaltung wie zum Beispiel ein Krimi-Dinner stattfinden zu lassen. Barbara reagierte gereizt. Etwas derart Profanes schwebe ihr ganz und gar nicht vor. Sie hasse Krimis, sämtliche Fernsehprogramme seien übervoll mit sinnfreien Mord- und Totschlag Geschichten. Zu diesem Zweck müsse man keinen Kulturverein ins Leben rufen. Sie habe damit die Idee verbunden, talentierten Nachwuchskünstlern wie Carlo und Emanuel eine Auftrittsmöglichkeit zu verschaffen.

„Oder Marcel“, warf Eleonora ein.

„Ja, natürlich“, pflichtete Gina ihr bei, „auch! Aber wir sollten uns nicht auf die Jugend beschränken, sondern vor allem unentdeckte künstlerische Schätze heben. Ich denke zum Beispiel an Isabells wunderbare Fotografien."

Eleonora warf ein: „Finde ich auch! Neben dem talentierten Nachwuchs sollten wir auch offen sein für etablierte Künstlerinnen und Künstler. Das fördert das Ansehen unseres Vereins, öffnet Türen und hilft letztlich allen. Ich habe vor Kurzem mit Carmen gesprochen. Sie steht unserem Vorhaben durchaus positiv gegenüber und könnte sich gut vorstellen ..."

„Ich finde nicht, dass wir uns zum Fan-Club von Carmen machen sollten! Meiner Meinung nach wird ihre Malerei deutlich überbewertet!", empörte Silvia sich.

Alle starrten sie ungläubig an, denn bislang galt Silvia als leidenschaftliche Bewunderin von Carmen.

„Meine liebe Silvia", sagte Gina gedehnt, „Carmen ist die mit Abstand – mit Abstand! – bekannteste Künstlerin in unserem Viertel. Wenn sie die Bereitschaft signalisiert hat, mit uns zusammenzuarbeiten, ist das eine Ehre für uns! Sie wäre ein Zugpferd für unsere Anliegen. Von Fan-Club kann überhaupt keine Rede sein! Nur weil Carmen es abgelehnt hat, dass du deine Gedichte auf ihrer letzten Vernissage zum Vortrag bringen durftest, solltest du nicht den Maßstab verlieren, welche Bedeutung und welches Ansehen eine Künstlerin wie sie genießt. Wenn du ein Problem mit ihr hast, macht das unter euch aus. Hier geht es nicht um persönliche Animositäten, sondern um Kunst, um Qualität."

„Ganz richtig", stimmte ihr auch Eleonora zu und fragte: „Was hast du plötzlich gegen Carmen oder ihre Bilder?"

„Also, um das mal klarzustellen: Ich habe überhaupt nichts gegen Carmen, aber ich finde ihre Bilder nun auch wieder nicht so umwerfend. Ihre letzte Ausstellung war ja nicht der Hit. Wer kennt sie denn über Hamburg hinaus?", fragte Silvia, machte sich gerade und ergänzte gereizt: „Und das wollte ich auch nochmal klarstellen: Auf ihrer Vernissage habe ich nichts vorgelesen, weil mein Buch noch gar nicht erschienen war, und nicht etwa, weil ..."

„Ist ja gut, Silvia, wissen wir doch alle", beschwichtigte Isabell die Empörte.

Eleonora warf ein: „Ich denke, wir müssen hier nicht über Carmens Ansehen als Künstlerin reden! Sie hat schon Ausstellungen in mehreren deutschen Städten und sogar im Ausland gehabt, soviel ich weiß."

Barbara versuchte die Diskussion zu versachlichen. Sie sehe überhaupt keinen Widerspruch darin, sich gleichermaßen mit etablierten wie mit bislang wenig bekannten Künstlern zu beschäftigen. „Ich verstehe unseren Ansatz so, dass wir Kultur sichtbar, erlebbar, sozusagen vor Ort stattfinden lassen wollen. Da muss Platz für alle sein, die ein gewisses künstlerisches Niveau haben oder auf dem Weg dorthin sind", schloss sie ihr Plädoyer.

Anni war erschienen, um Tee nachzuschenken und nach weiteren Wünschen zu fragen. Es war ein guter Moment, um die Gemüter zu beruhigen. Man lobte Tee und Plätzchen, fand das Service entzückend und stimmte überein, wie wunderbar es sei, zusammen diesen Verein zu gründen.

Silvia hatte unterdessen die Gastgeberin um einen Kirsch-Likör gebeten, der ihr helfen sollte, sich von Ginas Zurechtweisung zu erholen. Zu verlockend war es für sie, an die zu hebenden, noch zu entdeckenden künstlerischen Schätze anzuknüpfen, von denen vorhin die Rede gewesen war. Und nachdem erneut die Frage nach Programm und Inhalt aufgegriffen und verschiedene infrage kommende Künstlerinnen und Künstler ins Gespräch gebracht worden waren, fragte sie: „Könnte ich nicht zum Beispiel im Herbst oder in der Adventszeit Gedichte aus meinem zweiten Lyrik-Band vortragen, der bis dahin unter dem Titel *Wie von einem besseren Stern* erschienen sein wird? Vielleicht in Freddys Galerie oder bei *da Giovanni.*"

Stille. Von einer auf die andere Sekunde war es ruhig wie in einer Grabkammer geworden. Alle schauten in ihre Teetassen oder ins Nirgendwo. Natürlich! Das war zu befürchten gewesen! Damit hätte man rechnen können! Rechnen müssen!

„Ja", sagte Barbara gedehnt, „man kann da sicher auch mal geschlossene Veranstaltungen für ein geladenes Publikum organisieren."

„Wieso geschlossene Veranstaltung?", fragte Silvia empört.

„Kinder, solche Details müssen wir nicht hier und jetzt besprechen. Ich denke, wir sollten mit den grundsätzlichen Fragen anfangen, bevor wir uns um Details kümmern. Brauchen wir eine Tagesordnung?", fragte Eleonora.

„Ach nein", sagte Barbara, „das klingt so offiziell. Besser, wir nähern uns dem Ganzen in einem lockeren, offenen Gespräch."

Die Damen nickten eifrig und schwiegen.

„Was meinst du, Silvia?", versuchte Gina die Schmollende wieder mit ins Boot zu holen.

Deren Gesicht hatte sich trotz des Kirsch-Likörs geradezu entfärbt. Zusammengesunken saß sie in der Sofaecke und wirkte narkotisiert, bevor Ginas Frage sie wiederbelebte. Sie gab sich einen Ruck und schlug vor: „Also gut. Vielleicht sollten wir zunächst die Frage klären, wie unser Verein überhaupt heißen soll."

Alle waren erleichtert, dass Silvia nicht beleidigt zu sein schien, aber Isabell zerstörte die zart aufkeimende Harmonie: „Ach nein, der Name ist wirklich nicht so entscheidend. Viel wichtiger ist es, darüber zu reden, welche Inhalte und Ziele wir verfolgen wollen."

„Zuerst sollten wir darüber nachdenken, wer bei uns Mitglied werden darf, welche Aufnahmekriterien wir festlegen wollen. Stellt euch vor: Neulich hat mich Jutta Körber angesprochen, von wegen, sie habe da was von einem Kunst- oder Kulturverein gehört, der gegründet werden soll, und da hätte sie auch Interesse. Also ich bitte euch: Jutta Körber!", sagte Eleonora Wild.

„Warum denn nicht?", fragte Silvia.

Gina fuhr dazwischen: „Meine Lieben, das sind ja alles wichtige Fragen, zweifellos. Aber ich finde, wir sollten uns Zeit lassen und mit etwas ganz Einfachem anfangen. Ich denke, da ist Silvias Vorschlag mit der Suche nach einem Namen ganz ausgezeichnet. Der muss knackig, witzig und originell sein. Hat jemand eine Idee?"

Alle schauten erneut betreten in ihre Teetassen, denn jede der Damen hatte ein anderes Thema, das sie wichtiger fand oder das sie mehr interessierte als ausgerechnet die Namensfindung für den Verein.

„Wie wäre es mit *Palette*?", fragte Eleonora endlich.

„Also, das ist erstens nicht originell, und zweitens würde uns das auf den Bereich der bildenden Kunst einengen", warf Isabell ein.

„Wieso denn das?", widersprach Barbara ihrer Freundin und ergriff Eleonoras Partei. „*Kunstverein Palette* würde zwar einen Schwerpunkt setzen, aber nichts ausschließen. Denkt mal an unseren Hamburger Autor Hubert Fichte mit seinem

Roman *Die Palette.* Da hätten wir gleich das Element Literatur mit abgedeckt und einen originellen Bezug zu unserer Stadt hergestellt."

Angestrengtes Nachdenken lastete über der Runde, das sich nach Sekunden in einem aufgeregten Durcheinander entlud: „Aber den kennt heute keiner mehr." ... „War *Die Palette* nicht so ein Gammlerlokal für alles mögliche Gesocks?" ... „Ja, stimmt, aber da verkehrten auch Kreative, glaube ich." ... „Der Roman wurde selbst von angesehenen Kritikern sehr gelobt, oder?" ... „Was heißt das schon." ... „Aber ich bitte euch; wir wollen hier keinen Verein für diesen Hubert Fichte gründen!" ... „Nein, darum geht es auch gar nicht!" ... „Ich meine, der gehörte sogar mal zur Gruppe 47." ... „Na und?" ... „Also, ich finde *Palette* nicht schlecht."

Gina schlug mit ihrem Teelöffel an die Teetasse, bat um Ruhe und sagte: „Ich finde, wir sollten über diesen Vorschlag nachdenken. *Palette,* das öffnet allen Sparten die Tür und hat einen, wenn auch zugegebenermaßen nur indirekten Hamburg-Bezug, den wir nicht in den Vordergrund stellen müssten. Wie wäre es mit *Kulturverein Palette?*"

Brütendes Schweigen. „Ich weiß nicht ...", sagte Eleonora und machte ein Gesicht, als hätte Gustav Körber sie zum Tanzen aufgefordert.

„Wir überlegen das alle nochmal bis zu unserer nächsten Sitzung, und wenn uns nichts Besseres einfällt, nehmen wir *Kulturverein Palette*", schlug Isabell vor.

Gina wirkte erleichtert. „Das ist eine gute Idee, finde ich. Ja, Silvia, du wolltest einen anderen Vorschlag machen?"

Silvia räusperte sich, bevor sie in die Runde fragte: „Ja, also, was haltet ihr von *Malzeit*?"

Sofort überschlugen sich die Stimmen in einem zweiten kakophonischen Durcheinander: „Was hat unser Verein denn mit Essen zu tun?" ... „Das geht gar nicht!" ... „Prost Mahlzeit, dass ich nicht lache." ... „Wir wollen doch kein Restaurant aufmachen!" ... „Willst du eine Kochgruppe gründen?", grölten alle kreuz und quer, schlugen sich belustigt oder verärgert auf die Oberschenkel und gluckten empört. Mit puterrotem Gesicht und trotziger Stimme verteidigte Silvia ihren Vorschlag: „Nein, natürlich nicht Mahlzeit, sondern Malzeit, also ohne h! Ist doch originell." Aber sie blickte auf eine Wand von Feindseligkeit, und als Eleonora sagte: „Also blöder geht's ja wirklich nicht", stand Silvia wutentbrannt auf und verließ mit einem „*Das* muss ich mir nicht bieten lassen!" den Raum, das Haus und die Runde der Gründungsmitglieder.

***

Wie in Verstecke hatten sich alle über die Weihnachtstage in ihre Villen, Stadtvillen und Penthouses zurückgezogen, um im Kreis der engsten Familien zu feiern, auch wenn diese Ausschließlichkeit nicht überall und bei allen von Gefühlen innigster Verbundenheit geprägt war. Umso mehr wurde von nicht wenigen Silvester als Fest der Geselligkeit, der familienexternen Begegnung wie ein Auf- und Durchatmen begrüßt. Die Wilds, Voigts, Lückes und Gina von Allenstein hatten sich in *Louise's Landgasthof* verabredet, um gemeinsam das neue Jahr bei einem Fünf-Gänge-Menü zu begrüßen. Weil Silvia Hohlfeldt immer noch wegen des unseligen Kulturvereinsgründungsdesasters beleidigt war, hatte sie eine Anfrage von Gina, ob sie und ihr Mann mit von der Partie sein wollten, mit einem empörten „Ohne mich!" quittiert, ihrem Mann davon jedoch nichts erzählt, sondern ihm einen gemütlichen Silvester-Fernsehabend vorgeschlagen. Zwei Tage später hatte Jutta Körber sie beim Aquajogging gefragt, ob man nicht gemeinsam an der Silvester-Party ihres Sportvereins mit Buffet und Tanz teilnehmen wolle. Besser als sich vor dem blöden Fernseher anzuschweigen, hatte Silvia überlegt, obwohl die Körbers nicht gerade ihre Kragenweite waren. Aber seit sie vor Jahren auf Juttas Bitte hin ihren Mann gebeten hatte, Gustav behilflich zu sein, einen Liquiditätsengpass diskret zu überbrücken, waren die Hohlfeldts und die Körbers trotz aller Unterschiede recht gut befreundet. Überdies mochte Heribert Gustavs derben, direkten Humor. Jutta war zwar arg limitiert, aber eine treue Freundin, die bisher jeden ihrer Lyrik-Bände gekauft hatte.

Freddy war über die Feiertage nach Sylt gefahren, Felix wollte sich mit Mathea in Kopenhagen oder Wien treffen. Und Carmen? Blieb verschwunden, seit Wochen, sogar Monaten. Anfangs hatte jeder nach ihrem Verbleib gefragt. Ihre Vermieterin Frau Völz hatte auf Nachfrage von Eleonore Wild nichts Aufschlussreiches berichten können: „Nein, ausgezogen ist sie nicht. Alles ist unverändert da; ihre Sachen, das Atelier. Die Post schicke ich ihren Eltern. Aber gehört habe ich schon lange nichts mehr von ihr, die Miete wird nach wie vor pünktlich bezahlt."

Spekulationen der vielfältigsten Art rankten sich um ihr mysteriöses Verschwinden. Hatte sie nach dem Flop ihrer Vernissage die Flucht ergriffen, musste sie sich vielleicht von einem Nervenzusammenbruch in einer Klinik oder bei einer Kur erholen? Thorsten Voigt vermutete, dass sie Zuflucht bei einem Guru in Indien, einer Selbsthilfegruppe im Himalaya oder in der Abgeschiedenheit eines buddhistischen Klosters gesucht haben könnte. Dr. Lücke glaubte eher, dass sie endlich den Mann ihres Lebens gefunden habe, der sie – O-Ton Dr. Lücke – „irgendwo auf der Welt mal so richtig durchorgeln würde."

„Steht sie nicht eher auf Frauen?", hatte sich der Steuerberater gewundert.

„Ich glaube, sie ist da vielseitig. Es käme ja auf dasselbe raus."

Rigobert Derflinger war vage geblieben, als Gina von Allenstein ihn auf Carmen angesprochen hatte. Er deutete die Möglichkeit einer schöpferischen Pause oder Auszeit an, die sich Carmen genommen haben könnte. Jedenfalls habe sie Freddy gegenüber Andeutungen in diese Richtung gemacht, nachdem beide übereingekommen waren, die Zusammenarbeit für eine unbestimmte Zeit ruhen zu lassen. Genaueres wisse er auch nicht, hatte er Gina gesagt, als die in der Galerie vorbeigekommen war, um ihm und Freddy alles Gute für das kommende Jahr zu wünschen.

Und Felix? Stand der Carmen nicht so nahe wie kaum jemand? Gerüchte kursierten, dass sie nach dem Reinfall ihrer Ausstellung von der *Galerie Palmberg* zur Galerie von diesem Paul wechseln könnte. Aber Felix erging sich höchstens in sibyllinischem Lächeln oder kryptischen Andeutungen, wenn er nach ihrem Verbleib gefragt wurde. Allerdings wurde er nur selten im Viertel gesehen, wenn er nämlich seine Eltern besuchte, bei diesen Gelegenheiten zusammen mit seinem Vater oder Mathea – seltener mit seiner Stiefmutter – bei *da Giovanni* oder in *Louise's Landgasthof* zum Essen ging oder seinem Patenonkel Guschi Körber einen Besuch abstattete. Ansonsten war er viel unterwegs; in Wien oder in anderen Städten, in denen er Pauls Geschäftsinteressen nachging. So erzählte er es jedenfalls, und es gab niemanden, der das überprüfen konnte. Freddy zuckte mit den Achseln, wenn er nach dem Verbleib von Felix, nach dessen Geschäften, Erfolgen oder Misserfolgen gefragt wurde, und antwortete stereotyp: „Ich weiß nix!" Er verschwieg, dass er Rigobert Derflinger gebeten hatte, sich inkognito in jener Galerie umzusehen, die dieser fragwürdige Paul als Dependance seines Wiener Haupthauses bezeichnet hatte und in der Felix demnächst die Geschäfte führen sollte. Die lag in einem anderen, ziemlich entfernten, ebenfalls sehr wohlhabenden Stadtteil nahe dem Zentrum der Stadt. Dabei handelte es sich keineswegs um eine Neugründung, sondern offensichtlich um die Übernahme einer alteingesessenen Galerie, die nun unter dem Namen *Pigmente Galerie Hamburg* fortgeführt werden sollte.

Rigobert Derflinger hatte zunächst in den Seitenstraßen der Galerie nach dem Auto von Felix gesucht. Als er das nirgends entdecken konnte, war er die kleine Straße, in der die weiße Stadtvilla lag, wie absichtslos ein paar Mal rauf- und runtergegangen. Zu seinem Bedauern war es unmöglich gewesen, durch Fenster ins Innere zu blicken, weil sich die Räumlichkeiten der Galerie offensichtlich im Hochparterre befanden, das über eine Freitreppe zu erreichen war. Wie peinlich wäre es, wenn er dort Felix treffen würde. Aber es gab nur zwei Möglichkeiten: entweder umkehren oder riskieren, sich vor Felix lächerlich zu machen.

Rigobert Derflinger ging aufs Ganze: Entschlossen stieg er die Treppe hoch und klingelte. Eine blonde Frau in einem schwarzen Kleid öffnete und begrüßte ihn freundlich lächelnd. Er heuchelte Interesse für die aktuelle Ausstellung, wurde eingelassen und hatte Glück: Felix war nirgends zu sehen. Was er Freddy zwei Stunden später berichtete, war enttäuschend unspektakulär gewesen: geschmackvoll eingerichtete Räumlichkeiten, die Exponate perfekt ausgeleuchtet (unverkennbar Felix' Handschrift), die ausgestellten Künstler von gediegener, aber nicht aufregender Qualität. Einzig die Tatsache, dass auch hochwertige Kopien zu deutlich über den marktüblichen Preisen angeboten wurden, konnte als Besonderheit gelten. Diese Kopien, die in einem kleinen Extraraum in geringer Zahl ausgestellt waren, seien jedoch von überragender, ja bewundernswerter Qualität, hatte Rigobert Derflinger geschwärmt und einschränkend hinzugefügt: „Soweit ich das beurteilen kann."

***

Sie schaute aus dem kleinen Gaubenfenster über sanft geschwungene, landwirtschaftlich genutzte Felder, die gegenüber von einem Wald begrenzt wurden, durch den man die Ostsee mit einem halbstündigen Spaziergang erreichen konnte, wie ihr Serge bei der Ankunft geschildert hatte.

Carmen sah sich im kleinen Gästezimmer um. Das war penibel sauber und aufgeräumt; beinahe wie ein Fremdkörper in dieser Bauernkate, die – so ihr erster Eindruck – deutliche Züge einer typischen Männerwirtschaft trug. Der kleine Raum wirkte wie nicht dazugehörig, auch weil ihn ein anderer, feiner Duft durchzog – ein weiblicher? Ihr Blick fiel auf eine gläserne Vitrine. Sie trat näher und entdeckte darin Kuriositäten, die in keinem Zusammenhang zu stehen schienen: Ein bunt bemaltes kleines Häuschen mit indianisch aussehenden Puppen darin, Masken und Tierfiguren aus diversen Materialien, schillernde, mit Perlen und Glitzersteinen besetzte Kästchen und Schachteln, um vielleicht kleine Schmuckstücke aufzubewahren. Auf einem anderen der Glasböden stand ein bauchiges Porzellangefäß, das mit einem schmachtenden Liebespärchen dekoriert war und seitlich einen Henkel mit röhrenartigem Fortsatz besaß. Tücher, Täschchen und Bänder lagen neben hölzernen Brieföffnern und -beschwerern. Auf weiteren Borden darüber und darunter waren lackierte Dosen, Schnitzereien, Miniaturen von Tempeln, Pagoden, Pyramiden, dem Eiffelturm, aus primitiven Materialien gefertigte Strohhütten wie aus einem Kral und vieles mehr zu sehen. Neben der Vitrine hing ein Aquarell, das arbeitende Bauern auf einem Reisfeld zeigte, daneben ein ägyptischer Papyrus, darüber eine Batik mit Giraffen vor einem Sonnenuntergang, auf der anderen Seite der Vitrine hing ein schrillbuntes Ölbild, das eine naiv gemalte Kamel-Karawane mit der Überschrift

„Tombouctou 52 Jours“ darstellte. Was sollte das alles? Bei Gelegenheit wollte sie Serge nach dieser sonderbaren Sammlung an Geschmacklosigkeiten fragen. Sie sah auf ihre Uhr: Es blieb noch Zeit. Um 16 Uhr sollte sie zum Tee nach unten kommen oder, wie Serge gesagt hatte: „Wenn du dich von der Reise ausgeruht hast.“ Sie hatten sich schon am Telefon auf das unter Künstlern übliche Du verständigt.

Carmen legte sich aufs Bett, um ein wenig zu entspannen. Sie war aufgeregt und müde zugleich. Welche Überwindung hatte es sie vor Wochen gekostet, zunächst Paul und anschließend Serge anzurufen. Aber nachdem sie zehn Tage in einem kleinen, familiär geführten Hotel auf Ischia Thermalbäder und gutes Essen genossen hatte, nachdem sie teilnahmslos die Sehenswürdigkeiten abgearbeitet und diverse Cappuccinos, Eisbecher und Cocktails mit dem einzigen Ergebnis konsumiert hatte, dass das dolce far niente unter der Sonne Italiens nicht die Lösung war, hatte sie sich die alles entscheidende Frage gestellt: Bin ich als Künstlerin am Ende? Sie stand ja nicht etwa am Anfang einer Karriere, sie war kein hoffnungsvolles Nachwuchstalent, sondern eine Künstlerin, die durchaus ein paar Stufen auf der Leiter von Anerkennung und Erfolg erklommen hatte. Seit langem konnte sie von ihrer Kunst leben, was wahrlich nicht jedem gelang. Das Luxuriöse ihres Lebensstils verdankte sie zwar den Mieteinnahmen ererbter Immobilien, Dividenden ihrer Aktien und Zuwendungen ihres Vaters, abhängig jedoch war sie davon nicht, und das gab ihr ein Gefühl der Sicherheit. Aufgeben? Was wäre das für eine Blamage! Das Eingeständnis, es nicht geschafft zu haben. Auf keinen Fall! Und: Hatte nicht jeder Künstler hin und wieder eine Schaffenskrise? Erwischte die nicht fast jeden früher oder später? Es war ihr gutes Recht, sich eine Auszeit zu gönnen, um den Kopf frei zu kriegen, nach neuer Inspiration und vielleicht auch nach neuen Wegen zu suchen. Die Frage war, ob sie als Künstlerin am Endpunkt ihres Schaffens angelangt war oder ob in ihr unausgeschöpftes Potential steckte. Und sie hatte Fans, Bewunderer sogar. Denen fühlte sie sich verpflichtet. Es war ein Hochgefühl, deren Zuneigung zu genießen. Sie hatte sich einen Status nicht nur in einem kleinen Kreis rund um die *Galerie Palmberg* erarbeitet, sondern konnte Ausstellungen in anderen Städten vorweisen. Es gab aktuelle Anfragen und Einladungen von Galeristen und für weitere Ausstellungen, auch aus dem Ausland. Aber, das wurde ihr an einem Abend klar, als sie mit einer zur Hälfte geleerten Flasche Wein auf dem Balkon ihres Zimmers beim Blick auf den Golf von Neapel gesessen hatte: Von allein würde sich ihr Problem nicht lösen. Unmittelbar vor ihrem Entschluss, sich für eine unbestimmte Zeit zurückzuziehen, hatte sie sich vor die Staffelei gesetzt, aber der Versuch, einen spontanen Neuanfang zu starten, hatte sich in einem Weinkrampf aufgelöst.

Als ihr Marcels Rat eingefallen war, hatte sie Pauls Visitenkarte zur Hand genommen, einen Tag hin und her überlegt und ihn schließlich angerufen. Der hatte sich ihr Anliegen in Ruhe angehört, um Bedenkzeit und ein paar Bilder von ihr gebeten. Sie hatte auf ihre Website verwiesen.

Serge hatte am Telefon zunächst eher desinteressiert, fast herablassend gewirkt. Weil Carmen ihr Dilemma ohne Umschweife und ohne Weinerlichkeit, Effekthascherei oder Selbstmitleid geschildert hatte, war Serge bereit gewesen, ihr wirklich zuzuhören.

„Und was erwartest du von mir?", hatte er anschließend gefragt.

„Einfach mal einen Austausch, vielleicht Anregungen, Ideen. Ich muss raus aus meiner Grübelspirale."

Serge hatte gelacht: „Der Begriff gefällt mir. Aber ob ich dir helfen kann, weiß ich nicht. Ich bin nämlich kein Künstler wie andere."

„Sondern?"

„Universeller."

„Was heißt das?"

„Komm her. Ich lade dich auf ein Wochenende ein. Ich kenne deine Bilder, Paul hat mir die Adresse deiner Website genannt, und er hat versprochen, dass ich gut bezahlt werde."

„Wofür?", hatte Carmen entsetzt gefragt.

„Dafür, dass ich meine Zeit opfere, um dir Nachhilfe zu geben." Er klang nicht herablassend.

Trotzdem war Carmen kurz davor gewesen, das Gespräch abzubrechen. Wer war sie denn? Eine Schülerin, eine Dilettantin? Was bildete sich dieser, dieser ... Wer war das überhaupt? Was maßte der sich an? In Sekundenschnelle durchmischten sich Gefühle von Wut, Enttäuschung und Erniedrigung. Fast gleichzeitig sagte sie sich aber auch: Warum soll er mir sonst helfen, der kennt mich nicht. Ist also fair, dass er Geld für seine Arbeit verlangt. Aber was hatte Paul von dem Deal? Egal, das konnte sie später immer noch klären.

„Okay, und wie soll das laufen?"

„Weiß ich auch noch nicht. Wenn du hier bist, wird sich zeigen, ob es mit uns geht, ob ich dir helfen kann, ob wir zusammenarbeiten können. Wie gesagt, kenne ich Arbeiten von dir. Bringe weitere mit, vielleicht Entwürfe zu neuen Ideen. Ich mach mir inzwischen ein paar Gedanken auf der Grundlage deiner Bilder, die ich kenne."

„Was ist mit deinem Honorar?"

„Wir arbeiten ein oder zwei Tage zusammen. Wenn's gut läuft, mache ich dir Vorschläge, und du sagst mir, was die dir wert sind."

„Und wenn's schlecht läuft?"

„Haust du ab, oder ich schmeiß dich raus." Serge lachte so laut, dass Carmen ihr Handy zur Seite halten musste.

Vor der Zeit ging sie hinunter ins Parterre, wo Serge in der Pantry hantierte. „Setz dich oder schau dich um", sagte er, „ich bin gleich so weit."

Sie machte beides und befand: Für einen Männerhaushalt gar nicht so chaotisch und für einen Künstler erstaunlich aufgeräumt. Als er sagte: „Wo ist bloß dieses verdammte Teesieb? Seit meine Freundin hier ab und zu wohnt, finde ich vieles nicht an den gewohnten Plätzen wieder", suchte sie beim Umherblicken nach zarten Fäden weiblicher Gestaltung wie etwa einem Blumenstrauß, Deckchen, Kerzenhaltern oder dekorativen Überflüssigkeiten. Aber sie fand nichts. „Ja, ja", sagte sie, „Männer und Frauen haben oft unterschiedliche Definitionen des Begriffes Ordnung."

„Ist ganz simpel", erwiderte er, „alles bleibt, wo es immer war, wo es hingehört und wo man es findet und braucht."

„Aber manchmal streiten sich Ordnungssinn und ästhetisches Empfinden."

„Zum Beispiel?"

„Zum Beispiel", und dabei deutete sie direkt vor sich hin, „wenn der Korkenzieher genau dort auf dem Tisch liegt, wo eine Frau eine Blumenvase hinstellen würde."

Serge drehte sich zu ihr: „Entschuldigung, aber ..."

„Nein, nein", fiel sie ihm ins Wort, „*ich* muss mich entschuldigen, weil es mich nicht das Geringste angeht."

„Hast recht. Jitka, also meine Freundin, ist keine Ordnungsfanatikerin, aber sie hat ganz eigene Vorstellungen von ..."

„Das haben Menschen so an sich, und ich finde das gut."

Der Tee war fertig. Serge entschuldigte sich, dass er ihr nur Kuchen aus der Tiefkühltruhe eines Supermarktes anbieten könne, weil es weit und breit keine vernünftige Bäckerei, schon gar keine Konditorei mehr gebe. „Nach der Kaffeepause zeige ich dir, womit ich mein Geld verdiene. Außerdem habe ich eine kleine Überraschung für dich. Und am Abend lade ich dich in ein nettes Restaurant ein. Dort reden wir über dein Problem."

***

Kreise und Ringe, Linien, Konturen. Farben, hell, dunkel, zart, kräftig. Zerlaufene, ineinanderfließende Farben, pastöse Töne, weiche Übergänge, wogende Schattierungen.

Carmen lag mit geschlossenen Augen auf ihrem Bett, und dennoch sah sie Farben und Formen in atmenden Bewegungen vor dem Dunkel ihrer geschlossenen Augen. Das lag auch an dem Zuviel an Wein – zuerst beim vorzüglichen Abendessen, danach bei einer nächsten Flasche in seinem Haus –, vor allem jedoch an Serges Bildern. Die Kopien waren zweifellos meisterhaft, aber diese drei weiblichen Akte! Es war ihm gelungen, die in einem Stil zu malen, der zwar an ihren eigenen angelehnt war, aber in einer Weise weiterentwickelt, wie sie es nie vermocht hätte. Diese Bilder schwebten zwischen, ja zwischen was? Vielleicht zwischen Wunsch und Wirklichkeit? Diese Korrespondenz der Bögen von Becken und Augenbrauen! Augen, die den Betrachter ansahen und gleichzeitig ins eigene Innere zu blicken schienen! Das Schöne dieser Bilder – dieser Frau! –, lag nicht im bloß Anmutigen, sondern in einem vieldeutig Besonderen, das sie nicht zu fassen vermochte, dafür aber umso deutlich gespürt hatte.

Es kreiste in ihrem Kopf. Der Wein vollendete seine Wirkung und ließ sie resigniert mit dem Wissen einschlafen, dass sie nie, niemals!, diese Qualität erreichen könnte. Aber es war gut, dass sie hier war, das spürte sie.

Die Sonne lugte durchs Gaubenfenster, als Carmen aufwachte. Es war still im Haus. Sie hörte das Kreischen von Möwen, stand auf, zog die Vorhänge zur Seite und schaute auf den mit Nachtfrost überzogenen Rasen vor dem Haus, den eine mattmilchige Märzsonne glitzern ließ. Dahinter verschwand das Feld am Horizont im Dunst. Hier leben!, dachte sie, das wär's vielleicht.

Als sie die knarrenden Stufen hinunter ins Parterre ging, duftete es nach Kaffee, aber die Küche war leer. Sie schaute sich um und schmunzelte beim Anblick benutzter Gläser, Tassen und Teller vom Vortag. Weil sie keine Abwaschmaschine entdecken konnte, ließ sie Wasser in die Spüle laufen. Warum sollte sie sich nicht ein wenig nützlich machen?

Als Serge kam und sie sah, sagte er: „Oh nein! Ich habe uns frische Brötchen geholt, ohne zu wissen, was du zum Frühstück gerne isst."

„Eier, Schinken, Wurst, Käse, Salate: alles!" Sie lachte.

„Ich habe leider bloß ..."

„Ist schon gut, war nur Spaß. Bei meiner Figur ... Ich müsste dringend ..."

„Ich kenne fast keine Frau, die das nicht sagt. Und die wenigen, die es nicht sagen, leiden an Essstörungen."

Es hatte etwas von Urlaub, wie sie zusammen mit Serge in der kleinen Küche frühstückte. Dennoch kreisten ihre Gedanken um den gestrigen Tag, um Serges Bilder, das gemeinsame Abendessen, die Gespräche über Kunst und speziell ihre Probleme. „Ich habe über dich und deine Malerei nachgedacht, das heißt, vor allem über diese Akte, aber ich bin nicht schlauer geworden. Warum gehst du mit solch großartigen Bildern nicht an die Öffentlichkeit? Ich meine, diese Bilder würden die Leute begeistern. Die könnten dich berühmt machen", sagte sie und nahm sich ein Brötchen.

„Weil ich kein Maler bin, sondern nur ein Kopist", antwortete er wie jemand, der sich mit seinem Schicksal abgefunden hat.

„Verstehe ich nicht. Diese Akte, das sind *deine* Bilder, in *deinem* Stil."

„Ja und nein. Es sind meine Bilder in *deinem* Stil, den ich etwas, wie soll ich mich ausdrücken, weiterentwickelt habe."

„Und warum malst du nicht in *deinem* Stil?"

„Siehst du, das ist *mein* Problem: Ich habe keinen."

„Aber ..."

„Weil ich die alten Meister studiert habe wie ganz wenige, kann ich Kopien von hoher, sehr hoher, vielleicht von höchster Qualität anfertigen. Natürlich habe ich auch versucht, etwas Eigenes zu gestalten, aber daran bin ich gescheitert. Sobald ich erkennen musste, dass meine Versuche wieder nur Adaptionen, Nachahmungen oder Variationen von Altbekanntem waren, habe ich abgebrochen. Ich bin zwischen allen Stilen verhaftet, sozusagen ein Gefangener der Geschichte der modernen Malerei. Ich komme da nicht raus, weil mir die Naivität abhandengekommen ist, die es braucht, um aus der Tradition herauszuwachsen und das eigene Neue zu schaffen. Irgendwann habe ich den Mut, das Zutrauen in meine Fähigkeit verloren, etwas Selbständiges kreieren zu können."

„Das ist normal", sagte Carmen, „wir lernen alle von unseren Vorgängern. Wir alle haben Vorbilder, denen wir zunächst nacheifern, um uns im Laufe der Zeit, mehr oder weniger unbemerkt, von ihnen zu lösen, um eigenen Ideen zu folgen."

„Vielleicht bin ich zu tief eingedrungen in die Kunst, die Techniken, das Können der alten Meister, vielleicht hat mich dieses Studium unfrei werden lassen, sodass ich gefangen bin in einem Anspruch, den ich nicht erfüllen kann. Ich kann nicht besser malen als Rembrandt, Frans Hals oder Gerrit Dou, um meine Ideale zu nennen. Bei Renoir, Cézanne, van Gogh zum Beispiel ist das etwas anders, aber die Zeit ist längst über diese Epochen hinweggegangen, und zur Contemporary Art habe ich keinen Bezug mehr gefunden. Ich habe stattdessen die Überzeugung gewonnen, dass die Bildende Kunst an ihr Ende gelangt ist: Jedes notwendige Bild ist längst gemalt worden, und zwar in einer Qualität, die nicht zu übertreffen ist. Es gibt nichts Neues mehr. Sämtliche Themen sind in allen Stilen und Variationen verbraucht. Alles Erkennbare – die Welt, wie sie ist, die Menschen, wie sie sind – ist in vielfältigsten Variationen dargestellt worden. Mit der Erfindung der Fotografie wurde das Ideal der realistischen Malerei hinfällig. Der Ausweg bestand in Impressionismus, Expressionismus, und so weiter bis hin zur völligen Abstraktion. Bis auch die an ihr Ende kam. Alle Farben und Formen aufgelöst bis hin zum schwarzen Punkt auf schwarzem Hintergrund. Was ist denn moderne Kunst heute? Installationen, Videos, Fotografie, Performances. Nicht mehr meine Welt, nie gewesen. Malerei? Zarte Versuche einer Renaissance, eher geduldet als erwünscht. Eher Nostalgie als Fortschritt."

„Nicht jeder muss die Malerei vorantreiben. Ich gehöre natürlich auch nicht zur Avantgarde, da mache ich mir überhaupt keine Illusionen. Ich male in gewisser Weise traditionell, zwar mit moderaten Abstraktionen, aber erkennbar, nämlich für Leute, die durchaus eine Affinität zur Kunst haben, aber die Moderne nicht verstehen. Mir genügt es – ich benutze bewusst das verpönte Wort – *schöne* Bilder zu malen. Ich muss das Rad nicht neu erfinden, sondern ich bewege mich gern im Bereich des Gefälligen, im wahrsten Sinne des Wortes Ansehnlichen. Die Leute mögen, was sie verstehen, und sie lieben, worin sie sich wiederfinden."

„Das gilt für dich und deine Kunst, und es ist völlig in Ordnung. Aber du hast mich gefragt, warum ich nicht mit eigenen Bildern an die Öffentlichkeit gehe. Meine Antwort lautet: Erstens ist die Malerei, wie ich schon sagte, an ihr Ende gekommen. Zweitens erzählt man den Leuten irgendwas, damit sie glauben, dass etwas neue Kunst ist, was in Wirklichkeit aber nur Material ist, um einen Markt zu bedienen. Und drittens braucht dieser Markt neue, frische Gesichter, zum Beispiel aus hoch angesehenen Akademien, die, wie man heute sagt, gehypt werden, aber keine alten Zossen wie mich. Der Markt bläst sich die eigene Blase auf, in der er lebt, und dieser Markt besteht aus verschiedenen Leuten mit vor allem finanziellen Interessen. Es ist ein wenig wie mit dem Glauben: Nur wenn es Gläubige gibt, gibt es auch eine Religion und die dazugehörigen Kirchen, Tempel, Synagogen und Moscheen. Oder umgekehrt."

„Das klingt resigniert, geradezu sarkastisch."

„Wieso sarkastisch? So ist die Realität. Resigniert? Ja, und deshalb habe ich meine Versuche aufgegeben, Neues in der Kunst schaffen zu wollen. Es gibt nichts Neues, beziehungsweise Neues, das in meiner Reichweite liegen könnte. Das, was man heute als neue Kunst bezeichnet, ist entweder Scharlatanerie oder ich begreife es nicht."

„Warum nicht einfach gute Bilder malen? Die dir gefallen und deinem Publikum?"

„Wenn das dein Anspruch ist, warum nicht? Ich hatte andere Ansprüche, aber an denen bin ich gescheitert. Wenn ich heute vor einem weißen Blatt Papier sitze oder vor der leeren Leinwand, habe ich keinen Ehrgeiz mehr, etwas Originelles zu malen. Ich habe als Künstler aufgegeben, und seit ich mir das eingestanden habe, finde ich es auch nicht schlimm. Ich habe meinen Frieden mit mir und meinem begrenzten Können gemacht. Ich bin damit zufrieden, naturgetreu zeichnen oder malen zu können, beziehungsweise im Stil von X oder Y zu modifizieren. Das bringt mir sogar Spaß! Ich denke: Besser ein guter oder sehr guter Kopist als ein bestenfalls mittelmäßiger Epigone. Auf meinem Gebiet habe ich einen gewissen Ehrgeiz entwickelt."

Carmen nahm sich ein zweites Brötchen. „Dein Gebiet ist also das Kopieren, und dein Ehrgeiz ist es dementsprechend, so gut zu kopieren wie möglich, eben bis zur Unverwechselbarkeit. Mehr geht ja auch nicht."

„Doch, es geht mehr. Vielleicht", er hielt einen Moment inne, „vielleicht kann ich es manchmal sogar besser machen als die großen Meister."

„Wie meinst du das?"

„Sieh mal, van Gogh zum Beispiel war *in dem Sinne* kein großer Maler, dass er unnachahmlich gemalt hätte. Er war Autodidakt, lernte zunächst durch das Kopieren seiner Vorbilder. Er nahm diverse Einflüsse auf, die in seine Malweise eingingen, bis er seinen typischen, reifen Stil erreicht hatte. Das ist seine Entwicklungsgeschichte, und so oder so ähnlich ist es vielen ergangen."

„Und du?"

„Ich kann ein Pasticcio nach Gemälden von van Gogh malen – Variationen seiner Motive meinetwegen oder ähnliche, in seinem Spektrum denkbare Motive –, und ich kann sie, rein maltechnisch gesehen, möglicherweise besser ausführen, als er es gekonnt hätte. Ich bin vielleicht der geschicktere Handwerker, er dagegen war ein wahrer Künstler, ein Genie. Wenn ich zum Beispiel Sonnenblumen in seinem Stil male, aber eben nicht das berühmte Bild, sondern eine deutlich erkennbare, vom Original unterscheidbare Variation, und die würde mir so gut gelingen, dass man es für einen echten van Goghs halten könnte, würde mich das zutiefst zufrieden stellen."

„Aber damit bist du verdammt nahe an der Fälschung", sagte Carmen.

„Klar, wenn ich versuche, seine *Sonnenblumen* originalgetreu nachzumalen und das Bild mit *Vincent* in der Art seines Schriftzuges unterschreibe, kommt das dem Versuch einer Fälschung nahe. Solange ich das dilettantisch mache, ist es kaum ein Problem, weil jeder sofort erkennt, um was es sich handelt, nämlich um einen leicht zu durchschauenden Versuch, eine simple Nachahmung. Wenn dagegen ein versierter Maler, also einer wie ich, versucht, mit Materialien aus der Zeit van Goghs dessen *Sonnenblumen* so originalgetreu wie möglich nachzumalen und das Bild mit einem mit dem Original identischen *Vincent* signiert, kommen wir dem Tatbestand der Fälschung äußerst nahe. Der wird jedoch erst relevant, wenn dieses Werk zum Kauf mit der Behauptung angeboten wird, es sei von van Gogh. Im Falle der *Sonnenblumen* wird das kaum gelingen, aber bei weniger berühmten Gemälden ist das nicht unüblich. Und das passiert beinahe täglich."

„Schon klar. Aber sowas machst du hoffentlich nicht." Sie schaute ihn mit einem verschmitzten Lächeln schräg von unten an. Serge blieb ernst. „Bleiben wir einen Augenblick bei den *Sonnenblumen*. Was, wenn ein Maler dieses Bild leicht variiert, zum Beispiel mit fünf statt mit vier Blüten darstellt, etwas weglässt oder hinzufügt, was ein normaler Betrachter nicht sogleich erkennt? Auch kein Problem, solange das Bild nicht signiert wird und niemand behauptet, es sei vom großen Meister. Erst wenn jemand das Bild etwa mit der Behauptung anbietet, es handele sich um eine Studie oder Variation, die aber von van Gogh stamme oder stammen könnte, wird es fragwürdig. Erst recht, wenn der Anbieter um den wahren Urheber weiß. Wenn aber nicht? Wenn er das Bild unter der Vermutung, der Annahme oder im Glauben erworben hat, es sei ein Original oder es könnte möglicherweise eines sein? Hier beginnt die Spekulation, das Geschäft, der Betrug."

„Entschuldige, aber ich habe ein bisschen den Faden verloren. Was hat das alles mit mir zu tun?"

„Nehmen wir als anderes Beispiel deine Bilder: Ich habe deinen Stil analysiert. Und weil ich vor kurzem einen Akt fertiggestellt hatte, lag es nahe, beides zu kombinieren. Ich habe also meine Zeichnungen und Studien als Vorlagen genutzt, um drei Bilder in Öl zu malen. Dabei habe ich deinen Stil sozusagen ein wenig weiterentwickelt, verfeinert, ergänzt und mit einem kräftigen Schuss Serge gewürzt und abgerundet. Hat mir übrigens großen Spaß gemacht."

„Und was ist das Ergebnis? Ein Bild von dir, aber in meinem Stil? Ist das redlich?"

„Solange ich das Bild nicht mit deinem, sondern meinem Namen signiere, ist das in Ordnung. Okay, ich habe dich imitiert, nicht aber kopiert. Sowas passiert dauernd und überall, übrigens auch in der Musik oder in der Literatur."

„Du hast also in meinem Stil gemalt, nur besser?"

„Sagen wir statt besser eher anders. Ich habe mich bemüht, deinen Stil in eine bestimmte Richtung weiterzuentwickeln. Ich habe mich hier und da bedient, geklaut und geschickt zusammengefügt. Um es positiv zu formulieren: Du kannst diese Bilder als Möglichkeit sehen, als Anregung, als Fingerzeig. Ist es nicht das, was du gewollt hast?"

„Mir ist immer noch nicht klar, wie das alles mein Problem lösen könnte", fragte Carmen. Sie klang verwirrt.

„Ist gar nicht so schwer. Pass auf: Ich schenke dir die drei Akt-Variationen. Mit denen kannst du machen, was du willst. Zum Beispiel ein paar eigene Pinselstriche hinzufügen und sie mit deinem Namen signieren. Du kannst sie nachmalen, als Vorbilder benutzen, was weiß ich. Das, was ich dir schenke, sind selbst gewissermaßen Repliken beziehungsweise Variationen eines Originals, das nie ans Licht der Öffentlichkeit gelangen wird, weil ich es an jemanden verschenkt habe, der es sicher nie öffentlich machen wird." Carmen schwieg ein paar Sekunden, bevor sie fragte: „Ist das Modell eine Freundin?"

„Bleibt geheim."

„Weiß das Modell davon, dass du mir diese Bilder geben willst?"

„Nein. Wozu auch?"

„Ich weiß nicht ..." Carmen vergaß, von ihrem Brötchen abzubeißen, das sie handbreit vor ihrem Mund hielt. „Wenn ich weibliche Akte ausstelle, denken die Leute, ich sei lesbisch." Sie sah ihn mit kokettem Augenaufschlag an.

„Na und? Lass sie denken, was sie wollen. Außerdem ist das heutzutage überhaupt kein Problem mehr. Eher das Gegenteil: Normal ist langweilig, ein bisschen Trans, Gender, Homo darf es gerne sein. Lass die Leute im Ungewissen, sollen sie sich die Mäuler zerreißen, schaden kann das auf keinen Fall." Lächelnd fuhr er fort, während Carmen endlich abbiss: „Außerdem wolltest du mir eigene Arbeiten mitbringen, die du in letzter Zeit geschaffen hast. Worum handelt es sich?"

Carmen trank einen Schluck Kaffee und sagte nach einer kurzen Pause: „Ich glaube, ich mache erstmal allein einen schönen langen Spaziergang zur See. Heute Nachmittag zeige ich dir meine Skizzen."

„Gute Idee. Lasse die schon mal hier, damit ich sie mir anschauen kann. Ob sich aus denen etwas machen lässt. In deinem, sagen wir *neuen* Stil. Langsam fange ich an, Spaß an der Sache zu haben.“

***

Gina von Allenstein kam verspätet. Kaum hatte sie das Wohnzimmer der Wilds betreten, platzte es aus ihr heraus: „Ratet mal, wen ich eben auf der Straße getroffen habe. Darauf kommt ihr nie! Ich stehe an der Ampel, checke meine Mails, und als ich hochgucke und über die Straße gehen will, da kommt mir ... Carmen entgegen. Carmen! Ich hatte ja keine Zeit, lange mit ihr zu reden, weil ich nicht unpünktlich sein wollte."

„Und? Was ist mit ihr? Wo war sie die ganze Zeit, und was hat sie gemacht?", fragte Eleonora wie elektrisiert.

„Gut sah sie aus, hat bestimmt etliche Kilo abgenommen. Dazu eine schicke Kurzhaarfrisur. Ich habe sie auf den ersten Blick gar nicht erkannt."

„Und?"

Gina setzte sich, bevor sie berichtete, dass Carmen jetzt wieder hier wohne, allerdings momentan leider nicht viel Zeit habe."

Es dauerte, bis sich die Aufregung um diese Sensation gelegt hatte, bevor Spekulationen um Carmens Abwesenheit und Zukunft angestellt wurden. Als die abenteuerlichsten Vermutungen nicht mehr zu überbieten waren, erlahmte das Interesse an dem Thema, und man erinnerte sich wieder an den Grund der Versammlung: Endlich sollte die Gründung des Kulturvereins beschlossen werden. Außerdem war bislang immer noch nicht darüber entschieden worden, ob es allen, also zum Beispiel auch Leuten wie den Körbers, erlaubt sein sollte, Mitglied werden zu dürfen.

Isabell sah ein wenig mausartig aus: Spitzmündig und großäugig verfolgte sie wie gewöhnlich schweigsam und konzentriert die Diskussionen, auch als es zum wiederholten Mal darum ging, endlich einen Namen für den zu gründenden Kulturverein zu finden. Deswegen schauten sie alle verwundert an, als sie in einen Moment der Stille hinein vorschlug: *„Schwarz-Weiß. Kulturverein Schwarz-Weiß"*.

Die Damen überlegten angestrengt, bis Eleonora einwandte, dass Schwarz-Weiß eher nach einem Fußball- oder Schachverein klinge. Gina erinnerte daran, dass man mit diesem Namen wieder nur die Bildende Kunst bedienen würde, und selbst Freundin Barbara fand den Namen nicht übermäßig originell, aber Isabell hielt dagegen: „Schwarz und Weiß gelten zwar als Farben, sind aber keine, weil die eine das Licht absorbiert und die andere es reflektiert, soweit ich mich an meinen Physik- und Kunstunterricht in der Schule erinnere. Man kann sie als Endpunkte sehen, zwischen denen sich alle anderen Farben bewegen. Alle Künste bewegen sich in diesem Spektrum und lassen sich damit in Verbindung bringen: Schwarze Schrift auf weißem Papier, Schwarz-Weiß-Fotografie, die Tasten eines Klaviers, Weiß als Farbe, die alle anderen Farben enthält, Schwarz als das Gegenteil von Licht ..." Sie stockte und fragte nach kurzem Zögern: „Was ist denn los?", denn alle staunten sie an.

„Das ist genial!", hauchte Gina bewundernd in das allgemeine Schweigen. „Wir haben es: *Kulturverein Schwarz-Weiß*!" Um moderner zu wirken, einigte man sich auf die Schreibweise *SchwarzWeiß*.

***

„In Nyhavn?“, fragte Felix, blieb stehen und schaute Mathea verwundert an. Hatte sie ihm nicht am Telefon versprochen, einen Tisch in einem typisch dänischen, eben hyggeligen, also gemütlichen Restaurant zu reservieren? Er kannte die zugegeben idyllische Promenade entlang des Kanals, dessen Ufer längst nicht mehr als Hafen diente, sondern zur Vergnügungsmeile für Touristen mutiert war.

„Auch da gibt es nette, lauschige Restaurants“, sagte sie und zog ihn weiter.

„Dass dir als Kopenhagenerin nichts Originelleres eingefallen ist ...“

„Ist etwas kompliziert. Und wieder auch nicht.“ Sie schmiegte sich enger an ihn. „Wir treffen uns dort nämlich mit Steven und Pia. Steven arbeitet gegenwärtig für unsere Bank in Gibraltar. Er wollte Nyhavn unbedingt mal kennenlernen, weil seine englischen Kollegen davon geschwärmt haben. Mit Pia arbeite ich seit zwei Jahren prima zusammen, und zwischen den beiden – na du weißt schon. Ich bin ihr eine kleine Gefälligkeit schuldig, darum habe ich dieses Treffen arrangiert. Nach dem Essen zwitschern die beiden sowieso ab, bleibt also genug Zeit für uns allein. Außerdem lernst du so mal Kollegen von mir kennen. Finde ich auch wichtig“, sagte sie, als beide die in Schummerlicht getauchte Uferstraße erreichten. Sogar jetzt im März waren draußen die Tische der Cafés und Bars gut besetzt. Die Atmosphäre hatte etwas von südeuropäischem Flair, wenngleich die Temperaturen an diesem erstaunlich milden Abend nicht mit denen am Mittelmeer konkurrieren konnten. Junge Leute saßen unter Heizstrahlern und tranken Cocktails oder Bier, Touristen ließen es sich, in Decken gewickelt, schmecken. Vergnügt läutete man an diesem frühen Freitagabend das Wochenende ein. Am Kanal lagen Traditionsschiffe vor Anker, und im Hintergrund luden schwach beleuchtete Giebelhäuser zum Eintritt in Kneipen und Restaurants ein.

„Hättest du mir wenigstens vorher sagen können", wandte er ein.

„Hat sich ganz kurzfristig ergeben, sind ganz nette Leute, werden dir gefallen. Oder passt dir das etwa nicht?"

„Doch, doch, ist okay", sagte er nicht mehr ganz so enttäuscht.

Das Ambiente des Restaurants schwankte zwischen Hafenkneipe und Pariser Bistro; die Tische standen eng beieinander, allerlei maritime Dekoration war in geschickt gedimmtes Licht getaucht und schuf eine anheimelnde Atmosphäre.

Schon nach seiner Vorspeise, einer Blätterteigpastete mit geräuchertem Lachs, Aal und Krabben, begann Felix, die Flaschen im Regal hinter der Bar zu zählen, danach die Anzahl von Tischen, Stühlen und Grünpflanzen, bevor er sich die Frage stellte, an welchem der anderen Tische des gut besuchten Restaurants er lieber gesessen hätte als ausgerechnet an diesem. Man sprach zwar Englisch, das er recht gut beherrschte, aber wenn Mathea, Pia und Steven in mühsam gedämpftem Tonfall über Anlagestrategien der verschiedenen bankeigenen Fonds, den Handel mit Derivaten oder von Cum-Ex-Geschäften redeten, verstand er so gut wie nichts. Ein Vergleich mit Fondsmanager Heribert Hohlfeldt drängte sich auf. Felix hielt es für ausgeschlossen, dass der derart zynisch und herablassend über Kunden redete, wenn er mit Kollegen oder Geschäftspartnern privat zusammensaß. Der war Old School genau wie sein Vater oder Guschi Körber, die aus einer Zeit stammten, in der andere Regeln galten, das Miteinander von Achtung und Respekt geprägt gewesen war. Täuschte er sich da vielleicht? War früher gar nichts anders gewesen, sondern bloß diskreter, versteckter? „Denk dran: Man sieht sich immer zweimal im Leben“, hatte Gustav Körber ihm mal gesagt. Sogar mit Paul hatte er die Erfahrung gemacht, dass ein Wort genauso viel galt wie ein Vertrag, aber Paul schloss sowieso nicht gern Verträge, sondern regelte alles „auf dem kleinen Dienstweg“, wie er gern sagte. „Weißt du“, hatte er Felix einmal gefragt, „woran man einen reichen Russen erkennt, wenn er mit seiner Süßen in Paris, London oder sonst wo bei Prada, Gucci oder Chanel einkaufen geht?“ Nach einer kurzen, erwartungsvollen Pause hatte er selbst die Antwort gegeben: „Der fragt nie nach dem Preis und bezahlt immer in bar.“ Pauls anschließendes herzhaftes Lachen hatte ihn davon überzeugt, dass hinter diesem Beispiel eine Erkenntnis stecken musste, die ihm damals verschlossen geblieben war. Mittlerweile wusste er, dass Bankkonten nur eine und nicht die favorisierte Möglichkeit von Geldtransfers darstellten, jedenfalls für Leute wie seinen Chef.

Felix gab es auf, dem Gespräch der anderen zu folgen: Diese Kälte, ja Häme, wenn seine Tischpartner über pulverisierte Vermögen, bankrotte Firmen und insolvente Privatpersonen herzogen, widerte ihn an. Gewiss gab es auch in der Welt der Kunst ein Übermaß an Eitelkeit, Neid und Missgunst, aber eine dermaßen große Verachtung? Oder war er zu blauäugig, zu neu im Geschäft, um vergleichbare Abgründe kennengelernt zu haben? Gab es Themen- und Geschäftsbereiche, in denen Akteure sich unterschiedlichen moralischen Normen verpflichtet fühlten, oder waren das universelle, alle Bereiche umfassende und deshalb gesamtgesellschaftliche Fragestellungen? Brauchte man in bestimmten Berufen eine viel größere Skrupellosigkeit als in anderen, um Erfolg zu haben? Wer zog die Grenzen?

Felix fühlte sich unbehaglich, als die Hauptgerichte serviert wurden. Als Einziger hatte er nichts Kalorienbewusstes gewählt, sondern einen Dänischen Filetbraten in Senfsauce, der in der Nachbarschaft der Salate für die beiden Frauen und von Stevens veganem Irgendwas wie ein Fanal seiner Minderwertigkeit wirkte. Dabei fühlte er sich seinen Tischgenossen keineswegs unterlegen: Er trieb immer noch so viel Sport, dass er sich solche Kalorienbomben hin und wieder guten Gewissens leisten konnte. Zwar hatte er das Tennisspielen nach dem Gewinn der Clubmeisterschaft auf gelegentliche Matches reduziert, weil Schmerzen in der rechten Schulter mehr nicht zuließen. Aber er hielt sich mit regelmäßigem Jogging fit und brauchte keine Pillen für alles Mögliche wie Mathea und sicher auch diese dickliche Pia. Am unangenehmsten war ihm Steven mit seiner schleimigen, herablassenden Freundlichkeit, der ihn wie einen Zurückgebliebenen behandelte. Mit was für Leuten umgab sich Mathea? Gehörte sie wirklich zu denen hier? Klar, auch sein Umfeld bestand zum Teil aus fragwürdigen Leuten wie Paul oder Serge, Leuten wie Thorsten Voigt oder Dr. Lücke, aber die waren anders. Deren Zynismus wurde nicht von geschäftlichen Interessen begleitet oder gar geleitet! Die machten sich über andere lustig, weil sie Spaß daran hatten, aber sie plünderten die nicht aus. Diese Bänker dagegen erzählten ihren Kunden das Blaue vom Himmel, um deren Geld in riskante, undurchschaubare bis unverantwortliche Anlagen zu investieren. Die redeten ihre Kunden mit abenteuerlichen Versprechen so lange schwindelig, bis sie – von Erfolgsaussichten berauscht und benebelt – deren Finanzprodukte kauften. Die schürten Gier und schienen kein Verantwortungsgefühl für ihr Klientel zu kennen, das in seiner Unersättlichkeit – und das räumte er unumwunden ein – keine Spur von Mitleid verdiente. Da sah er durchaus Unterschiede zum Handel mit Kunst, jedenfalls solange es um Ästhetik und Sammlerleidenschaft ging. Nahe beieinander lagen beide Geschäftsfelder, wenn Kunstwerke als Geldanlagen gehandelt wurden.

Er schaute Pia an, die gerade von saftigen Boni sprach, achtete aber nicht auf das, was sie sagte, sondern musterte eindringlich ihr flaches Gesicht von teigiger Schwammigkeit, in dem sich trotz ihrer Jugend bereits die Konturen aufzulösen begannen. Sicher: Ein schöner Gesichtsschnitt mit kleinen Ohren, großen blauen Augen, etwas zotteligen, blonden Haaren, leider mit einer knolligen Nase, die ihn entfernt an Jutta Körber erinnerte. Gar nicht so unähnlich, dachte er, aber die Frau seines Patenonkels war im Gegensatz zu Pia von einer dümmlichen, gutherzigen Naivität. So etwas beeinflusst die Sichtweise des Betrachters und relativiert jeden optischen Makel. Jutta benutzte auch keine angeklebten Wimpern und Fingernägel wie diese unerträgliche Pia, die sich ihm zuwandte und fragte: „Ist was?"

„Äh, nein, wieso?" Felix war aus seinen Gedanken gerissen.

„Du guckst so ... ich meine, du guckst mich so an ..."

„Nein, nichts. Mir ist aufgefallen, dass du wunderschöne Zähne hast."

Spürbare Unbehaglichkeit breitete sich augenblicklich am Tisch aus. Wie meinte er das? Was sollte das? Was hatte das mit Bonuszahlungen zu tun? Nichts!

„Wenn du lächelst, sieht man die perfekte Stellung deiner Zähne. Du hast bestimmt ewig Zahnspangen getragen."

Mathea schaute ihn missbilligend an, sagte aber nichts. Steven schien sowieso nur über einen Gesichtsausdruck zu verfügen, nämlich den von gelangweiltem Desinteresse.

„Ja, über drei Jahre. Schön war das nicht. Hat sich offenbar aber gelohnt. Danke für das Kompliment."

Den Punkt hat Pia gemacht, gestand sich Felix ein. Aber wer will denn eine Frau wegen ihrer Zähne, fragte er sich. Steven vielleicht, dieser blutleere Nerd. Außerdem bot Pia ein üppiges Dekolletee an, das immerhin weiche Griffigkeit versprach.Er verkniff sich die Frage, wie viel so ein Bleaching kostet.

Das Essen schmeckte Felix ausgezeichnet; das Fleisch war zart und saftig, die Soße sämig, voll und rund, jeder Bissen ein Genuss. Als er darüber nachdachte, worin der Unterschied zwischen ihm und dem etwas jüngeren Steven bestehen mochte, riss ihn Pia mit der Frage aus seinen Gedanken, was er beruflich mache. Felix wusste nicht spontan zu antworten: War er eher Galerist, Händler oder nur eine Art Handlanger in diffusen Kunstgefilden? Er fühlte, dass er am Anfang von etwas stand, das er nicht genauer definieren konnte, und die ersten Monate für *Paul's Art Company* waren gleichermaßen abwechslungsreich wie vielschichtig gewesen.

Zunächst hatte er sich in die Gegebenheiten der *Pigmente Galerie Hamburg* einarbeiten wollen, aber die zwei vom Vorbesitzer übernommenen Mitarbeiter, Dagny und Rutger, denen er dort formal vorgesetzt war, hatten ihm gleichermaßen charmant wie unmissverständlich klar gemacht, dass der normale Betrieb auch ohne ihn reibungslos lief. Felix solle sich gern Zeit lassen, bevor er sich richtig in die Angelegenheiten der Galerie reinknie, hatte Rutger ihm mit einem überlegenen

Lächeln empfohlen, das dem von Steven nicht unähnlich war. Erst für den Herbst sei eine Ausstellung geplant, für die Felix die Verantwortung trage. „Mit irgend so einer Carmen mit einem südamerikanisch klingenden Nachnamen, den ich noch nie gehört habe. Dazu wird dir Paul beizeiten die nötigen Informationen geben“, hatte Dagny ergänzt.

Felix hatte gelächelt und geschwiegen. Zum Abschied hatte Rutger ihn beruhigt: „Paul hat uns darüber in Kenntnis gesetzt, dass du insbesondere am Anfang viel unterwegs sein wirst. Also mach dir keinen Kopf, wir schmeißen den Laden, und die Ausstellung dieser Carmen im Herbst wird deine gefeierte Premiere in unserer Galerie.“

Felix war Rutgers Rat und Pauls Bitte gefolgt, allein oder zusammen mit ihm diverse Reisen zu machen, um unterschiedliche Aufträge zu erledigen. Er hatte bei Informations- und Verkaufsgesprächen aufmerksam zugehört, beobachtet, wie sich die Leute verhielten, wie sie argumentierten und taktierten, um ihre Ziele zu erreichen oder denen wenigstens näher zu kommen. Man hatte sich mit Experten getroffen, mit anderen Galeristen und Händlern, vor allem aber mit Käufern – tatsächlichen und potentiellen – beziehungsweise Leuten, die für ihre Auftraggeber verhandelten. Felix lernte und staunte über die Vielfalt der Motive, Kunstwerke kaufen und verkaufen zu wollen oder zu müssen. Langsam dämmerte ihm, dass Paul einerseits auch mit schillernden bis zwielichtigen Personen Geschäfte machte und andererseits nicht nur mit absolut lupenreinen Werken handelte, sondern auch mit solchen, die keinen gesicherten Status hatten: Manchmal galt deren Echtheit als nicht zweifelsfrei, bei anderen Bildern gab es Lücken in der Provenienz, wieder andere fehlten im Werkverzeichnis der jeweiligen Künstler. Darüber hinaus wurden auch Kopien oder nachempfundene Variationen von Werken bekannter oder sogar großer Maler gehandelt, die den Originalen nahe bis sehr nahe kamen. Ob die immer und ausschließlich für den privaten Besitz und Genuss gedacht waren oder auf verschlungenen Pfaden in den Kreislauf des Kunsthandels gelangten, blieb undurchschaubar. Auf eine entsprechende Frage hatte Paul geantwortet: „Lieber Freund! Ich verkaufe nie und unter keinen Umständen Fälschungen", um nach einer bedeutungsschweren Pause hinzuzufügen: „Aber wer weiß denn immer so genau, was echt ist? Und ich, mein lieber Felix, bin leider kein Gutachter, sondern bloß Händler. Es gibt viel Raum für Interpretationen, Deutungen und Spekulationen, und in dem bewegt sich der Handel mit Kunst auch und sehr gern."

„Hey Felix, du träumst ja", holte Mathea ihn in die Wirklichkeit zurück, „oder ist die Frage so schwierig zu beantworten, womit du dein Geld verdienst?"

Felix sah allen dreien der Reihe nach in die Augen, bevor er sagte: „Ich mache im Prinzip dasselbe wie ihr." Er trank einen Schluck von seinem exorbitant teuren Pinotage und aß in aller Ruhe weiter. Steven zog die Augenbrauen hoch, Pia sah fragend zu Mathea hinüber, die zu Felix sagte: „Handelst du nicht mit Kunst?"

Felix genoss es, das Interesse der drei auf sich gelenkt zu haben, die von einer Sekunde auf die andere aufgehört hatten, sich mit Geschichten zu überbieten, wie sie den Leuten dubiose Papiere andrehten, deren Substanzen sie selber nicht oder bestenfalls ansatzweise durchschauten. In die erwartungsvolle Stille hinein sagte er: „Ich erfülle Wünsche und Träume und gebe Versprechen auf die Zukunft. Ich bin im Grunde genommen genauso ein Arsch wie ihr; ich verstehe praktisch nichts von dem, was ich mache, tue aber so. Die Kunden verlassen sich auf meine Kompetenz, glauben mir, was ich ihnen aufschwatze, und kaufen im Vertrauen auf meinen Rat hin. Die Leute kommen zu mir, weil sie zu viel Geld übrighaben, das sie möglichst gewinnbringend und gleichzeitig krisensicher anlegen wollen. Kunst kaufen ist eine Alternative zu Aktien, Immobilien und Gold, seit die Zinserträge minimal sind, sogar unter der Inflationsrate liegen. Aber das wisst ihr ja besser als ich." Felix nahm einen großen Schluck Wein, genoss die feindselig auf ihn gerichteten Blicke und fuhr fort: „Wir werden dafür bezahlt, Nebelkerzen zu werfen. Wenn einer bei euch sein Vermögen anlegt oder einen Teil davon, verbindet er damit eine Erwartung, und ihr tut alles, um ihm das Gefühl zu geben, dass sich die erfüllt. In meinem Metier ist es genauso: Wenn jemand ein Bild kauft, spekuliert er nicht selten auf eine Wertsteigerung, und ich mache ihm den Mund wässrig. Natürlich gibt es – und das ist in der Tat anders als bei euch – daneben weitere Motive für einen Kauf: Jemand findet ein Bild wirklich schön, erfüllt sich einen langgehegten Wunsch oder braucht etwas Dekoratives für sein Wohnzimmer. Das ist das alltägliche Geschäft in unseren Galerien, die nicht zu den wirklich großen gehören. Als Händler vermitteln wir zwischen Interessen und Interessenten. Hier die, die anbieten wollen oder müssen, und dort jene, die kaufen wollen. Was unsere Jobs gemeinsam haben: Wir verkaufen Hoffnungen und Illusionen, und wir machen das oft genug wider besseres Wissen. Man vertraut uns, und das ist unser Kapital. Der Unterschied zwischen uns ist marginal, und wenn der Schwindel auffliegt, haben wir uns längst aus dem Staub gemacht. Jedenfalls die Cleveren von uns. Wir sorgen dafür, für nichts haftbar gemacht werden zu können. Unser Ziel ist es, so lange Geld in unsere Taschen zu schaufeln, bis wir zu denen gehören, die wir jetzt ... ja, was? ... betrügen? ... Nein! Wir sind Gaukler, Taschentrickspieler, Illusionisten. Zu uns kommen die Leute, weil sie sich im Spiegelkabinett der Eitelkeiten mit ihrem Reichtum oder der Illusion davon reflektiert sehen wollen. Und wir? Wir sind kleine Lichter, die ..."

„Felix! Es reicht!" Mathea hatte ihr Besteck in die Salatreste geworfen und war aufgestanden. „Ich denke, wir gehen jetzt besser."

***

Es hatte nochmals einen Wintereinbruch gegeben, und die Wetterprognosen prophezeiten für Ostern Schnee. Selten, aber nicht ungewöhnlich für den Norden Deutschlands. Deswegen hatte Serge Jitka empfohlen, mit der Bahn bis Lübeck zu fahren, aber sie hatte es vorgezogen, mit ihrem klapprigen Škoda zu kommen. Er freute sich auf das verlängerte Osterwochenende mit ihr. So eine Fernbeziehung mit unregelmäßigen Treffen – mal hier an der See, mal bei ihr in Marienbad – entsprach seiner Idealvorstellung, denn er war davon überzeugt, dass das Alltägliche allmählich, aber verlässlich jede Beziehung zerstört. Ein Abnutzungskampf, der nicht zu gewinnen war.

Ihretwegen hatte er aufgeräumt und eine Putzfrau kommen lassen, um das ganze Haus blitzblank zu präsentieren. Die hatte er angewiesen, das Gästezimmer ganz besonders gründlich zu reinigen, um jede Spur von Carmens Besuch zu tilgen. Jitka musste davon nichts wissen, es hätte nur überflüssige Fragen gegeben und Antworten erfordert, die nach Ausreden geklungen hätten.

Als sie das Haus betrat, schien Jitka den Hausputz überhaupt nicht zu registrieren. Stattdessen fragte sie: „Keine Blumen? Nirgends Blumen! Sonntag ist doch Ostern!"

Serge guckte sie hilflos an. „Ich dachte, du machst dir nichts aus Dekorationen", entschuldigte er sich mit einer Prise Vorwurf im Tonfall.

„Wie kommst du denn darauf?", fragte sie kopfschüttelnd und sah ihn an wie eine Lehrerin ihren Schüler, der die einfachsten Dinge nicht begreift.

„In deiner Wohnung in Marienbad habe ich jedenfalls nichts dergleichen gesehen."

„Was? Die ganze Bude ist voll mit allem möglichen Krimskrams."

„Ja, aber nichts von dir, sondern voller Sachen von deinem Vermieter. Hast du mir selbst gesagt."

Sie sah ihn ungläubig an: „Hatte ich außer deinem wunderschönen Strauß keine Blumen?"

„Ja. Ich erinnere mich genau daran; drei kleine Sträuße, wohl von anderen Verehrern."

„Ich brauche keine Verehrer, um Blumen in meinem Zuhause zu haben!" Sie sah ihn eiskalt an.

„Bitte! Das sollte ein Scherz gewesen sein, keine Anspielung. Verzeihung."

Sie schien eine Sekunde zu schwanken, ob sie seine Entschuldigung annehmen sollte. Endlich lächelte sie und sagte mit leiser Stimme: „Blumen sind keine Dekorationen."

„Nicht? Was denn?"

„Blumen sind ein Spiegel des Lebens. Wir kaufen sie, wenn sie knospen, wenn sich ihre Blüten zur vollen Pracht entfalten. Ein Feuerwerk der Farben, ein Sinnbild von Kraft und Jugend. Wenn sie welken, werden sie weggeworfen, weil man ihre Hässlichkeit und ihren fauligen Geruch nicht erträgt. Ein Rausch, der schnell vergeht. Blumen sind Symbole der Vergänglichkeit, aber ich finde das überhaupt nicht deprimierend, denn es sagt mir: carpe diem – nutze den Tag, die Stunde, den Moment. Ihr Blühen erfüllt mich, ihr Welken macht mich bescheiden."

„Deswegen begeistern sie dich, wegen der Symbolik?"

„Auch. Vor allem aber, weil mich ihr Anblick berührt, begeistert, beglückt; etwas von allem und alles zusammen. Wir versuchen mit allen Mitteln, die Zeit anzuhalten, festzuhalten, das Vergehen aufzuhalten, so gut es geht zu verzögern. Natürlich alles sinnlos. Was kommt schon dabei heraus? Nichts als fade Illusionen! Das Leben ist ein Nullsummenspiel. Ich nehme es als solches an, erfreue mich an Momenten und akzeptiere die Vergänglichkeit."

„Wenn Blumen für dich keine Dekorationen sind, was dann?"

„Alles Ewige, alles Tote; alles aus Stein, Holz, Glas, Metall und am unerträglichsten: aus Plastik. Das steht da rum bis in die Unendlichkeit, das überdauert dich und mich und alles, wenn man es nicht kaputtschlägt, verbrennt oder sonst wie gewaltsam vernichtet. Solche Gegenstände umfangen dich wie bei den alten Ägyptern die Grabbeigaben den mumifizierten Leichnam in seinem Sarkophag. Die machen dein Zimmer zu einer Gruft."

Er schaute Jitka entgeistert an, denn bisher hatte er sie als sanftmütig, ein bisschen lethargisch-gleichgültig wahrgenommen, aber jetzt hatte sie sich beinahe in Rage geredet. Weil sie mit einer von tiefer Abscheu verzerrten Mimik vor ihm stand, fragte er zaghaft: „Ist dieses Zimmer, mein Haus, deine Wohnung, sind das alles ..."

„Ja, beinahe zwangsläufig! Vielleicht geht es nicht anders, aber wenn man all dem Gerümpel nichts entgegenstellt, das ihre Leblosigkeit aufhebt, werden aus Behausungen Särge, in die man lebend eingemauert ist!" Sie ging ein paar Schritte durch Serges Wohnzimmer, schaute aus dem Fenster, vor dem Büsche eine kleine Terrasse begrenzten, und sagte mit veränderter, nämlich mit verträumt-milder Stimme: „Da helfen nur Blumen!" Weil sie wieder ganz entspannt wirkte, wagte er einen Scherz: „Ich habe da hinten auf der Fensterbank immerhin zwei Kakteen."

Wieder schien sie einen Moment zu schwanken, bevor sie gleichmütig sagte: „Die sind genauso grässlich wie alle anderen Zimmerpflanzen: Sie wachsen ewig so vor sich hin, haben irgendwann eine Blüte, bevor sie wieder jahrelang verdämmern. Wie kann man sich bloß mit sowas umgeben?"

„Und anderes? Ich hatte mal eine Freundin, die konnte nie genug Vasen, Kerzenhalter, Deckchen, Figuren aus Porzellan ..."

„Für mich alles überflüssiges Zeug, das mich einengen würde."

„Wie sieht es mit Bildern aus?"

Sie zögerte, spitzte den Mund. „Bilder können ein bisschen wie Blumen sein."

Serge runzelte die Stirn. „Verstehe ich nicht."

„Ich meine, Bilder verändern sich, beziehungsweise das Verhältnis zwischen dir und einem Bild kann sich verändern. Jedenfalls wenn es ein Bild ist, das etwas mit dir zu tun hat. Das dich trifft."

„Aber Blumen sind vergänglich, und ein Bild bleibt immer, wie es war."

„Nimm zum Beispiel das Bild, das du von mir gemalt hast. Eine Momentaufnahme davon, wie du mich in jenem Augenblick gesehen hast, einem Augenblick der Vergänglichkeit. Nicht das Bild wird sich verändern, aber mein und dein Verhältnis zu ihm."

„Ziemlich viel Tiefgang für den frühen Abend", sagte er.

„Ach, Serge! Das verstehst du nicht, und ich kann es dir nicht erklären, leider. Jetzt habe ich Hunger, schließlich war die Fahrt ziemlich lang."

Serges Handy klingelte.

***

War's das gewesen? Das Ende seiner Beziehung zu Mathea? Warum hatte er diesen Abend ruiniert? Musste er die Kollegin und den Kollegen von ihr beleidigen und damit indirekt sie gleich mit? Sonst war es nie seine Art zu provozieren. Im Gegenteil: Überall war er der liebe Felix, aber nun hatte er plötzlich den Widerling, den Spiel- und Spaßverderber gegeben. Völlig unmotiviert und überflüssig. Was sollte das? Wofür hatte er ein Ventil gebraucht?

Felix war wütend, traurig, sauer, enttäuscht. Er hatte den Tempomaten seines BMW 530d M-Sport G-Power auf lächerliche 110 km/h eingestellt. Im Gegensatz zu Tempoverstößen in Deutschland konnten die in Dänemark richtig teuer werden. Dabei wäre er am liebsten mit 180 km/h über die Autobahn in Richtung Deutschland gerast, um sich abzureagieren. Ein schönes langes Osterwochenende hätte es in Kopenhagen bei und mit Mathea werden sollen, mit gutem Essen und noch besserem Sex. Und dann dieser Eklat im Restaurant, gleich nach seiner Ankunft in Kopenhagen! Was waren das überhaupt für Freunde, mit denen sie sich umgab? In der Welt der Kunst war er verschiedensten Sonderlingen begegnet; Narzissten, Besessenen, Spinnern, auch total Ahnungslosen, die Kunstwerke nur als Anlageobjekte betrachteten. Denen es wie Pia und Steven nur ums Geld ging, deren einziges Ziel es war, reich zu werden, so schnell wie möglich. Deren Ehrgeiz hatte keinen Inhalt außer: mehr, immer mehr Geld. Und Mathea? War sie genauso? Wie stand es um ihn? Hatte er Angst, so zu werden oder so werden zu müssen, um Erfolg zu haben? Erfolg in einer Welt, die er langsam zu durchschauen glaubte.

Nachdem sie sich von Pia und Steven verabschiedet hatten, die in einer der Straßenkneipen etwas trinken wollten, war

Felix zunächst wortlos neben Mathea hergegangen. „Sorry, ich weiß nicht, was in mich gefahren ist, aber ich hab's einfach nicht mehr ausgehalten", hatte er schließlich das lastende Schweigen durchbrochen, damit Mathea aber nicht wie beabsichtigt beschwichtigt, sondern zur Explosion gebracht. Ausgerechnet er habe sich als moralisch Überlegener aufgespielt. Dabei sei *er* der Betrüger, oder mindestens arbeite er für einen. Ausgerechnet Mathea, die im Investment-Geschäft einer sogenannten Privatbank tätig war, hatte ihm vorgeworfen, im Trüben zu fischen, ahnungslosen Kunstbegeisterten äußerst zweifelhafte Exponate mit windigen Aussichten auf Wertsteigerungen anzudrehen. Oder noch schlimmer: Fälschungen und Kopien mit gefakten Expertisen! Angriffe statt auch nur eines Anfluges von Selbstkritik! Kundenbetreuung, aber nur, wenn diese Herrschaften ein Minimum von 250.000 Euro anlegten! Dann wurden grandiose Perspektiven von Fonds, Aktien, Optionsscheinen, Derivaten oder sonstigen undurchsichtigen Papieren und Finanzkonstrukten entworfen, um das Geld der ahnungslosen Reichen im strategischen Interesse der Bank anzulegen. Und das funktionierte verlässlich, weil Gier unersättlich ist und blind macht. *Das* war Betrug. Er hatte sie nach Hause gefahren, und als sie ausstieg gesagt: „Ich glaube, es ist besser, dass ich gleich wieder zurückfahre. Mein Koffer ist ja noch im Auto." Sie hatte wortlos die Wagentür zugeknallt und war gegangen, ohne sich umzudrehen.

Felix war müde, schaute auf die Uhr: Es war 2.30 Uhr. Was sollte er tun? Ihm fiel ein, dass er auf der Rückfahrt von Kopenhagen nach Hamburg bei diesem Serge vorbeifahren wollte, um sich dort Carmens neue Bilder anzusehen und die fertigen mitzunehmen, wie er es mit Paul besprochen hatte.

Er kannte Serge immer noch nicht persönlich, wusste auch nicht, was er sich unter dessen Zusammenarbeit mit Carmen vorstellen sollte. Carmen war seit Monaten abgetaucht, tat geheimnisvoll, wenn er mit ihr telefoniert hatte. Sie wirkte auf eine Art verändert, die er nicht beschreiben konnte. Hatte das etwas mit diesem Serge zu tun? Künstlerisch? Menschlich? Was für ein Typ mochte das sein? „Ruhig, konzentriert, eher introvertiert, um die fünfzig, leicht verlottert, Künstler eben", hatte Paul ihn beschrieben.

Felix fuhr auf einen Rastplatz, parkte, schloss die Zentralverriegelung, verstellte die Rückenlehne maximal nach hinten, um eine akzeptable Schlafposition zu finden, und hüllte sich in eine Decke, die auf der Rückbank lag. Er hoffte, dass es im Wagen zwei oder drei Stunden erträglich warm bleiben würde. Am Morgen wollte er in einer Raststätte ein kleines Frühstück einnehmen und Serge anrufen, um zu fragen, ob er bereits heute vorbeikommen könne.

***

„Du, nachher kommt jemand vorbei, um etwas Geschäftliches zu erledigen“, sagte Serge, als Jitka am späten Morgen zum Frühstück erschien. Sie genoss es, ausschlafen zu können. Er dagegen hatte wie meistens die frühen Morgenstunden zum Arbeiten genutzt. Obwohl er längst gefrühstückt hatte, setzte er sich auf eine Tasse Kaffee zu ihr.

„Wichtig?“, fragte sie.

Serge zögerte einen Moment. „Ja. Er will sich ein paar Bilder für eine nächste Ausstellung anschauen und wohl auch welche mitnehmen.“

„Du machst eine Ausstellung? Wo und wann? Davon hast du mir gar nichts erzählt.“

Serge hatte keine Lust, über die Zusammenarbeit, oder wie man das nennen sollte, mit Carmen zu reden, aber nun glaubte er, zumindest die groben Umrisse skizzieren zu müssen. Er hoffte, dass Jitka schnell das Interesse an dem Thema verlieren würde, aber das Gegenteil war der Fall. „Du hast also Bilder gemalt, die sie für ihre eigenen ausgibt?“

„Sagen wir mal so: Ich habe mich mit ihren Bildern be schäftigt und ihr Vorschläge gemacht, wie sie ihren Stil weiterentwickeln könnte. Gemeinsam haben wir ein thematisches Konzept für ihre nächste Ausstellung entworfen.“

„Und warum sind diese Bilder bei dir und nicht bei ihr?“

„Wir haben ein paarmal hier zusammengearbeitet. Nachher kommt Felix vorbei. Das ist der Galerist, bei dem Carmen – so heißt die Künstlerin – ausstellen wird. Er wird ihr einige der Bilder bringen, damit sie letzte Korrekturen vornehmen kann.“

„Läuft das Geschäft so?“, fragte sie erstaunt.

„Wie meinst du das?“

„Ich meine diese Art von, wie soll ich sagen, *Nachhilfe*?“

„Es gibt viele Wege, die zu Kunstwerken führen. Sicher ist, dass jeder, der etwas Bemerkenswertes schaffen will, von anderen lernt. So ein Workshop, nennen wir ihn einmal so, den Carmen und ich gemacht haben, ist zugegebenermaßen etwas ungewöhnlich. Aber warum nicht? Als kreativer Mensch, als Künstler, als Maler kann man nicht in gleichmäßigem Tempo produzieren. Der Weg ist manchmal steinig, uneben, holprig. Da gibt es Sackgassen, Krisen, Burnouts, Blackouts. Um wieder zu sich zu finden, kann es nützlich sein, sich von anderen inspirieren zu lassen, sein eigenes Werk mit einem Kollegen zu diskutieren, sich auszutauschen, nach Perspektiven zu suchen, sich helfen zu lassen."

„Und wie viel Serge steckt in den Bildern von dieser Carmen?", fragte sie voller Abneigung.

„Du bist zu streng! Schon in der flämischen Malerei des 16. Jahrhunderts war es durchaus üblich, dass ein bei Hofe beschäftigter Maler die Landschaften und ein Kollege die Figuren malte. Selbst später sehr geschätzte Künstler begannen zunächst als Staffagemaler. Jeder malte, was er am besten konnte. Heute würde man sagen: Eine fruchtbare, zeitsparende, also für alle gewinnbringende Zusammenarbeit von Fachkräften."

„Und wer hat signiert? Wem wurde so ein Bild zugeschrieben? Das ist doch alles Schwindel!" Jitka war keineswegs von Serges Erklärungen überzeugt.

„Ich versuche es mal von einer anderen Seite zu erklären: Große Meister der Malkunst hatten immer Schüler, die im Stil ihrer Herren malten. Das gehörte zur Ausbildung dazu, war quasi das Fundament: Der Schüler lernte wie sein Meister zu malen. Und wenn er gut war und Inspiration hatte, entwickelte er auf diesem Fundament einen eigenen Stil. Was bis zum

Ende des 18. Jahrhunderts in der Werkstatt eines Meisters entstand, galt als dessen Werk, wenn er es mit seiner Signatur autorisierte. Wobei es keine Rolle spielte, ob seine Schüler gewisse Passagen oder sogar einen Großteil gemalt hatten. In der Regel stammten Idee, Entwurf und Komposition vom Meister, die Ausführungen aber nicht zwangsläufig und schon gar nicht vollständig. Das übernahmen oft zu einem erheblichen Teil Gesellen oder Lehrlinge. Der Meister ergänzte hier und da, verfeinerte, übermalte, bis er mit der Arbeit zufrieden war. Mit seiner Signatur wurde es zum Original, verließ als solches seine Werkstatt, wurde angeboten und verkauft. Frage also: Wie viel Original muss in einem Gemälde enthalten sein, um als Original zu gelten?"

Jitka sah ihn verwirrt an und fragte: „Aber das ist etwas ganz und gar anderes! In deinem Beispiel entwirft und konzipiert ein großer Meister, bevor er das Grobe von seinen Schülern machen lässt, um das Ganze mit seiner Genialität zu vollenden, aber bei euch ..."

„Ist es genau umgekehrt. Wo ist das Problem?"

***

Felix war überrascht, als ihm eine Frau, die etwa in seinem Alter sein mochte, die Tür öffnete. Zwar hatte Paul nebenbei Serges tschechische Freundin erwähnt, die manche Wochenenden bei ihm an der Ostsee verbringen würde, aber Felix hatte mit ihr keinerlei Vorstellung verknüpft. Wenn überhaupt, hätte er eine Frau in mittleren Jahren an dessen Seite erwartet; etwas Tröstendes, Mütterliches, Kameradschaftliches. Jetzt stand eine schöne Frau vor ihm, die nichts als einen nachlässig zusammengebundenen Bademantel zu tragen schien. Das Haar hatte sie mit einem dicken Handtuch zusammengebunden. Sofort fiel ihm auf, dass eines ihrer braunen Augen rot unterlaufen war: „Hi, ich bin Jitka", grüßte sie freundlich.

„Felix", stellte er sich vor. Sofort war ihm bewusst, dass er unrasiert, ungekämmt und in seiner verknitterten Kleidung ungepflegt aussah. „Sorry", sagte er, „aber ich habe im Auto übernachtet."

„Warum nicht?", sagte sie. „Ist billiger als im Hotel."

„In dieser Jahreszeit aber nicht unbedingt zu empfehlen." Felix schüttelte sich, um die nächtliche Kälte anzudeuten.

„Komm rein. Du musst entschuldigen, aber ich bin gerade aus der Dusche gekommen."

„Ist Serge nicht da?"

„Nein. Der ist zum Bäcker gefahren, um extra frische Brötchen zu holen, kommt aber bestimmt gleich zurück. Willst du einen Kaffee? Ist sowieso fertig." Bevor er antworten konnte, klingelte Jitkas Handy. Als sie das Gespräch beendet hatte, sagte sie: „Serge kommt erst später. Irgendetwas ist mit dem Auto. Willst du ein Brot? Oder Müsli?"

„Danke, ich habe unterwegs bereits ein kleines Frühstück gehabt, in einer Raststätte an der Autobahn."

„Ich glaube, dir könnten ein paar Stunden Schlaf guttun. Anschließend duschst du, und hinterher essen wir zusammen, wenn Serge zurück ist; ein zweites Frühstück, Mittag, je nachdem, wann du wieder auf der Bildfläche erscheinst."

***

Es war still in der Villa, als Jan-Peter Wild nach Hause kam. Weil dringende Geschäfte erledigt werden mussten, war es wie so oft später geworden. Nicht ungewöhnlich, aber seit seine Frau den Vorsitz dieses Kulturvereins übernommen hatte, war sie ständig unterwegs, sodass ein gemeinsames Abendessen die Ausnahme blieb. Manchmal war Anni noch da, wenn er kam. Dann setzte sie sich auf einen Kaffee zu ihm, bevor sie nach Hause ging. Liebend gern hätte er sie jedes Mal zum Mitessen aufgefordert oder zu einem Besuch in ein Restaurant eingeladen, aber er wusste, dass sie immer zuhause mit ihrem Mann aß. Oder essen musste? In letzter Zeit schien sie betrübt zu sein, nachdenklicher. Gab es Probleme mit Yvonne? Mit der Gesundheit? Mit ihrem Mann? Oder bildete er sich ihren veränderten Gesichtsausdruck nur ein, wenn er sie nach ihrem Befinden fragte?

Seine Hoffnung hatte sich nicht erfüllt; Anni war nicht da, das Haus menschenleer. Er ging in den ersten Stock, machte sich frisch, zog sich bequeme Kleidung an und ging in die Küche. Wie mit Anni verabredet, stand auf dem Küchentisch ein mit Zellophan abgedeckter Teller, auf dem sich zweieinhalb mit Käse, Wurst und Ei belegte Scheiben Brot befanden. Dazu ein kleiner gemischter Salat. Alles starrte ihn an wie ein Symbol der Einsamkeit. Er schenkte sich Wasser und Wein in die bereitstehenden Gläser und setzte sich. Aber er hatte keinen Appetit. Hunger durchaus, aber allein am Küchentisch zu sitzen, stumm vor sich hin zu stieren und in der Stille dem eigenen Kauen zuzuhören, war furchtbar. Er dachte an seine erste Frau, an Anni, an Felix. Wo mochte der jetzt sein? Er könnte ihn mal anrufen. Aber jetzt? Gustav Körber fiel ihm ein. Er ging mit dem Glas Wein in der Hand ins Wohnzimmer und wählte dessen Nummer.

„Moin, Guschi, hast du schon gegessen? ...

Wie ich das meine? Na, ob du schon Abendbrot gegessen hast! ...

Natürlich weiß ich, wie spät es ist, aber hätte ja sein können ...

Nein, du weißt, dass Eleonora im Moment immer wegen dieses Kulturvereins unterwegs ist ...

Ja, bald machen die ihre erste Veranstaltung, und dauernd ist sie deswegen auf Achse, weil noch alles Mögliche besprochen und organisiert werden muss ...

Genau. Jutta macht da auch irgendwas. Ich glaube Schnittchen ...

Woher soll ich wissen, warum die sich nichts von *Louise's Landgasthof* oder *da Giovanni* kommen lassen? ...

Was die machen? ...

Nein, die spielen nicht Quartett, sondern da spielt ein Quartett, nämlich das von Carlo und Emanuel ...

Die geben ein kleines Konzert, mit dem der *Kulturverein SchwarzWeiß* seine Gründung feiert ...

Ja, ich finde den Namen auch blöd, aber ist doch wurscht, wie der heißt ...

Keine Ahnung, welches Programm die haben! Etwas Klassisches, nehme ich an ... Nein, für mich ist das Gedudel auch nichts, aber da muss ich wohl mit, sonst krieg ich Ärger mit Eleonora. Und du? ...

Verstehe. Gute Ausrede! Bei den Pennern am Hauptbahnhof soll das ja genau so sein: Wenn die klassische Musik hören, hauen die im Nullkommanix ab ...

Soweit ich weiß bei Freddy in der Galerie ...

Aber pass mal auf, um diesen Kunstkram geht es mir heute Abend überhaupt nicht, sondern ich wollte dich fragen, ob wir beide nicht irgendwo zusammen 'ne dicke, fette Currywurst mit Pommes essen wollen. Hinterher ein paar schöne Bierchen …

Nein, ich habe keine Krise, obwohl ich jetzt immer häufiger Mails mit Werbung für Sterbegeldversicherungen, automatische Treppenlifte und Hörgeräte bekomme … Nee, heute! Morgen muss ich nach Frankfurt …

Ist wirklich nett von dir, aber du musst nicht rumkommen, ist alles okay bei mir, war nur so eine Idee. Grüß Jutta, altes Haus …

Danke, danke, du auch …

Ja, machen wir bald mal, tschüss denn."

Jan-Peter legte auf, nahm einen großen Schluck Wein. War ja nicht schlimm, musste er eben allein essen. Vielleicht gab es nachher Fußball im Fernsehen, sonst Nachrichten oder irgend so ein Talkgequassel, bei dem er wunderbar einschlafen konnte. Zusammengesunken hockte er in seinem tiefen Sessel. Sein müder Blick fiel auf das Gemälde, das seit einem halben Jahr über der Couch hing. Wie sein Freund Guschi schwärmte auch er von der See, und wenn unbedingt ein Bild von Carmen im Wohnzimmer hängen musste, sollte es wenigstens eines mit maritimem Motiv sein. Aber nein: Weil Eleonora Wälder und Berge liebte, hatte sie auf Carmens Vernissage im September die *Lichtdurchflutete Waldeinsamkeit mit Specht* gekauft. Widerwillig hatte er sich ihrem Gezeter gebeugt, dass nämlich hier in der Gegend fast jeder ein Bild dieser bestimmt demnächst berühmten Künstlerin besitzen würde, nur im Hause Wild hinke man mal wieder der Aktualität, der Moderne, den Trends hinterher. Auf sein Argument: „Aber kann es nicht ein Seestück sein? Ostsee, Hafen oder Segelboote?", hatte sie mit wegwerfender Handbewegung geantwortet: „Brauchst bloß aus dem Fenster zu gucken! Da siehst du die Elbe, und jede Menge Schiffe fahren vorbei. Hier drinnen will ich mal was anderes sehen."

Als er darüber nachdachte, ob er die *Lichtdurchflutete Waldeinsamkeit mit Specht* nicht mit einer Wolldecke verhängen sollte, drang plötzlich Licht aus dem Eingangsbereich bis zu ihm. Er schreckte aus seinen Gedanken hoch. „Eleonora?", rief er, obwohl seine Frau gesagt hatte, dass sie kaum vor Mitternacht zurückkommen würde. Tatsächlich waren weder ihre klackernden Absätze noch ihre schrille Stimme zu hören. Gerade wollte er sich erheben, um nachzusehen, als Anni in der Tür erschien. „Ich wollte nicht stören. Habe vorhin meine Einkaufstasche mit dem Geschenk für meine Nichte in der Küche vergessen, und weil morgen mein freier Tag ist, da ..."

„Aber da musst du, äh, da müssen Sie sich nicht wie ein Dieb durchs Haus schleichen." Jan-Peter wunderte sich, denn Anni vergaß nie etwas. „Schon Abendbrot gegessen?", fragte er.

„Nein, mein Mann hat heute seinen Skatabend, und Yvonne ist bei ihrem Freund. Da ist es nicht eilig mit dem Essen, und ich bin schnell zurückgekommen, um die Tasche zu holen."

„Passt ideal. Ich habe auch noch nicht gegessen. Wie wär's, wenn wir zusammen Essen gehen? Vielleicht zu *da Giovanni*?"

„Und die gnädige Frau?" Anni benutzte diese Titulierung ihm gegenüber manchmal. Es war ein Codewort, eine nie getroffene, unausgesprochene Vereinbarung zwischen ihnen, die das komplizierte Geflecht ihrer Beziehungen bezeichnete.

„Hält heute Abend Hof in diesem Kulturverein und kommt erst später nach Hause. Also, wie sieht's aus?"

„Nette Idee, aber ich glaube, die Leute würden staunen, wenn wir beide da zusammen aufkreuzen würden. Auf das Gerede sollten wir lieber verzichten."

„Oder noch besser: Wir lassen uns was von Louise kommen."

„Dauert zu lange. Aber einverstanden. Ich esse mit dir eine Scheibe Brot, dann gehe ich wieder."

Zwei Stunden später lag ihre linke Hand auf dem Tisch und umfasste, wie um Halt zu finden, eine Serviette. Er sah, wie sich die Haut über die Knöchel ihres Handrückens spannte, der glatt, weiß und einladend vor ihm lag wie ein gleichermaßen weiches und festes Kissen, auf das er zu gern seinen Kopf gebettet hätte.

„Er hat mich verlassen", sagte sie, und ihre Stimme klang gleichzeitig enttäuscht und erleichtert.

„Was?", rief Jan-Peter aus.

„Er hat 'ne andere, fünfzehn Jahre jünger, die alte Geschichte eben."

„Und?"

„Ich habe es schon länger geahnt, eigentlich gewusst, jetzt hat er es mir gesagt."

„Anni", sagte Jan-Peter und legte seine Hand auf ihre, „du weißt, dass ich dich, dass ich Sie, äh, dass ich ..."

„Du bist verheiratet, denk dran. Wir sind keine Teenager mehr, Jan-Peter. Mach dir keine Sorgen, ich komme damit klar. Dass mein Mann sich von mir getrennt hat, ist wirklich keine Katastrophe für mich." Sie stand auf. „Bestimmt kommt Eleonora bald, und wir sehen uns übermorgen wieder."

Diese Frau!, dachte er. Eines Tages werde ich, werden wir, jetzt ist sie frei! Er erhob sich ebenfalls, folgte ihr, legte seine

Hand auf ihre Schulter. So wollte, so konnte er sie nicht gehen lassen. „Anni, ich ..."

„Jan-Peter? Bist du noch wach?", schrillte Eleonoras Stimme in diesem Augenblick aus der Eingangshalle und gleich darauf: „Was machen Sie denn noch hier, Anni?"

***

„Nein, keinen Wein mehr, ich muss nachher noch Auto fahren“, wehrte Felix ab und schaute auf seine Uhr. „Es wird langsam Zeit für mich.“

„Wenn du es eilig hast, zeige ich dir jetzt die Bilder“, sagte Serge und wischte einige der Brotkrümel auf dem Tisch zusammen, um sie sich in den Mund zu schütten. „Eine Unart, ich weiß, aber ich liebe diese krossen Krümel von frischen Baguettes!“, ergänzte er.

„Nein, eilig habe ich es nicht, aber ich will euch nicht den ganzen Tag stehlen.“ Er nahm ein paar Weintrauben und schnitt ein Stück Käse ab. „Ich hatte Streit mit meiner Freundin in Kopenhagen. Deshalb bin ich Hals über Kopf … Den Rest kennt ihr ja.“ Jitka hob ihm ihr Weinglas entgegen und sagte: „Schön, dass du da bist. So lerne ich wenigstens mal jemanden aus der Kunstwelt kennen. Serge ist ja eher ein Eremit.“ Sie lächelte und prostete auch ihm zu.

„Sind viele Künstler. Sonst geht's meistens nicht.“ Serge zuckte mit den Schultern.

„Und was machst du?“, wandte Jitka sich an Felix, nahm ihre Brille ab und begann sich ein Auge zu reiben. Felix erklärte seine Arbeit für die Galerie in groben Zügen, aber ihn irritierte Jitkas Augen-auf-und-zu-Klappen. „Ist etwas?“, fragte er.

„Mir muss ein Staubkörnchen ins Auge geflogen sein.“ Als sie das untere Lid ihres linken Auges hinunterzog, sah Felix das blutige Rot in ihrem Augenweiß und erschrak. „Du hast dich verletzt!“, rief er aus, aber Jitka und Serge blieben gelassen.

„Du meinst sicher das Rot in meinem Auge. Das ist die Folge einer alten Verletzung. Als Kind hat mir mein Bruder einen Stift da hineingestochen, aber das hat nichts mit dem

Staubkörnchen zu tun, das mich im Moment quält." Serge sah sie erstaunt an, schwieg jedoch.

„Behindert dich das beim Sehen?", fragte Felix.

„Was? Das rote Auge? Nein, nur ein Schönheitsfehler. Sehen kann ich mit beiden Augen gleich gut."

„Apropos sehen: Komm Felix, ich zeige dir die Bilder. Sind im Atelier nebenan", unterbrach Serge und stand auf.

„Ich begleite euch", sagte Jitka.

„Muss nicht sein. Du könntest ..."

„Sag nicht, hier aufräumen!"

Als Serge Licht im kühlen Atelier machte, fiel das grell auf die an kalkweiße Wände gelehnten Bilder. Felix warf einen ersten flüchtigen Blick auf die Werke und staunte, denn was er sah, übertraf alle seine Erwartungen. Er schaute Serge verwundert an, der seine Zweifel zu ahnen schien und mit Achselzucken sagte: „Wir haben einige Zeit intensiv zusammengearbeitet, und hier siehst du das Ergebnis."

Felix schritt die Galerie langsam ab und ließ sich viel Zeit vor jedem Bild. Er entdeckte Bekanntes von Carmens bisherigem Schaffen, von ihrem Stil, ihrer Motivik, aber diese Gemälde hatten nichts mehr von friedvoller Heiterkeit einsamer Waldlichtungen, maritimer Idyllen oder alltagsferner Sommerfrische. Nirgends dünenumkränzte Leuchttürme oder lichtdurchflutete Lücken zwischen Sonnenschirmen, unter denen elegante Müßiggänger plauderten. Keine Segelschiffe unter azurblauem Himmel in schaumgekräuselten Wellen. Keine Spur von marktgängig kalkulierter Rührseligkeit. Auf den ersten Blick waren zwar auch diese Bilder von einem für Carmens Stil typischen Schmelz überzogen, der wie alles Schöne ans Kitschige zu grenzen drohte, jedoch waren sie von einer Ernsthaftigkeit grundiert, die eine schroffe, entschiedene Distanz zum Banalen schuf, es durchstach, um direkt ins Innere des Betrachters, in den ungeschützten Raum seiner Empfindsamkeit vorzudringen. Felix nahm sich mehr Zeit für das Betrachten, um das Neue, Andere, das Fremde und ihn Verwirrende in diesen Bildern zu enträtseln. Bei genauem Hinsehen erkannte er, dass das Dargestellte nicht auf Carmens bekannte, für sie typische Art sekundenlang wie ein Glas Champagner belebte, Augenblicke später besänftigte, manchmal erheiterte, um schlussendlich friedvoll zu trösten, bevor es verflachte und verschwand. Vielmehr wurde das vordergründig Seichte, Helle, Anmutige der Szenerien mit einer Ästhetik der Irritation kontrastiert, in der Kälte, Düsternis, Zerfall und Vergehen durch scheinbar Banales schimmerte, es relativierte, brach, um es letztlich zu zerstören. Hier gab es keine Kulissen aus bloßer Harmonie und Anmut; Liebliches oder sogar Süßliches, das alles Dekorative als bedeutungslos entlarvt hätte, fehlte. Sein Betrachten endete nicht wie bei ihren bisherigen Bildern nach wenigen Sekunden, weil sich die optischen Reize schnell erschöpften und verflüchtigten, weshalb keine gedanklichen oder emotionalen Verknüpfungen entstehen konnten. Stattdessen entwickelte sich eine Korrespondenz zwischen Bild und dem Inneren seines Betrachters, sodass eine von dem Gesehenen evozierte emotionale Zwiesprache entstand, ein Dialog zwischen Kunstwerk und Rezipient. Diese Bilder lebten!

Ohne es zu merken, hatte Felix die Augen geschlossen. Das Gesehene wirkte nach, arbeitete in ihm, und als er die Augen aufschlug, hatte sich das eben betrachtete Bild verändert und schien ihn aufzufordern, noch genauer hinzusehen. Was geschah mit ihm?

„Hey Felix, wach auf, was ist los mit dir?", fragte Serge. Wie aus Trance erwacht, wandte sich der Angesprochene an den Fragesteller und antwortete nach einer Pause: „Das ist einfach wunderbar!"

Er ging ein paar Schritte weiter, blieb vor einem Bild mit dem Titel *Landschaft mit Hütte* stehen: Technisch war auch das wie all diese neuen Gemälde Carmens von berückender Perfektion; zarte, wie hingehauchte, vergänglich anmutende Farben und Formen ließen die Landschaften verletzlich, zerbrechlich und anrührend erscheinen. Welch eine Verteilung von Licht und Schatten, die der Szenerie eine Tiefe gaben, die zwischen Realität und Fantasie zu schweben schien! Die unmerklichen Übergänge von graubraun getönten Felsen über grünschwarzes Laub hin zur braungelben Hütte gaben dem Bild etwas Bedrückend-Unheimliches, das von einem hohen, strahlenden Himmel trostspendend aufgefangen wurde. Die Farben verschmolzen zu etwas Edlem, Lebendigem und Reizvollem, das man weniger sehen als ahnen konnte. Felix fand in diesen Bildern seine Überzeugung bestätigt, dass Schönheit genauso mit Symmetrie, Einfachheit und Balance zu tun hat wie mit Harmonie und Proportionen. Carmen waren Abstraktionen gelungen, die beim Betrachter die Erwartung von etwas Figurativem bedienten, um im Nachklang weit darüber hinauszugehen. Diese Bilder hatten die Aura von Meisterwerken, in denen eine Vorstellung spürbar wird, die einen Bogen von der Größe des Universums bis ins Innerste des Ichs spannt, gleichsam als Mittler zwischen Künstler und Betrachter. Felix glaubte, einen Hauch davon zu fühlen.

Als er endlich weiterging, sah er, dass Jitka gebannt vor einem Werk stand, bis zu dem er bisher nicht gelangt war.

Er trat zu ihr und sah sie auf einen weiblichen Akt starren, der in keinen thematischen Zusammenhang mit den anderen Bildern zu stellen war. Noch bevor er sich mit diesem wie mit zwei ähnlichen Bildern beschäftigen konnte, hatte Jitka sich abgewendet und den Raum wortlos verlassen. Serge sah ihr hinterher, sagte ebenfalls nichts, sondern trat zu Felix, der im selben Augenblick eine Symbiose aus Edvard Munchs Madonna, Goyas nackter Maya und Gustav Klimts Judith zu sehen glaubte, allerdings in ganz neuem, verändertem Licht.

„Das ist Jitka", sagte Felix.

„Erkennt man das?", fragte Serge erstaunt.

„Das schwarze Haar. Die Körperhaltung. Das rote Auge."

***

„Hat dich das Aquajogging heute auch so angestrengt?" Jutta trippelte kurzatmig neben Silvia her. Die sah sie spöttisch an und sagte: „Dabei bist du schon so ziemlich die Langsamste im Kursus." Beide befanden sich zu Fuß auf dem Heimweg vom Schwimmbad, denn seit zwei Monaten nutzten sie die 1,5 Kilometer lange Strecke, um zu walken, sozusagen als zusätzliches Fitnessprogramm. Obendrein vermittelte ihnen das sportive Plus das gute Gefühl, etwas für die Umwelt zu tun, weil sie ihre SUVs stehen ließen.

„Ich muss erst wieder in Form kommen. Seit meiner Erkältung fühle ich mich immer noch nicht top", rechtfertigte sich Jutta kurzatmig.

„Lass dir Zeit, wir müssen ja keine Sporttrophäen gewinnen." Silvia schritt forsch mit ihren Walking Sticks voran. Sie bemühte sich, die in einem Kursus erlernte Digitalschritttechnik vorschriftsmäßig umzusetzen, während Juttas Stöcke hinter und neben ihr herpendelten und schleiften, denn weil sie große Mühe hatte zu folgen, war sie längst aus dem Rhythmus gekommen. Vom Trost der Freundin gestärkt, fügte sie entschlossen hinzu: „Und abnehmen will ich auch unbedingt, bevor der Sommer kommt."

Silvia sah sie ungläubig an. „Das höre ich nicht zum ersten Mal von dir, meine Liebe. Aber hast du nicht gesagt, dass Gustav das etwas – wie soll ich mich ausdrücken – das etwas Vollschlanke bevorzugt, oder hat sich sein Geschmack geändert?"

„Nein, aber Dr. Lücke hat gesagt ..."

„Der gefällt dir, oder?"

„Klar, wem nicht?"

„Ich warne dich: Das ist genauso ein Chauvi wie dein Guschi." Silvia schritt weiter forsch voran. Sie genoss es, dass *die dicke Körber* – so nannte sie Jutta gelegentlich anderen gegenüber – kaum mit ihr Schritt halten konnte.

„Ein was?"

„Ein Chauvi, ein Macho, ein Frauenfeind, so einer eben."

„Dr. Lücke? Der doch nicht! Der ist eher ein Verführer, ein Herzensbrecher, der liebt die Frauen! Jeder weiß, dass der unzählige Affären hatte."

„Trotzdem ist er einer, der Frauen verachtet. Nicht sexuell, ganz und gar nicht, da hast du recht. Aber Frauen zählen nicht wirklich für ihn, nur als Spielzeuge und Lustobjekte", sagte Silvia und hatte einen sehr beleidigten Gesichtsausdruck. Als Jutta stumm blieb, fügte sie hinzu: „Wie dein Gustav, der ist genauso."

„Was? Guschi? Der mag Frauen wirklich gerne, manchmal viel zu gerne! Wie oft war mir das peinlich, wenn er an anderen Frauen so rumgefummelt hat. Der und ein Frauenfeind, das wüsste ich aber!" Jutta war entrüstet.

„Klar, gern mal ein bisschen fummeln, Küsschen hier, Küsschen da, Klaps auf den Hintern, diese Sorte eben. Aber von Gleichberechtigung und Emanzipation halten Männer wie Dr. Lücke oder dein Guschi null Komma gar nichts."

„Das glaube ich nicht", sagte Jutta und überlegte angestrengt, bevor sie sagte: „Also bei Dr. Lücke hast du vielleicht ein bisschen recht. Der ist ein Charmeur, ein Womanizer – sagt man heute so, oder? –, aber Guschi ist nicht so. Der hat sogar schon mal Frauen-Fußball im Fernsehen geguckt."

„Donnerwetter", sagte Silvia, als die beiden die *Galerie Palmberg* erreichten. „Wollen wir kurz reinschauen, vielleicht einen Kaffee oder eine Weißwein-Schorle trinken?", fragte Silvia und drückte an ihrer Frisur herum.

„Meinetwegen, etwas zu trinken könnte ich jetzt gut gebrauchen“, stimmte Jutta zu, während sie durch das große Schaufenster ins Innere blickte. Silvia fuhr der Schreck durch die Glieder, denn dort saßen die Frauen des Kulturvereins, die sich um Freddy in der Sitzecke versammelt hatten. Noch bevor sie sich abwenden konnte, hatte Gina die beiden erblickt und winkte ihnen auffordernd mit rudernden Armbewegungen zu, während Eleonora, Isabell und Barbara weniger begeistert aussahen.

„Du, mir fällt ein, dass ich noch in die Buchhandlung muss, dort soll ich nämlich eventuell demnächst eine Lesung machen“, sagte Silvia plötzlich schroff, drehte sich weg, rief im Weggehen: „Ich rufe dich später an!“ und verschwand. Perplex stand Jutta plötzlich allein da. Von dieser Lesung hatte Silvia bisher kein Wort gesagt, obwohl sie von nichts lieber redete als von ihrem Leben als Schriftstellerin. Etwas verstört betrat sie allein die Galerie, wurde von Gina herzlich und von den anderen freundlich begrüßt. Freddy stand ihretwegen extra auf und gab ihr Küsschen auf beide Wangen, denn seit Gustav das Bild von Carmen gekauft hatte, benahm er sich ihr gegenüber äußerst charmant.

„Ich will nicht stören. Worum geht es denn hier?“, fragte sie und ließ sich auf das rote Sofa plumpsen, wo am äußeren Ende unter einer Zimmerpalme ein letzter Platz frei war.

„Was ist denn mit Silvia los?“, wollte Gina wissen, statt eine Antwort zu geben. Jutta zuckte mit den Achseln, die Antwort gab Eleonora: „Die ist noch immer sauer auf uns, weil wir ihre dämlichen Vorschläge bei der Gründung unseres Kulturvereins abgelehnt haben.“

„Ich rede mal mit ihr“, sagte Gina.

„Lieber nicht, sonst will die nachher bei uns eine Lesung mit ihren unerträglich kitschigen Texten machen“, warnte Barbara.

„Ach, so schlimm sind die auch wieder nicht", warf Isabell ein. Jeder wusste, dass sie ein mitfühlender Mensch war.

„Ich finde ihre Geschichten und Gedichte sehr berührend", warf Jutta ein und erntete mitleidige bis vernichtende Blicke.

„Die kann überhaupt nicht schreiben, das ist das Problem!", sagte Barbara, und Freddy ergänzte: „Irgendwann muss ihr das mal jemand beibringen", bevor er Jutta fragte, was sie trinken wolle. „Ein Wasser wäre schön, vielleicht mit einem winzigen Schuss Weißwein." Sie lehnte sich erschöpft zurück, aber sogleich piksten ihr die Spitzen der Zimmerpalmenblätter in den Nacken, weshalb sie sich wieder aufrichtete, leicht nach vorn beugte und auf der Sofakante verharrte.

„Kommt, meine Lieben, wir haben jetzt Wichtigeres zu besprechen als darüber zu diskutieren, wie gut oder schlecht Silvias Schreiben ist", lenkte Eleonora die Aufmerksamkeit zurück auf das Thema ihres Treffens.

Man sprach über das bevorstehende Konzert, das Carlo und Emanuel mit ihrem Quartett in drei Wochen in Freddys Galerie geben sollten. Das würde die erste Veranstaltung des *Kulturvereins SchwarzWeiß* werden. Bald sollte ein Lyrik-Abend mit Marcel und Kollegen folgen, und man überlegte, ob eine Ausstellung mit Fotografien von Isabell noch vor Beginn der Sommerferien sinnvoll sei. Auf alle Fälle sollten diese Veranstaltungen in Freddys Galerie stattfinden. Das wäre gut für den Verein, weil das Publikum hier eine vertraute und konstante Location hätte, und für Freddys Galerie gäbe es zusätzliche Impulse. Außerdem lag gleich nebenan das *da Giovanni*, wo man hinterher die Abende gemütlich ausklingen lassen konnte. Vieles wie der Druck von Flyern und Plakaten musste organisiert werden, die Pressearbeit übernahm selbstverständlich Gina, Yvonne sollte gefragt werden, ob sie die Getränke reichen könnte, natürlich müsste Eleonora als Vorsitzende die Eröffnungsrede halten, Freddy erklärte sich bereit, das Mobiliar aufzubauen, wobei ihm sicherlich Rigobert Derflinger helfen würde.

Man war voller Vorfreude auf das Kommende, weil die unterschiedlichen Vorstellungen und Ideen allmählich zu Übereinstimmungen gelangten, planbarer wurden und bald zu konkreten Veranstaltungen werden würden. Vorschläge wurden gemacht, Aufgaben verteilt und übernommen. Es war ein inspiriertes, konstruktives Mit- und manchmal auch Durcheinander, in dem Jutta ein wenig wie ausgeschlossen abwechselnd vor und unter den spitzen Blättern der Zimmerpalme saß, die ein entspanntes Sitzen permanent verhinderte. „Was ist eigentlich mit Carmen?“, fragte sie plötzlich.

Alle sahen sie an, als hätte sie einen Tabubruch begangen. Freddy räusperte sich und sagte in die Stille hinein, er habe gehört, dass für den Herbst eine Ausstellung von ihr in der neuen von Felix geleiteten *Pigmente Galerie* geplant sei. Genaueres wisse er momentan auch nicht.

Gina rettete die Situation. „Ich versuche mal, Kontakt aufzunehmen. Vielleicht wäre es ja eine Idee, auch mit ihr zusammenzuarbeiten. Muss ja nicht jede Veranstaltung hier stattfinden, oder hättest du etwas dagegen, wenn wir auch Felix und seine neue Galerie mit ins Boot holen würden, Freddy?“

Der tat gleichmütig und sagte: „Nein, natürlich nicht“, aber begeistert sah er nicht aus, und tatsächlich hatten bisher alle vermieden, Freddy gegenüber die Namen von Felix und Carmen zu erwähnen.

Jutta hatte die nächsten zwanzig Minuten schweigend zugehört, wenn die anderen letzte Details für das bevorstehende Konzert besprachen, hin und wieder an ihrer Weißweinschorle genippt und sich um einen interessierten Gesichtsausdruck bemüht, obwohl sie vom Aquajogging und dem Fußmarsch völlig erledigt war. Aber wann ergab sich sonst einmal die Gelegenheit, in diesem Kreis dabei zu sein! Als Gina resümierte: „Das wär's wohl für den Moment", nahm Jutta all ihren Mut zusammen und fragte: „Kann ich nicht mitmachen?"

Eleonora, Barbara und selbst Isabell starrten sie erschrocken an, und Freddy lächelte verlegen, bis Gina wie von einer plötzlichen Erkenntnis durchdrungen fragte: „Warum eigentlich nicht?"

„Ich könnte Schnittchen machen. Alle essen gern einen Happen bei solchen Veranstaltungen." Jutta strahlte glücklich in die Runde.

***

Serge stand in der Küche und erledigte den Abwasch. Als er hörte, dass die Haustür geöffnet wurde, trocknete er sich die Hände ab und ging durch das Wohnzimmer zum Flur.

„Wo warst du so lange?“, fragte er Jitka, während sie ihren Mantel auszog.

„Ist er weg?“

„Ja. Was war los mit dir? Warum hast du plötzlich das Atelier verlassen?“

„Ich brauchte frische Luft und bin spazieren gegangen.“

„Ich fand dein Verhalten ziemlich unhöflich. Hat es etwas mit Felix zu tun? Magst du ihn nicht? Hat er etwas Falsches gesagt oder gemacht?“

„Nein, nein, der ist okay. Aber wie er die Bilder angesehen hat ...“

„Der war total begeistert.“

„Ich habe es nicht ausgehalten, wie er *mich* angesehen hat.“

„Dich?“

„Die Bilder von mir, *deine* Bilder von mir.“

„Felix war voller Bewunderung.“

„In dem Augenblick habe ich mich nackt gefühlt. Vor ihm, von dir verraten und verkauft.“

„Verstehe ich nicht.“

Um Jitkas Mundwinkel zuckte es, sie schien leicht zu zittern. Tränen rannen über ihre Wangen. Serge ging auf sie zu, aber sie wehrte ihn mit erhobenen Händen ab. Nicht energisch und dennoch bestimmt. Er blieb stehen und sagte: „Jitka, ich wollte nur ...“

„Du hast ein Bild von mir gemalt, ein sehr intimes. Das hast du mir geschenkt, und es war vielleicht das Kostbarste, was ich besitze. Und dann hast du hinter meinem Rücken Variationen davon angefertigt und die Kaltschnäuzigkeit besessen, sie zu Carmens Werken zu erklären. Das ist ekelhaft. Selbst mein rotes Auge hast du gemalt, sodass mich jeder zweifelsfrei erkennen kann. Weißt du, Nacktheit kann etwas sehr Schönes sein, etwas höchst Intimes zwischen zwei Menschen. Deine Bilder sind dagegen eine Bloßstellung."

„Aber Jitka, ich habe nur ... Hätte ich ein schlechtes Gewissen gehabt, hätte ich diese Bilder vor dir versteckt."

„Unglaublich, wie empfindungslos du bist. Ich habe dich für einen Künstler gehalten, einen sensiblen Menschen. Das habe ich an dir gemocht, sogar bewundert, ja geliebt. Aber in Wirklichkeit bist du kalt wie ein Fisch. Was du machst, ist ein doppelter Verrat: an der Kunst und an mir. Du bist ein Fälscher und Betrüger." Serge stand sekundenlang wie erstarrt, bevor er erneut versuchte, auf Jitka zuzutreten und sie zu berühren. Sie wich aus und ging schnell an ihm vorbei.

„Tut mir leid, ich wollte dich nicht verletzen. Ich verlange diese Bilder von Felix zurück", stammelte er ihr hinterher. Sie blieb stehen, drehte sich um und fragte scharf: „Was heißt das?"

„Er hat diese Bilder mitgenommen, um sie Carmen zu bringen. Die anderen holt er später. Ich rufe ihn an und sage ihm ..."

„Nicht nötig. Sie bedeuten mir nichts mehr. Ich habe dein Bild von mir, die Variationen im Stil von dieser Carmen sind für mich wertlos und du bist es auch. Ich fahre zurück nach Marienbad."

„Aber, Jitka! Tut mit leid, wirklich. Ich ..." Die Tür knallte hinter ihr ins Schloss, bevor er seinen Satz beenden konnte. Er stürmte hinter ihr her.

***

Etwa zwei Stunden später, während Jitka darüber nachdachte, ob sie Serges verzweifelt klingende Entschuldigung und seine Einladung zu einem Abendessen annehmen sollte, glitt Felix' Sportwagen in gemäßigtem Tempo durch die hügelige Landschaft der Holsteinischen Schweiz. Weil er keine Eile hatte, nach Hamburg zu kommen, nahm er nicht den schnelleren Weg über die Autobahn, sondern über Landstraßen. So viel war in den letzten vierundzwanzig Stunden passiert, da war es gut, alles bei entspanntem Autofahren sacken zu lassen und über das Geschehene nachzudenken. Bei Mathea würde er sich entschuldigen. Was war beim gemeinsamen Abendessen mit Steven und Pia in ihn gefahren? Die waren genau wie Mathea und er selbst ein wenig berauscht von ihren bescheidenen geschäftlichen Erfolgen gewesen, obwohl sie alle nur als klitzekleine Randfiguren und willige Erfüllungsgehilfen in einem Spiel dienten, das sie selber nicht durchschauten. War doch okay, ein paar Stunden lang so zu tun, als gehöre man selber zu den Wichtigen, den wirklichen Entscheidern, um sowohl die alltägliche Langeweile als auch die eigene Unwichtigkeit mit einem Hauch von Glanz zu umflirren. Man musste dazu bloß ein bisschen in der eigenen eingebildeten Bedeutsamkeit schwelgen können, wozu bereits der Wille zu einer abendlangen Selbstverklärung reichte.

Warum hatte er nicht einfach mitgespielt? Ausgerechnet er, der liebe, nette Felix hatte plötzlich einen Anfall von – ja von was eigentlich? – gehabt. In nichts unterschied er sich von Mathea, Steven und Pia, betrog genauso wie sie zum Beispiel mit diesen Bildern von Carmen, bei denen er nicht wusste – und gar nicht wissen wollte! –, wieviel von ihr überhaupt in denen steckte. Was war der Unterschied zu Bankgeschäften, deren komplizierte Finanz-Konstruktionen weder Mathea noch Steven oder Pia wirklich kapierten? Es kam einzig und allein auf ein überzeugendes Narrativ an! *Narrativ*, was für ein eleganter Begriff, dachte Felix, was für eine philologische Camouflage, um das Wort Betrug zu vermeiden. Nichts anderes war es, wenn man Leuten Produkte mit zwar nicht gänzlich unmöglichen, aber zumindest zweifelhaften Erfolgsaussichten schmackhaft machte, um sie zum Kaufen zu bewegen. Das war kein Betrug, aber es war unehrlich, weil es den Verkäufern um nichts anderes ging als ihren eigenen Profit. Der Betrug lag im Vorgaukeln der Erfolgsperspektive des zu verkaufenden Produkts. Was aber nicht, nur teilweise oder eingeschränkt der Überzeugung des Verkäufers entspricht, kann bestenfalls spekulativ sein und muss deshalb glaubhaft erzählt werden; so läuft das Geschäft mit Fiktionen. In letzter Konsequenz besteht der Wert der Kunst genauso wie der einer Aktie in dem Preis, den man erzielt. Alles eine Frage des Glaubens, Hoffens, Erwartens, des Überzeugens und der Überzeugung. Der Liebhaber, der Sammler kauft ein Bild aus Leidenschaft, dem Spekulanten ist es egal, ob er Aktien oder Gemälde kauft. Vielleicht besteht darin der einzige Unterschied zwischen einem Kunst- und einem Finanzprodukt, dachte Felix: Keiner hängt sich eine Aktie an die Wand, jedenfalls nicht aus ästhetischen Gründen.

Keine Frage: Carmens neue Bilder waren sensationell. Oder waren es die Bilder von Serge? Egal! In jedem Fall waren sie wunderbar, und er konnte sie aus voller Überzeugung jedem Interessenten anbieten. Erst recht diese Akte von dem Mädchen mit dem roten Auge! Natürlich blieb es spekulativ, ob der nationale oder gar internationale Kunstmarkt diese Bilder wahrnehmen würde. Dafür brauchte man Hebel, über die möglicherweise Paul verfügte, aber diese Mechanismen waren Felix bislang weitgehend verschlossen geblieben. Er jedenfalls war davon überzeugt, dass sein Einstieg in die *Pigmente Galerie Hamburg* mit diesen Bildern ein Triumph werden würde, ganz großes Kino! Nein, natürlich würde sich niemand vom internationalen Sammler-Jet-Set für Carmens Bilder interessieren, sich keine Reporter aus New York, Paris oder London ansagen, keine Aufkäufer bedeutender Sammlungen und Museen kommen. Die Bilder konnten noch so gut sein, niemand in der großen Kunstwelt wusste überhaupt von ihrer Existenz! Karrieren passierten nicht zufällig, sondern die wurden gemacht; professionell von langer Hand vorbereitet und mithilfe eines ganzen Apparates von diversen Personen, soviel hatte er längst begriffen. Felix wusste, dass es für den Moment darum ging, viel bescheidenere Ziele zu erreichen. Er würde Sorge tragen, dass Carmens Vernissage im Rahmen des Erwartbaren, und vielleicht ein bisschen darüber hinaus, ein Erfolg werden würde. Dagny und Rutger könnten ihn danach jedenfalls nicht mehr mit ihrer herablassenden Blasiertheit wie einen ahnungslosen Volltrottel behandeln! Mit dieser Vernissage würde er das Ruder ganz fest in seine Hände nehmen und allen zeigen, in welcher Liga die *Pigmente Galerie* zukünftig spielen würde – mit ihm als Kapitän und den beiden bestenfalls als Leichtmatrosen. Denen wird er zeigen, wo der Barthel den Most holt. Er wählte Pauls Nummer.

„Hi Paul, ich bin's, Felix …

Ich bin auf dem Weg nach Hamburg …

Ja, stimmt, ursprünglich wollte ich ein paar Tage in Kopenhagen bleiben, aber es hat Ärger mit Mathea gegeben …

Nein, nichts wirklich Ernstes. Aber ich bin früher abgereist und bei Serge vorbeigefahren, um mir die neuen Bilder von Carmen anzusehen …

Ja, einige davon habe ich im Auto. Die meisten sind aber noch bei Serge. Die beiden haben ja zusammengearbeitet oder wie man das nennen soll …

Genau, auf deine Initiative hin …

Das Ergebnis? Einfach sensationell! …

Ich weiß nicht, wie ich es besser beschreiben soll. Wer hat noch gesagt: Kunst ist, was man nicht begreift? Ein Zauber, etwas Magisches, Geheimnisvolles …

Nein, das meine ich nicht ironisch, ganz und gar nicht! …

Ich habe die Bilder fotografiert und schicke dir die Fotos per Mail, wenn ich zu Hause bin. Dann kannst du dir selbst ein erstes Urteil bilden …

Also, ich denke, das sollten wir ganz groß aufziehen …

Mein Vorschlag: Wir machen eine Vernissage in unserer Galerie in Hamburg, anschließend wandern wir mit der Ausstellung nach Wien, Zürich, München und so weiter." Felix sah vor seinem geistigen Auge, wie Paul jetzt aus seinem Schreibtischstuhl aufstand, in seinem Büro auf und ab ging und kalkulierte. Tat sein Chef immer, wenn Entscheidungen zu treffen waren.

„Nein, das ist mein Ernst! …

Wir sollten alle Register ziehen! Ganz großer Bahnhof, jedenfalls für unsere Maßstäbe. Ausgewähltes Publikum, als Laudator Professor Bird, Presse …

Ist ganz egal, was der kostet. Oberstes Regal, würde ich empfehlen, der amortisiert sich garantiert …

Nein, ich übertreibe keineswegs: Die Bilder sind mega. Vielleicht nicht für die Gurus aus Paris, Los Angeles und Basel, und den Turner Prize wird sie auch nicht kriegen, aber wir können einen echten Treffer landen. Für diese Bilder gibt es mit Sicherheit ein Publikum, Interessenten und Käufer."

Der Wagen schnurrte über die Landstraße, auf beiden Seiten von Wald gesäumt. Diese Gegend liebte er.

„Genau, über das Preisniveau müssen wir nachdenken. Auf keinen Fall zu billig! Es muss teuer sein, richtig teuer! Natürlich nicht so teuer, dass sich unsere Leutchen das nicht leisten könnten. Aber wie sagte mein Patenonkel Guschi mal ganz richtig: Was nichts kostet, ist nichts wert ...

Du sagst es! Unser Ziel muss es sein, dass der Namen Carmen da Câmara in die nächste Liga aufsteigt ...

Wie soll ich ihre Bilder beschreiben? Also: nicht abstrakt, sondern figurativ, das heißt: schon abstrakt, aber das Konkrete bleibt erkennbar, mindestens zu erahnen. Sagen wir: Es sind gefällige Abstraktionen, aber von einer Schönheit, in die man sich zurückziehen möchte ...

Ist kaum zu erklären oder zu beschreiben. Musst du dir einfach ansehen ... Irgendwas zwischen naiv versponnen, milder Schönheit und einem luziden Traum ... Ja, gebe ich zu. Ich bin begeistert! Damit eröffne ich im Herbst meine Galerie in Hamburg ...

Ist schon klar: deine Galerie, oder sagen wir unsere Galerie ...

Ja, danke, du auch. Tschau, tschau."

***

Jitka hatte sich Bedenkzeit auserbeten, nachdem Serge seine Schuld, sein Versagen, seine mangelnde Sensibilität eingeräumt hatte. Vielleicht habe er einen Fehler gemacht, sicher sogar, aber er habe keinen Verrat darin gesehen, die Variationen der Akte in Carmens Œvre zu integrieren. Es sei leicht, alles rückgängig zu machen, er könne Felix sofort anrufen, um zu verhindern, dass die Bilder an die Öffentlichkeit gelangten. Jitka hatte ihm zunächst mit versteinerter Miene zugehört, bevor sie aufgestanden und im Zimmer auf und ab gegangen war. Schließlich sagte sie, auf einem Spaziergang über alles nachdenken und eine Entscheidung treffen zu wollen.

„Es ist schon ziemlich dunkel", wandte Serge ein.

„Ich kenne den Weg und nehme die Taschenlampe mit."

Sie ging durch den Wald in Richtung Meer. Hatte Serge wirklich einen Verrat an ihr begangen? Wie viele Frauen hatten Künstlern als Musen, Objekte, Inspiration und was nicht noch gedient, und daraus war große Kunst geworden. Ein Missbrauch an ihr, an allen Frauen? Oder war es eine Auszeichnung, ein Kompliment, vielleicht eine Ehre, den großen und selbst den nicht ganz so großen Meistern als Quelle gedient zu haben? Eine Schmeichelei, eine Verbeugung vor der weiblichen Schönheit? Wurde die Frau – sie! – dadurch nicht gleichsam zum Teil des Ganzen, ein Unikat unter allen; unverwechselbar, einmalig, herausgehoben aus der Masse, in ihrer jugendlichen Schönheit ein Stück der Ewigkeit? Sie blieb stehen, hörte den Wind in den Baumkronen und von fern her das Rauschen des Meeres. Aber Serge hätte es mir sagen können, sagen müssen!, schoss es ihr durch den Kopf. War es glaubhaft, dass er damals in Marienbad nicht im Traum daran gedacht haben wollte, die Skizzen als Material für diese Carmen zu verwenden? Wer war diese Frau überhaupt? Was hatte Serge mit der zu tun? Seine diesbezüglichen Erklärungen waren im Ungefähren geblieben. Entweder war die eine Malerin, dann sollte sie ihre Sachen selber malen. Nicht zu fassen, dass Serge für sie ..., oder sie mit seiner Hilfe oder Unterstützung ... Wenn das kein Betrug war, gab es keinen! Was hatte Serge gesagt: „Ein Betrug liegt grundsätzlich vor, wenn ein Kunstwerk in der betrügerischen Absicht hergestellt wird, es als das Original eines anderen erscheinen zu lassen. Das habe ich nun wirklich nicht gemacht!"

„Nein, viel schlimmer! Du überlässt dieser offensichtlich künstlerisch sehr limitierten Carmen deine Bilder *von mir*, damit *sie* ihre Karriere wieder in Schwung bringen kann!"

„Was ist daran so schlimm? Es ändert nichts an den Bildern und auch nichts im Verhältnis zwischen uns. Betrachte es als Geschäft, mit dem ich eine ganze Menge Geld verdiene, das uns enorme Spielräume verschafft", hatte Serge gesagt.

„Sehen wir mal von meiner Empfindlichkeit ab. Vielleicht bin ich wirklich zu dünnhäutig. Bleiben wir bei der Kunst oder besser gesagt beim Kunstmarkt. Ist es nicht absolut inakzeptabel, was ihr da macht? Ich meine, die Bilder sind von dir, und sie setzt da am Ende bloß ihre Signatur drunter."

„Nein, so ist es ja nicht."

„Doch, genauso ist es."

„Ich habe dir versucht zu erklären, dass wir gemeinsam ..."

„Hör auf!"

„Das Bild an sich ist alles. Und gleichzeitig nichts."

Sie schaute ihn unwillig an. Wollte er sie vom Thema ablenken, ihr mit schlauen Überlegungen und rhetorischem Geschick den Wind aus den Segeln nehmen? „Verstehe ich nicht", sagte sie.

„Einerseits geht es ausschließlich um das Kunstwerk, das Unikat, das Original. Und es geht um Qualität, wie und von wem die auch immer definiert wird. Andererseits ist ein Kunstwerk – markttechnisch gesehen – ein Nichts, wenn es von einem Niemand gemalt worden ist, also zum Beispiel von mir. Das Bild ist also nur im Zusammenhang mit seinem Schöpfer das, was es ist, jedenfalls für den Markt, der den Preis bestimmt."

„Was hat das alles mit dir und mir, mit Carmen und deinen Bildern von mir zu tun? Mir ist das alles zu kompliziert. Ich glaube, du willst dich mit Spitzfindigkeiten herausreden."

„Ja! Das will ich! Was habe ich sonst für eine Chance? Aber herausreden ist nicht das, was ich mache. Und Spitzfindigkeiten sind das auch nicht, sondern Mechanismen, die den Markt beherrschen. Ich möchte es dir erklären, damit du mein Handeln verstehst. Ich habe längst keine Ideale mehr, was die hehre Kunst und erst recht nicht, was den Markt betrifft. Ich habe mir längst abgewöhnt, bestimmte Fragen zu stellen. Jetzt spiele ich ein bisschen hinter den Kulissen mit, mache nichts Verbotenes und lebe davon. Wenn etwas Ungesetzliches mit meinen Bildern gemacht wird, ist das nicht mein Problem. Aber was wir machen, also Carmen und ich, ist im Rahmen der Legalität, mehr oder weniger jedenfalls. Und bitte, verstehe mich, hier bietet sich die Chance, dass meine Kunst und mein Können von der Öffentlichkeit wahrgenommen werden. Nicht unter meinem Namen, und – zugegeben – ein bisschen mit Carmen garniert und an sie angelehnt, aber weder als Fälschung noch als Kopie. Dafür gut bezahlt und mit einer Zukunftsperspektive. Das ist für jemanden wie mich ein Glücksfall!"

Jitka war aufgestanden und hatte beim Hin- und Hergehen eine Weile nachgedacht, bevor sie erwiderte: „Aber diese Carmen vermarktet deine Bilder als ihre Originale!"

„Sie braucht bloß ein wenig darin herumzupinseln – hier ein paar Tupfer Grün, dort ein bisschen Orange – und dann können die Bilder problemlos als ihre Originale durchgehen. Wer legt denn fest, wie viel von ihr in einem von ihr signierten Bild vorhanden sein muss? Hat schon Rubens so gemacht." Jitkas Schweigen ermutigte Serge zu weiteren Erklärungen, mit denen er sie endgültig zu überzeugen hoffte: „Der Unterschied zwischen Original und Fälschung ist kein materieller, sondern ein ideeller. Das Original hat eine Aura, die Fälschung nicht. Das ist der einzige Unterschied, wenn die Fälschung gut oder außerordentlich gut ist. Manchmal ist der Fälscher sogar der bessere Maler, aber er hat nicht die Ideen. Er ist eben kein Künstler, sondern eher ein Könner, ein Kunst-Handwerker, wenn du so willst. Oder er hat nicht zum richtigen Zeitpunkt gelebt, als nämlich seine Kunst anerkannt worden wäre.

Unser Kunstverständnis ist von der Überzeugung geprägt, dass Kunstwerke nur im Original ihren spezifischen Zauber entfalten und die Genialität des Künstlers erkennbar werden lassen. Sonst bräuchte man keine Museen, und einen Kunstmarkt gäbe es auch nicht. Carmen wird keine Fälschungen und keine Kopien präsentieren, sondern Originale. Daran gibt es nichts zu zweifeln."

„Aber mit deiner umfänglichen Hilfe."

„Wo ist das Problem? Jeder steht auf den Schultern anderer, und das müssen nicht immer Riesen sein."

„Ich will nicht, dass die Bilder an die Öffentlichkeit geraten."

Serge dachte nach. Einerseits sah er kein Problem, die Bilder zurückzuverlangen, andererseits waren sie so etwas wie das Herzstück von Carmens neuer Schaffensphase. Im Notfall musste es auch ohne sie gehen. Schließlich fielen sie thematisch aus dem Rahmen, wirkten fast wie Fremdkörper. „Okay", sagte Serge, „was verlangst du von mir?"

„Was kosten die Bilder, ich kaufe sie."

„Keine Ahnung. Das ist die Angelegenheit von Carmen und Felix."

„Und du? Bekommst nicht deinen Anteil?"

„Ich habe ein festes Honorar für Carmens Unterstützung bekommen. Aber du bringst mich auf eine Idee."

„Das heißt, du weißt nicht, zu welchen Preisen die Bilder angeboten werden?"

„Nein. Über Preise einzelner Bilder haben wir nicht gesprochen. Und wie die auf der Vernissage angeboten werden sollen, weiß wohl im Moment niemand. Die Akte verlange ich zurück."

Jitka lehnte am Türrahmen und biss sich auf die Unterlippe. „Gehören dir die Bilder überhaupt noch? Oder Carmen? Oder Felix?"

„Ehrlich gesagt, weiß ich das selber nicht. Aber ich kriege sie, keine Angst. Was willst du mit den Bildern machen, wenn ich sie dir gebe?"

„Vernichten!"

***

Irritiert fragte Thorsten Voigt: „Du willst nicht mit?"

Endlich hatte Barbara den Mut gefunden, ihrem Mann mitzuteilen, ihn nicht auf seine Oldtimer-Tour durch Englands Süden zu begleiten. Zwar wäre sie gern einmal wieder durch die wunderschönen Landschaften und in die verträumten Städte und Dörfer von Kent, Sussex, Sommerset oder der Cotswolds gereist, aber diesem Stylish-Elitären, gleichermaßen harmlosen wie stupiden Snobismus-Getue seiner Nostalgiker-Freunde hatte sie im letzten Jahr nichts abgewinnen können. Stundenlang mit dröhnenden Motoren durch friedvolle Landschaften zu knattern, pseudoadeliges Tamtam in Herrenhäusern und Schlössern zu zelebrieren, zählte wahrlich nicht zu ihren bevorzugten Vergnügungen. Dazu das hohle Gerede der Männer über den Charme des Vergangenen, kontrastiert mit den momentanen und zukünftigen Aussichten auf Vermögensoptimierungen, während die begleitenden Ehefrauen und Freundinnen sich entweder in ihre Rollen als dekorative Accessoires fügten oder ersatzweise nach halbwegs sinnstiftenden Beschäftigungen suchten. Dennoch war es ihr schwergefallen, ihm diese Entscheidung mitzuteilen, denn gemeinsame Urlaube waren in ihrer ermüdeten Beziehung ein Stabilisator gewesen.

„Okay. Und was hast du vor?", hatte er gefragt und sich keine Enttäuschung anmerken lassen, sondern Verständnis signalisiert. Man sei alt genug und könne sehr wohl im Urlaub einmal getrennte Wege gehen. Das sei sogar eher ein Vertrauensbeweis.

Als sie ihm zwei Monate später erzählte, dass sie Isabell auf einer Pferde-Wanderung auf Island begleiten wolle, schien ihm das nicht das Geringste auszumachen, sodass sich der Hinweis erübrigt hätte, man habe außerdem enorm viel bezüglich der Arbeit des Kulturvereins und insbesondere wegen Carmens bevorstehender Ausstellung zu besprechen. War das der Anfang vom Ende ihrer Ehe oder die Normalität einer jahrzehntelangen Beziehung, hatte sie sich gefragt.

Anfang Juli saßen Dr. Lücke und sein Freund Thorsten Voigt bei schönstem Sommerwetter in einem Morgan Aero 8 Cabriolet nebeneinander und freuten sich auf urige Pubs, High Teas in Herrenhäusern, Drinks an lauschigen Hotelbars, historische Sehenswürdigkeiten und – warum nicht? – kleine Abenteuer, wenn sich die Gelegenheit ergeben würde. Sollten die beiden Frauen ruhig auf ihren Pferdchen durchs nasskalte, öde Island hoppeln und über die Zukunft des sicherlich demnächst Weltgeltung erringenden Kulturvereins bei Kräutertee und Skyr fachsimpeln.

Nach einem trüben Winter und einem sonnenscheinarmen Frühling genossen Gustav und Jutta Körber den schönsten und trockensten Sommer seit Jahrzehnten wie immer an der Ostsee. Nur das andauernde Gerede seiner Frau ging Gustav allmählich auf die Nerven. Normalerweise war die nicht derart quasselig, seit sie jedoch als Mitglied in den *Kulturverein SchwarzWeiß* aufgenommen worden war, schien sie nichts anderes mehr im Kopf zu haben. Pausenlos referierte sie über Vergangenes und Kommendes: Wie schön das Konzert mit dem Quartett von Carlo und Emanuel gewesen sei, ihre Schnittchen hätten alle über den grünen Klee gelobt. Fleisch- und Heringssalat werde sie bei nächster Gelegenheit bestimmt nicht wieder verwenden, weil sich damit zwei Besucher ziemlich ihre Kleidung verschmiert hätten. „Außerdem hat Eleonora gesagt, dass Fleischsalat ordinär ist."

Gustav schaute sie über den Rand seiner Zeitung an: „Was ist daran denn ordinär?"

„Weiß ich auch nicht", sagte Jutta, guckte ratlos und erzählte von Carmens Vernissage, die wahrscheinlich nicht in Freddys Galerie stattfinden würde. Auch ohne ihre Schnittchen, aber der Kulturverein arbeite nun ebenfalls mit der neuen Galerie von Felix zusammen, wo das Ganze stattfinden solle. Da sie nun Mitglied sei – mit Ausweis! –, bekäme sie ganz sicher eine persönliche Einladung. „Du kommst zur Vernissage mit, Guschi?", fragte sie, aber das klang nicht wie eine Frage, sondern wie eine bedrohlich klingende Vergewisserung.

„Einer was?", fragte er und schaute kauend zu ihr hinüber.

„Das ist die Eröffnung von Carmens Ausstellung!" Jutta klang empört, während Gustav wie abwesend nickte, „Ach so, ja, ja", nuschelte, sich wieder in den Sportteil der Bild-Zeitung versenkte und das Geplapper seiner Frau wie das Schwappen von Ostsee-Wellen an sich vorbeiplätschern ließ.

Carlo und Emanuel verbrachten wie jeden Sommer zunächst ein paar Tage in Paris, bevor sie sich mit Freunden an der Algarve treffen wollten. Beflügelt vom Erfolg ihres Konzertes für den Kulturverein in Freddys Galerie hatten sie sich auf Reisen begeben, denn neben Applaus und warmen Worten standen weitere recht gut dotierte Konzerte ihres Quartetts in Aussicht. Da machte es umso größeren Spaß, in der französischen Weltstadt das Savoir-vivre zu genießen, nebenbei nach ganz bestimmten Hosenträgern für Carlo zu suchen, und für die Diners brauchten sie unbedingt noch Messerbänkchen, die zu ihrem Service Praiana von Bernardaud passten. Gina hatte angedeutet, dass eventuell auf Carmens

Vernissage musiziert werden solle und womöglich ihr Quartett eingeladen werden könnte. „Gut bezahlt, denn hinter den Kulissen tut sich einiges, wie man mir unter dem Siegel der Verschwiegenheit gesteckt hat." Bei diesen geflüsterten Worten hatte sie vielsagend die Augenbrauen hochgezogen und den Zeigefinger über die gespitzten Lippen gelegt.

Das war, bevor sie den Sommer nutzen wollte, um Kräfte für den sicherlich anstrengenden Herbst zu sammeln, Selbsterkenntnisse zu gewinnen und ihr Leben zu reflektieren. Die Lösung sollte unter anderem ein Schweigeseminar in einem Kloster bringen, weil Barbara – natürlich im Scherz! – nach einem Extra-Gläschen Prosecco in Freddys Galerie vermutet hatte, dass Ginas nie versiegender Redefluss ein Grund sein könnte, warum neue Männerbekanntschaften der Freundin oft über ein vielversprechendes Anfangsstadium nicht hinauskamen. Denn nach Barbaras Fazit: „Du sabbelst zu viel!", der erwartbaren Empörung Ginas und der tröstenden Relativierung Isabells hatten sich bei Gina Einsicht und Wunsch – wenn nicht auf Heilung, so wenigstens auf Besserung – eingestellt. Leider war ihr Versuch mit diesem Schweigeseminar bereits nach zwei Tagen gescheitert. Am Telefon hatte sie Eleonora gesagt: „Der reinste Schwachsinn und ausgerechnet in einem Kloster! Da kommen dir so ganz sonderbare Gedanken, sage ich dir. ... Welche? Ja zuerst an Selbstmord, dann an Mord und zuletzt an Flucht!" Sie ärgerte sich, nicht das Angebot von Jan-Peter und Eleonora Wild angenommen zu haben, sie auf der Kreuzfahrt in die Karibik mit Stopps auf Barbados, St. John's, Antigua und wo nicht noch zu begleiten. Das hätte Cocktails und Captain's Dinner, Palmen, Strand und die Aussicht auf eine Amour fou versprochen. Sie dagegen hatte sich für kärgliches Essen in düsteren

Klostermauern entschieden – schweigend! Jetzt beneidete sie sogar die Hohlfeldts um ihre Wanderung von Dorf zu Dorf in den Cinque Terre, obwohl weder das Wandern noch das Genießen unberührter Natur zu ihren Leidenschaften zählte, ganz im Gegenteil! Dazu dieser sterbenslangweilige Heribert. Worüber unterhält man sich mit so einem überhaupt? Und Silvia als Zugabe, die seit geraumer Zeit über nichts anderes redete als über ihren angeblichen Rauswurf aus dem *Kulturverein SchwarzWeiß* und ihre schriftstellerischen Ambitionen, grauenhaft! Hatte denn niemand den Mut, der mal zu sagen, dass sie völlig talentfrei war? Dann lieber ins Kloster! Oder Freddy auf Sylt besuchen. Oder zu Felix. Aber wo war der überhaupt?

***

Streckung des Körpers, Kopf unter Wasser und ausatmen, Armzug, Kopf aus dem Wasser und einatmen, Grätschbeinschlag. Streckung des Körpers, Kopf unter Wasser und ausatmen, Armzug, Kopf aus dem Wasser und einatmen, Grätschbeinschlag. Streckung des Körpers, Kopf unter Wasser und ausatmen, Armzug, Kopf aus dem Wasser und einatmen, Grätschbeinschlag.

Gleichmäßig, Zug um Zug, schwamm Felix der Sonne entgegen, die über den Baumwipfeln am gegenüberliegenden Ufer aufgegangen war. Jahre waren vergangen, seit er das letzte Mal richtig geschwommen war. Ein bisschen baden bei einer seiner Tagestouren an die Ostsee oder ein ausgelassenes Toben in den Nordseewellen, wenn er Freddy auf Sylt besucht hatte, das ja, aber ausdauerndes Schwimmen wie jetzt hier in Schweden – zweimal am Tag wenigstens eine halbe Stunde – war ihm seit Ewigkeiten nicht in den Sinn gekommen, obwohl er in der Schule ein guter Schwimmer gewesen war. Später hatte er schnell den Spaß daran verloren, denn in öffentlichen Bädern musste man dauernd rücksichtslosen Mitschwimmern oder klönenden Frauen ausweichen, die paarweise nebeneinander die Bahnen blockierten und sich gerade so viel bewegten, dass sie nicht ertranken. Dazu dieses Chlorwasser! Felix hatte diverse andere Sportarten ausprobiert, bevor er Tennisspieler geworden war.

In diesem schwedischen See machte ihm niemand den Platz streitig, hier konnte er kreuz und quer schwimmen, ohne jemanden zu stören oder von irgendwem gestört zu werden. Hier wäre Platz für viele gewesen, aber so gut wie immer war Felix ganz allein unterwegs, denn direkt am See gab es kaum Häuser, und eine öffentliche Badestelle lag in einer entfernten Bucht. „Schwimmen verlernt man nie, genauso wie Radfahren", hatte Onkel Guschi einmal gesagt. Wieso erinnert man sich manchmal an solche Banalitäten? Jetzt, nach fünf Tagen seines Urlaubs, gelang auch das Rückenschwimmen immer flüssiger. Häufiger wechselte er spielerisch zwischen beiden Stilarten, um sich auszuprobieren und seinen Körper abwechslungsreicher zu trainieren. Und es brachte Spaß! Je automatischer und geschmeidiger seine Bewegungen gelangen, desto weniger musste er sich auf die Technik konzentrieren. Er fühlte die Tropfen über seinen Kopf perlen, wenn er auftauchte. Seine Handflächen und die fast geschlossenen Finger schoben das kühlweiche Wasser an seinem Körper vorbei. Mühelos glitt er durch die Oberfläche des Sees und bekam immer mehr Gefühl für das Wasser, spielte damit, lag in und auf ihm, tauchte gleichermaßen sanft und kraftvoll ein und auf, fast wie in einem Liebesspiel. Manchmal schaute er in das moorigtrübe Braun unter ihm, manchmal in das Blau des Morgenhimmels, oder er schloss die Augen und verschmolz im Rhythmus seiner Bewegungen mit See, Wald und Himmel. Wie fern waren die Ereignisse der letzten Zeit!

In drei Tagen würde Mathea kommen. Von Kopenhagen waren es keine zwei Stunden Fahrt bis zu diesem Sommerhäuschen in Skåne. Er war erleichtert, dass sie bald nach dem Streit seine Entschuldigung ohne viel Aufhebens akzeptiert hatte. „Zu viel Stress, Nervosität, Druck, das übliche eben", hatte er gesagt und um Entschuldigung gebeten. Mathea hatte verständnisvoll gelächelt, schließlich wusste sie allzu gut, wovon er redete. Sie hatte ihm mit dem Eingeständnis vergeben, dass er in gewisser Weise sogar recht mit seinen Behauptungen gehabt habe, und hinzugefügt: „Solange wir im selben Boot sitzen und in die gleiche Richtung rudern, ist alles okay. Wir dürfen nur den Kurs nicht verlieren."

Er hatte sich für ein kleines Haus mit minimalem Komfort entschieden, das direkt am Ufer lag. Nach dem Schwimmen saß er auf einem der klapprigen Stühle und blickte von der kleinen hölzernen Terrasse über den See. Einige Felskuppen ragten in Ufernähe aus dem Wasser, zwei winzige Inseln waren in der Ferne zu sehen, und am Horizont begrenzte Wald seinen Blick. Ein Apfel, zwei Scheiben Brot mit Kräuterquark, Hüttenkäse, Marmelade und Honig, dazu ein weichgekochtes Ei, Orangensaft, Kaffee. Er ließ sich Zeit beim Frühstück. Jitka fiel ihm ein. Die dunkle Schöne mit dem roten Auge. Ihr seltsamer Besuch, gleich nachdem er von Serge die Bilder abgeholt hatte. Der hatte ihn per Telefon kurz zuvor darüber informiert, dass sie die drei Akte haben wollte.

„Und wieso?“, hatte Felix gefragt und ergänzt: „Die gehören ihr nicht.“

„Ist kompliziert. Versuche sie zu überreden, dass sie auf die Bilder verzichtet und Carmen überlässt. Wenn das nicht gelingt, gib sie ihr.“

„Einen Teufel werde ich tun! Die sind superb, das Kernstück, der Höhepunkt von Carmens neuer Schaffensphase!“

„Auch ohne diese Bilder wird es ein enormer Erfolg werden, ganz sicher.“

„Lass das mal meine Sorge sein. Ich werde ihr das ausreden, verlass dich auf mich, Serge!“

Sollte er öffnen? Er hatte einen Moment gezögert, als Jitka an seiner Tür geklingelt hatte. Aber so würde das Problem, welches auch immer es war, nicht gelöst werden. Er wusste um die fragile Entstehungsgeschichte der Bilder, da konnte er keinen Skandal gebrauchen. Er würde es mit Charme versuchen, vielleicht mit einem Appell an ihre Fairness, ihre

Loyalität oder Eitelkeit. Wenn das nichts brächte, konnte er auf stur schalten, Härte zeigen. Er war sich sicher, dass ihm die richtige Klaviatur einfallen würde, um sie abzuwimmeln.

Als er Jitka gegenüberstand, wusste er sofort, dass er keine Chance hatte. Alles Verträumte, der Realität Entrückte war wie aus ihr herausgesogen. Nichts übrig von ihrem verspielten Charme, ihrer entwaffnenden Natürlichkeit. Vor ihm stand eine hartgesichtige Frau, die ihm keine Spielräume lassen würde. „Gib sie mir einfach“, forderte sie grußlos, und Felix verstand sofort, dass Jitka nicht durch Argumente, Schmeicheleien oder Bitten von ihrer Forderung abzubringen war. „Warum?“, fragte er.

„Weil es meine Bilder sind.“

Diese Behauptung war im juristischen Sinn zwar falsch, moralisch dagegen nicht von der Hand zu weisen, überlegte Felix und fragte: „Darf ich sie dir abkaufen?“

Angewidert schaute sie ihn von oben bis unten an, blickte dann wortlos zur Seite. Felix zuckte die Achseln. „Willst du nicht reinkommen, vielleicht etwas trinken?“

„Nein.“ Felix zögerte einen Moment, bevor er sich umdrehte und ging, um die Bilder zu holen. Als er ihr die gut verpackt übergab, fragte er: „Was willst du mit ihnen machen?“

„Zu Carmen fahren und ihr über den Kopf schlagen!“ Sie lächelte diabolisch.

***

Was war Felix für ein Typ? Rutger konnte ihn nicht richtig einschätzen. Nett und freundlich, aber auch unnahbar, glitschig, geschmeidig, nicht greifbar. Gute Umgangsformen, gutaussehend, Kleidung von eleganter Sportlichkeit der angesagten Marken. Aber hatte der überhaupt Ahnung von Kunst? Was qualifizierte den für diesen Job? Rutger fühlte sich durch Pauls Entscheidung gekränkt und zurückgesetzt, weil er Hoffnungen gehegt hatte, die Leitung der Galerie zu übernehmen, nachdem sie zur Dependance der *Pigmente Galerie Wien* geworden war. Wäre naheliegend und logisch gewesen, schließlich arbeitete er seit vier Jahren in diesem Haus, wenn auch für einen anderen Galeristen mit einer anderen Konzeption. Oder eben Dagny, die fast genauso lange hier angestellt war und das Geschäft bestens kannte. Aber deren Chancen waren seit der ersten Ausstellung, die sie verantwortlich betreut hatte, merklich gesunken. Zwar hatte Paul den Misserfolg beschwichtigend kommentiert – nein, nein, er wisse, wie schwer es sei, junge, relativ unbekannte Künstler aus einer anderen Region zu verkaufen –, gleichzeitig unmissverständlich durchblicken lassen, dass er für die beiden von ihm in Wien betreuten österreichischen Künstler deutlich mehr Besucher und eine mediale öffentliche Wahrnehmung erwartet habe, wie er sie für Ausstellungen in der *Pigmente Galerie* in Wien gewohnt war.

„Hamburg ist ein schwieriges Pflaster für neue Namen", hatte Dagny eingewendet, aber Pauls Antwort „Liebe Freundin! Genau um das zu ändern, beschäftige ich Sie hier", hatte das Klima zwischen ihnen kühl werden lassen. Rutger hatte diese Zurechtweisung mit gemischten Gefühlen aufgenommen. Einerseits war Dagny über die Jahre eine geschätzte Kollegin geworden, andererseits auch eine Konkurrentin, wenn es um die zukünftige Leitung der Galerie gehen sollte, die sich beide seit der Übernahme kommissarisch teilten. Während beide gute, zunehmend unehrlichere Mienen zum vergifteten Spiel gemacht hatten, wurde ihnen wie aus heiterem Himmel dieser Felix vor die Nase gesetzt! Was für ein Affront, geradezu eine Degradierung – und nichts anderes war das in ihren Augen –, die alles Verlogene zwischen ihnen wie weggezaubert und sie in der gemeinsamen Ablehnung gegenüber der neuen Geschäftsführung zusammengeschweißt hatte.

Rutger saß im den Ausstellungsräumen angeschlossenen Büro, das er und Dagny gemeinsam benutzten. *Carmen da Câmara – Räume für Träume* las er, blätterte flüchtig durch den Katalog ihrer letzten Ausstellung, den Felix ihm vor seinem Urlaub zur Ansicht gegeben hatte. Er legte den Band gelangweilt zur Seite, um erstmal seine Mails zu checken. Felix hatte ihm geschrieben:

Hi Rutger, im Anhang findest du so gut wie alle neuen Gemälde von Carmen da Câmara, aus denen wir im Herbst unter meiner Leitung eine Ausstellung machen werden. Arbeitstitel: Entlegene Tiefen. Mach dir bitte bis zu meiner Rückkehr konzeptionelle Gedanken für die Gestaltung des Katalogs.

Grüße
Felix

Dagny war eingetreten. „Na, was gibt's?"

„Sieh dir das an!" Sie beugte sich über Rutgers Schulter, und nachdem sie Felix' Mail gelesen hatte, sagte sie: „Glückwunsch!"

„Auf deinen Zynismus könnte ich heute glatt verzichten. Hilfst du mir?"

„Ich habe mir gerade den Katalog ihrer letzten Ausstellung *Räume für Träume* genauer angesehen. Also, wenn ihre neuen Bilder ähnlich sind ...“

Rutger drehte sich zu ihr um, schlug den neben ihm liegenden, eben von Dagny erwähnten Katalog auf und zitierte im Tonfall gespielter Bedeutsamkeit: „Die Bilder von *Carmen da Câmara* haben die Tönung idealer Träume, in denen der Betrachter in schwereloser Entrückung versinkt und die Grenzen des Selbst sich auflösen.“ Beide sahen sich mit süffisantem Lächeln im gemeinsamen Empfinden spöttischer Verachtung an.

„Und was präsentiert uns die Dame dieses Mal? Wieder klischeemilde Wald- und Wiesenszenen oder ein diffuses Nichts aus zart ineinanderfließenden Farben?“, fragte Dagny.

Rutger strahlte. „Da haben wir doch schon die ersten gedrechselten Sätzchen in Kunstplattitüdendeutsch für unseren Katalog. Du machst die Texte, Darling!“

„Wenn du unbedingt willst, dass wir rausfliegen.“

„Lass uns erstmal die neuen Kunstwerke der Hochgepriesenen ansehen.“

„Lässt sich wohl nicht vermeiden“, sagte Dagny, immer noch über Rutgers Schulter gebeugt, um die Fotos auf dem Computer zu betrachten, die Rutger jetzt anklickte. Sie hatte wieder dieses wundervolle Parfum aufgelegt, dessen Namen sie ihm nicht verraten wollte. Kommentarlos betrachteten beide minutenlang Bild für Bild, schwiegen, sahen sich hin und wieder an und waren sich einig: Diese Gemälde waren faszinierend! Sie vermochten weit mehr als den von ihnen erwarteten wohligen Schein zu erzeugen.

„Wunderbar“, sagte Dagny fast gegen ihren Willen und suchte nach einer Einordnung: „Beinahe wie, wie ... schwebende Momente, so voller Licht und Leichtigkeit, in denen das Alltägliche mit der Ewigkeit zu verschmelzen scheint."

„Ihr ist da wirklich etwas gelungen! Fixierte Augenblicke, in denen das universal Menschliche beinahe schwerelos erfasst worden ist", ergänzte Rutger. Beide sahen sich gleichermaßen ratlos wie fasziniert vom Gesehenen an.

„Ist das dein Ernst?"

„Ja! Und deiner?"

***

Ob sich die Korrespondenz zum Haupthaus nicht am charmantesten mit der Einrichtung eines Raumes im Stil eines Wiener Kaffeehauses zum Ausdruck bringen ließe, hatte Felix Paul gefragt, als es um die Neugestaltung der *Pigmente Galerie* in Hamburg gegangen war. Von dieser Idee begeistert, hatte Felix – angelehnt an Freddys Bistro – schräg gegenüber dem Büro von Rutger und Dagny einen Raum mit Thonet-Sesseln, Tischchen mit runden Marmorplatten, einem Garderobenständer aus Bugholz und originalen Wiener Zeitungshaltern eingerichtet. Auch in dieser Galerie sollten wichtige Gespräche in einer verkaufs- und imagefördernden, quasi privaten Atmosphäre stattfinden können. Außerdem sollte der Raum als Oase der Ruhe und Kontemplation dienen, in die man sich zum Entspannen und Nachdenken zurückziehen konnte. Sein eigenes Büro lag dahinter und war innerhalb des Hauses nur durch diesen Raum zu erreichen, hatte aber auch einen eigenen Zugang von außen.

Tiefenentspannt von seinem Urlaub in den schwedischen Wäldern befand Felix sich an diesem sonnigen Spätsommertag allein in dem „Café", wie dieser Raum mittlerweile von allen genannt wurde. Er hatte in *Louise's Landgasthof*, der gleich um die Ecke in einer Nebenstraße lag, zu Mittag gegessen und saß auf einem etwas entfernt von seinem Schreibtisch stehenden Sofa, das mit einem Sessel, Couchtisch, Minibar und Vitrine eine zweite Sitzecke des Cafés bildete. Bei einem Espresso lauschte er der neuen CD von Till Brönner und blätterte in Rutgers Katalogentwurf. Anschließend wollte er über Details der näher rückenden Vernissage von Carmens Ausstellung *Entlegene Tiefen* nachdenken. Oft kamen ihm die besten Ideen, wenn er diese Art von Jazz hörte und seinen Kaffee trank, bevor die nachmittäglichen Arbeiten ihn wieder vereinnahmten. Jedoch lenkte ihn die Musik vom Katalogentwurf ab.

Diese CD klang wieder ähnlich wie viele der Stücke seines Lieblingstrompeters Chet Baker, aber auch diesen Songs fehlte es an etwas. Aber an was? War es die Tragik des Lebens, das Gebrochene, die Poesie des Gescheiterten? Konnte man so etwas hören, oder war es dem Wissen um den biografischen Hintergrund Bakers geschuldet, also Einbildung? Das gelebte Leben ist durch keine noch so perfekte Technik zu kompensieren, schlussfolgerte Felix und fragte sich, ob Brönner nicht mehr als ein Epigone war, der manchmal allerdings ins Gefällige, Beliebige, Oberflächliche abglitt? Nein, gab er sich selbst die Antwort, denn jeder steht in der Tradition anderer, und Brönner, der zweifellos von Chet Baker beeinflusst worden war, hatte längst seinen eigenen, über das Vorbild hinausgehenden Stil gefunden. Seine Technik war ganz sicher auch von anderen Trompetern beeinflusst worden. Felix diente sanfter Jazz des Öfteren als atmosphärischer Hintergrund, um sich zu Lösungen eigener Aufgaben inspirieren zu lassen; diese Art von Musik nützte ihm als Lockerung seiner Denkmuster, zur Überwindung hinderlicher Stimmungen, sie war Ablenkung vom Alltäglichen und Impuls für Neues. Aber war das nicht eine furchtbare Abwertung, wenn Musik nur als Klangteppich diente? Und: War das mit der bildenden Kunst nicht genauso? Wie leicht gerieten Bilder in den Verdacht, bloß dekorativ oder sogar kitschig zu sein. Sobald von Schönheit gesprochen wurde, drohte das alles vernichtende Kitsch-Verdikt! Wer zog die Grenzen, wer hatte die Kompetenz zu urteilen? Kunst muss gefallen und gleichzeitig elitär bleiben, befand Felix und folgerte: Sie darf nicht massentauglich werden, sonst geht der Status der Exklusivität verloren. Genau darin besteht der Spagat, die

Quadratur des Kreises, das wahre Kunststück: Farbe auf Papier, Leinwand, Holz oder welchem Untergrund auch immer für Tausende und Millionen zu verkaufen, das materiell Wertlose zu veredeln, die Alchemie unserer Tage. In der bildenden Kunst muss der Markt so konzipiert sein, dass die Nachfrage für ausgewählte Künstler größer als das Angebot ihrer Werke bleibt. So werden Stars gemacht und horrende Preise erzielt. Aber wer entscheidet darüber, was große, bedeutende, die Zeit überdauernde Kunst ist? Wer autorisiert wen und wodurch, darüber zu befinden? Alles ein großer Schwindel? Felix erinnerte sich an das Credo eines seiner Professoren während seines Studiums der Kunstgeschichte, der behauptet hatte: „Was wahre Kunst ist, können nur die ganz wenigen wirklichen Künstler erkennen, die Chosen few. Alle anderen sind Laien, Amateure, Schwindler oder Hochstapler." Stimmte das?

Felix stand auf, um sich einen zweiten Espresso aus der Kaffeemaschine zu holen. Und plötzlich glaubte er zu wissen, warum Carmen selbst mit ihren neuen, wunderbaren Bildern nie eine große Künstlerin werden konnte: Ihr fehlte das im Innersten Empfundene, die Klaviatur der tiefdunklen Töne, der Blick in den Abgrund. Du kannst zwar malen, was du nicht empfindest, aber weil es nicht authentisch ist, wird man dich durchschauen. Nicht jeder, nicht alle – ganz im Gegenteil, die Menge könnte dir bestimmt zujubeln, aber die wirklichen Kenner werden dich entlarven. Das muss nicht öffentlich werden, dafür werde ich sorgen, dachte er und lauschte dem Perlen der Töne, den Klangfarben und der Wärme von Till Brönners nächstem Song. Bis sein Handy klingelte. Rutger wollte wissen, ob Felix sich schon mit seinem Katalog-Entwurf befasst habe. Der verneinte, schaltete den CD-Player aus und machte sich an die Arbeit.

Sein erster Eindruck von Rutgers Katalogentwurf war positiv, aber schnell glitten seine Gedanken zu konzeptionellen Überlegungen zu Carmens Ausstellung, mit denen er bereits in seinem schwedischen Ferienhaus begonnen hatte. Die Räumlichkeiten in der *Pigmente Galerie* waren wesentlich großzügiger als in der *Galerie Palmberg*, deren Charme im Familiären, Wohnzimmerhaften bestand. Die *Pigmente Galerie* verfügte dagegen über große, hohe Räume, die Reichtum atmeten und in der Gestaltung enorme Spielräume ließ.

Felix hatte überlegt, wie dieses wahrhaft Neue in Carmens Œvres am besten in Szene gesetzt werden konnte. Längst war es ihm egal, wie viel von Serge in diesen Bildern steckte. War letztlich gleichgültig, denn nur das Ergebnis – diese sensationellen Bilder – zählte!

Zwei Konzepte hatten in seinen Überlegungen konkurriert: Entweder wollte er die ganze Galerie mit schwarzem Tuch verhängen lassen, auf dem die Farbigkeit der Bilder bei richtiger Beleuchtung ideal zur Geltung kommen würde. Die Betrachter, so seine Idee, sollten die Exponate nicht bloß anschauen, sondern geradezu betreten; sie sollten aus dem Dunkel des Raumes in die Helligkeit der Bilder wie magisch hineingesogen werden. Oder sollte er alle Räume in ein gleißend helles, kühles, leeres Weiß tauchen, das jede Spur alles Alltäglichen beim Betreten der Galerie sofort vernichten und gleichzeitig mit einem Versprechen auf etwas Besonderes, Exklusives, ja Erhabenes ersetzen würde? Ein White Cube als Zauberkasten, in dem jedes Kunstwerk per se symbolisch und tiefgründig wirkt und in dem Carmens Bilder wie Erscheinungen erstrahlen mussten. Die Besucher würden in eine weihevolle Leere gestellt werden, und gleichzeitig würde sie ein Versprechen auf Verstehen von etwas Außerordentlichem locken.

Felix entschied sich für die Konzeption „Weiß“ und entwarf einen Zeitplan mit allen Details für die nächsten Tagen und Wochen. Jetzt galt es, endlich den Katalogentwurf zu begutachten, denn spätestens Ende nächster Woche musste der gedruckt werden. Er nahm die von Rutger zusammengestellte Mappe zur Hand, als sein Handy klingelte. Ohne Umschweife teilte Carmen ihm mit, dass die drei Akte gezeigt werden könnten.

„Was? Wie hast du denn das geschafft? Ich hätte schwören können, dass Jitka die niemals ...!“

„Hat sie aber. Frag nicht weiter, sondern tu dein Bestes, um diese Bilder ins Zentrum zu rücken.“

Felix war fassungslos. Natürlich waren die drei Akte sensationell gut, und sie würden zum Herzstück der Ausstellung werden, aber mit dieser Neuigkeit war seine gesamte bisherige Konzeption hinfällig! Alle Arbeit umsonst! Oder gab es eine Möglichkeit, diese Bilder auf raffinierte, nicht zu aufwändige Art gleichzeitig in das bestehende Konzept zu integrieren und sie dennoch herauszuheben?

Am Ende eines Spazierganges hinunter an die Elbe hatte er die Lösung gefunden: Die Ausstellung blieb im Prinzip, wie sie ursprünglich konzipiert war, aber die Akte würden wie in der schummrigen Dunkelheit eines Separees präsentiert werden. Dafür waren umfangreiche Umgestaltungen, Trennwände und Lichtinstallationen nötig, aber diesen Aufwand wollte er gern auf sich nehmen. Es ging um viel. Um sehr viel!

***

Sämtliche Telefonate, Mails und WhatsApp-Messages, alle Plaudereien im Vereinsheim des Golf-Clubs, beim Käffchen oder Prosecco bei *da Giovanni* oder in *Louise's Landgasthof* und wie beiläufig fallen gelassene Bemerkungen bei zufälligen Begegnungen hatten nicht zum gewünschten Erfolg geführt: Silvia hatte keine Einladung zu Carmens Vernissage bekommen. Alles wegen dieses blöden Streits bei der Namensfindung des Kulturvereins!, schoss es ihr durch den Kopf. Beinahe hätte sie ihr Handy vor Wut an die Wand geschmissen, aber das wäre viel zu teuer geworden, wie ihr gerade noch rechtzeitig eingefallen war. Stattdessen schleuderte sie das Telefon mit kontrollierter Vehemenz in eine Sofaecke und grübelte. Diese Nicht-Einladung war der Beweis: Seit sie voller Empörung – zu recht! – das Haus der Wilds und damit die Versammlung des Kulturvereins verlassen hatte, war sie zur Außenseiterin geworden. Man mied sie, grenzte sie aus, schnitt sie! Bis auf Jutta Körber, aber die zählte nicht wirklich. Im Gegenteil: Sie zur Freundin zu haben, war eher ein Malus! Traf man sich beim Aquajogging, wurde das Thema Kulturverein von beiden tunlichst gemieden. Als sie Eleonora zufällig im Frisiersalon von Ingolf getroffen hatte, schien die sie einen Moment lang übersehen zu wollen, tat dann wie entzückt, ließ aber bei einer späteren Tasse Kaffee durchblicken, dass mehr noch als der Eklat um die Namensfindung Silvias öffentlich geäußerten Zweifel an Carmens Talent größtes Befremden ausgelöst hätten. Längst verfluchte Silvia ihren Verriss, der allerdings nicht nur einer Laune geschuldet war, sondern auf einer Enttäuschung, ja sogar Verletzung beruhten: Carmen hatte es nach monatelangem Hinhalten nämlich abgelehnt, Silvias Lyrik-Band mit ein paar ihrer Aquarelle zu bereichern. Außerdem hatte sie sich ein bisschen wichtigmachen wollen, was manchmal dadurch funktioniert, dass man gegen den Mainstream polemisiert. So jedenfalls ihr damaliges Kalkül. Das war schon deshalb nicht gut angekommen, weil Carmen wenig später durch ihren Wechsel zur offensichtlich international ausgerichteten *Pigmente Galerie* möglicherweise zu einem ungeahnten Höhenflug ansetzte. Silvias Genörgel wirkte wie aus der Zeit gefallen, war völlig unerwünscht und deplatziert gewesen. Mit ihrer Kritik war sie, ohne dass das jemand ausgesprochen hätte, zur Persona non grata geworden. Man duldet keine Nestbeschmutzer.

Sollte sie sich entschuldigen, zu Kreuze kriechen, den Gang nach Canossa antreten? Niemals! Aber die Zeit bis zu Carmens Vernissage drängte! Wen konnte, wen sollte sie ansprechen? Gina? Isabell? Barbara? Niemals! Eleonora? Die schon gar nicht, keine von ihnen! Diese eingebildeten Gänse! Hatten die überhaupt Kunstverstand? Jedenfalls waren selbst ihre einfühlsamsten Gedichte bei denen – außer bei Jutta Körber – kaum auf nennenswerte Resonanz gestoßen, wenn sie die mit Leidenschaft vorgetragen hatte. Silvia nippte an ihrem Zitronengras-Tee und überlegte. Warum also nicht Jutta? Erstaunlich taktvoll schnitt die – wahrscheinlich aus Rücksicht ihr gegenüber – das Thema *Kulturverein SchwarzWeiß* kaum an, und wenn die Sprache zufällig darauf kam, merkte Silvia ihr überdeutlich den Stolz auf ihre Mitgliedschaft an. Sollte sie Jutta fragen? Hatte die dort überhaupt etwas zu melden? Und überhaupt: Sich über Jutta und den Kulturverein einschleimen, um zu Carmens Vernissage eingeladen zu werden, das kam unter keinen Umständen infrage! Wer war sie denn! Silvia Hohlfeldt. Die Frau eines außerordentlich erfolgreichen Fondsmanagers! Außerdem Lyrikerin, also Künstlerin!

Wen sonst? Ihre Gedanken kreisten, aber ihr kam keine neue Idee. Schließlich landete sie wieder bei Jutta Körber: Wenn schon nicht die, vielleicht aber ihr Mann Gustav. War der nicht der Patenonkel von Felix? Da müsste etwas zu machen sein! Außerdem, und das fiel ihr siedend heiß ein, schuldete der ihr noch eine kleine Gefälligkeit, seit sie auf Juttas Bitte hin bei ihrem Mann vor Jahren erreicht hatte, Gustav auf sehr diskreten Wegen einen Überbrückungskredit zu vermitteln, als der bei der Übernahme einer anderen Spedition ein Liquiditätsproblem hatte. Das war die Lösung! Sie würde eine Einladung bekommen, ohne vor den eingebildeten Ziegen des Kulturvereins den Kotau machen zu müssen.

Von stiller Ergriffenheit erfüllt, hielt Silvia vier Tage später die persönliche Einladung zu Carmens Vernissage zur Ausstellung *Entlegene Tiefen* in den Händen. Sie überflog den Text und blieb hängen bei: In Kooperation mit dem *Kulturverein SchwarzWeiß*. Das auch noch!, dachte sie, aber da musste sie nun durch. Was sollte sie bloß anziehen?

***

Felix schaute auf seine Uhr: Eine gute halbe Stunde blieb bis zum Beginn der Vernissage. Nach langem Abwägen hatte er sich für eine Veranstaltung am frühen Abend entschieden, die ihm festlicher, feierlicher als eine Matinee erschien. Paul hatte ihn gebeten, in *Louise's Landgasthof* Tische zu reservieren, weil sich dort nach seiner Überzeugung vorzügliche Küche mit gediegener, hanseatisch-charmanter Atmosphäre verband. Es hatten sich nämlich ganz erstaunliche Gäste aus dem Kunstbetrieb angekündigt, mit denen er hinterher wie ungezwungen erscheinende Gespräche zu führen gedachte, bei denen sich alles entschied. Nichts war wichtiger als ein intimer, exklusiver Rahmen, um Andeutungen, konkrete sowie dezente Hinweise auf mögliche Geschäfte aus dem verbalen Nebel des üblichen Small Talks zu filtern, denen in den nächsten Tagen mit Geschick und Gespür nachzugehen war. Am Ende gehe es um nichts anderes als darum, die Interessen aller zu harmonisieren, die den Erfolg dieser wie jeder Vernissage wirklich beeinflussten und letztlich entschieden, hatte Paul seinem neuen Leiter der *Pigmente Galerie Hamburg* eines seiner Erfolgsrezepte verraten.

Felix ging in seinem Büro auf und ab, prüfte sein Outfit im Wandspiegel, trank einen Schluck Wasser. Ganz gewiss, die Bilder waren große Klasse, kein Zweifel, diese Vernissage, diese Ausstellung musste ein Erfolg werden. Seine erste in dieser Galerie! Und die mit den erstaunlichen, wenn nicht sogar überwältigenden Bildern seiner Freundin Carmen. Wer hätte das je für möglich gehalten! Freddy? Der bestimmt nicht! Außerdem die zu erwartenden Gäste! Nicht nur die üblichen Verdächtigen rund um den *Kulturverein SchwarzWeiß*, dazu ein bisschen Lokal-Prominenz und der sich kunstbeflissen gebende Geldadel, sondern es hatten sich sogar Journalisten aus Österreich, Frankreich und der Schweiz angesagt. Außerdem mit Paul befreundete Galeristen und andere offenbar wichtige Leute aus dem überregionalen und internationalen Kunstbetrieb, von denen Felix bisher nur gehört oder gelesen hatte. Viele Anzeichen deuteten darauf hin, dass er mit diesem Event die Treppe in eine höhere Etage hinaufsteigen könnte. Wenn alles klappt!, dachte er. Würden Serge und Jitka kommen? Beide hatten nicht bei ihm nach Einladungen gefragt. Vielleicht bei Paul? Könnte es Ärger geben? Er schaute auf sein Handy, wo eine SMS von Mathea angekommen war: „Sorry, hänge in Kopenhagen fest. Der Flug hat Verspätung. Alles Gute für die Vernissage!" Ein Blick auf die Uhr. War es Zeit, sich Richtung Eingang zu begeben? Kamen die ersten Leute? War alles perfekt vorbereitet? Hatte der Prosecco die richtige Temperatur? Noch vor einer Stunde hatte er jedes Detail nochmals mit Rutger und Dagny besprochen und überprüft. Er ging von seinem Büro ins „Café". Murmeln und Raunen war zu vernehmen. Schwoll an. Satzfetzen, Begrüßungen, Schritte, erstes Auflachen. Felix lauschte, trat an die Tür, um besser hören zu können.

Er wusste, dass am Eingang der *Pigmente Galerie* Anni und Yvonne standen, um die Gäste zu empfangen, die seit Minuten die hochherrschaftliche Freitreppe hinaufstiegen, an deren Ende ihnen die beiden Frauen auf silberfunkelnden Tabletts Gläser mit Prosecco und Orangensaft, Mischungen aus beidem sowie Mineralwasser anboten und einen dezenten wie flüchtigen Blick auf die Einladungskarten warfen, wenn sie die Gäste nicht persönlich kannten. Dahinter sollten sich Dagny und Rutger positionieren, um die Ankommenden persönlich zu begrüßen.

„Kein Bier?" Der dröhnende Bass seines Patenonkels war das erste, was Felix hinter der Tür deutlich vernehmbar hörte.

Und gleich darauf das vorwurfsvolle, scharfspitze „Guschi!" Unverkennbar Jutta. Felix lächelte, denn das war der perfekte Moment für seinen Auftritt. Er schnappte sich eine Flasche Bier aus dem Kühlschrank, verließ das „Café" und schlenderte den Körbers entgegen.

„Glas brauch ich nich", sagte Gustav und ließ den Bügelverschluss hochploppen.

„Bitte, Felix", drängte Jutta, „mach ihm klar, dass er hier nicht aus der Flasche trinken kann!" Und zu Gustav gewandt: „Wir sind hier nicht aufm Bau und auch nicht bei deinen Packern!" Ihr Gezeter ging in der Begrüßungsaufregung nachdrängender Gäste unter. Entzückte Hallos verwirbelten mit norddeutschen Moin Moins, Küsschen ergänzten Umarmungen, Parfümwolken schoben ineinander, und wenig später hörte Felix auch Hi, Grüezi oder Servus. Paul nahm ihn zur Seite. „Lieber Freund, ich stelle dir die Wichtigsten später bei Louise vor. Kümmere dich um deine Leute, den Rest mache ich", raunte er seinem Kompagnon zu, nahm einen Prosecco von Annis Tablett und begrüßte Damen und Herren, die Felix vorher nie gesehen hatte, wie sehr gute, vertraute Freunde.

Die Räume der Galerie füllten sich. Man schritt umher, stand vor den Exponaten mit gespitzten Mündern, geneigten Köpfen, geschürzten Lippen oder hochgezogenen Augenbrauen, ging weiter, beäugte einander, irrte im Gefühl herum, das Wesentliche zu verpassen, weil das mit Sicherheit dort stattfand, wo man gerade selbst nicht war. Der angestrengte Blick auf ein Bild, das Zur-Seite-Linsen: Wer war noch da? Kannte man Vorbeigehende aus dem Fernsehen, aus Zeitungen oder Zeitschriften? Wer war wer? Weilte Carmen da

Câmara schon unter ihnen? Überall lustwandelnde Neugier, Reden, Flüstern, Lachen. Vertrautes, Vertrauliches ganz nah neben Ignoranz.

Die Damen des *Kulturvereins SchwarzWeiß* trugen die namensgebenden Farben des Vereins, was die nonchalante Eleganz ihrer paillettierten Jeans, engen Röcke, mit avantgardistischem Schmuck ergänzten Tops und Blazer akzentuierte. Sogar Jutta Körber hatte davon überzeugt werden können, auf ihr pinkfarbenes Cocktailkleid zu verzichten und sich dem Dresscode des Vereins zu unterwerfen. Auch sonst dominierte die Farbe Schwarz die Kleidung der Besucherinnen, während das Erscheinungsbild der Herren diffuser war und mehrheitlich zwischen hanseatischer Langeweile und internationalem Männermodechic pendelte. Pauls cremefarbener Anzug fiel jenen unangenehm auf, die ihn nicht oder nur flüchtig kannten und deshalb nicht wussten, dass dieses Outfit sein Alleinstellungsmerkmal war. Er grüßte – je nachdem, wer ihm begegnete – liebevoll, wie seit Jahren nicht mehr gesehen, herablassend huldvoll oder gar nicht, während er sich lächelnd und winkend allmählich zur Treppe begab, die in den ersten Stock führte, wo Carmen und der Laudator auf ihn und das Signal zu ihrem Auftritt in einer zur Galerie gehörenden Wohnung warteten. Plötzlich tippte ihn Anni an und sagte, da sei jemand ohne Einladungskarte, der behauptete, ganz sicher zu sein, trotzdem eingelassen zu werden.

„Um die fünfzig, grau melierte Haare, mit Zöpfchen?"

„Ja, und eine Frau ist auch dabei."

„Volle schwarze Haare?"

„Liebe Frau! Lassen Sie beide rein", sagte Paul, nachdem Anni genickt hatte.

Silvia Hohlfeldt stand ein wenig abseits neben ihrem Mann. Sie hatte sich extra von Ingolf eine neue Frisur machen lassen, und in ihrem Kleid von Chanel musste sie einfach zum Blickfang werden. Von stiller Ergriffenheit erfüllt, dachte sie daran, dass sie bis in die entferntesten Verzweigungen ihres Beziehungskosmos von diesem Dabeigewesensein erzählen konnte. Natürlich wie beiläufig, denn ihr gesellschaftlicher Status hatte nach eigenem Selbstverständnis die Möglichkeit eines Nichteingeladenwerdens vollständig ausgeschlossen. Eigentlich. Beklommen hielt sie sich an einem Glas Orangensaft fest und schaute umher. Sie kannte kaum jemanden. Entfernt sah sie endlich die Damen des Kulturvereins, aber für die schien sie Luft zu sein. Kein Zweifel; man übersah sie. Bewusst! Wo war Felix? Oder Carmen? Bisher war sie von Anni und Yvonne begrüßt worden. Aber die zählten nicht. Niemand winkte ihr zu, bis sich Jutta Körber aus dem Pulk ihrer Vereinsfreundinnen löste und direkt auf sie zugeschaukelt kam. „Silvia, wie schön, dass du da bist! Ich habe allen erzählt, dass Gustav extra mit Felix gesprochen hat, damit du eine Einladung erhältst!" Silvias Rouge schien sich zu verdunkeln, während Isabell, Barbara, Eleonora und Gina mit dem gütigen Lächeln von Erlöserinnen zu ihnen getreten waren.

„Hättest du bloß mal ein Wort gesagt, meine Liebe! Liebend gern hätten wir ...", sagte Gina von Allenstein.

„Überall gibt es doch mal kleine Meinungsverschiedenheiten", ergänzte Eleonora, während Barbara, Isabell und Marcel an den Hohlfeldts vorbeidefilierten, um weitere Begrüßungs- und Entzückungsformeln aufzusagen. „Wo bist du bloß die ganze Zeit gewesen? Wir hätten dich bei der Vorbereitung zu diesem Event gut gebrauchen können", baute Gina die

Brücke für Silvia zurück zum und vielleicht bald wieder in den *Kulturverein SchwarzWeiß*, während Heribert Hohlfeldt stocksteif danebenstand und einen kleinen Mann kommen sah, der sich mit langsamen Schritten dem Rednerpult näherte. Neben ihm ging Carmen, deren Frisur Heribert nicht mehr an ein Vogelnest erinnerte, denn es war unter einer eleganten Kappe mit seitlich angebrachter Brosche verschwunden, in der ein roter Stein funkelte.

„Sieht sie nicht hinreißend aus?", fragte Silvia ihren Mann, der nicht widersprechen mochte, denn ihr schwarzer Hosenanzug, unter dem sie ein schlichtes weißes Top trug, die grünen Fingernägel und die schwarzen Riemchenpumps hatten ihr Äußeres derart verändert, dass der Gefragte sie nicht mehr mit der Person vergleichen konnte, über deren Aussehen er vor einem Jahr auf der Feier bei den Wilds noch gespottet hatte.

„Oh la la", raunte Dr. Lücke seinem Freund Thorsten Voigt zu, nachdem Carmen vorbeigegangen war.

„Kaum wiederzuerkennen, die Gute. Die hat mindestens zehn Kilogramm abgenommen", antwortete der.

„Ihre Figur ist fast wieder länglich geworden."

„Und die Pausbäckchen sind beinahe verschwunden."

„Also, ich muss schon sagen, ihr Aussehen: a la bonne heure!"

Marcel beobachtete, mit einem Glas Mineralwasser in der Hand, Carmens Auftritt aus einer etwas entfernten Nische. Seit ihrem Gespräch bei *da Giovanni* hatten sie zwar lange keinen Kontakt zueinander gehabt. Aber nachdem Carmen von Barbara erfahren hatte, dass ihm von einer renommierten Literaturgesellschaft ein Stipendium zuerkannt worden war, verbunden mit der Aussicht auf Veröffentlichung einer Auswahl seiner Gedichte in einem auf experimentelle Lyrik spezialisierten Verlag, hatte sie ihn angerufen, um zu gratulieren.

Nein, so weit wie Carmen war seine Karriere zwar noch nicht fortgeschritten, aber erste Stufen waren erklommen. Vielleicht beobachtete er auch deshalb das Treiben der Gäste gelassener als früher. Als sie jetzt an ihm vorbeischritt, signalisierte ihr zartes Winken – eigentlich nur ein kurzes Fächern der Finger ihrer linken Hand bei gleichzeitigem Blickkontakt – ihre stille Verbundenheit.

Professor Bird gab sich die Ehre. Genauer gesagt, Paul hatte ihn mit einem stattlichen Spesenvortrag davon überzeugt, die Laudatio zu dieser Vernissage zu halten. Zwar spielte Carmen eine Liga, wenn nicht gar zwei Ligen unter jener, in der sich der Professor zu bewegen pflegte. Hauptberuflich war er Präsident einer Kunsthochschule, aber diese Arbeit ließ ihm alle Möglichkeiten, das mit seinem Amt Erforderliche mit dem für ihn Nützlichen in Einklang zu bringen. So reiste er viel in der Welt umher, eröffnete Ausstellungen, gab Interviews, erstellte gut bezahlte Expertisen oder beriet Kuratoren bei ihrem Wirken. Der Vielbeschäftigte hatte einen Moment lang mit krauser Stirn gezögert, als ihm dieses Anliegen vorgetragen worden war. Zugestimmt hatte er, weil es unklug gewesen wäre, einem Mann wie Paul einen solchen Gefallen zu verweigern. Denn der Professor war nicht nur ein Kenner und Liebhaber zeitgenössischer Kunst sowie der klassischen Moderne, sondern darüber hinaus und vor allem ein leidenschaftlicher, ein besessener Sammler. Er war bereit, ziemlich alles zu versuchen, um in den Besitz von Objekten seiner Begierde zu gelangen, selbst wenn das in geschäftliche Niederungen führte, die im Graubereich zwischen Legalität und Kriminalität lagen. Im internationalen Geflecht der Kunstwelt war ihm Paul bei diversen Käufen des Öfteren – selbstverständlich mit äußerster Diskretion und stets effizient – behilflich gewesen, denn der hatte erstaunliche Kontakte, um die ihn selbst der Professor beneidete. Paul kannte Leute mit sehr großen Budgets, die sie mit Freuden in ihre Sammlungen investierten. Da wurden Preise aufgerufen, die die Mittel des Professors weit überstiegen. Oft hatte er deprimiert mit ansehen müssen, wie Bilder von widerlich arroganten Millionärs-Schnöseln auf Auktionen für Summen ersteigert wurden, die er nur hätte realisieren können, wenn er Perlen seiner Sammlung veräußert hätte. Aber ein Besessener verkauft nicht, der kauft! Deshalb musste er auf Kaufgelegenheiten spekulieren, die sich durch verratenes Insiderwissen oder gezielte Indiskretionen eröffneten. Paul verfügte über bemerkenswerte Quellen, wenn es darum ging herauszufinden, wo Kunstwerke preiswert zu haben sein könnten, weil private oder geschäftliche Insolvenzen drohten, Scheidungen reicher Paare oder Erbstreitereien absehbar wurden. Nicht immer waren die Eigentümer geneigt, Auktionshäuser oder Händler mit dem Verkauf wertvoller Kunstobjekte zu beauftragen, weil aus unterschiedlichen Gründen im Verborgenen bleiben sollte, was sich hinter den Kulissen abspielte. Ein rechtzeitiger Verkauf, ein Verschwindenlassen von Kunstwerken, bevor ein Skandal öffentlich wurde, eine Firmenpleite in den Zeitungen stand oder ein Familienstreit in den Klatschblättern breitgetreten wurde, ließ zwar Preise drastisch sinken, dafür blieb der Deal im Verborgenen. Es war immer wieder verwunderlich, wer nicht alles Interesse daran hatte, Gemälde hinter den Kulissen zu versilbern. Professor Bird war

Paul zu Dank verpflichtet, seit der ihm auf verschlungenen Pfaden zu einigen exzellenten Stücken weit unter Marktpreis verholfen hatte. Da war es nicht mehr als eine kleine Gefälligkeit, ein paar gedrechselte Sätze zur Ausstellungseröffnung dieser drittklassigen Künstlerin zu formulieren. Und es gab einen weiteren, wenn auch nebensächlichen Grund, dieser Einladung zu folgen, denn Professor Bird redete gern. Das heißt, er hörte sich gern reden, er berauschte sich am Staunen seines in der Regel ihm in jeder Hinsicht kellertief unterlegenen Publikums. Wie wohltuend war es, hin und wieder aus der Grotte seiner akademischen Welt sowie seiner manischen Sammler-Leidenschaft aufzusteigen, um sich in der Bewunderung jener reichen, halbgebildeten Kunstbeflissenen zu sonnen, die ihn um Rat und Meinung fragten und um Tipps baten, welches Bild von welchem Maler man unbedingt kaufen sollte.

Also hatte er seinen Urlaub in Positano für ein paar Tage unterbrochen und war von Neapel hierher nach Hamburg geflogen, um nach einem flüchtigen Begutachten der sicherlich drittklassigen Werke dieser – wie hieß die noch gleich? – eine blumige Laudatio zu halten. Als Paul ihn am Vortag nachmittags vom Flughafen abgeholt hatte, wäre er am liebsten sofort mit ihm in sein bevorzugtes Fischrestaurant im Hamburger Hafen gegangen, weil er seit dem späten Frühstück nichts gegessen hatte. Aber Paul hatte darauf bestanden, dass er sich die Ausstellung wenigstens flüchtig anschaute, damit er, wie Paul es ausdrückte, „die passenden Worte etwas leichter finden könnte".

Was der Laudator zu sehen bekam, hatte ihn verblüfft: Er hatte wellnessartige Streichel- und Schmeichelkunst erwartet, triviale Idyllen, Ruinenromantik vielleicht, in jedem

Fall nichts anderes als gefühlvolle Jauche einer Melancholiemalerin. Aber diese Bilder waren anders, außergewöhnlich; motivisch, stilistisch, überhaupt. Das machte in Bezug auf seine Rede keinen wesentlichen Unterschied, denn egal, welche Bilder er zu lobpreisen beabsichtigte; die gängigen Formulierungen waren längst wie Textblöcke vorgefertigt und mussten nur angepasst und moderat umformuliert werden. Unverhofft hatten die Bilder dieser Künstlerin sein Interesse geweckt. Er hatte sie viel intensiver als geplant betrachtet und sich sogar Notizen gemacht, um der Spezifik der Gemälde mit angemessenen Beschreibungen und Beurteilungen gerecht zu werden. Nach der Veranstaltung wollte er sich, vielleicht bei einem leichten Abendessen, eingehender bei Paul auch über die Preise erkundigen.

Jetzt schritt er, in beigefarbener Cordhose und braunem Pullover, mit nach vorn bis in die Stirn gekämmten Haaren an das kleine Rednerpult und blickte wie einer ins Publikum, der wusste, dass sein Feuerwerk an Formulierungen, Metaphern und Bonmots in wenigen Augenblicken dafür sorgen würde, dass er nach der Rede mindestens – mindestens! – ebenso im Rampenlicht des Interesses stehen würde wie die Künstlerin selbst. Wenn ihm bloß deren Name einfallen würde! Aber es war ja noch Zeit.

Professor Bird lächelte in die freundlich grinsende Menge der Erwartungsvollen und hob eine Augenbraue. Ganz leicht, kaum merkbar, und dennoch hätte jeder sofort geschwiegen, wenn er in dem Moment geredet hätte, denn die ganze Autorität des hohen Gastes wurde durch diese winzige Veränderung seiner Mimik greifbar, spürbar, erfahrbar. Er klemmte sein Monokel, das ihm an einem Band um den Hals hing, vor das linke Auge und warf einen flüchtigen Blick auf ein Papier, als wollte er sich den Anfang seiner Rede in Erinnerung rufen. Ob auf diesem Zettel überhaupt etwas zum Thema Gehörendes stand, blieb das Geheimnis des Professors, denn er redete nun frei, und wer ihn kannte, der wusste, dass diese Ouvertüre vor allem dazu diente, sein Markenzeichen, nämlich dieses Monokel, für einen Augenblick in den Mittelpunkt aller Aufmerksamkeit zu rücken und dadurch endgültig ihn selbst.

Der Professor lächelte immer noch wortlos in das Schweigen der Erwartungsvollen hinein, schaute über sein Auditorium mit einer Selbstsicherheit, die gleichzeitig Nähe verhieß und Distanz spüren ließ und die zu versprechen schien: Seid gewiss, gleich werde ich euch erklären, was ihr in den Bildern dieser Vernissage zu sehen habt. Ich werde euch an die Hand nehmen und beweisen, dass das beinahe große Kunst ist, die vielleicht eines nicht fernen Tages als ganz große Kunst erkannt werden wird.

Er benutzte keine Floskeln oder Formeln, um zu beginnen: Statt einer Begrüßungsplattitüde donnerte er ein „Vielleicht" über die Versammelten hinweg, das für Momente im Raum schwebte und ihm das allerletzte Quäntchen an Aufmerksamkeit sogar von einem wie Gustav Körber sicherte, um nach winzigem Verzögern mit spitzbübischem Gesichtsausdruck und einschmeichelndem Tonfall fortzufahren: „Ja, vielleicht könnte diese Vernissage vielen von Ihnen, sehr verehrte Gäste, mehr als eine Überraschung bieten!" Er selbst nämlich sei außerordentlich verwundert gewesen, als er diese Bilder zum ersten Mal in Augenschein zu nehmen gedurft habe, denn er habe nicht nur verblüffende Motivfindungen, spannende Technikkombinationen und gewagte Perspektiven entdeckt, die etwas ganz Neues im Werk der Künstlerin zeigten, sondern er habe vor allem diesen Flug der Farben, deren Schweben,

Explodieren und Verglühen in einer ahnungsvollen Ferne regelrecht – ja, er scheue sich nicht, dieses große Wort auszusprechen – *bewundert*. Er hielt einen Moment inne und ließ seine Blicke über das Publikum schweifen, um sich der Wirkung seiner rauschenden Ouvertüre zu vergewissern, bevor er in gedämpfterem Tonfall fortfuhr: „Schauen Sie sich zum Beispiel das Bild *Sommerphantasie III* an: Stimmt da nicht das in einem Kelch keck leuchtende Blumenbukett gerade eine zauberhafte Sommermelodie an, die inmitten blass abstrakter Flächen sanft verklingen wird? Oder nehmen wir *Inferno;* Flammen – oder sind es Gewächse? – wuchern in ein Blau des Himmels – oder ist es die Tiefe des Wassers? –, wo Sein und Traum wie in einem Rausch ineinanderfließen." Ja, diese Gemälde seien von einer zarten kakofonischen Lässigkeit; formlos und formenreich zugleich. So richtig in Fahrt gekommen, fabulierte der Professor von Zauberbildern voller sanfter Schrecken und vitaler Morbidität, von einer Präzision, die sich mit wunderlichem Zwielicht verbindet, von künstlerischer Fantasie, die geduldige Beobachtung in abenteuerliche Tableaus verwandelt. Alles wirke strahlend und fahl zugleich, kalt und fiebernd. Und als er bilanzierte, dass diese Künstlerin das Schöne nicht im bloß Anmutigen, sondern im vieldeutig Besonderen suche – und finde! –, hatte seine Stimme die Festigkeit und Überzeugung wie bei der Verkündung letztgültiger Wahrheiten.

Das Publikum staunte mit offenen Mündern. Es wäre still wie in einer Grabkammer gewesen, wenn Gustav Körber nicht nervös in seinen Hosentaschen herumgenestelt hätte. Davon nur unwesentlich irritiert fuhr der Laudator, dem endlich der Name der Künstlerin wieder eingefallen war, mit seiner Eloge fort: „Carmen da Câmara gelingt es meisterhaft, das Flirren zwischen Realität und Fantasie einzufangen. Sie treibt ein raffiniertes Spiel mit scheinbar unerschütterlichen Überzeugungen von uns Betrachtern ihrer Werke. Was zunächst wie bekannt und vertraut erscheint, stellt bei einem zweiten Blick unsere jahrzehntelang geschulten Sehgewohnheiten infrage, lässt sie, wenn auch nicht erschüttern, so wenigstens erzittern und vibrieren. Nein, diese Kunst erschöpft sich keineswegs in Sanftmut, Anteilnahme und Mitgefühl wie vielleicht in manchen ihrer früheren Arbeiten, sondern changiert zwischen Bekanntem und Unbekanntem, indem sie dem Verborgenen im Geborgenen nachspürt und das Unsichtbare sichtbar zu machen scheint."

Professor Bird verstummte nach dieser fulminant vorgetragenen Passage seines Vortrags ähnlich gesättigt, erschöpft und zufrieden wie ein Dirigent nach dem soeben verklungenen, gewaltigen Finale einer von seinem Orchester meisterhaft dargebotenen Sinfonie. Bevor das gebannt auf ihn starrende Publikum wieder zu sich finden konnte oder jemand zu applaudieren begonnen hätte, hob er die Hand zum Zeichen, fortfahren zu wollen: „Und nun zur Krönung, dem Glutkern dieser Ausstellung: nämlich den drei Akten!" Ja, natürlich kenne jeder das Motiv der auf einem Sofa hingestreckten nackten Schönen hinlänglich seit Giorgione und Tizian, seit der *Schlummernden Venus* und der *Venus von Urbino* in diversen Variationen aller folgenden Epochen. Aber welch wunderbare Interpretation gelinge der Künstlerin hier, indem sie ein Konkurrieren von Hell- und Dunkelzonen als zwar nicht neues, aber ganz neuartiges, raffiniertes Kompositionsschema etabliere und den Blick der Liegenden – übrigens scheine eines ihrer beiden Augen wie gerötet, wie verletzt – aus dem Bild heraus, über die Dunkelzone hinweg und an dem Betrachter vorbei in ein Wohin? lenke. „Völlig zu recht haben diese drei Gemälde in einem wie ein Separee wirkenden Raum ihren exklusiven Platz gefunden, und ich kann dem Kurator Felix Wild zu dieser gestalterischen Idee nur von Herzen gratulieren.“ Er deutete, von einer leichten Verbeugung begleitet, auf den Gelobten, der wenige Meter hinter dem Professor stand und dankend nickte.

Obwohl dem Publikum längst der Kopf schwirrte, war Professor Bird noch nicht am Ende seines kunsthistorischen Exkurses angelangt. „Seit Caravaggio und Rembrandt, den ersten Meistern des Chiaroscuro, ist immer wieder mit der Dramaturgie von Licht und Dunkel virtuos experimentiert worden, was zu wunderbaren, wegweisenden Ergebnissen geführt hat. Nein, nein, ich will mich keineswegs mit meinen historischen Vergleichen verheben, aber hier, meine sehr verehrten Damen und Herren, in den Bildern von Carmen da Câmara sehe ich eine außergewöhnliche tenebrose Licht-Schatten-Führung in der Tradition und Fortführung der ganz Großen, allerdings ergänzt und erweitert um Nuancen weiblicher Spiritualität: Warme Töne werden gebrochen und verdunkelt, während in den Nebenbereichen die Farbgebung geheimnisvoll verschwimmt. Mit einem Satz: Unsere Künstlerin beherrscht die Dramaturgie des Lichts wie ganz wenige! Auch wenn es nie vollständig gelingen kann, das Innere der eigenen Seele in seiner ganzen Tiefe und Schwere mit künstlerischen Mitteln zum Ausdruck zu bringen, so wird der Betrachter hier zum Zeugen einer bewegenden Annäherung, durch die ihn Ahnungen einer Welt verloren geglaubter Wahrheiten erreichen. Diese Bilder sind in letzter Konsequenz nicht zu interpretieren, denn noch während wir sie betrachten, gleiten wir mit ihnen und durch sie in eine magische Gedanken- und Gefühlswelt." Der Professor schwieg sekundenlang. Hob mit leiser Stimme erneut an, steigerte das Tempo seiner Rede behutsam, um sich wenige Sätze später dem Finale seiner Laudatio zu nähern. Und während er tremolierend „symmetrische Chiffren des Abstrakten" bejubelte, musste Gustav Körber niesen.

Manch einer kann das Niesen unterdrücken oder mithilfe spezieller Techniken wie Zudrücken der Nase beinahe geräuschlos oder gänzlich ersticken. Nicht aber Gustav Körber. Wenn er niesen musste, hatte das etwas vom Ausbruch eines Orkans oder Infernos, allerdings mit ganz spezieller Körberscher Dramaturgie, Tonalität und Melodie: Einem schlürfenden Einatmen folgte eine donnernde, fast kreischende Eruption, die – nach einem winzigen Moment der Stille – mit mild-seufzendem Nach-Luft-Schnappen ausrollte. Und ausgerechnet jetzt, im Moment andächtigster Ergriffenheit des Publikums, war Gustavs Nieser über die letzten Worte von Professor Bird einem Tsunami gleich hinweggedonnert und hatte wie eine apokalyptische Urgewalt die gebannte Aufmerksamkeit der Lauschenden nicht nur akustisch, sondern auch emotional, wenn nicht zerstört, so mindestens erheblich beschädigt.

Noch bevor sich der Redner von seinem Schrecken erholen konnte und während Jutta ein entrüstetes „Guschi!" in die nachfolgende Laut- und Reglosigkeit gequält flehte, wandte sich der Lärmverursacher schuldbewusst und achselzuckend dem Ausgang zu, sagte zu seiner Frau wie zu allen anderen: „Ich geh ja schon", bevor ein neuerliches Niesen – diesmal bereits aus der Nähe der Ausgangstür – die Festversammlung ein zweites Mal überrollte.

Die Tür fiel hinter dem Störenfried krachend zu. Alle schauten auf die tiefengerötete Jutta, bis der Professor sich wie um erneute Aufmerksamkeit bittend demonstrativ räusperte und von der zu Unrecht in den Mittelpunkt Gerückten ablenken konnte. Scheinbar unbeeindruckt setzte er seine Rede fort. Wie ein Eiskunstläufer, der am Ende seiner Kür, nachdem alle drei- und vierfachen Sprünge gelungen waren, seinen Vortrag mit bezaubernden Pirouetten und anmutigen Schrittfolgen leichtfließend ausklingen lässt, so flocht der Redner, dem Ende seiner Laudatio nahe, nur noch wenige, luftigwolkige Sprach-Girlanden, bevor er mahnend daran erinnerte, dass Carmens Kunst keinesfalls in einem hermetisch abgeschirmten Raum um sich selbst kreise, sondern ein universell-intellektuelles und darüber hinaus ein philosophisch-spirituelles Unterfangen sei. „Kurzum", startete der Professor sein Fazit, „meine sehr verehrten Damen und Herren, schauen Sie sich um, nehmen Sie sich Zeit und Muße, lassen Sie die Magie dieser Bilder auf sich wirken, die gleichermaßen verspielt und wuchtig sind und eine immense Energie verströmen. Diese Werke gehören hinaus in die Welt, damit die Menschen sie erleben können. Genießen Sie das Privileg, die ersten sein zu dürfen, denen das vergönnt ist."

Die Zuhörerinnen und Zuhörer erhoben sich in unterschiedlich akzentuierten Stimmungen, die von intellektuell überfordert über leicht verstört bis zu gedankenfreier Ergriffenheit reichten. Alle vereinte eine erwartungsvolle Bewegtheit gepaart mit der Neugier auf Carmens Bilder, die es auf dem Hintergrund des eben Gehörten neu zu entdecken und zu bewundern galt. Enthusiastisch applaudierten die sich von ihren Plätzen Erhebenden dem sich verneigenden Professor und der neben ihn tretenden Carmen, die die glucksende

Frohgestimmtheit ihres Publikums gerührt, dankbar und erleichtert mit mehreren mädchenhaft schüchternen Verbeugungen quittierte.

Gustav Körbers Eruptionen hatten die Konzentration der Zuhörerinnen und Zuhörer nur kurzzeitig und geringfügig aus der Balance bringen können, und noch während des Applaudierens hatte sich das Publikum in ungetrübte Feierlichkeit zurückgefühlt. Im Handumdrehen entstand nun in allen Räumen der Galerie die prickelnde Atmosphäre einer dynamischen Oberflächlichkeit, hier und da von Sachverstand erhellt oder auch nicht, aber allgegenwärtig von Bewunderung getragen. Man stand herum, aber nirgends zu lange, sprach in – je nach Wichtigkeit – feinen Abstufungen in Dauer und Freundlichkeit mit anderen, nippte am Prosecco, nickte hierhin und schaute in eine andere Richtung lieber nicht, wandelte, lächelte, prostete zu, tat alles, um durch unauffällige Auffälligkeit wahrgenommen zu werden. Vor allem drängte es die Besucher zu den Akten ins Separee.

„Und? Was hältst du von Carmens neuen Bildern?“, fragte Dr. Matthias Lücke seinen Freund Thorsten Voigt. Beide hatten sich schlendernd an Yvonnes Fersen geheftet, die mit einem Tablett und bezauberndem Porzellanlächeln durch die Räumlichkeiten schritt, um Getränke anzubieten.

„Hm“, murmelte der Steuerberater mit Kennermiene, „die Wahrheit ist gegenüber der Wirklichkeit ein Effekt des narrativen Rahmens, den man für eine Beschreibung wählt.“

„Was?“

„Habe ich neulich so oder so ähnlich in einer von Barbaras Kunst-Zeitschriften gelesen und gleich auswendig gelernt!“

„Und was soll das heißen? Hat das irgendetwas mit Carmens Bildern zu tun?"

„Wenn ich es richtig verstanden habe: Die Leute sehen, was du ihnen erzählst, dass sie es sehen sollen. Das Gefasel von Professor Bird hat das Volk derart benebelt, dass keiner auf die Idee kommen würde, hier verarscht zu werden. Wenn du mich fragst: Die Kunst besteht darin, Kunst zu verkaufen. Das macht man mit Prosecco und glitzernden Geschichten, garniert mit allerlei Klimbim und Hokuspokus."

„Du meinst, die ganze Veranstaltung ist nichts anderes als eine Show mit Taschenspielertricks?"

„Etwas geschliffener bitte, mein Lieber, wo sind wir denn hier! Ich würde mal so sagen: Die ganze Vernissage ist ein Hochamt für die Freunde gelebter Heuchelei."

Als die beiden das Separee erreichten, blieb der Zahnarzt stehen, fasste seinen Freund am Arm, wandte sich dem Bild mit dem Titel *Mädchen mit rotem Auge III* zu und sagte: „Weißt du, Thorsten, ganz ehrlich: Ich bin fasziniert von Carmens Bildern, im Ernst! Dieses hier zum Beispiel finde ich einfach genial! Es ist Verlockung, verspielte Aufforderung, entwaffnende Nacktheit und gleichzeitig nachdenklicher Ernst. Oberfläche und Tiefe, alles gleichzeitig! Ich bin ja nicht der große Kunstkenner, aber das hier ist, ja was? Mir fehlen die Worte!"

„Was ist denn mit dir los? Zuviel Laudatio-Sirup gelöffelt? So kenne ich dich ja gar nicht!"

„Carmen hat noch nie annähernd so gute Bilder gemalt wie diese hier, findest du nicht auch?"

„Du weißt, dass ich von Kunst nichts verstehe. Mag sein, dass diese Bilder viel besser sind als alles, was sie vorher gemacht hat, aber es interessiert mich nicht die Bohne. Ich finde die Show hier unterhaltsam, ich habe Barbara den Gefallen getan mitzukommen, ich freue mich immer, mit dir zu plaudern und nachher auf das Essen bei *da Giovanni* oder bei Louise zusammen mit euch. Aber du scheinst ja …"

„Dieses Bild würde ich am liebsten sofort kaufen. Ich erkundige mich mal nach dem Preis, wir sehen uns nachher", sagte Dr. Lücke und ließ seinen Freund stehen, um Felix zu suchen. Thorsten Voigt schüttelte den Kopf, wusste nicht, wohin er seine Schritte lenken sollte, und entdeckte Yvonne. Er winkte ihr zu, um sich ein weiteres Glas Prosecco zu nehmen.

In einer anderen Ecke stand Gina von Allenstein. Felix wollte sich unauffällig an ihr vorbeidrücken, aber ihr „Mein lieber Felix!" schnitt ihm derart schrill in die Ohren, dass ein Überhören unmöglich war. Mit gequält zuckersüßem Lächeln bog Felix zu ihr ab und schaute in ein Gesicht, das nicht weniger als eine mildere Form von Ekstase ausdrückte: „Felix! Ich bin total begeistert! Carmens Bilder! Deine Hängung! Das Licht! Wie dir das gelungen ist, unglaublich!"

„Vielen Dank, meine Liebe, für dein Kompliment, das allerdings nicht mir, sondern ausschließlich unserer Carmen gebührt. Ich habe lediglich versucht, den Bildern sozusagen Raum zum Atmen zu geben."

„Wunderbar, ganz wunderbar! Aber ich bin überrascht, dass es vergleichsweise wenige Bilder sind, die Carmen uns genießen lässt."

„Du weißt doch: Weniger ist manchmal mehr. Vielleicht wollte Carmen abwarten, wie die Resonanz ausfällt, ob man ihren neuen Stil, diese neue Phase goutiert. Ich habe mir über die thematischen Verknüpfungen und die Blickachsen ein paar Gedanken gemacht, aber die kommen bei der Fülle an Gästen heute bedauerlicherweise nicht so zur Geltung, wie ich mir das vorgestellt habe. Du musst wiederkommen, wenn es leerer ist, weil sich die Korrespondenz zwischen den Bildern viel besser begreifen lässt, wenn sie nicht durch die Besucher behindert wird."

„Mache ich natürlich, wenn morgen nicht schon alles verkauft ist. Apropos: Ich finde nirgends Preise oder rote Punkte. Wie läuft das mit dem Verkauf heute?"

„Es wird nichts verkauft."

„Was? Aber das ist doch der Sinn einer solchen Ausstellung!"

„Heute wird nichts verkauft. Wer will, kann sein Interesse hinterlegen. Dann sehen wir weiter." Felix ließ eine staunende Gina zurück, als ihn sein Vater ansprach.

„Also diese *Sommerphantasie III* finde ich umwerfend! Von sowas habe ich immer geträumt: Irgendwo im Süden, vielleicht in der Provence ..."

„Du? In der Provence? Ausgerechnet! Das ist ja mal wirklich eine Neuigkeit! Bisher bist du nie weiter als bis an die Ostsee verreist."

„Für Entdeckungen, welcher Art auch immer, sollte man nie zu alt sein. Weißt du, ich möchte meinem Leben neuen Schwung geben. Ich weiß, dass das hier nicht der richtige Moment für sowas ist. Aber in letzter Zeit sind mir da so ein paar Gedanken durch den Kopf gegangen ..."

„Anni?" Felix lächelte sibyllinisch.

„Was, wie? Wie, äh, kommst du denn darauf?" Jan-Peter Wild war ganz nah zu seinem Sohn getreten.

„Na, weißt du, ganz blind und taub bin ich auch nicht."

„Ja, und? Was denkst du darüber?"

„Anni ist 'ne Wucht, und was ich von meiner Stiefmutter halte, muss ich dir nicht sagen. Wird aber nicht ganz billig werden, fürchte ich."

Jan-Peter legte seinen Arm um Felix Schulter und sagte: „Ich weiß. Aber das wäre es: diese Frau, ein Häuschen in Südfrankreich und immer blauer Himmel."

„Und nun willst du *Sommerphantasie III*, um es Anni zur Hochzeit zu schenken, was?"

„Warum nicht? Was kostet denn sowas?" Felix legte den Zeigefinger über seine Lippen und flüsterte: „Darüber und alles andere reden wir später, okay?"

„Klar, du hast jetzt zu tun, aber denk an mich", signalisierte Jan-Peter Wild Verständnis und ging beschwingt weiter, als Barbara Voigt an Felix' Seite trat und sagte: „Die Begeisterung ist ja überall grenzenlos. Und dazu die Laudatio von Professor ..., wie war noch mal sein Name?"

„Bird. Wie Vogel. Kann man sich leicht merken. Muss man aber nicht." Barbara lächelte. „Eben! Es geht ja nicht um den, sondern um Carmen. Und diese Bilder! Ich finde ..." Der Rest ihres Satzes wurde von einer rauchig-rauen Männerstimme übertönt: „Mein lieber Felix, ich gratuliere auch Ihnen zu dieser Ausstellung!" Felix dreht sich um und blickte in das feist-vertrauliche Gesicht von Kunstkritiker – wie hieß der nochmal? Neuzel oder Neitzel vielleicht? – Noch bevor ihm dessen Name einfiel, fuhr der fort: „Diese Hängung! Das Licht! Sie haben wirklich ein ausgeprägtes Gespür für die Konnotationen und die Dynamik des Raumes mit dieser Präsentation entwickelt. Kann ich nachher mit Ihnen, mit Carmen ein paar Fotos machen? Dazu ein kleines Interview?"

„Aber natürlich, mein Lieber. Ich denke, so in einer Stunde treffen wir uns vor den Akten, okay?"

„Ich mag Künstler, die eine eigene Vision haben. Letztlich ist das das entscheidende Kriterium, wonach man jeden von ihnen beurteilen sollte, nämlich ob er oder sie die hat oder ein Epigone ist. Bei Carmen war ich mir immer sicher, dass sie keine hat. Aber jetzt, hier, heute, diese Bilder! Kann man sich so täuschen? Jedenfalls ziehe ich den Hut vor ihr", sagte Freddy und klopfte Felix auf die Schulter. Weil der ihn zweifelnd anschaute, fuhr Freddy fort: „Das meine ich ganz im ernst. Vielleicht sogar zu ernst."

„Was heißt das?"

„Nun, wir beide kennen unsere Carmen. Und diese Bilder, ich meine, diese Bilder *von ihr* ... Ganz offen gesagt: Die hätte ich ihr nie und niemals zugetraut. Wie kann das angehen? Was habt ihr mit ihr gemacht?"

Im Weitergehen sagte Felix schelmisch lächelnd: „Inspiration, Explosion des Musenkusses, Metamorphose, nenne es, wie du willst." Er zwinkerte Freddy zu, der staunend stehen blieb, weil er von Emanuel und Carlo aufgehalten wurde. Die waren gekommen, obwohl ihr Quartett nicht eingeladen worden war, zu diesem Anlass zu musizieren. Aber seit ihrem erfolgreichen Konzert in der *Galerie Palmberg* fühlten sie sich dem *Kulturverein SchwarzWeiß* in Dankbarkeit verpflichtet. Mit Freddy waren sie seither freundschaftlich verbunden, und gemeinsam planten sie seit Wochen das Rahmenprogramm der im nächsten Monat anstehenden Vernissage von Theo Schall in der *Galerie Palmberg*. Mit den Vorbereitungen dafür hatte der sein heutiges Nichtkommenkönnen entschuldigt, worüber Felix keineswegs traurig war, denn Theo kannte Carmens Malerei vielleicht sogar ein bisschen zu gut.

Felix betrat das Separee, wo sich ein Pulk um die Akte gebildet hatte. Unter ihnen Gustav Körber, der den Blick nicht von *Mädchen mit rotem Auge II* wenden konnte. Felix tippte ihm auf die Schulter: „Genau das Richtige für euer Schlafzimmer, oder?"

„Was für 'ne Frau! Gibt's die auch in echt?" Gustav drehte sich mit leuchtenden Augen zu Felix.

„Pst, nicht so laut! Sonst hört Jutta dich!"

„Ach was, Jutta hin oder her! Das Bild muss ich haben! Titten zum Hinknien! Das Einzige, was mich stört, ist dieses rote Auge. Sieht ja aus wie ein Tumor! Könnte man das nicht überpinseln? Sag mal, was kostet denn der Schinken?"

„Ich fürchte, der ist nicht zu verkaufen. Jedenfalls nicht jetzt und hier. Für viele der Bilder gibt es bereits Interessenten aus dem Ausland. Aber nichts verraten, okay?"

„Mensch Felix, kann mir unsere gute Carmen nicht noch so'n Ding pinseln? Muss ja keiner wissen. Diesen kleinen Gefallen wird sie deinem Patenonkel bestimmt nicht abschlagen, oder?"

„Darüber reden wir später. Ich werde mal sehen, was sich machen lässt, Onkel Guschi", sagte Felix, klopfte ihm auf die Schulter und wandte sich augenzwinkernd ab, um nach Carmen zu suchen, nach der er von allen Seiten gefragt wurde. Beinahe wäre er den Damen des Kulturvereins in die Arme gelaufen, nach deren Gerede ihm überhaupt nicht der Sinn stand. Deshalb seine abrupte Drehung, der Griff an die Stirn, ganz so, als hätte ihn ein plötzlicher Einfall zu dieser Richtungsänderung gezwungen, ein flüchtiges Lächeln und entschuldigendes Winken zu den Damen hinüber, ein paar hastige Schritte in die Gegenrichtung, und plötzlich stand ihm Serge gegenüber. Der hatte offensichtlich und unbemerkt seinem Gespräch mit

Gustav Körber gelauscht, denn er sagte: „Genau! Agenten von potentiellen Käufern aus den USA, China und Saudi-Arabien haben sich angekündigt, wie man hört. Und mit dem roten Auge kriegen wir das auch hin, was, Felix?"

„Mir wird gerade ein wenig schwindelig. Wollen wir kurz in mein Büro gehen?", fragte der, bevor er Serge ein dezentes Zeichen gab, ihm zu folgen. Von allen Seiten erreichte ihn ein Rufen und Fragen, Sprachfetzen von Lob und Bewunderung streiften seine Ohren, aber jetzt musste er unbedingt ein klärendes Wort mit Serge unter vier Augen sprechen, denn es zeigten sich gleichermaßen ganz unerwartete Perspektiven und Risiken auf. Fragen galt es zu beantworten, die nicht nur von Carmen, sondern vor allem von Serge abhingen.

Als er die Tür zu seinem Büro aufschloss und in den spärlich erleuchteten Raum trat, traute er seinen Augen nicht. Carmen und Jitka lagen sich in den Armen, lösten sich aber voneinander, als sie Felix erblickten.

„Oh, störe ich?", fragte der, während Serge hinter ihm eintrat.

„Bestimmt nicht! Wollt ihr auch etwas trinken?" Carmen wirkte gelöst, kein bisschen irritiert. Sie schlenderte zum Schreibtisch, auf dem zwei Sektschalen und eine Flasche Moët standen. Felix schloss die Tür hinter Serge.

„Aber natürlich! Wenn nicht heute, wann dann? Ich denke, wir haben wirklich allen Grund zu feiern." Was war das für eine Umarmung gewesen?, fragte Felix sich; freundschaftlich, tröstend, liebevoll, verliebt? Hatte er eben den Grund gesehen, warum Jitka die Genehmigung erteilt hatte, die drei Akte für Carmens Vernissage freizugeben? Er hatte jetzt keine Zeit, darüber nachzudenken, und letztlich war es egal.

„Wie seid ihr überhaupt hier reingekommen, hatte ich nicht abgeschlossen?", fragte Felix.

Carmen sah ihn mitleidig an. „Hintereingang. Hast du mir selbst vor ein paar Tagen gezeigt. Ich wollte mich für ein paar Minuten zurückziehen, bevor ich mich überall sehen lassen muss."

Und Jitka?, dachte Felix und fragte: „Wo habt ihr denn den Schampus gefunden?"

„Habe ich nebenan aus dem Kühlschrank genommen. Von hier aus kann man die Tür ins Café ja ohne Schlüssel öffnen. Ist okay, oder?"

„Auf Carmen. Und auf euch", prostete Jitka allen zu. Sie sah hinreißend in ihrem schulterfreien schwarzen Overall aus, fand Felix und bemerkte den Glanz auf ihren wie immer tiefroten Lippen, deren Farbton mit dem ihrer geschlossenen High Heels korrespondierte. „Danke. Die Vernissage wird ein riesengroßer Erfolg. Und alle fragen, wer ist die wunderschöne Frau auf den Bildern *Mädchen mit rotem Auge I – III*?", sagte Felix, während er zwei Gläser für Serge und sich aus einem Schrank holte. „Davon könnten wir ein Dutzend zu horrenden Preisen verkaufen!", sagte Serge.

„Für eines hätte ich bereits einen Käufer. Wir werden reich! Alle!", triumphierte Felix, als die Tür aufging und Paul in den Raum spähte. „Liebe Freunde! Alle Welt sucht euch, und ihr habt es euch hier gemütlich gemacht!"

„Komm rein und schließ hinter dir ab", sagte Felix. Paul guckte ungläubig in die Runde. „Das ist geschäftsschädigend! Die Leute wollen kaufen, fragen nach Preisen, die Heinis von der Presse suchen Carmen. Ich habe da Leute aus China, die ..." Paul wirkte empört und trat zu den anderen.

„Machen wir alles, keine Sorge! Ein bisschen unsichtbar bleiben erhöht die Spannung und steigert die Begehrlichkeit! Trink ein Gläschen mit uns. Heute ist ein Schampus-für-alle-Tag. Davon gibt's nicht viele, und die wenigen muss man genießen. Wir lassen die Leute ein bisschen zappeln, atmen tief durch, bevor wir die Bühne stürmen, das heißt vor allem Carmen natürlich", hielt ihm Felix entgegen.

Carmen hatte unterdessen eine weitere Sektschale gefüllt, die sie Paul reichte. „Ich bedanke mich bei dir. Ohne dich hätte ich Serge nicht kennengelernt. Und ohne ihn wären diese Bilder nie entstanden, das wissen wir alle. Ich danke Felix für diese wunderbare Ausstellung. Und ich danke vor allen Dingen dir, Jitka. Wofür? Das würden die Herren gerne wissen, aber das bleibt unter uns, nicht wahr, meine Liebe?" Sie lächelte vieldeutig.

Jitka war zu Serge gegangen, legte ihren linken Arm lässig um dessen Hüfte, gab ihm einen Kuss auf die Wange und hielt ihm eine Champagnerschale entgegen. Sie sah ihn bewundernd an. „Du bist großartig." Sie trank einen Schluck und ergänzte, während sie in die Runde blickte: „Ihr alle seid großartig!"

Es blieb einen Moment lang still im Raum, bevor Serge nachdenklich sagte: „Nein, wir alle sind bloß Jongleure, denen nichts runterfallen darf."

Felix fragte: „Und? Machen wir weiter?" Er schaute zu Carmen, dann zu Serge, Paul und Jitka.

„Ja, ich denke ja." Carmens Antwort klang zögerlich. Sie sah zu Paul, der schulterzuckend einwarf: „Liebe Freunde! Das hängt ganz von euch ab. An mir soll's nicht liegen. Das Feld ist jedenfalls bereitet."

„Aber sicher, wir haben doch gerade erst angefangen. Ich habe jede Menge Ideen. Das heißt“, und dabei schaute Serge zu Carmen hinüber, „*wir* haben jede Menge Ideen. Für neue Bilder, für ganze Schaffensphasen!“ Er schob Jitkas dunkel getönte Brille in ihr volles schwarzes Haar und fügte hinzu: „Nicht wahr, mein Mädchen mit dem roten Auge?“